QUEEN OF SINS

WOMEN OF REVENGE

ISABELLE NORTH

Für Pia

I. North

BLACK EDITION

Die Bücher von Isabelle North bei *Black Edition:*

Woman of Revenge Reihe

1. Queen of Sins
2. Daughter of Doom

ISABELLE NORTH

QUEEN of Sins

Black Edition

Black Edition by Versum Verlagsgruppe GmbH

Coverdesign: Jane S. Wonda
Umschlaggestaltung: Caroline Keller unter Verwendung des Covers
von © Jane S. Wonda
Lektorat: Eva Benedikt
Satz: Christelle Zaurrini
Bildmaterial: shutterstock.com, freepik.com
Druck und Verarbeitung:
FINIDR, s.r.o. Lípová
Printed in EU
ISBN 978-3-68908-000-6

Weitere Informationen unter:
www.black-ed.de
TikTok: black.edition.verlag
Instagram: black.edition.verlag

Für alle, die sich sagen:
IRGENDWANN …

WARNUNG

Ich könnte dir von kleinen rosa Wolken erzählen. Von Regenbögen und Glitzerstaub. Ich könnte dir von der großen Liebe erzählen, wie sie dich in den Arm nimmt, dir den Kopf streichelt, wie sie dich unendlich liebt.

Tja, so eine Geschichte ist das hier nicht. In diesem Buch verbergen sich Monster, so grausam, dass sie in der Hölle keinen Platz finden. Sie sind so geschickte Blender, dass du sie nicht erkennst. Sie werden fluchen, schreien, beißen. Explizite Szenen und Gewalt wirst du finden. In diesem Buch sterben Menschen, sie werden gefoltert, misshandelt, missbraucht, verkauft, versklavt.

Es fließt Blut. Wenn das nichts für dich ist, ist das okay. Mehr als Okay. Es gibt genug Monster auf dieser Welt, vielleicht ist dieses Buch hier einfach nicht das richtige für dich. Wenn du all diese Warnungen in den Wind schlägst, dann bereite dich darauf vor. Ich könnte dir sagen, dass am Ende alles gut wird. Doch das hier ist nicht das Ende, das ist erst der Anfang.

Queen of Sins ist Fantasie und Fiktion. Es soll dich abholen, dich mitreißen und dich einige Stunden der Realität entführen. Deshalb verzichte ich auch auf Verhütungsmittel in der Geschichte. Das soll nicht heißen, dass du es im wahren Leben tun solltest. Wir töten nicht in der Realität, wir nehmen keine Drogen oder spielen mit Pistolen. Wir achten dafür aber auf die Verhütung.

Falls du dazu Fragen hast: Dr. Sommer in der Bravo und so.

Deine Welt mag dunkel sein.
Ich jedoch, ich bin die Nacht.

EINS

ASRA

Das Knirschen meiner Stiefel auf dem dreckigen Asphalt klang viel zu laut für meine geschulten Ohren. Das Tier in mir, der Grund, weshalb ich überlebte, knurrte allzeit bereit. Dabei war ich wohl die einzige Frau in ganz Chicago, die sich nachts frei durch die dunklen Straßen bewegen konnte ohne belästigt, ausgeraubt, missbraucht oder getötet zu werden. Ich befand mich in den gefährlichsten Straßen dieser Stadt, meinem Zuhause, meiner ganzen Welt.

Als ich mit vierzehn in den Sog aus Gewalt und Tod gezogen worden war, fürchtete ich noch die Schatten der engen Straßen, das konstante Bellen der Straßenhunde hielt mich nächtelang wach. Doch nun waren sie mir in Fleisch und Blut übergegangen. Die Geräusche des Untergrunds. Ich lächelte befreit, genoss die Stille, die mich umgab. Ich liebte meine Stadt, liebte ihre Kanten und die dreckigsten Ecken. Wo andere nur Schmutz und Abschaum sahen, sah ich mehr. Ein leises Wimmern wischte mir mein Lächeln vom Gesicht und das Monster in mir fletschte die Zähne. Die dunklen Gassen von Bezirk acht waren ungewöhnlich leer, ein Grund mehr, die Sache selbst in die Hand zu nehmen. Viel zu geübt zog ich meine Smith & Wesson und verschmolz mit der Dunkelheit meines Königreichs. Wie ein Schatten schlich ich mich an den Häusern vorbei, Winkel um Winkel, ohne ein einziges Geräusch zu verursachen. Ich ahnte nichts Gutes. Dann hörte ich es, ein Flehen.

»Nein, bitte, bitte hör auf!«, die Stimme eines jungen Mädchens grub sich in mein Fleisch.

»Sei still Miststück, oder ich stopfe dir dein verdammtes Maul!«

Ich spähte um eine Häuserecke, die in einer Sackgasse endete. Umringt von Backsteinen tat sich mir die schlimmste Seite dieser Stadt auf. Ein junges Mädchen, nicht älter als fünfzehn, wurde von einem bulligen Kerl auf den Boden gedrückt. Er hatte bereits seine Hose heruntergelassen und sein fetter, weißer, schwabbeliger Arsch, der in meine Richtung zeigte, legte sich mir in voller Pracht dar. Der Wunsch, mir die Augen auszustechen, kam in mir auf.

Er hatte die typische Möchtegern-Gangster-Kleidung an. Longshirt, Goldkette, Bandana. Erleichtert stellte ich fest, dass der widerliche Kerl sich noch nicht an dem Mädchen vergangen hatte. Seine gierigen Wurstfinger fummelten an seinem Schwanz herum, wahrscheinlich, damit er überhaupt einen hochbekam. Ich konnte ihn nicht sehen, doch er musste winzig sein, wenn er sich an jungen Mädchen vergriff. Während ich mich schleichend an das Szenario herantastete, erfasste ich jedes Detail.

Das Mädchen trug ihr Haar in Regenbogenfarben. Dunkle, schwarze Make-Up-Ringe zierten ihre Augen, die jetzt vor lauter Tränen schwarze Schlieren auf ihrem Gesicht hinterließen.

Ihre Kleidung war zerlumpt, ein Punk, ein Kind der Straße. Der schmierige Wichser zerriss ihre mit Einhörnern und Löchern verzierte Leggins.

Das war der Moment, in dem ich die Smith & Wesson entsicherte. Das Klicken hallte in der kleinen Sackgasse wie ein Presslufthammer. Sofort verstummten Täter und Opfer. Beide drehten sich nach dem Verursacher des Geräusches, *nach mir*, um. Das Mädchen wimmerte erleichtert, als sie mich erblickte. Dem fetten Schwein brach sofort der kalte Schweiß aus. Er sah mich ganze fünf Sekunden an, bis er realisierte, dass ich tatsächlich vor ihm stand. Die Gangster dieser Straßen kannten mich, mein Ruf eilte mir auch dieses Mal voraus. Selbst aus einer Entfernung von mehreren Metern konnte ich sehen, wie sein sowieso schon winziger Schwanz in sich zusammenschrumpfte.

»Was ist los? Will dein kleiner Kumpel nicht rauskommen und spielen?«, säuselte ich. Meine Stimme klang nach einer Mischung aus rauchigem Whisky und süßer Verführung.

»Oh Shit«, fluchte der Wichser verzweifelt. Er ließ von dem kleinen Mädchen ab und rutschte zitternd bis zur Backsteinwand der Sackgasse. Dabei sah er wie eine fette kriechende Robbe aus. Er schenkte nicht mal seiner heruntergelassenen Hose Beachtung. Das Mädchen hingegen zog die Fetzen ihrer Leggins einigermaßen zurecht und stand auf.

Dass sie nicht wie ein verstörtes Kind am Boden blieb, imponierte mir. Sie hatte aufgehört zu zittern, stand einfach stumm da. Meine Waffe zielte ununterbrochen auf das Schwein, mein Gesicht zierte ein grausames Lächeln.

»Wie heißt du?«, fragte ich ihn. Meine Stimme war neutral, fast schon amüsiert. Der Abschaum der Straße trieb einem irgendwann alles andere aus.

»Hör zu, ich …«, setzte der Fettsack an.

Ich schoss.

Er schrie.

Wie ein Häufchen Elend hielt er sein blutendes Bein, in das ich meine Kugel versenkt hatte.

»Falsche Antwort, also nochmal. Wie heißt du?«, fragte ich zuckersüß. Sein Jaulen und sein Wimmern waren Musik in meinen Ohren. Wenn mir etwas an die Nieren ging, dann war es solch verachtenswerter Abschaum wie dieser Kerl.

»Ben.« Seine heulende Antwort war fast schon mitleiderregend.

Ben. Was für ein unscheinbarer Name für so eine seelenlose Kreatur.

»Wenn ich etwas nicht leiden kann, Ben, dann sind es solche Arschlöcher wie dich, die nur einen hoch bekommen, wenn sie sich an Schwächeren vergreifen. Du hast Glück, ich hatte einen wirklich miesen Tag.«

Das schien dem Wichser das restliche Blut aus seinem Gesicht zu jagen.

Vielleicht war es auch die Wunde. Er war bleich, fast schon grün. Er wusste, wer ich war, deswegen floh er nicht, deswegen kämpfte er nicht, deswegen wagte er es nicht zu hoffen. Betont langsam ging ich auf die beiden zu. Das Mädchen verzog keine Miene. Selbst als ich auf Bens zweites Bein schoss, verriet sie nur das kurze Zusammenzucken ihrer Glieder. Er dagegen schrie wie das Schwein, das er war. Ich hatte mit Absicht die Arterien nicht erwischt. Ohnmächtig war die Strafe schließlich nicht qualvoll genug. Wenn ich etwas nicht mit einem einfachen Tod segnete, dann waren es Vergewaltiger. Wo das Gesetz versagte, kehrte ich die Scherben auf.

Das kleine Mädchen schielte auf das Blut, das im Dreck versickerte. Sie hatte Angst. Doch wie sie meinem Blick auswich, verriet, dass sie diese mehr vor mir als vor ihrem Peiniger hatte. Angst. Natürlich hatte sie die. Wenn selbst das Monster, vor dem sie sich fürchtete, vor mir in die Knie ging, aus welchem Albtraum war ich dann wohl entsprungen?

Ich ging einen Schritt auf sie zu, drehte ihr Gesicht zu mir und schaute ihr in die wachen und intelligenten Augen.

»Wie heißt du, Kleine?«, fragte ich sie sanfter, doch obwohl die Kleine etwas in mir rührte, ließ ich es nicht an mich heran. Wer begann den Dreck dieser Welt persönlich zu nehmen, ging daran zugrunde. Alles, was Menschen, wie ich taten, war Schadensbegrenzung. Ich konnte diesem Mädchen kein besseres Leben bieten, doch ich konnte ihr etwas beibringen.

»Jasmin, mein Name ist Jasmin.«

Ihre Stimme schwankte zwischen Angst und Panik. Nicht sicher, ob ich Retter oder Mörder ihrer kleinen Seele war. Kluges Mädchen.

»Hör zu Jasmin, dieses wimmernde Etwas, das sich grad in Pisse und höchstwahrscheinlich auch in seiner eigenen Scheiße suhlt, weißt du, was er mit dir machen wollte? Ist dir das klar?«

Kalt starrte ich ihr in die schwarz verschmierten Augen. Ihre sogar recht hübschen braunen Augen weiteten sich bei meinen Worten. Auch ohne ihre Antwort wusste ich, dass ihr klar war, welchem Albtraum sie knapp entkommen war.

»Ja«, war ihre schlichte Antwort. Kein Reden um den heißen Brei. Die Kleine gefiel mir.

»Gut«, antwortete ich, ließ sie los und hielt ihr meine Waffe hin.

Sie zögerte. Der Kerl, der uns bleich beobachtete und leise vor sich hin stammelte, würgte überrascht. Gleich würde er sich übergeben. Eine Pfütze seines eigenen Urins kennzeichnete schon den Ort seines Endes. *Weichei*.

Jasmin betrachtete noch immer die Waffe, die in meiner offenen Hand lag. Nicht sicher, ob sie danach greifen sollte oder ich sie in eine Falle lockte.

»Wer zögert, der stirbt.«

Wenn es nicht meine Worte waren, die sich in die Seele dieses jungen Mädchens fraßen, dann war es der Klang meiner rauen Stimme, die diese Straßenregel in ihre Haut ritzte.

Anstand, Moral, Achtung, das waren Güter, die man sich auf Chicagos Straßen nicht leisten konnte.

Kein Naserümpfen, kein pikierter Blick und kein Gebet schützten junge Mädchen vor den Ausgeburten der Hölle. Eine 9 Millimeter dagegen bedeutete Schutz und Macht. Ohne meinem Blick auszuweichen, griff Jasmin nach der Waffe und wog sie in der Hand. Ihren Blick nicht einen Moment von mir abwendend. Ein wichtiger Urinstinkt war es, niemals seinen Gegner aus den Augen zu lassen. Dem Monster niemals den Rücken zuzudrehen. Sie drehte sich zu Ben um. Ich griff um sie herum, legte meine Hände um ihre und zeigte ihr, wie man die Waffe entsicherte. Als das vertraute Klicken ertönte, trat ich zufrieden zurück. Ließ ihr den Freiraum, sich selbst zu schützen. Ohne ihre Reaktion abzuwarten, drehte ich mich um, verließ langsamen Schrittes die stinkende Gasse, ließ das Mädchen erwachsen werden.

»Nein, bitte ich, bitte ich werde mich stellen. Ruf die Polizei, ich werde alles zugeb …«

Der Klang des Schusses ließ das Flehen verstummen.

Nicht eine Sekunde hielt ich an, meine Schritte verloren kein einziges Mal ihren Takt. Ich zweifelte nicht und nicht eine Minute hatte ich Angst, dass der kleine Schmetterling die Waffe auch auf mich richten könnte. Auf mich zielte man nicht, nicht in meinem Königreich, nicht in meiner Stadt.

Hier gab es keinen Platz für Abschaum wie Ben.

Du hast eine grausame Seele, meine Königin.
Grausam und wunderschön.

ZWEI

ASRA

Als ich das Nest betrat, streifte ich den Schmutz der Straße von meiner Seele. Das Nest, unser Zuhause, unsere Zuflucht, war eine alte Villa im Herzen von Chicagos Slums. Eine heruntergekommene Fassade, halb vernagelte Fenster, abgeblätterter Lack, gebrochene Dielen. So manche Geistergeschichte machte über die alte Dognall-Villa die Runde. Es hieß, Monster hausten im Inneren. Wie Recht sie alle hatten, doch diese Monster hatten wenig mit Fabeln oder Mythen zu tun. Sie waren real, sie waren echt.

Wir waren diese Monster.

So heruntergekommen, wie das Nest von außen wirkte, so gemütlich war es im Inneren. Die Wände des früheren Salons und der Abstellraum waren eingerissen worden, um der Bar Platz zu machen, die sich über den gesamten Erdgeschossbereich erstreckte. Das edle Ambiente, grauer Granit, dunkles Holz, gläserne Regale, gedimmtes Licht, lud zum Verweilen ein.

Wir waren Gesetzlose, Vertriebene, Rebellen, dennoch hatten wir Stil.

Die soziale Mittelschicht bezahlte ein Vermögen für schlampige Arbeit, weil sie einem Kleinkriminellen nicht zutrauten, ein anständiger Schreiner zu sein. Ihr Verlust, unser Gewinn. Alles, was das Nest ausmachte, war Handarbeit. Handarbeit von Vorbestraften, Verurteilten, Ex-Knackis, Mördern. Gab man ihnen den nötigen Anreiz, verwandelten sie eine schäbige Villa in ein stilvolle Bar.

Ein Grölen riss mich aus meinen Gedanken.

Du kannst die raue Straße aus einer Villa schmeißen, doch die raue Straße bekommst du nicht aus den Menschen.

Gut fünfzig meiner Männer und ein paar Nutten verteilten sich im Nest und zockten Black Jack, kippten sich die Birne zu, grölten, trainierten mit Messern. Eine Bande von Verrückten, warf man dann noch ein wenig Koks in die Runde, verwandelte sich das Nest in einen Kessel, vollgepumpt mit Adrenalin, Macht, Aggressivität und Schweiß. Ein Flatscreen ließ die Nachrichten laufen, auch ohne Ton sah ich die Bilder der vor einer Woche erschossenen Staatsanwältin und des erst gestern erstochenen Richters. In den oberen Rängen starben sie gerade wie Eintagsfliegen. Irgendjemand rechnete mit den hohen Tieren Chicagos ab. Wie hilflose Babys analysierten sie alle Beweise zu Tode, anstatt selbst auf die Jagd zu gehen. Typisch Anzugträger. Ein lautes Lachen holte mich aus meinen Gedanken.

Als ich einen Schritt in den Lichtschein der Bar machte, verstummte das Grölen meiner Männer.

Mein Blick wurde frostig und nur die leise Musik erstarrte nicht vor Ehrfurcht vor mir. Langsam ging ich weiter in das Getümmel. Massige, große Körper, breite Schultern, volltätowierte Arme, sie alle wichen vor mir zurück. Mein Herz, hätte ich denn eines, würde wohl bei so viel maskuliner Kraft höherschlagen. Ohne jemanden eines Blickes zu würdigen, ging ich zum Bartresen, hinter dem Jim schon mit einem Glas goldfarbenen Friedens auf mich wartete. Whisky ohne Eis, der Stoff, aus dem mein Blut gemacht war. Jim drehte die Musik ab und wandte sich mir wieder zu. Man hätte eine Stecknadel fallen hören können.

»Chef«, murmelte mein Barkeeper, neigte dabei den Kopf aus Respekt.

Er war, wie die meisten im Nest, ein Schrank, dunkler Typ, tätowiert, Bart und so große Muskeln, dass man am liebsten seine Fingernägel ins Fleisch hineinjagen würde. Meiner Recherche nach stammte er aus einer lateinamerikanischen Familie. Mit 11 Jahren begann Jim zu dealen, mit 17 beförderte man ihn zum Schläger, dadurch machte er sich einen Namen. Er brach den richtigen Leuten das Genick, arbeitete sich im organisierten Verbrechen nach ganz oben. Dann wurde er verknackt. Mit 22 Jahren verdonnerte man ihn für ganze 15 Jahre an den Rand der Gesellschaft. Nachdem er wieder draußen war, versuchte er es auf die ehrliche Schiene. Jim begann als Barkeeper in einem Nachtclub. Doch kaum fehlten ein paar Scheine in der Kasse, schon war er der Schuldige. So ist das, hatte man keine weiße Weste, passte man nicht in das System.

»Jim, erzähl mir eine Geschichte«, säuselte ich, während ich mit durchgedrücktem Rücken auf den Barhocker glitt und mich mit dem Glas zu meinen Männern umdrehte. Kaum merklich spannte sich die Atmosphäre in dem geräumigen Raum an. Jim wusste ganz genau, dass ich keine Geschichte hören wollte und, dass irgendwer im Raum einen Fehler gemacht hatte. Meinen Zorn zu spüren bekam. Wenn jemand in diesen vier Wänden als *aus dem Schneider* zu betrachten war, dann war es einzig und allein Jim. Es hatte seinen Sinn, warum mein Barkeeper ausschließlich Barkeeper-Aufgaben nachging. So konnte er keinen Mist bauen. Nachdem seine drei Vorgänger immer wieder gekillt, gequält oder verstümmelt worden waren, erklärte ich ihn als unantastbar. Und mein Wort war hier Gesetz.

Die Angst meiner eigenen Männer war spürbar. Wenn man ganz leise war, konnte man hören, wie sich ihr jeweiliger Puls beschleunigte. Mein Blick bohrte sich in sie hinein. Keiner wagte es, mir direkt in die Augen zu schauen. Nicht mal, wenn ich bei bester Laune war. Viel zu sehr fürchteten sie die Bestie, die in mir gerade ihre Krallen wetzte.

»Fängt nicht jede Geschichte mit: Es war einmal an?«, gab er grummelnd zu verstehen. Er war kein großer Redner, eher der stille Typ.

Ich drehte meinen Kopf zur Seite, damit ich ihn mit meinem schönsten Lächeln belohnen konnte. Meine Augen jedoch erreichte es nicht.

»Ja stimmt. Bravo! Also, wer kann seine Geschichte ausbauen?«

Schweigen. Ich seufzte theatralisch.

»Also keine Geschichte? Euch fällt keine ein? Was mach ich denn jetzt? Oh ja, mein Lieber, lass mich die Geschichte weitererzählen.«

Während ich meine Worte warm und einladend klingen ließ, wanderte mein Blick zurück zu meinen Männern. Keiner von ihnen rührte sich.

»Es war einmal eine Horde von Männern, sie feierten, sie lachten, sie fickten die schicken Nutten ...« Bei diesen Worten zwinkerte ich den wenigen Damen in der Runde zu.

Die meisten machten sich nicht die Mühe, zu verstecken, was sie waren. Ein Hauch von nichts am Leib und meterlange Beine, nur durch High-Heels betont. Grundsätzlich gehörten sie nicht zu uns, gehörten aber zu meinen Männern. Jede Nutte, die hier auftauchte, wurde allein aufgrund der Bürgschaft einer meiner Männer eingelassen. Drangen wie aus Zauberhand irgendwelche Gerüchte aus unserem Nest nach außen, dann begann die Jagd auf die Verräter und die Nutte starb nicht allein. Meine Männer kannten das Risiko, weshalb sie sich drei Mal überlegten, wen sie ins Nest schleppten.

» ... dabei vergaß nur ein Einziger von ihnen, wo sein Platz war«, beendete ich meinen Satz.

Mein Blick wanderte weiter durch die Menge, bis ich ihn fand. Trip. Kopf des achten Bezirks, man nannte diese Gegend auch Endlesshigh. Das Viertel, in dem man Drogen verteilte, als wären es Süßigkeiten. Verführerisch ließ ich mich vom Barhocker gleiten, meinen Drink als stetiger Begleiter in meiner Hand.

Meine Männer wichen vor mir zurück, wagten es nicht, mich auch nur zu berühren. Ich fasste Trip ins Visier. Er hockte an einem Tisch, sein Bier, das halbvoll auf dem Tisch stand, war sicher nur eines von vielen an diesem Abend. Als er endlich registrierte, dass ich ihn wie meine Beute taxierte, schluckte er. Sein Körper hatte wohl die Sauerstoffzufuhr eingeschränkt. In seinen Augen lag meine liebste Emotion. Angst. Blanke, rohe Angst. Den Drang, seinen Blick auf die Uhr über meiner Schulter zu werfen, sah man ihm an der Nasenspitze an, doch der Überlebensinstinkt in ihm weigerte sich, seinen Feind aus den Augen zu lassen. Wie es aussah, hatte er auf etwas gewartet, das nie eintreten würde. Stümper.

»Trip, mein lieber Trip, weißt du wie diese Geschichte weiter geht?«, fragte ich ihn mit rauer Whiskystimme.

Mein Glas platzierte ich demonstrativ neben seinem Bier. Dann stellte ich mich hinter ihn. Dabei ließ ich meine Hand über seine Schulter streichen, seine Muskeln verkrampften sich unter meinen Fingerspitzen. Er starrte immer noch auf die Stelle, an der ich gerade eben noch gestanden hatte. Ich nutzte dies, um ihm direkt ins Ohr zu flüstern.

»Sag mir, wie geht diese Geschichte weiter?«

»Ich weiß es nicht, Boss«, sagte er mit unruhiger Stimmlage. Ich würde lügen, wenn ich behaupten würde, dass ich es nicht liebte, große Männer in die Knie zu zwingen. Das gab mir ein Gefühl des Schutzes, ein Gefühl der Sicherheit. Macht war mir im Grunde egal, es war die Sicherheit, die sie einem gab, das Gefühl der Unbesiegbarkeit, das mit ihr einherging.

Sanft ließ ich meinen Finger über seine angespannte Schulter gleiten, was ihn sich nur noch mehr verspannen ließ.

»Worauf wartest du? Hier ist niemand der dich retten wird.«

Meine säuselnde Stimme passte nicht zu meinen Fingern, die sich nun schmerzhaft in seine Haut bohrten und obwohl Trip das Doppelte von mir wog und die dreifache Breite hatte, ließ er alles wie eine Salzsäule über sich ergehen.

»Hör zu, es war die Idee von Ja ...«

Mit einer genervten Bewegung griff ich zu meinem Messer, meine 9 Millimeter hatte ich ja an Jasmin verschenkt und hielt es ihm an seine Kehle. Ich hatte keine Lust mehr zu spielen und seine Ausreden waren nur ein erbärmlicher Versuch, sein Leben zu retten.

»Wir wissen beide, was für ein Spiel du gespielt hast. Dass du deinem Hurensohn von Bruder geholfen hast, seine dreckigen Drogen in Bezirk acht zu verteilen, anstelle der Drogen, die wir ansonsten unter die Leute bringen. Was ist mit dem Rest der Ware passiert?« Meine Stimme war eiskalt.

Trip und sein Bruder hatten mich betrogen. Es war Koks im Wert von mehreren tausend Dollar verschwunden. Sie hatten einfach ein Gramm um das Dreifache gestreckt. Obwohl ich nicht gerade zimperlich mit Jace umgegangen war, hatte er dichtgehalten. Bevor er gestorben war, hatte er etwas von einem Seecontainer gefaselt. Doch ehe ich ihn weiter hatte ausfragen können, war sein Kreislauf zusammengeklappt und er hatte sein Geheimnis mit ins Grab genommen.

»Sag es mir, sag mir was es mit diesem ominösen Seecontainer auf sich hat«, flüsterte ich ihm ins Ohr.

Trip erstarrte.

»Seecontainer?«, fragte er ehrlich überrascht. Verdammt, sein Bruder war schon immer der Schlauere der beiden gewesen.

»Ich weiß nichts von einem Seecontainer. Jace meinte, er hätte einen Deal mit jemandem. Mithilfe des Kokses wollte er richtig Asche machen in dem er uns in ein Projekt einkauft. Doch ich weiß nicht worum es geht, ehrlich, aber ich könnte versuchen etwas herauszufinden.«

Wie ein Wiesel versuchte Trip seinen Kopf zu retten, seinem Bruder die Schuld in die Schuhe zu schieben. Jace war tot, das war selbst Trip klar.

»Du hast nicht nur zugelassen, dass ein kleines Mädchen fast vergewaltigt wurde, weil deine Männer nicht die Augen offenhalten, nein, du hast meinen Bezirk, meine Stadt, mit Drogen verseucht, die mehr Rattengift und Waschmittel enthalten als Koks. Du warst gierig Trip. Dieses Vergehen«, meine Stimme war nur ein Flüstern, »werde ich nicht vergeben.«

Diese Worte galten nicht meinen Männern, sie waren allein für Trip, der jetzt zitterte und sich gegen meinen Griff wehren wollte. Dabei schnitt er sich mit meinem Messer selbst. Blut tropfte von seinem Hals.

»Boss, ich werde es wieder gu ...«

»Grüß deinen Bruder von mir«, unterbrach ich ihn.

Ich schnitt.

Das Lustige an einem Schnitt durch die Kehle war ja, dass man entweder eine ganz schöne Sauerei anrichten konnte oder aber, wenn man wusste wie, das Blut wie ein Wasserfall zu Boden fließen lassen konnte. Ich sorgte lieber für die Sauerei.

Wie eine Fontäne spritzte Trips Blut aus der Kehle.

Er starb.

Ich lächelte.

Mit einem dumpfen Aufprall schlug sein Kopf auf dem Tisch auf. Sein Blut lief noch über das dunkle Holz. Tisch, Gläser, Boden. Alles wurde vom faszinierenden Karmesinrot seines Blutes bedeckt. Keiner meiner Männer zuckte mit der Wimper, keiner verzog eine Miene. Mein Blick glitt über meine *Familie.* Männer, deren Westen schwarz waren, Brüder der Schatten. Sie verurteilten mich nicht. Sie gehorchten bedingungslos, weil ich ihnen gab, was die Gesellschaft ihnen nahm: Sicherheit, ein Zuhause, eine Zukunft. Wer dieses Geschenk nicht schätzte, der hatte sein Recht auf das Leben verwirkt. Wer nicht mein Freund war, durfte gehen, wer mein Feind war, musste sterben.

Um diese Position zu stärken, war es wichtig, gnadenlos zu sein. Es gab nur eine Handvoll Menschen, mit denen ich mehr Worte wechselte als Befehle zu bellen. Und das waren jene, die sich mein Vertrauen hart verdient hatten. Alle anderen bekamen Asra, die Königin der Sünden. Ein Spitzname, den man mir verpasst hatte, als ich noch wesentlich mehr Leuten das Leben schwer gemacht hatte.

Ich wusste, dass Trips Tod unnötig blutig war.

Ich hätte mir ebenso nicht die Finger an ihm schmutzig machen müssen, doch dieser Auftritt hier war ein Statement an alle, die in Erwägung zogen, mich zu betrügen. Das Leben auf der Straße war rau, doch simple Psychologie war ebenso unverzichtbar wie eine geladene Waffe oder ein scharfes Messer. Meine Männer waren weitgehend loyal, das hieß nicht, dass nicht jeder Einzelne von ihnen gerne auf meinem Thron sitzen würde.

Mit festen Schritten ging ich an meinem Rudel vorbei zu Jim, der mir ein neues Glas Whisky reichte.

»Danke. Hatte ich dir das Ende der Geschichte erzählt? Ratten sterben schnell, wenn sie an der falschen Stelle knabbern.«

Mit diesen Worten verließ ich den Raum. Mit einem Whisky in der einen Hand und Blut an der anderen.

Im oberen Stockwerk des Nestes, hinter einer Tür, die von zwei meiner loyalsten Männer bewacht wurde, befanden sich meine privaten Räume. An jeder Tür, an jedem Fenster des Nests befanden sich Überwachungskameras, die rund um die Uhr unter Kontrolle waren. Es gab niemanden, der das Nest betrat oder verließ, ohne dass wir es mitbekamen. Aus verständlichen Gründen verzichteten wir darauf, das Innere unseres Zuhauses zu filmen. So manch illegaler Scheiß fand hier statt. Ich war wenig interessiert daran, dass dieser auf Band aufgespielt wurde.

Ohne Seth und Chuck, die meine Tür bewachten, auch nur eines Blickes zu würdigen, ging ich an ihnen vorbei und riss die schwere Tür auf.

Erst als sie einrastete und damit das nötige Gefühl der Sicherheit versprach, entspannten sich meine Muskeln, meine innere Bestie zog sich, immer noch Trips Blut von den Krallen leckend, zurück.

Das Erdgeschoss des Nestes war in dunklen Tönen gehalten, meine Räume waren das genaue Gegenteil davon. Weiß dominierte mein Appartement, das eine angenehme Kombination aus Vintage und Moderne bildete. Vier Zimmer, kugelsichere Türen, Panzerglas an den Fenstern, versteckte Waffen an jedem Ort. Schutz hatte bei mir oberste Priorität.

Mit 14 Jahren verwandelte sich mein Leben in ein gefährliches Spiel, eines, das vielen Gangstern, Monstern und selbst Heiligen, schon den Kopf kostete. Ich bin jung gewesen, doch nicht dumm. Dumme Menschen überlebten die Straße nicht. Sie starben.

Heute hatte ich keine nennenswerten Feinde mehr und stärkere Verbündete. Darunter zwei der größten Waffenhändler, die es in Chicago bzw. in Amerika gab. Regelmäßige Aufräumtruppen sorgten dafür, dass auch keine großen Gangs an die Macht kamen. In Chicagos Slums machte mir selbst die Polizei keinen Ärger. Einfach, weil sie schon gottfroh waren, wenn sie die Augen vor uns verschließen konnten. Meistens rückten sie nicht mal hier an, wenn man persönlich um Hilfe bat. Meine Jungs und ich waren das Gesetz hier, sorgten für Sicherheit und weniger Morde als es die letzten 100 Jahre gegeben hatte. Die Menschen hier schätzen meine Arbeit, genossen meine Regentschaft. Fernab des Pseudodeckmantels der Demokratie, den sich die Regierung ausgedacht hat, hatten sie mich zur

Königin der Sünden erklärt. Solange ich mich innerhalb der Stadtgrenzen bewegte, würde es auch keiner wagen, mich zu bedrohen. Doch nur weil ich mich sicher fühlen sollte, hieß das nicht, dass ich es auch tat. Das Leben war ein Miststück und Fortuna, Göttin des Schicksals, liebte einen guten Untergang, vorzugsweise mit brennender Flagge.

Müde trank ich den Whisky mit einem Zug aus, stellte das Glas auf den Beistelltisch neben der Tür, hielt mich rechts und öffnete das Badezimmer. Das Blut an meinen Händen war beinahe getrocknet.

Das Badezimmer war, wie alle anderen Räume meines Domizils, offen und groß. Keine Abgrenzungen, keine Einengungen. Ich liebte offene und geräumige Zimmer, hatte ich doch oft genug in einem kleinen dreckigen Loch gelebt. Mein heutiger Lebensstil war angenehm und es hatte klare Vorteile, meine Männer im Rücken zu haben.

Wie mechanisch wusch ich meine Hände, befreite sie vom Blut. Dann nahm ich mir aus einer Kommode ein Handtuch, legte es über die Halterung und kippte das Fenster.

Ich mied den Blick in den Spiegel, wusste ich doch, was mich erwartete. Der Schmutz der Straße. Drei Tote, wenn man Schwabbelhintern und Trips törichten Bruder mitzählte, an einem Tag, war selbst für mich ein hoher Schnitt.

Mit fahrigen Bewegungen streifte ich mir meine Kleider ab. Lederjacke, Boots, Socken, Hose, Shirt, BH, Slip, alles in Schwarz. Farben waren nicht mein Ding.

Ich ließ alles als Haufen liegen und stieg unter die Dusche.

Warmes Wasser prasselte auf mich nieder, löste die Verspannungen des Tages. Meine Hände glitten über meine Haut, suchten nach den Narben, deren Berührung mich fast schon beruhigte. Ich zählte sie, jede einzelne. Es waren 43. Manche Wunden waren schwerwiegender gewesen und somit die Narben deutlicher, andere waren nur fein und kaum sichtbar. Das Leben der Straße hatte sich auf meiner Haut niedergelassen. Erinnerte mich stetig daran, wie kostbar es war.

Als ich den letzten Schaum aus meinen Haaren spülte, drehte ich das Wasser ab. Stille empfing mich, hüllte mich in einen Kokon aus Geborgenheit. Tropfnass ging ich auf einen großen Spiegel zu. Die nackte Frau, die mir entgegenblickte, zeigte keine Regung. Noch heute war ich froh, dass mein Gesicht frei von Narben war. Ich war nicht eitel, daran lag es nicht. Nichts lenkte mehr Aufmerksamkeit auf sich als meine zerstörte Haut. Sie brandmarkte mich, machte mich zu dem, wer ich war: Eine Kriegerin, aber auch verwundbar, menschlich und schwach. Und Schwäche konnte ich mir einfach nicht leisten.

Mit durchgedrückten Schultern wandte ich meinem Spiegelbild den Rücken zu. Es gab so einige Menschen, die mir sagten, ich sei schön, ebenso viele Momente in meinem Leben hasste ich es, schön zu sein. Diese Schönheit hatte mich einfach viel zu viel gekostet. Einen Preis, den ich mir mit allem Blut dieser Welt nicht mehr zurückholen konnte.

Als ich das Badezimmer verließ, glitzerten nur noch

wenige Wassertropfen auf meiner Haut. Die Kälte meines Appartements bescherte mir eine Gänsehaut. Mit entspannten Schritten wandte ich mich nach rechts zu meinem Schlafzimmer, das von einem King-Size-Bett dominiert wurde. Schwarzes Leder, weiße Bettwäsche, tausende Kissen. Obwohl die Nacht angebrochen war, warf keine Ecke einen Schatten. Deckenleuchten tauchten alles in sanftes Licht, das mir Sicherheit gab. Ich fürchtete die Dunkelheit nicht, nur das, was sich darin verstecken konnte. Entspannt stand ich vor meinem Kleiderschrank und kramte im Inneren nach passender Kleidung. Gerade hatte ich mir meine Unterwäsche übergestreift, als ich es spürte.

Einen Windhauch, ein Kribbeln, ein Gefühl. Meine innere Bestie fletschte die Zähne. Jeder meiner Muskeln spannte sich an. Ohne in meiner Bewegung innezuhalten zog ich meine zweite Smith & Wesson aus ihrem Versteck und entsicherte sie. Das vertraute Klicken hallte in meinen Ohren, doch bevor ich meinen Gegner ausmachen konnte, wurde mir ein nach Chemie stinkendes Tuch auf die Nase gedrückt.

Wer auch immer das war, war unglaublich schnell. Eine Hand hielt meinen Hals fest umschlungen und gleichzeitig das Tuch auf meine Nase, die andere griff an mein Handgelenk und drückte meine bewaffnete Hand in Richtung Boden. Ich erkannte leicht gebräunte Haut, sehnige, muskulöse Arme und große Hände. Rau, männlich. Verzweifelt wand ich mich, versuchte meine Waffe auf meinen Feind zu richten und wurde gegen den stahlharten Körper meines Angreifers gedrückt. Zwecklos. Ich wollte die Waffe gerade fallen lassen und ihn mit meiner geübtesten Kampfmanier loswerden, als er meine beiden Hände fest mit seiner umschloss. Ich konnte sie nicht befreien. Mist. Schreien hatte auch keinen Sinn, mein Appartement war schallisoliert. In einem verzweifelten Versuch, ihn irgendwie unschädlich zu machen, stampfte ich mit meinem Fußballen auf seinen Schuhen herum, doch selbst mir war klar, dass meine nackten Füße nicht gegen die harten Boots meines Angreifers ankamen.

Als ich spürte, wie meine Arme anfingen, taub zu werden, realisierte ich meine ausweglose Situation. Ich war nicht naiv, hätte mich mein Gegner tot sehen wollen, wäre ich es. Somit war klar, welches Mittel sich durch meine Adern brannte.

Er war stark und ich ihm körperlich definitiv unterlegen.

Verdammt. Wo blieben meine Männer? Alle Fenster und Türen wurden rund um die Uhr bewacht. Sie hätten den Eindringling bemerken sollen.

Ich versuchte nochmals mich zu befreien. Keine Chance. Auch ohne Betäubungsmittel wäre, es schwer gewesen ihm zu entkommen. Als schwarze Punkte vor meinen Augen tanzten, war ich mir der katastrophalen Lage, in der ich steckte, durchaus bewusst.

»Shhh«, flüsterte eine Stimme direkt neben meinem Ohr.

Tief, stark, unwiderstehlich. Eine Gänsehaut breitete sich auf meinem Körper aus und kalte Resignation beruhigte mein rasendes Herz, bevor alles um mich schwarz wurde.

Ich bin das Inferno.
Du wirst in meinem Feuer untergehen.

DREI

ASRA

»Aufstehen, Prinzessin.«

Die tiefe Stimme, die mich in die Bewusstlosigkeit begleitet hatte, holte mich auch aus ihr heraus.

Blinzelnd öffnete ich meine Augen. Helles Licht umgab mich und bevor ich richtig wach war, fühlte ich schon die Fesseln an Fuß- und Handgelenken. Langsam klärte sich mein Blick, ich erkannte mein Schlafzimmer. Sofort entspannten sich meine Muskeln ein wenig. Ich war im Nest, im Nest war ich sicher. Nicht so sicher, wie ich gerne hätte, halbnackt, gefesselt an einen Stuhl, doch sicherer als an einem unbekannten Ort. Meine Füße waren eiskalt, sie waren mit Kabelbinder jeweils an ein Stuhlbein gefesselt, so dass ich meine Beine bewusst zusammenhalten musste, damit ich nicht wie auf dem Präsentierteller saß. Meine Hände waren hinter meinem Rücken jeweils an die Stuhlstreben gefesselt, wahrscheinlich ebenfalls mit Kabelbindern. Wenig Spielraum, doch genug damit ich mich nicht allzu sehr aufschnitt, wenn ich mich bewegte. Die Arbeit eines Profis.

Das Betäubungsmittel lag noch schwer auf meinen Muskeln. Verdammt, es war Jahre her, als ich mich das letzte Mal in solcher Gefahr befunden hatte. Adrenalin pumpte durch meine Venen, ich versuchte, die aufkommende Panik in mir zu verdrängen, doch Erinnerungen und Ängste drückten an meine Schädeldecke. Zu viel Dunkelheit und Grauen hatte ich bereits gesehen. Die Welt war ein Haufen Scheiße, in der es besser war, sich *nicht* die Hände und Füße fesseln zu lassen.

»Guten Morgen, Dornröschen.«

Ich musste nicht lange nach der tiefen, dunklen Stimme suchen. Vor mir stand die Perfektion in männlicher Gestalt. Normalerweise sah man ihn nur im maßgeschneiderten Fünfzehntausend-Dollar-Anzug und Rolex am Handgelenk. Jetzt aber trug er ein schwarzes Shirt und Jeans. Heiß. Zum Anbeißen, um genau zu sein. Er dürfte nicht älter als 35 Jahre sein. Sein braunes Haar war gewollt sexy durchgewühlt. Gerade so viel, dass es trotzdem gepflegt aussah. Nacken muskulös, Gesichtszüge markant, rau, wild. Er strahlte eine Aura von Geld und Macht aus. Seine ganze Körperhaltung schrie förmlich, dass er ein Gott war. Auf seinen sinnlichen Lippen lag ein spöttisches Lächeln, das jedoch seine Augen nicht erreichte. Diese waren zwei tiefgrüne Seen, kalt wie Eis. Hinter der Fassade des begehrtesten Junggesellen der Stadt und Kandidaten des Bürgermeisteramts von Chicago, verborgen unter einer Maske, die heißer als die Hölle war, sah ich es.

Ein Monster wie ich erkannte ein anderes Monster. Und genau jetzt, stand eines vor mir.

»Darf ich mich vorstellen …«

»Dorian Bane«, unterbrach ich ihn, dabei versuchte ich meine Stimme neutral zu halten, sie nicht schwächlich wirken zu lassen.

»Ich kenne Sie, ganz Chicago kennt Sie.« Meine Stimme troff vor Spott, mein Lächeln war mehr ein Zähnefletschen.

Schon bevor Dorian sich in mein Reich verirrt hatte, war er mir aufgefallen. Als einer der jüngsten und erfolgreichsten Politiker des Landes hatte er eine glänzende Karriere hingelegt. Doch daran lag es nicht, dass ich hin und wieder den Fernseher lauter stellte, wenn er sprach. Obwohl Dorian ganz Chicago um seinen Finger wickelte, immer charmant, witzig und vertrauenswürdig erschien, war etwas an ihm, das so gar nicht passen wollte. Jetzt vor ihm zu sitzen, gefesselt und wehrlos, ließ mich das erkennen. Dorian Bane hatte eine Aura, die selbst mich das Fürchten lehrte. Dieser Mann war dunkler als die schwärzeste Hölle.

»So geht es uns beiden, nicht wahr, Queen of Sins? Ein beeindruckender Name für eine noch beeindruckendere Frau.« Dorian schaute mich an, als sei ich jene, die Interviews gab und Autogramme verteilte und nicht er. Nichts an seinem Blick verriet mir, was er wirklich von mir dachte. Ich zog meinen imaginären Hut. Wenn Politiker etwas konnten, dann war es ein Pokerface aufzusetzen.

»Ihr Zuckerbrot zieht bei mir nicht, Mr. Bane«, gab

ich zurück, versuchte, meine Gedanken ebenfalls hinter einer Mauer zu verstecken.

Dorian fuhr sich einmal durchs Haar. »Na gut, erwischt. Schluss mit Zucker.« Gab er in einer tiefen, gefühllosen Stimme von sich. Mein Herz raste. Was war es nur, dass Dorian meine Überlebensinstinkte weckte. Er verschränkte seine Arme und schaute auf mich herab. Die Augen wachsam und gnadenlos. Er beobachtete mich, studierte jede einzelne Rundung. Ich kam mir vor, wie ausgestellt.

»Noch nie ne halb nackte Frau gesehen?«, blaffte ich ihn gereizt an.

»Nicht jeder hat die Ehre, die Königin der Sünden seiner Gnade ausgesetzt zu wissen. Ich habe dem lieben Gott nur gedankt, dass er aus mir so einen Glückspilz gemacht hat.«

Sein arroganter Tonfall zielte darauf ab, mich zu provozieren. Also lächelte ich ihn süßlich an. »Falsches Stockwerk Bane, wir befinden uns eher in der heißen Region. Gott hat hier unten keinen Zutritt.«

»Oh da besteht kein Zweifel«, gab er zu, provozierte mich weiterhin mit seinen Blicken, die etwas in mir zum Klingen brachten.

Krampfhaft versuchte ich, nicht daran zu denken, was er sah, wie er es beurteilte, ob ich ihm gefiel. Ich wusste nicht, was ich hätte sagen können. Immerhin wollte ich nicht, dass er mir doch noch die Lichter ausblies. Gerade befand ich mich nicht wirklich in der Position, ihn in seine Schranken zu weisen. Einer seiner Mundwinkel hob sich amüsiert.

»Braves Mädchen.«

»Was wollen Sie hier?«, fragte ich mit zusammengebissenen Zähnen.

»Reden. Ich will nur mit Ihnen reden.«

Sarkastisch legte ich meinen Kopf zur Seite und zog provokativ an meinen Fesseln. Langsam schmerzten meine Hände.

»Reden scheint bei Ihnen eine andere Bedeutung zu haben als bei mir, Mr. Bane.«

»Das ist nur eine Vorsichtsmaßnahme. Es gibt da etwas, wobei ich Ihre Hilfe benötige.« Er zog sich aus der Ecke einen weiteren Stuhl und setzte sich damit genau gegenüber von mir. Gerade weit genug, um mir die Chance zu nehmen, ihn irgendwie zu verletzen.

Schade.

»Jessica Glich, Staatsanwältin und John Clearwater Richter wurden am ...«

»Ich bin kein Freund der vielen Worte Mr. Bane. Mir ist durchaus bewusst was bei Ihnen oben abgeht. Wahrscheinlich weiß ich sogar mehr als Sie.«

Innerlich trat ich mir selbst gegen das Schienbein.

Schnauze, Asra!

Entgegen meiner Erwartung grinste er von einem Ohr zum anderen, lehnte sich in meine Richtung und griff bestimmend nach meinem Kinn. Seine Berührung fühlte sich heiß an auf meiner Haut an. Lösten ein Kribbeln aus. Doch etwas stimmte nicht. Passte nicht, denn ich fühlte raue Haut, schwielig. Seine Hände waren nicht die Hände eines Politikers. Sie fühlten sich nach jahrelanger, harter Arbeit an. Diese Hände hatte er sich nicht am Sitzen eines Schreibtisches zugezogen. Was tat Dorian Bane, wer war er?

»Hübsche, wunderschöne Asra. Mir ist durchaus bewusst, dass deinen wachen Augen nichts entgeht. Wir wissen beide, dass das nicht einfach aufhören wird. Da ist etwas Großes im Gange, aus diesem Grund brauche ich dich und deine Höllenhunde. Es gibt da draußen jemanden, der in deinem Gebiet rumstochert. Willst du dir diesen nicht zur Brust nehmen?«

Dorian duzte mich bewusst, das war mir klar. Triumph und Kälte lagen in seinem Blick, ein kalter Schauer überlief mich bei der Vorstellung, was ein Mann wie er an der Spitze von Chicago anrichten konnte.

»Erstens: Sie vergessen sich. Ich habe Ihnen niemals das Du angeboten. Zweitens ist Ihre Bitte schwachsinnig, vergessen Sie sie mal ganz schnell wieder. Uns hier unten interessiert es einen Scheiß, wer sich die Hochwohlgeborenen auf die Schlachtbank holt. In meinem Revier wildert niemand, es sind immerhin Ihre Köpfe die rollen. Ich sehe keine Veranlassung daran etwas zu ändern. Suchen Sie sich eine andere, die Sie ficken können, Mr. Bane.«

Meine Worte waren beißend. Was glaubte dieser Mistkerl? Spazierte in mein Nest und erzählte mir was von seinen verdammten Problemen? Das war lächerlich. Dorian ließ mein Kinn los, nur um mir mit seinem Handrücken über die Wange zu streicheln. Dann sah ich es, ein Aufblitzen. Kalt wie Eis und dunkel, düster wie verbrannte Asche. Für eine Millisekunde verlor er seine unbeschwerte, fast schon verspielte Art.

Ehe ich jedoch genauer in diese Dunkelheit blicken konnte, riss er mich mit einer groben Berührung aus meiner Trance. Fest umfasste er mein Kinn, fast schon schmerzhaft. Instinktiv zog ich meinen Kopf weg, doch das leichte Ziepen des Schmerzes spürte ich trotzdem. Adrenalin pumpte durch meine Venen, jagte einen Schauer über meine Haut. Das Kribbeln fuhr meinen nackten Rücken hinab, erinnerte mich an meine entblößte Situation. Ich hatte nie ein Problem, damit nackt zu sein, doch vor Dorian Bane fühlte sich meine Seele schutzlos an, schwach.

Ob es an meinem Mangel an Kleidung oder seinem stechenden Blick lag, konnte ich nicht sagen, doch er hatte etwas, das mir unter die Haut ging. Unsicher starrte ich in seine kalten Augen. Er betrachtete mich wie sein neustes Lieblingsspielzeug. Ein Knoten bildete sich in meinem Magen, ob aus Panik oder Interesse konnte ich nicht sagen. Ich musste zugeben, er war ein attraktiver Mann, dazu noch intelligent und verschlagen, was meinem Gaunerherzen in die Karten spielte. Ohne mit der Wimper zu zucken verbarg ich meine Gedanken hinter einer neutralen Maske.

Bane schien sich nicht von mir täuschen zu lassen. Als könne er meine Gedanken lesen, lächelte er wissend.

»Asra.« Seine Stimme war tiefer geworden, rauchiger. Er liebkoste meinen Namen allein mit seiner Stimmlage. Alles an ihm war Dominanz auf höchstem Niveau. Die niedersten Triebe, die Gene einer Frau, die daran schuld waren, dass wir als schwächeres Geschlecht galten, wollten sich in seiner Aufmerksamkeit wälzen, sich ergeben, ihm gefallen.

Mein Kopf hielt mir vor, was für eine verdammt

schlechte Idee das nun wäre, aber mein Unterleib zog sich trotzdem zusammen. Verräter.

Während ich mit meinem Körper von seinem Unwissen überzeugen wollte, sprach Bane weiter: »Glaub mir, noch habe ich es nicht darauf angelegt, dich zu ficken.«

Trotzig seufzte ich, versuchte, das *noch* in seinem Satz zu ignorieren, und widerstand dem Drang, meine Beine fest zusammenzupressen. Fuck. Er wusste, welche Knöpfe er bei mir drücken musste. Doch so leicht gab ich nicht auf.

»Träumen Sie weiter«, zischte ich durch meine zusammengebissenen Zähne. Meine Leugnung war angesichts meines Körpers ein Witz, das war mir selbst bewusst. Doch niemals würde ich zugeben, was für eine Wirkung er auf mich hatte.

Er taxierte mich, kein Grinsen, kein Lächeln, nicht mal ein Hauch Emotionen lag in seinem Blick, als er weitersprach.

»In meiner Welt ist kein Platz für Träumereien. Wenn ich etwas will, dann hole ich es mir. Du kennst das Spiel. Warum sollte ich von etwas Träumen, das sich in greifbarer Nähe aufhält? Ich will dich, Asra, und ich werde dich kriegen, das hat nichts mit Schicksal oder Wahrscheinlichkeit zu tun. Dass ich dich ficke, dass du unter mir kommst, mit meinem Schwanz tief in dir, ist so unausweichlich wie der nächste Tag. Du solltest dich damit abfinden, du solltest dich damit vertraut machen. Wir beide sind wie Tornados, beide unschlagbar in dem was wir tun. Wenn wir aufeinandertreffen, werden wir die Erde zum Beben bringen und sei dir gewiss, wenn das passiert, lasse ich dich jedes spitze Wort deiner vorlauten Zunge bereuen. Wir werden ficken. Ebenso wirst du mir helfen, diese Jagd auf die, wie nanntest du sie? Hochwohlgeborenen zu beenden. Weil ich es so will, weil ich immer bekomme was ich will.«

Während Dorian sprach, wanderte sein Finger wieder an meine Wange und von dieser über meinen Hals, bis hin zu meinem Schlüsselbein. Kurz vor dem Ansatz meiner Brüste machte er Halt.

Jedes seiner Worte traf mich wie eine Kugel. Sein Blick war pures Feuer. Ich kämpfte darum, die Oberhand über mich und meinen Körper zu behalten. Hinter der Fassade des charmanten Mannes der Politikerszene verbarg sich der Teufel höchstpersönlich. Ich biss mir auf die Lippe, denn leider hatte ich eine Schwäche für das Böse.

Welches Ziel verfolgte er damit, sich in die Ermittlungen der Morde einzumischen? Wenn ich eines auf der Straße lernte, dann war es, immer meinem Bauchgefühl zu vertrauen, und das schrie förmlich: *Achtung, Gefahr!*

Ich musste all meine Selbstbeherrschung aufbringen, um keinen meiner Gedanken mit meinen Blicken zu verraten.

»Und warum sollte ich wie Ihr Schoßhündchen nach Ihrer Pfeife tanzen?«, fragte ich rundheraus. Ich schaute ihm dabei krampfhaft in die Augen. Obwohl sie Grün waren, wirkten sie dunkel. Welche Geheimnisse sich wohl in ihnen versteckten? Er ließ seine Hand sinken und stand auf. Kurz darauf fühlte ich ein Ziehen an meinen Haaren. Er zog meinen Kopf grob nach hinten, so dass ich ihn mit überstrecktem Hals anschauen musste. Sinnlich legte er einen Finger auf meine Lippen, sein unvergleichbarer Geruch vernebelte meine Sinne, eine Gänsehaut breitete sich auf meiner Haut aus und meine Brustwarzen verhärteten sich verräterisch. Mein Körper erkannte seine Dominanz und war fasziniert davon. Fast nackt, wie ich war, war diese Reaktion kaum zu verbergen.

»Weil ich eine verlorene Seele erkenne wenn ich sie sehe. Deine und meine, sie sind aus der gleichen Essenz. Dunkel, so düster wie das schwärzeste Schwarz.« Er griff an meine Kehle, der Druck seiner Hände verstärkte sich kaum merklich, doch mein Körper erschauerte sofort. Nicht aus Angst, aus Erregung. Ich versuchte, meine Maske aufrecht zu erhalten, doch ein Blick in Banes Gesicht verriet mir, dass es mir nicht gelang.

Sanft fuhr er über meinen Hals bis zu der empfindlichen Stelle hinter meinem Ohr. Weitere Wellen der Erregungen tosten durch meinen Körper. Ich war falsch gepolt. Das wusste ich. Wenn man immer das Sagen hatte, immer die Macht, sehnte man sich meist in den dunkelsten Fantasien danach, sie auch mal abzugeben. Die Gefahr, die Bane bedeutete, versetzte mich nicht in Angst, nein, sie berauschte meine Sinne. Ich versuchte, den Knoten in meinem Hals durch Schlucken loszuwerden, doch er wollte nicht weichen. Wie ein verhungertes Tier starrte er mich an. Verbissen versuchte ich, ihm standzuhalten, versuchte, ihm keine Angriffsfläche zu geben, doch meine Augen senkten sich von selbst. Ein Akt der Kapitulation, ich hatte unser kleines Kräftemessen verloren und wusste nicht einmal warum.

»So süß, so beugsam. Sag mir, wie viele Menschen kennen diese Seite von dir? Wie viele sehen die tiefen Abgründe deiner Seele, Queen of Sins?«, raunte er gedankenverloren.

»Ich habe keine Seele«, flüsterte ich und meinte es auch so.

»Und wie du sie hast, sie ist schwarz wie die Nacht, und so schön, dass die Hölle dafür brennt.«

Dorians Worte brannten in meinem Blut. Jede Nervenzelle reagierte auf sie. Sein Finger strich erneut meinen Kieferknochen entlang, über meinen Hals, dieses Mal bis zum Ansatz meines BHs. Meine Brüste fühlten sich schwer und voll an. Erst als sein Finger tiefer wanderte, erwachte ich aus meiner Trance.

»Wenn du deinen Finger da nicht weg nimmst, beiß ich ihn dir ab«, würgte ich bissig hervor. Vergessen war das krampfhafte Wahren der Distanz zwischen uns. Wann hatte ich das letzte Mal so die Kontrolle über meinen Körper verloren? Das war einfach, nie! Ich war immer die Herrin der Lage, auf der Straße und auch im Schlafzimmer, meist einfach, weil ich Männern nicht genug vertraute, um ihnen die Kontrolle zu überlassen. Ich konnte mich nicht fallen lassen. Niemals. Vertrauen war etwas, das einen die Straße nicht lehrte.

Dorian erhob sich, dann fixierte er mich von oben herab mit seinen kalten Augen. »Wir beide werden eine Menge Spaß miteinander haben, Valerie.«

Seine Worte wirkten wie ein Eimer kaltes Wasser

auf mich. Zitternd atmete ich ein und aus. Nicht sicher, was ich sagen sollte.

»Woher kennst du diesen Namen?« Meine Stimme brach. Dahin war mein Selbstbewusstsein, mein Panzer. Es war über 15 Jahre her, als mich das letzte Mal jemand bei diesem Namen genannt hatte. Das war kein Zufall, kein Raten ins Blaue. Dorian starrte mich nieder, griff fester in mein Haar und kam mir so nahe, dass ich seinen Atem auf meinen Lippen schmeckte.

»Du hättest deine Spuren besser verwischen sollen. Es ist so einfach als Mann in meiner Position an Informationen zu kommen. Du wirst sicher froh sein zu hören, dass es deinem Bruder gut geht. Er beendet dieses Jahr das College, nicht?«

Meine Sicherungen brannten durch. Ich schrie, wand mich in meinen Fesseln. Dorian packte mich noch fester, fixierte mich trotz meiner Wut. Gestandene Männer begannen schon zu schwitzen, wenn ich nur meine Augenbraue hob, doch er ließ sich von meiner Raserei und meinem Hass nicht einschüchtern.

»Wage es nicht! Ich werde dich töten, ich zieh dir bei lebendigem Leibe die Haut von den Knochen«, knurrte ich.

Die Bestie in mir tobte, und alles, was ich mir wünschte, war meine Patronen in Dorian Banes Haut zu jagen. Er schaute auf mich herab, keine Emotionen spiegelten sich auf seinem teuflischen Gesicht. Dieser Mann hatte Eis in den Venen, da war ich mir sicher und innerhalb von Sekunden und mit wenigen Worten hatte er sich in meinen größten Feind verwandelt. Er hatte gerade eben sein Todesurteil unterschrieben.

»Ich mag dieses Feuer in dir, ich mag es, wie sehr du beschützt was dir gehört. Deine Mauern sind hoch, doch in der Tiefe deiner Geheimnisse liegt deine Schwäche. Du hilfst mir das Morden zu beenden. Schon allein um deines Bruders Willen. Im Gegenzug werde ich dein Geheimnis mit ins Grab nehmen. Niemand wird erfahren, woher du kamst, noch, dass du einen Bruder hast. Er wird niemals erfahren, dass du noch existierst und dein Bruder ebenso.«

Er log, es gab keine andere Option. Seine Worte waren kein beruhigendes Flüstern, kein Funken Wärme war darin enthalten. Er ratterte die Silben, wie auswendig gelernt, herunter. Er wusste mehr über mich, als mir lieb war. Er wusste von meinem Bruder, von meinen Vorlieben für dominante Männer, von *ihm*. Ich war kein verdammter Wikipedia-Eintrag. Ich musste herausfinden, woher er all diese Informationen hatte. Als Nächstes musste ich ihn dann aus dem Weg räumen und all meine Geheimnisse mit ihm begraben. Mein Puls beruhigte sich bei meinem Plan, mein Blut floss aus meinem Kopf wieder in meine Glieder, die sich entkrampften.

»Ergib dich mir, Prinzessin.« Seine Stimme war rau, getränkt in männlicher Dominanz. Sein Blick bohrte sich in meinen.

Dorian war durch genau diese Attribute unglaublich anziehend. Wäre er mir in einer anderen Situation begegnet, hätte ich ihm wohl nicht widerstehen können. Doch nachdem er meinen einzigen emotionalen Schwachpunkt ausfindig gemacht hatte, wollte ich die Straßen, meine Stadt, mit seinem Blut tränken.

Er konnte mir viel versprechen, seine Worte waren nur Schall und Rauch. Keiner würde so eine Waffe ungenutzt lassen. Selbst ich nicht. Nein. Dorian Bane war kein Idiot. Was er tat, hatte einen Grund, und eine Stimme tief in mir flüsterte, dass dieser Grund mein Untergang sein würde.

Die einzige Lösung für mein Dilemma waren Informationen. Jeder Mensch, mochte er noch so kalt sein, hatte eine Schwachstelle. Ich musste sein Kryptonit nur finden. Ganz nebenbei musste ich herausfinden, wer ihm von meinem Bruder erzählt hatte. Solange er sich jedoch von mir bedroht fühlte, würde ich keinesfalls an ihn herankommen. Leider war Dorian Bane auch im Rampenlicht ein verschwiegener Mann. Alles, was ich von ihm wusste, waren unbedeutende Fakten. Er ließ mir keine Wahl, ich musste sein Spiel mitspielen.

Ich atmete flach, versuchte, meine Anspannung so weit zu lösen, dass ich nicht mehr bedrohlich wirkte, sondern weich, sanft, anschmiegsam. Meinen Blick wandte ich ab, starrte auf den Boden meines Schlafzimmers, gab ihm, was er brauchte, den Eindruck, dass ich kapitulierte.

»Ok, was willst du?«

Er betrachtete mich düster, hatte ich diesen Mann auch nur einmal lächeln sehen? Es war nicht leicht, einen Täuscher wie ihn zu täuschen, das bewies er mit seinen nächsten Worten.

»Sag mir, Prinzessin, wie hast du es so weit gebracht, obwohl du so ein schlechtes schauspielerisches Talent hast?«

Wieder kribbelte es in meinem Magen. Verdammt. Er war gut, zu gut.

Seine Intelligenz und sein Scharfsinn imponierten mir. Ich hatte schon immer eine Schwäche für Männer, die auch was im Kopf hatten. Dorian Bane schien das Gesamtpaket. Unglaublich attraktiv und intelligent dazu. Das wunderte mich nicht, immerhin hatte er es weit gebracht. Was mich überraschte und ihn damit noch anziehender machte, war, dass er diese gewisse Dunkelheit in sich trug. Er war anziehender als das Licht für eine Motte. In diesem Fall war ich die blöde Motte.

»Ich bin gut im Töten«, sagte ich und lächelte dabei leicht.

Er erwiderte es.

»Ich liebe deine scharfe Zunge jetzt schon.«

Zum Teufel, dieser Mann war der feuchte Traum einer jeden Frau, wenn er sich dazu herabließ, zu lächeln.

»So, Prinzessin.«

Seine Stimme forderte meine Aufmerksamkeit. Er stand vor mir und beide Mundwinkel waren nach oben gezogen. Mit einem Mal war diese düstere Aura, der dunkle Abgrund seiner Seele, wie von seinem Gesicht gewischt. Er lächelte und das auch noch freundlich! Als wäre er ein verdammter Heiliger stand er vor mir, dass ihm nicht die Sonne aus dem Arsch schien, war auch schon alles. Mit offenem Mund betrachtete ich ihn. Selbst seine Stimme war wärmer, sympathischer.

»Erstmal bringst du mich hier lebend raus, ich habe wirklich keine Lust deine Gorillas abzumurksen.

Immerhin werden sie für mich auf die Jagd gehen. Abgesehen davon ist töten schlecht fürs Image.«

Mit diesen Worten richtete er sich auf und entfernte einen imaginären Fussel von seinem Shirt. Als ich ihn anstarrte, wie einen Außerirdischen, traute ich meinen Augen kaum. Hatte Dorian mich gerade angezwinkert? Seine Körperhaltung war eine völlig andere. Ich könnte schwören, ein ganz anderer Mensch stand vor mir. War er schizophren? Ein Verrückter? Nachts der Mafia-Boss und am Morgen der perfekte Schwiegersohn? Ich taxierte ihn, versuchte, diese abstruse Situation einzuschätzen. Wenn er verrückt war, dann war er verwundbarer, aber auch unberechenbar. Wenn er allerdings dieses Sunny-Boy-Image aufrechterhielt, war es vielleicht leichter ihn zu killen.

Als ich meinen Blick wieder auf ihn richtete, zuckte ich ertappt zusammen, denn sein Blick durchbohrte mich. Scharfe Intelligenz, gnadenlos. Als würde er jeden Einzelnen meiner Gedanken lesen, schaute er auf mich herab.

Auch wenn seine Mimik völlig entspannt, fast schon einladend wirkte, so war da eine unterschwellige Dunkelheit. Jene, die ich schon das erste Mal, als ich ihn in den Nachrichten sah, wahrnahm. Wie Blitze zuckte diese Dunkelheit hin und wieder auf, zog flüchtig als Schatten durch seinen Blick und verschwand wieder. Es fiel mir wie Schuppen von den Augen.

Dorian war ein Meister der Maskerade.

Diese Fähigkeit öffnete ihm jede Tür, was ihn umso gefährlicher machte. Er hantierte mit seinen Masken, setzte die eine auf, legte die andere ab. Jetzt gerade trug er jene, die er aufzog, wenn er Tiere im Zoo streichelte, um Wählerstimmen zu bekommen. Eine, die Charisma und Charme besaß. Jetzt verstand ich die Kritik an meinem schauspielerischen Talent. Er war der Inbegriff einer Täuschung. Er war nicht schizophren, er hatte mir lediglich eine weitere seiner Fähigkeiten gezeigt und mir ein weiteres Mal bewiesen, was er konnte.

Nach einem Blick auf mich wirkte er mit sich zufrieden. Er beugte sich zu meinen Fesseln. Mit schnellen Bewegungen befreite er mich von den Kabelbindern an meinen Handgelenken. Ehe ich meinen Plan, ihm die Kehle durchzuschneiden, in die Tat umsetzen konnte, griff er meine Handgelenke und flüsterte mir sanft ins Ohr.

»Denk nicht mal dran, natürlich habe ich vorgesorgt. Sollte mir irgendetwas geschehen, wird dein Königreich brennen, mit allem, was dir lieb und teuer ist.«

Da war er wieder, der Teufel hinter dem freundlichen Lächeln. Das Gesicht meines Bruders erschien vor meinem geistigen Auge. Ein kleiner Junge, lächelnd, mit zwei Grübchen, braune Locken und ein freches Funkeln der kindlichen Neugier in den Augen. Es war der letzte Blick, den er mir geschenkt hatte. Nach der verhängnisvollen Nacht, die mein Leben in die Hölle verwandelt hatte, hatte ich mir keinen einzigen Blick mehr auf ihn erlaubt. Ich beschützte ihn aus den Schatten heraus, denn diese waren nun mein Zuhause.

Obwohl ich am liebsten zu Boden gesunken wäre,

gestattete ich es mir nicht. Schwäche tötete einen und Dorian Bane schien kein Freund der Gnade zu sein.

»Wir werden sehen wer hier brennen wird.« Mein Murmeln war mehr für mich als für ihn. Trotzdem kam er mir noch näher. Für einen winzigen Moment spürte ich seine Wange an meiner liegen. Sie kratzte über meine Haut, ein Gefühl, das ich schon immer an Männern mochte.

»Ich würde nicht darauf wetten, Prinzessin.« Mit diesen Worten ließ er mich frei und schnitt die Kabelbinder zu meinen Füßen auf. Langsam streckte ich meine schmerzenden Beine, dann erhob ich mich. Als ich endlich nicht mehr in dieser unterwürfigen Position festsaß, drückte ich meine Schultern durch. Meine Haltung strahlte Stolz aus, mein Rückgrat war aus Stahl, niemand konnte es mir nehmen. Dorian Bane sollte das wissen. Auffordernd, mit loderndem Blick schaute ich ihn an.

»Ich werde dein Untergang sein.« Meine Worte waren kalt und scharf wie die Schneide eines Messers.

Er verschränkte seine Arme, lehnte sich lässig gegen meinen Kleiderschrank und grinste wie der Teufel persönlich.

»Darauf hoffe ich Asra, enttäusche mich nicht.«

VIER

DORIAN

Sie stand da wie eine Kriegerin. Stark, unbesiegbar, unwiderstehlich. Asra, oder eher gesagt: Valerie Stewarts, war einfach perfekt. Ihr Körper, ihre Seele, ihr Wille. Mit ihrem Blick konnte sie ganze Städte niederbrennen. Allen voran Chicago. Innerlich brodelte mein Blut vor Verlangen. Heißglühend hatte sich jede ihrer Kurven in mein Gedächtnis gebrannt.

Eigentlich wollte ich ihr nur einen Besuch abstatten, ihr Angst einjagen, ihren Willen brechen.

Es war ein Leichtes, das gekippte Fenster aufzubrechen. Natürlich hätte ich auch das Geschlossene öffnen können, doch so ging es sogar noch schneller. Als ich mich durch das Badezimmerfenster gezwungen hatte, war mir ihr Duft entgegengeschlagen. Schon dieser hätte mich vorwarnen sollen. Süßlich, blumig mit einem Hauch von Zitrone. Allein wegen dieses Duftes und der feuchten Hitze, die von ihrer Dusche noch im

Raum gestanden hatte, hatte mein Schwanz freudig gezuckt.

Mit leisen Schritten hatte ich die Wohnung durchquert und mich in ihr Schlafzimmer geschlichen. Als mein Blick auf sie gefallen war, hatte es mir den Atem verschlagen. Asra, ein königlicher Name für eine wahre Königin.

Ihr Haar war so schwarz wie ihre Unterwäsche, die ich, als sie bewusstlos gewesen war, ausgiebig bewundert hatte. Dass sie in Unterwäsche und mit dem Rücken zu mir gestanden hatte, die Queen of Sins der Chicagoer Unterwelt, hatte mich für wenige Sekunden ein Dankesgebet gen Himmel schicken lassen. Mein Schwanz war binnen Sekunden steinhart geworden. Ich hatte nur einen Blick auf Asra werfen müssen, um zu erkennen, dass sie jeden Mann in die Knie zwingen konnte, mochte er noch so stark sein. Dieser Gedanke hatte die Leidenschaft in meinem Blut nur noch mehr angefeuert. Durchtrainiert, schlank, verführerisch. Ihr Rücken war grazil, ihr Nacken stolz, sie hatte eine betont aufrechte Haltung. Ihr Haar hatte sich leicht bis zur Mitte ihres Rückens gewellt. Es hatte in mir das Bedürfnis geweckt, meine Hände darin zu vergraben. Ihre Haut sah weich und samten aus, verziert von unzähligen Narben, für die sich die meisten Frauen wohl schämen würden.

Asra war jedoch keine gewöhnliche Frau und ihre Narben wirkten auf mich wie ein Aphrodisiakum. Ihre helle Haut war leicht gerötet, was die Narben nur hervorhob. Asras Figur war sportlich, feste Waden, lange Beine, ein etwas ausladenderes Becken.

Diese Frau regierte die Hölle Chicagos, sie schien sich diesen Platz jedoch hart erkämpft zu haben.

Als ich das Tuch mit dem Chloroform gezogen hatte, hatte ich gewusst, dass mir nicht viel Zeit blieb, bis sie den chemischen Geruch wahrnehmen würde. Leise hatte ich mich an sie herangeschlichen, auch wenn mir klar gewesen war, dass ich mir die Mühe hätte sparen können. An die Queen of Sins schlich man sich nicht einfach heran. Obwohl sie sich wirklich Mühe gegeben hatte, den Moment der Erkenntnis meiner Anwesenheit zu überspielen, hatte ich ihn sofort bemerkt. Sie war gut gewesen, weder hielt sie in ihrer Bewegung inne, noch hatte sie sich versteift. Was sie verraten hatte, war ein kleines Zucken an ihrer rechten Wade.

Die Smith & Wesson in ihrer Hand hatte ich erwartet, gut, dass Multitasking eine meiner Stärken war. Ich hatte ihr das Tuch auf Mund und Nase gedrückt, gleichzeitig mit der anderen Hand ihre Schusswaffe in Schach gehalten. Das war schwerer gewesen als erwartet. Die Berührung ihres Körpers hatte in mir ein Stöhnen ausgelöst und mich abgelenkt. Als sie sich gewunden hatte, um meinem Griff zu entkommen, hatte sie sich unbeabsichtigt an mir gerieben.

Ich machte mir keine Illusionen, die Situation machte mich an. Eine Frau, die meiner würdig war, Stück für Stück zu unterwerfen, entfachte ein Feuer der Leidenschaft in meinen Adern. Es war nur eine weitere Facette meiner schwarzen Seele, die sich hin und wieder an die Oberfläche kämpfte.

Als Asras zarter Körper endlich in sich zusammengefallen war, hatte ich Minuten damit verbracht, sie einfach nur anzuschauen. Ihr Gesicht war göttlich und das ohne einen Hauch von Make-Up. Ihre Lippen waren rosig, und die Oberlippe wollte nicht so recht zur kleineren Unterlippe passen. Eine Stupsnase zeigte Richtung Himmel. Neben diesem wunderschönen Gesicht geriet ihr ordentlicher Vorbau fast in den Hintergrund, aber nur fast. Diese Frau war heißer als die Hölle.

Jetzt stand mir jedoch die Königin der Unterwelt gegenüber, nachdem ich sie mit dem Einzigen an mich gebunden hatte, dass sie in die Knie zwingen konnte. Asra war in den Straßen Chicagos als kaltblütige Sadistin bekannt. Und das erste Mal erkannte ich nun auch warum.

Ihr Blick brannte heißer als das Fegefeuer, ihr Gesicht sprach die Sprache des Todes. Man sah ihr an, dass sie mich in diesem Moment gedanklich in kleine Stücke hackte, doch die Angst um ihren Bruder hielt sie zurück.

»Ich sollte dich töten, dann deine gesamte Sippschaft. Ich sollte das verdammte Weiße Haus niederbrennen. Ohne euch Idioten wären wir eh besser dran.« Die Worte kamen ihr zischend über die Lippen. Nur am leichten Beben dieser erkannte ich die Wirkung meiner Worte. Sie tobte, dabei hatte ich ihrem Bruder noch kein Haar gekrümmt. Es war jahrelange Erfahrung ihrerseits, hinterlistige, gnadenlose Jahre auf der Straße, die sie all die schlimmen Dinge sehen ließen, die ich mit ihrem wohlbehüteten Bruder machen konnte. Gut so, sie sollte mich als das erkennen, was ich war: ein Monster. Auch wenn ich noch nicht vorhatte ihrem Bruder etwas zu tun, korrigierte ich ihre Annahme nicht, denn sie spielte mir in die Karten. Asra wurde dadurch kontrollierbar, das reichte mir. Meine Laune stieg ins Unermessliche. Ich hatte sie, die Königin der Sünden war mir ins Netz gegangen.

»Du könntest, doch du wirst nicht. Lassen wir die Spielchen, Prinzessin. Der Tag bricht an und ich habe besseres zu tun, als hier festzusitzen.« Meine Stimme war kalt, geschäftig. So scharf wie mein neues Spielzeug auch war. Chicago wartete auf niemanden, ich hatte Jahre für diesen Plan gebraucht. Nachdem ich meinem Ziel immer näherkam, spürte ich das ungeduldige Kribbeln in mir.

Einmal noch ließ ich meinen Blick über sie wandern.

Ihre vollen Brüste wurden durch den schwarzen Spitzen-BH hervorgehoben, der Slip verbarg nur das Nötigste. Innerlich stöhnte ich und mein Schwanz begann vor Verlangen zu schmerzen. Ihr Blick verriet mir, dass sie genau sah, was ihr Körper mit mir anstellte, weshalb ich meine nächsten Worte mit Bedacht wählte.

»So sehr mich dein Outfit auch anturnt, ich habe keine Zeit dich durch diese verdammte Wohnung zu ficken. Also zieh dir endlich etwas an.«

Das saß, ich sah es. Ihre Finger zuckten, als würde sie mir eigenhändig den Hals umdrehen. Wenn Asra jemals in die Vollen ging, versuchen würde mich um ihre zarten, schlanken Finger zu wickeln, dann hätte ich ein Problem, eines das schon ganzen Königreichen den Untergang gebracht hatte. Dieses Problem hatte immer Titten und konnte einen meistens in den Himmel blasen.

»Was glaubst du, was meine Männer mit dir machen werden, wenn sie dich sehen? Jemanden, der ganz offensichtlich nicht hierhergehört? Sie fressen dich zum Frühstück. Verschwinde einfach da raus, wo du reingekommen bist.«

Sie starrte mich an. Wie es schien, schien der Königin der Sünden wichtig zu sein, wie ihr Volk sie sah.

Bei diesem Gedanken musste ich grinsen.

»Zieh dir etwas an Prinzessin, oder ich schlepp dich mit deinem Hauch von Nichts am Körper da runter. Glaub mir, ich ficke dich auch vor deinen Gorillas, mir ist scheißegal was sie denken.«

Diese Worte rissen die wankelmütige Prinzessin aus ihrer Grübelei. Ihr Blick troff vor Mordlust.

Ich liebte es. Ich liebte diesen Blick voll Hass und Gewalt. Das war es, was diese Stadt hervorbrachte, das hier war mein Element. Mein Abstieg in die Slums von Chicago war für mich wie nach Hause kommen.

Ich beherrschte das Spiel der Reichen, liebte aber das Leben der Unterwelt.

FÜNF

ASRA

Dieser Typ hatte Nerven. Ich war auf 180. Seit Jahren hatte es keiner mehr gewagt, so mit mir zu reden. Ich schnitt den Leuten die Kehle durch verdammt! Innerlich ärgerte ich mich über den mangelnden Respekt, den Dorian mir erwies. Mit fahrigen Bewegungen ging ich auf ihn zu, schaute ihm in seine kalten Augen. Mein Gott, konnte er nicht wenigstens hässlich sein? Ich unterdrückte das Zucken meiner Glieder.

Zeig keine Schwäche, Asra!

Dicht vor meinem neuen Albtraum blieb ich stehen. Obwohl ich halb nackt vor ihm stand, schaute er mir einzig in die Augen. Vielleicht hatte er sich aber auch einfach nur schon sattgesehen. Seine Musterung von eben war mir nicht entgangen, und ihm war nicht entgangen, dass es mir nicht entgangen war. Das Spiel der Dominanz beherrschten wir beide aus dem Effeff.

Nur war es meinem Plan nicht dienlich, dass ich gewann. Deshalb legte ich den Kopf schief, brach den Augenkontakt ab. Ließ ihn gewinnen, nicht zu leicht, doch genug, um ihm das Gefühl von Sicherheit zu vermitteln.

»Du stehst mir im Weg«, sagte ich. Mehr Unterwürfigkeit zu zeigen, widersprach meiner Natur, weshalb meine Worte, entgegen meiner Haltung, recht patzig waren.

Dorian rührte sich nicht. Er sagte nichts, doch seine Ausstrahlung, sein kalter Blick, den ich auf meiner Haut spürte, war aussagekräftig genug. Ich knurrte.

»Geh mir aus dem Weg ... bitte.« Das Wort war wie Kreide auf einer Tafel für mich. Ich war es nicht mehr gewohnt, um irgendetwas zu bitten.

»Geht doch, die Prinzessin lernt sich zu benehmen.« Während er sprach, ging er beiseite, so dass ich an meinen Schrank konnte.

Ich verkniff mir einen Kommentar, der die Worte *Fick dich* und *Arschloch* beinhaltete.

Eilig zog ich mir einen schwarzen Oversized-Pullover, Leggins, Socken und Stiefel an. Ich trug lieber meine Boots, doch die lagen im Badezimmer und ich war absolut nicht scharf darauf Dorian einen Rundgang durch mein Reich zu gewähren. Während ich mir meine Haare mit einer Spange hochklemmte, ließ er mich keine Sekunde aus den Augen. Ich spürte seinen Blick bis auf die Knochen. Mit zu Fäusten geballten Händen wandte ich mich ihm wieder zu.

Immer noch haute mich sein Anblick um. Obwohl die Sonne langsam aufging, sah er wie ein Model aus einer GQ-Zeitschrift aus. Selbst in T-Shirt und Jeans war er zum Anbeißen. Er sah fast schon so aus, als gehöre er hier hin. Als seien die Chicagoer Slums sein Zuhause.

»Wir können«, würgte ich hervor, griff meine Smith & Wesson, die auf dem Boden gelandet war. Bei dem Gedanken, wie Dorian mich überwältigt hatte, zog es in meinem Magen. Ich atmete zweimal frei durch die Nase. Dann schielte ich zu ihm herüber, zu seinen kräftigen Armen.

Sein Körper hatte sich unfassbar stark angefühlt. Bei dem Anblick seiner muskulösen Arme verkniff ich mir das Sabbern und straffte meine Schultern. Hier, in meinen vier Wänden, war Dorian vielleicht der Boss, doch da unten, in den Räumen meiner, mittlerweile sehr betrunkenen Männern, sagte ich, wo es lang ging. Das musste ihm klar sein.

»Wenn du nicht willst, dass die Idioten da unten uns zerfleischen, als wären wir ein Happy Meal, dann musst du deine arrogante Macho-Nummer beiseiteschaffen. Sie wittern Schwäche wie ein paar gut trainierte Bluthunde und wenn sie denken, ich sei schwach, fressen sie uns bei lebendigem Leibe«, klärte ich ihn auf. Unbeeindruckt hob er eine Augenbraue.

»Diese Hunde da unten sind doch sowas wie deine Freunde oder?«, fragte er und ich lachte sarkastisch auf. Mit sicheren Schritten ging ich an ihm vorbei. Er würde mir folgen, er musste, wenn er hier jemals wieder herauskommen wollte.

»Mr. Bane, Sie kennen diese Welt nicht. Hier gibt es so etwas wie Freunde nicht. Diese Männer, die seit

Jahren unter meiner Regentschaft dienen, würden mich, ohne zu zögern, zerfetzen, sobald sie der Meinung sind, dass sie es könnten.« Meine Stimme war ernst, ich machte keine Scherze.

Ein tiefes Grollen ertönte in meinem Rücken, doch ehe ich reagieren konnte, packte Dorian mich plötzlich, drehte mich um und drückte mich mit der Hand gegen die Tür. Dann legte er seine Lippen auf meine. Ich war zu überrumpelt, um überhaupt reagieren zu können. Gerade wollte ich ihn von mir stoßen, als sein Duft in Verbindung mit der Sinnlichkeit seiner Lippen, die Funken in meinem Inneren zum Glühen brachten.

Die Welt hörte auf sich zu drehen. Dorian vernebelte mir mit seiner Leidenschaft die Sinne. Die kalte Tür in meinem Rücken war das krasse Gegenteil von seinem stahlharten Körper, der sich an mich drückte. Doch nicht nur sein muskulöser Körper war hart. Ich spürte seinen Schwanz an meinem Unterleib. Als Antwort auf die beachtliche Beule in seiner Hose zuckte meine Pussy erwartungsvoll.

Fuck.

Chemie. Das ist pure Chemie.

Damit versuchte ich, mich selbst zu beruhigen.

Ein Mix aus dummen Hormonen.

Das ist der Feind verdammt.

Schimpfte ich mich gedanklich aus und erwachte aus meiner Starre. Als mein Körper mir wieder gehorchte und ich schon dazu ansetzte, Dorian wegzustoßen, griff er meine Hände und pinnte sie über mir an die Tür. Ich hatte keine Chance und als ich das realisierte, pumpte weiteres Adrenalin durch meine Adern.

Dorian löste sich etwas von mir, ohne meine Hände loszulassen. Seine grünen Augen starrten in meine. Ich versank darin. Einzig mit seinem Blick sagte er mir, was ich wissen sollte. Dass er mich nochmals küssen würde. Hier und jetzt, und dass ich überhaupt nichts dagegen tun konnte.

Trotzig hob ich das Kinn, nicht bereit zu kapitulieren. Das veranlasste ihn dazu seine Lippen wieder auf meine zu legen.

Er biss mir in die Unterlippe und kaum hatte ich meinen Mund geöffnet, schob er seine Zunge hinein. Sein Geschmack, vermischt mit meinem Blut, berauschte meine Sinne. Er hatte mich blutig gebissen.

Obwohl diese Tatsache, diese rohe wilde Leidenschaft, mich ängstigen sollte, fraß sie sich in meine Knochen und ließ diese wie Butter in der Sonne schmelzen. Jetzt war ich froh, die kalte Tür in meinem Rücken zu haben. Er küsste göttlich. Das Glühen in meinem Körper wurde zu einem wahren Waldbrand. Es war zu lange her, dass ich Sex gehabt hatte. Das war die einzige Begründung, die mir plausibel erschien, denn von einer Sekunde auf die andere, küsste ich ihn zurück. Unsere Münder prallten aufeinander, offenbarten die Anziehungskraft zwischen uns. Ein Cocktail aus Wut, Verachtung, Leidenschaft und Lust ließ Funken zwischen uns emporsteigen.

Doppelt Fuck.

Er kam mir mit seinem Körper noch weiter entgegen. Durch die dünne Schicht unserer Kleider fühlte ich jeden einzelne Muskel. Stark, unbändig, heiß.

Dorian Bane war pure Verführung.

Wie eine Verhungernde presste ich mich an ihn. Ich kam ihm, soweit es meine aktuelle Lage zuließ, entgegen. Schließlich hielt er immer noch meine Hände über der Tür zusammen.

Dann ging ein Ruck durch ihn.

Als hätte er sich verbrannt, löste er sich von mir. Nur mit Mühe konnte ich mich auf den Beinen halten. Das plötzliche Verschwinden seiner Wärme ließ mich zusammenzucken.

Fuck. Fuck. Fuck.

Mein Kopf machte einige Umdrehungen.

Was zur Hölle war das?!

Ich versuchte, mich wieder zu fangen als mir klar wurde, dass er mich anstarrte.

Keiner sagte ein Wort, als ich die Türe aufriss, in der Hoffnung, meinen Verstand wieder zu finden.

SECHS

DORIAN

Fuck.

Du gehst mir unter die Haut.
Wie tief muss ich schneiden um dich wieder
loszuwerden?

SIEBEN

ASRA

Als ich aus der Tür trat, spürte ich sofort, wie Chuck und Seth sich versteiften. Als jedoch auch Dorian aus der Tür trat, hörte ich das vertraute Klicken von entsicherten Waffen. Die Überraschung und Anspannung der beiden war allzu deutlich, dafür musste ich sie nicht ansehen.

»Wie zum Teufel kommst du hier rein?«, blaffte Seth.

Betont langsam drehte ich mich um, alle Gefühle aus meinem Gesicht verbannt. Chuck und auch Seth zielten jeweils mit ihren Waffen auf die Schläfe von Dorian. Das tat gut. Dieser Anblick war Balsam für meine gedemütigte Seele. Meine Mundwinkel zuckten, nur Dorian konnte es sehen.

»Boss, lass mich diesem Lackaffen bitte das Gehirn wegpusten.« Das Grummeln von Chuck war Musik in meinen Ohren, doch Dorian hatte mich in der Hand.

»Lasst die Waffen sinken Jungs. Mr. Bane ist ein Gast.«

Sofort steckten meine Wachhunde die Knarren weg. Sie waren gut trainiert, nicht die hellsten Glühbirnen am Kronleuchter, aber dafür so treu, wie es nun mal in der Chicagoer Unterwelt ging. Ich brauchte jemanden, der mir half, mich zu beschützen. Ich mochte Chuck und Seth, weil sie wirklich alles taten, um mir das Gefühl von Sicherheit zu geben. Das machte ihr Versagen jedoch nicht wett. Am liebsten hätte ich ihnen beiden den Kiefer gebrochen. Bane war in mein Appartement gekommen, unbemerkt. Eigentlich waren diese Idioten dafür da, genau das zu verhindern.

Während des ganzen Szenarios lag ein leichtes Lächeln auf Dorians Lippen. Subtil, aber arrogant genug, um alle um ihn herum abzuwerten. Ich warf ihm einen drohenden Blick zu. Er durfte auf keinen Fall den Mund aufmachen. Zum Glück hatte er das nicht vor. Er stand lässig da, als hätten ihm nicht vor wenigen Sekunden zwei Waffen an der Schläfe gehangen. Eines musste man ihm lassen, dafür, dass er Politiker und somit den Anblick einer direkt auf ihn zielenden Waffe eigentlich nicht gewöhnt war, hatte er erstaunliche Beherrschung über sich und seine Mimik.

Wer war Dorian Bane?

Kein Mann aus der sozialen Oberschicht hatte so schwielige Hände, ebenso hatte keiner, den ich bisher kannte, auch nur annähernd so viel Schneid, in Chicagos Unterwelt so cool zu bleiben. Was spielte er für ein Spiel?

Wütend über mich selbst und meine verdammte

Neugier schüttelte ich mich innerlich. Ich musste ihn überprüfen lassen, ich brauchte mehr als die wenigen Brocken an Informationen, die ich kannte. Luke, mein kleines Computergenie, musste seine Geschichte auseinandernehmen. Etwas finden. Mir fehlten einige essenzielle Teile des Mosaiks, um Dorian Bane verstehen zu können.

Es hatte oberste Priorität, seinen Geheimnissen auf die Spur zu kommen. Ich würde immer einen Punkt nach dem anderen abarbeiten. Erstmal musste ich diese Situation entschärfen.

Chuck und Seth ließen ihn immer noch nicht aus ihrer Mangel, keilten ihn ein. Dorian schien das kein bisschen einzuschüchtern, war der Kerl lebensmüde?

»Chuck, Seth.«

Ich musste nicht schreien, nicht fluchen, nicht drohen. Sofort gingen die beiden drei Schritte zurück. Ob Dorian bewusst war, wie knapp er dem Tod entkommen war? Was Chuck und Seth nämlich an Hirnmasse fehlte, glichen sie mit ihrer effektiven Nahkampferfahrung wieder aus.

Ich wandte mich um, achtete jedoch dieses Mal genau auf meine Wachhunde. Es kam hin und wieder vor, dass sie ihre Grenzen testeten.

Als wir am Fuß der Treppe ankamen, war klar, dass meine Männer ausschweifende Partys liebten. Eine Hand voll von ihnen war noch da. In den Ecken wurde gefickt, Biergläser lagen überall verstreut. Wenn sie nicht fickten, dann pennten sie. Wenn sie nicht pennten, dann kippten sie sich weiter die Birne zu. Koks lag in Massen auf den Tischen. Der süßliche Gestank von Gras hing in der Luft.

Die Musik war voll aufgedreht und der Bass pochte in meinen Ohren. Trips Leiche war beiseitegeschafft worden. Es war keine Spur mehr von Blut zu sehen. Wahrscheinlich brannte er schon im benachbarten Krematorium, die für ein paar Gefälligkeiten alle Toten in Asche verwandelten, natürlich ohne groß Fragen zu stellen. Das Leben war einfach, wenn man wusste wie.

Ich spürte Dorians Körperwärme an meinem Rücken, wie ein Schatten folgte er mir. Es war beruhigend, dass er den Ernst der Lage verstand. Meine Männer waren in nüchternem Zustand gefährlich, wenn sie zugedröhnt waren, waren sie tödlich. Obwohl meine Männer mich niemals angegriffen hatten, egal wie betrunken oder high sie auch waren, kam es selten vor, dass ich so spät bzw. früh in der Bar auftauchte. Einfach, weil ich nicht jeden meiner Männer killen konnte, wenn einer von ihnen sich danebenbenahm. Ein Grölen riss mich aus meinen Überlegungen.

Geschäftig drehte ich mich zu Dorian um und zeigte mit der Hand auf die Tür. Die Musik verstummte, das ausgelassene Gelächter brach ab. Verdammt. Gänsehaut bildete sich auf meiner Haut. Dorian fokussierte die Menge hinter mir. Sein Gesicht eine ausdruckslose Maske. Doch in seinen Augen sah ich es. Die Stille war kein gutes Zeichen. Sein Blick war aus Stahl, er schaute wie ein Platzhirsch aus. Als würde er überlegen, wie er mich, holde Maid, aus den Fängen dieser Männer retten konnte.

Ich rollte ganz automatisch mit den Augen, setzte

eine finstere Miene auf und drehte mich zu meinen Männern, die ich selten so schweigsam erlebt hatte. Selbst die Orgien wurden unterbrochen. Alle Augen waren auf Dorian gerichtet. Na wenigstens waren es keine Waffen.

»Gibt es ein Problem, Boss?«, fragte Jim, der Dorian anstarrte, als wolle er ihn bei lebendigem Leibe verbrennen.

»Sag du es mir, Jim.« Mein Ton war purer Sarkasmus, meine Stimme glich einem Todesurteil. Ich konnte es nicht brauchen, so vorgeführt zu werden. Jim hatte hin und wieder eine merkwürdige Art der Loyalität. Wenn es nicht absurd gewesen wäre, dann könnte man ihn mit einem großen Bruder vergleichen.

»Was'n hier los? Boss, was willst du mit diesem Lutscher, wenn du mal ordentlich …« Weiter kam Leo nicht. Die Bierflasche, die griffbereit neben mir stand, war schneller geflogen als ein Blitz und wenn ich was gut konnte, dann war es zielen. Sein Aufheulen ging im Grölen und Gelächter meiner Männer unter. Das war mindestens ein gebrochenes Nasenbein. Ich grinste schmutzig.

»Was ist los, Leo? Hast du deine Worte verschluckt?« Auffordernd schaute ich ihn an. Er war ein kleines Licht am Ende der Nahrungskette. Ich erwartete keine Antwort auf meine Frage, denn als er seinen Kopf zurückwarf und zu lachen begann, trotz blutender Nase, war mir klar, dass er einfach nur bis in die Haarspitzen High war.

Das war der Moment, in dem die Spannung sich löste. Meine Männer prosteten sich zu, Jim drehte die

Musik wieder auf, ließ mich und meinen unfreiwilligen Gast jedoch nicht aus den Augen. Wieder drehte ich mich zur Tür und dieses Mal wurden wir nicht aufgehalten. Meine Männer stellten selten Fragen und ganz sicher keine zwei am Stück.

Als die kühle Morgenluft mich umfing, löste sich die Spannung in meinem Nacken. Der Himmel färbte sich bereits blutrot, ein wundervoller Anblick. Der Sonnenaufgang war die Zeit, in der die Schatten sich zurückzogen und den Anschein eines Neuanfangs in mir weckten. Leider war bis zum Mittag dieses Gefühl meistens vom Dreck der Straße verschluckt. Die grausamen Monster dieser Stadt lösten sich im Sonnenlicht nicht auf, sie zogen sich nur zurück, an manchen Tagen nicht mal das.

Dorian stellte sich neben mich, gemeinsam schauten wir uns das Lichtspektakel an, jeder mit seinen eigenen Gedanken beschäftigt. Der angehende König der Elite und die Königin der Sünden. Bei diesem Gedanken musste ich schmunzeln. Dann schüttelte ich den Anflug von Melancholie ab und drehte mich zu ihm.

»Also was jetzt? Soll ich Leibwächter spielen?«, spottete ich und zerstörte den Scheinfrieden zwischen uns.

»Du sollst das tun, was du immer tust, Queen of Sins. Ich werde mich wieder melden.«

Dann drehte er sich um und ging seines Weges. Ich schluckte die Beleidigung, die mir auf der Zunge lag, herunter und schaute Dorian Bane hinterher. Eigentlich hatte ich gehofft, dass er mich irgendwohin mitnehmen würde. Zu sich, in seine Höhle für reiche, verwöhnte Politikerkinder. Ich brauchte einen Einblick in das Leben von ihm. Er musste mir vertrauen, nur so war es möglich, Informationen zu bekommen, die ich gegen ihn verwenden konnte. Unzufrieden knirschte ich mit den Zähnen und zückte mein Handy.

»Hey Lia, ich hätte da ein bisschen Arbeit für Sniper. Er verlässt gerade das Grundstück. Sag Sniper, wenn er sich Mühe gibt, bekommt er einen Bonus.« Mit diesen Worten legte ich auf. Bane hatte, mit seiner gottgegebenen Arroganz, genau das erreicht, was er wollte: Er hatte meine Aufmerksamkeit. Dass dies für ihn oder mich tödlich enden würde, war so sicher wie das Feuer in der Hölle.

Wer von uns beiden wird als erstes fallen?

ACHT

ASRA

Mit flinken Bewegungen hebelte ich Jim aus und mit einem lauten Krachen landete er auf der Matte.

Mein ganzer Körper schmerzte, Schweiß rann mir aus jeder Pore und das Atmen fiel mir schwer. Ein Blick auf die Uhr verriet mir, dass ich mich schon seit drei Stunden mit ihm durchs Training quälte.

Ein leises Ächzen war zu hören, dann rappelte Jim sich wieder auf. Wie auch in der Bar war er auf der Matte kein großer Redner. Er nahm sich während des Trainings nicht zurück, weshalb ich oft völlig fertig aus dem Trainingskeller lief. Von den sieben Runden hatte er vier gewonnen, das fraß an meinem Stolz. Es verschaffte mir jedoch Genugtuung, dass er ebenso aus der Puste war wie ich.

»Noch eine Runde?« Seine Stimme war tief, seine Erschöpfung verlieh ihr einen kratzigen Hauch. Müde schüttelte ich meine Glieder aus.

»Nein, ich glaub, ich habe genug.« Mit diesen Worten tapste ich zum Rand der Matte.

Lia stand dort mit einem Handtuch, das sie mir reichte.

Ich vergrub mein Gesicht darin.

»Was haben wir?«, fragte ich sie, während ich mich auf den Weg zur Umkleidekabine machte.

Dass sie schwieg, war schon Antwort genug. Meine inneren Alarmglocken schrillten. Als die Tür sich schloss und Lia und ich sicher waren, keine neugierigen Ohren um uns zu haben, entspannten wir uns beide sichtlich. Ich musterte sie. Sie war eine meiner engsten Vertrauten. Nicht zuletzt, weil wir uns seit Ewigkeiten kannten. In ihrem schwarzen Jumpsuit und den Keilabsatz-Sandalen sah sie aus wie ein Model aus irgendeinem Klatschblatt. Ihr rotes glattes Haar und die Sommersprossen verrieten ihre irischen Wurzeln. Im Gegensatz zu mir bevorzugte Lia es, sich feminin zu kleiden.

In den ganzen acht Jahren, seit sie meine rechte Hand war, hatte ich sie nicht ein einziges Mal ungestylt gesehen. Sie liebte ausgiebige Shoppingtouren, große starke Männer und lange Spaziergänge am Strand. Sie war der Inbegriff der Weiblichkeit. Wunderschön, unnahbar und die Tochter des Präsidenten eines in Dublin ansässigen Motorradclubs.

Damals, als ich noch ein Niemand war, gaben wir uns ein Versprechen. Ich killte ihren Hurensohn von einem Vater und sie hielt mir die Treue, bis wir beide unseren letzten Atemzug taten. Ich hielt mein Versprechen, jetzt hielt sie ihres.

»Dieser Bastard hat es irgendwie geschafft Schlafmittel in die Computerzentrale zu schmuggeln. Die Labortests des Trinkwassers waren positiv auf Benzodiazepine. Damit hat er die Wachmänner und dadurch die Sicherheitsüberwachung lahmgelegt. Wir fanden die Idioten direkt nachdem du mir Bescheid gegeben hast, bewusstlos auf dem Boden. Er hat sich nicht mal die Mühe gemacht, die Kameras auszumachen oder die Bänder zu löschen. Für einen Politiker ist das riskant, der Kerl hat Eier aus Stahl.« Während sie sprach, zog ich mir meine verschwitzten Trainingssachen aus.

Luke, unser IT-Genie und zwei weitere Männer hielten die Sicherheitsüberwachung am Laufen. Eigentlich war Luke das Herz der Sicherheitsüberwachung und meistens alleine im Keller. Da er jedoch die Tage außer Haus war, musste es die beiden anderen Idioten erwischt haben.

»Sniper ist Dorian doch gefolgt oder?«, fragte ich, während ich meinen Zopf löste. Lia zögerte.

»Sniper ist ihm bis ins Industriegebiet gefolgt, doch wen auch immer du dir da angelacht hast, ein harmloser Dummschwätzer ist er nicht. Dorian hat sich, als er um eine Häuserecke bog, in Luft aufgelöst. Sniper schwört, dass der Sichtkontakt nur eine Sekunde unterbrochen war. Ich glaube ihm. Nach allem was Dorian vollbracht hat, würde es mich nicht wundern, wenn er Sniper entdeckt und abgehängt hat.«

Lia hatte recht, Dorian war nicht der, der er vorgab zu sein. Alles an ihm ließ meine Alarmglocken klingeln. Er hatte nicht nur Dreck am Stecken, er versank darin, nur hatte er es unter seiner aalglatten Maske versteckte.

»Ich will …«, begann ich, doch bevor ich meinen Satz beendet hatte, hielt sie mir schon das Tablet vor die Nase.

Wenn es jemanden gab, der mich blind verstand, dann war es Lia.

Ich nahm ihr das Tablet ab und spielte das Überwachungsvideo ab. Erstmal sah man nicht viel, nur das Fenster meines Badezimmers und ein Stück des Grundstücksecks aus dem Dorian gekommen sein musste. Wenige Sekunden nach Start des Videos regte sich etwas. Zuerst waren nur die Streben einer Leiter zu sehen, dann jedoch kam eine dunkle Gestalt ins Bild. Als wöge die immerhin mindestens sechs Meter lange Leiter nichts, lehnte der Schatten sie an die Hauswand und stieg gemächlich die Stufen höher. Die Kamera war direkt über meinem Badezimmerfenster installiert, so dass die dunkle Gestalt immer weiter auf sie zukam. Als er oben an meinem Fenster ankam, hob er seinen Kopf und schaute direkt in die Überwachungskamera. Waren Politiker nicht normalerweise kamerascheu, wenn sie in die Häuser fremder Leute einbrachen? Gab es überhaupt Politiker, die irgendwo einbrachen? Dorian hatte wieder diese selbstsichere, sympathische Maske aufgesetzt. Dadurch wirkte er zehn Jahre jünger, und als würde er jede Nacht in mein Appartement schleichen.

Verwirrt zog ich meine Augenbrauen zusammen. Wie schaffte er das? Es kam mir vor, als sei Bane das genaue Gegenteil von mir. Während ich mit eiserner Faust regierte, von der Angst der Leute profitierte, schien Dorian sie auf seine Seite zu ziehen und damit ebenso wirksam Kontrolle auszuüben. Dieses Wissen nagte an mir. Ich fühlte mich von ihm provoziert. Als er dann tatsächlich auch noch die Frechheit besaß, direkt in die Linse zu zwinkern, bevor er sich daran machte mein Badezimmerfenster zu öffnen, stoppte ich zähneknirschend die Aufnahme.

»Dieser verdammte …«, fluchte ich, riss mir meine restlichen Klamotten vom Leib und ließ Lia stehen. In der Dusche drehte ich das Wasser auf und stellte die Temperatur auf kalt. Wie Nadelstiche prasselte das Wasser auf mich ein. Meine Gedanken überschlugen sich.

Dorian Bane war für mich so undurchschaubar wie ein verdammtes Phantom. In meinem Schlafzimmer hatte er dominant und gefährlich gewirkt, auf den Kameras verspielt und locker. Doch hinter diesen Masken, die er trug, lauerte etwas. Er spielte mit mir, aber ich verstand die Regeln dieses Spieles nicht. Es gab Augenblicke, kurz, kaum wahrnehmbar, wo er alle Masken fallengelassen hatte. Was ich sah, war eine Seele so schwarz wie die meine. Also was sollte das? Wer war der echte Dorian Bane? Warum kam er zu mir, um Jagd auf die Mörder der Staatsanwältin und des Richters zu machen? Für uns in der Unterschicht war es offensichtlich, dass weitere Köpfe rollen würden. Die Öffentlichkeit versuchte jedoch händeringend, einen zusammenhangslosen Fall aus den Morden zu machen. Wer sollte denn auch einen Grund haben, Richter und Staatsanwälte umzulegen?

Die Verblendung der Leute kannte keine Grenzen. Dorian schien ebenso wie ich zu vermuten, dass

Größeres dahintersteckte. Irgendetwas an dieser Sache würde ihm eine Menge nützen, ich wusste nur noch nicht was. Warum hatte ich das Gefühl, dass er mir auf der Nase herumtanzte?

Nach der Dusche ging es mir schon besser, Lia war verschwunden und ich genoss für einen Moment die Ruhe. Es kam immer seltener vor, dass ich wirklich allein war. So viele Dinge erforderten meine Aufmerksamkeit und an den meisten Tagen hatte ich nicht mehr als ein paar Minuten Schlaf. Während ich mich anzog, ziepten meine Muskeln vom Training. Ich genoss die Endorphine, die noch immer durch meinen Körper jagten.

Als ich die Umkleidekabine verließ, stand Jim mit verschränkten Armen direkt vor der Tür. Er musterte mich, ich musterte ihn.

»Kann ich dir helfen?«, fragte ich spöttisch. Er ging nicht darauf ein, sondern bedeutete mir, mich in Bewegung zu setzen.

»Mir gefällt der Typ nicht, der da um dich herumscharwenzelt«, brummte er, als wir uns auf den Weg nach oben machten. Ich lächelte ihn provokant an.

»Ich bin jeden Tag von dreckigen Gangstern umgeben, und du warnst mich vor einem Schlipsträger?«

Jim hatte eine eigene Art, seine Fürsorge für mich auszudrücken. Normalerweise schwieg er und griff nur ein, wenn ich es nicht sah. So hatte er mir im Laufe der Jahre schon den einen oder anderen Lover verjagt. Ich tat, als würde ich nichts merken, er tat, als würde er nicht merken, dass ich es merkte. Wir waren beide nicht wirklich sentimental. Er musste Dorian schon sehr misstrauen, wenn er seine Bedenken so offen aussprach.

»Keine Angst, Großer. Ich spiele nur ein wenig mit ihm.«

Mehr als ein Brummen bekam ich von ihm nicht.

Gemeinsam gingen wir aus dem Keller der Villa. Der Abend brach an, die Bar füllte sich langsam. Die Routine kehrte ein.

Später am Abend gab es eine Sonderberichterstattung. Ein angesehener Gerichtsmediziner wurde ermordet aufgefunden. Zwei Schüsse in den Kopf. Opfer Nummer 3.

Bane und ich hatten recht, es würde nicht aufhören.

Sie sehen nur das Blut an deinen Händen und
übersehen deine Güte, meine Schöne.

NEUN

ASRA

Ein Klopfen riss mich aus den Unterlagen einer unserer Scheinfirmen.

»Wer stört?«, rief ich und die Tür öffnete sich. Seth kam mit düsterer Miene in mein Büro gestampft.

»Boss, draußen steht ein Mädchen. Es will anscheinend zu dir.«

Ich verdrehte genervt die Augen.

»Dann erklär mir mal, warum du mich für so einen Mist belästigst? Mich würde es nicht mal interessieren, wenn der verkappte Präsident zu mir kommen wollen würde.« Meine Stimme hob sich kaum merklich, doch das reichte aus, um Seth zum Schwitzen zu bringen. Verunsichert kratzte er sich am Hinterkopf.

»Naja sie sagte, sie hätte von dir gestern das hier bekommen.«

Von seinem Finger baumelte meine Smith & Wesson. Jasmin. Was wollte dieses verdammte Mädchen hier? Mit einem langgezogenen Seufzen erhob ich mich. Wütend riss ich Seth meine Lieblingswaffe aus der Hand und schob sie in meinen Hosenbund. Wenigstens war mein Baby wieder zuhause und Jasmin lief nicht mit der Knarre in der Stadt Amok.

»Zuerst lasst ihr euch von einem verdammten Bürohengst ins Bockshorn jagen und jetzt werdet ihr nicht mal mehr mit einer kleinen Göre fertig?«

Meine Stimme hallte durch den Gang, als ich zur Haustür stapfte. Heute war es recht ruhig im Nest. Die meisten waren ausgeflogen, um ihren Pflichten nachzukommen. Zur Krönung meiner schlechten Laune musste ich mich mit Papierkram beschäftigen. Ich *hasste* Papierkram.

Mit grimmiger Miene riss ich die Haustür auf und trat auf die knarzende Veranda. Chuck stand mit Jasmin auf dem ausgedörrten Rasen. Als sie mich erblickte, schlich ein zartes Funkeln in ihre Augen. Oh Gott, ich hoffte die Kleine entwickelte nicht so etwas wie Sympathie für mich.

»Was willst du hier?«, blaffte ich sie an.

Jasmin zuckte kaum merklich zusammen. Wie ein ertappter Dieb wandte sie den Blick auf den Boden. Unentschlossen murmelte sie: »Ich wollte mich bedanken, für gestern.«

Sie sprach langsam, die Worte kaum mehr als ein Flüstern. Chuck schaute wie eine Dumpfbacke zwischen uns hin und her. Ich schaute ihn mit verengten Augen an. »Verschwinde.«

Mit schnellen Schritten entfernte er sich von uns, doch seine dümmlichen Fragen hörte ich ihm hinterherhallen.

Als er endlich weg war, starrte ich Jasmin in Grund und Boden.

»Was an meinen Worten hast du nicht verstanden?« Meine Stimme bebte vor unterdrücktem Zorn. Wie konnte sie, nach allem, was ihr passiert war, nur so blöd sein, sich in diesen Monsterkäfig zu wagen. Sie konnte froh sein, dass Seth und Chuck und nicht einer der anderen Idioten hier waren. In dieser verkorksten Stadt sah nicht jeder einen Teenager als Kind an, keiner wusste das besser als ich. Es hätte schneller eine Wiederholung des gestrigen Szenarios geben können als ihr lieb war und dann half ihr auch keine Waffe mehr.

Jasmin druckste vor mir herum, sie zappelte wie ein ungestümes Fohlen. Was sollte das? Gestern hielt ich sie für eine Kämpferin, heute stand ein Kind vor mir.

»Ich ... ich möchte gerne deinem Club beitreten«, sprach sie endlich und ein spöttischen Lachen drang aus meiner Kehle.

»Meinem Club? Ist das dein Ernst? Kleines, wir sind hier kein Fußballverein. Wie kommst du darauf, dich an einen solchen Ort wie diesen zu wagen?«

Mit jedem Wort wurde meine Stimme kälter, das aufgeregte Funkeln in Jasmins Augen erlosch und die zarte Röte ihrer Wangen versickerte wieder.

»Ich ... ich dachte«, begann sie und ich fuhr dazwischen.

»Du dachtest was? Dass du hier herkommst, ich dich in die Arme nehme und dir verspreche, wie eine verdammte Glucke auf die aufzupassen? Ich bin eine Killerin, Jasmin! Was auch immer du dir für einen

Scheiß zusammengereimt hast, ich würde keine Sekunde zögern dich aufzuschlitzen, wenn es meinen Plänen nutzen würde.« Ich versuchte, meine Stimme gleichgültig zu halten und nicht zu sehr auf das Stechen in meiner Brust zu achten. Was ich hier tat, war wichtig. Jasmin musste verstehen, dass sie sich heute in weitaus größerer Gefahr befand, als es gestern der Fall war. Hier im Nest, hier in den Slums von Chicago geschah nichts Gutes, wir bildeten keine Freundschaften, sondern Allianzen. Allianzen wovon jeder profitierte. Wenn dies nicht mehr der Fall war, töteten wir. Von hunderten Menschen würden 99 Prozent ihre eigene Oma verkaufen. Absolute Loyalität. Das war ein Mythos, den uns Hollywood seit jeher vermittelte, mehr Fantasie als Wahrheit. Jasmins Ziel sollte, es nicht sein dazu zu gehören, sondern von hier wegzukommen. Eine Mörderin zu werden, um sich zu schützen, war etwas völlig anderes als einer Bande von Mördern beizutreten, die es aus wesentlich banaleren Gründen taten. Hätte Cayden mir damals dasselbe gesagt, anstatt mich zur besten gottverdammten Killerin in Chicago zu machen, dann sähe mein Leben vielleicht anders aus. Ich konnte nicht jedes Kind von Chicagos Straßen holen, alles, was ich tun konnte, war, die dunkelsten Ecken ein wenig sicherer zu machen. Es war Schadensbegrenzung, keine Heilung. Meistens waren meine Taten weit weniger edel als ein junges Mädchen vor einer Vergewaltigung zu beschützen.

Jasmin, mit ihren bunten Haaren, starrte nun stumm zu Boden. Ihre Schultern zitterten verdächtig. Dann drehte sie sich um und stürmte davon.

Quälend langsam ließ ich die Luft aus meinen Lungen. Lia trat aus der Haustür heraus.

»Kümmere dich um sie, bring sie zu Sniper ins Jugendwohnheim, er soll ihr einen Platz in der Schulkantine verschaffen, unter der Voraussetzung, dass sie auch zur Schule geht«, flüsterte ich betroffen.

Snipers Onkel war der Schulleiter der hiesigen High School, es gab einen kleinen Deal zwischen uns. Hin und wieder schickte ich ihm ein paar Kids, die er als neu in der Stadt vorstellte und ihnen damit ohne viel Bürokratie einen Schulplatz geben konnte. Im Gegenzug stand die Schule unter unserem Schutz. Sie war sauber von Drogen, Waffen und Gewalt, was kaum eine öffentliche Schule in Chicago von sich behaupten konnte. Jasmin wirkte auf mich wie ein kluges Köpfchen. Wenn sie regelmäßig zur Schule ging, ein Dach über dem Kopf hatte und ein eigenes kleines Taschengeld verdiente, wer wusste schon, vielleicht brachte sie das zurück auf den Boden.

Lia lief stumm hinter Jasmin her, sie wusste, dass sie in solchen Situationen Stillschweigen bewahren musste. Wenn herauskäme, dass ich mitfühlend Kindern gegenüber wurde, war es ein Leichtes mich zu erpressen. Es war weniger der Wunsch Gutes zu tun, der mich dazu anspornte, das alles trotzdem auf mich zu nehmen, als der Wunsch, jemand hätte mir damals ein normales Leben ermöglicht. Zwar hatte Cayden mich irgendwann gefunden, doch da gab es schon keinen Weg mehr für mich zurück.

Frustriert rieb ich mir mit den Händen übers Gesicht. In den letzten Tagen ging einfach alles drunter und drüber. Dorian, der mich unter Strom setzte. Jasmin, die alte Wunden wieder aufriss.

Viele Jahre hatte ich mich nicht mehr so hilflos gefühlt. Meine Maske saß bombenfest. Für alle war ich die Reinkarnation des Teufels, nur so konnte ich leben, so konnte ich Schutz versprechen. Doch seit einiger Zeit zerrte das alles an meinen Kräften. Ich fühlte mich alt und ausgelaugt, dabei war ich gerade mal 29 Jahre alt.

ZEHN

ASRA

Als ich zurück in mein Appartement kam, standen auf dem Tisch rote Rosen. Sofort brüllte ich genervt auf. Ich war hier in meinem Appartement, meine Männer hätten diesen Strauß nicht einfach ohne zu Fragen hier hochgebracht. Die Sicherheitsleute waren nach Dorians Besuch verstärkt worden und trotzdem stand da ein verfickter Rosenstrauß mitten auf meinem Couchtisch. Das war doch nicht möglich! Ich musste nicht lange überlegen, von wem die Blumen kamen, es gab niemand anderen, als Dorian der die Frechheit besaß, mir so ein Gestrüpp zu schicken. Ich war in ganz Chicago als Sadistin bekannt, man schenkte mir keine Blumen. Wollte man mich beeindrucken, schickte man mir den Kopf eines Verräters.

Als ich widerwillig nach der Karte griff, stach ich mir mit den verdammten Dornen in den Finger. Wenn ich es nicht besser wüsste, würde ich behaupten, Dorian hätte es genau darauf angelegt.

Eine Rose ist wunderschön, gerade wegen ihrer Dornen. D.

»Das kann doch nicht wahr sein!«, schrie ich, riss die Appartementtür auf und fauchte genervt.

»Wollt ihr beiden Hohlbirnen mich eigentlich verarschen?«, blaffte ich Chuck und Seth an. Beide zuckten unter der geballten Wut meiner Worte zusammen.

»Was?«, fragte Seth verwirrt.

»Wie kommt dieser verfickte Hurensohn in meine Wohnung?«, brüllte ich und pfefferte ihnen die Vase mit den Rosen vor die Füße.

Man konnte förmlich das Ticken ihrer Gedanken hören. Bei Seth machte es als erstes Ding. Panisch schaute er zu Chuck.

»Oh Fuck«, murmelte dieser, dann stürmten die beiden in mein Appartement.

»Ich bin von Idioten umgeben«, zischte ich vor mir her.

Am Ende der Treppe stand Lia und schaute belustigt zu mir herauf. Das Wasser tropfte die Stufen herunter, überall lagen Rosen, Scherben und Blätter auf dem Boden. Ein passendes Bild. Dorian Bane schien geboren, um Chaos anzurichten.

»Ein echter Gentleman«, spottete Lia und ich schaute sie wütend an.

»Der Typ ist wie Fußpilz«, sagte ich, versuchte dabei meine Stimme so hasserfüllt wie möglich klingen zu lassen.

»Heißer Fußpilz.«

»Es bleibt trotzdem Fußpilz«, konterte ich, während ich auf sie zuging. Als ich im ersten Stock ankam, kam Chuck gerade wieder aus meinem Appartement.

»Mach den Scheiß sauber!« Mit diesen Worten drehte ich dieser skurrilen Szene den Rücken zu.

»Also gut, es wird Zeit, die harten Geschütze aufzufahren. Ruf die Männer zusammen. In zehn Minuten sollen sie alle hier sein. Wer zu spät kommt, macht drei Monate nur Drecksarbeit«, knurrte ich.

Wir durchquerten die menschenleere Bar. Um diese Zeit füllte Jim das Lager auf.

»Aber natürlich, Boss.« Lia betonte das Wort Boss mit beißendem Sarkasmus.

Sie, Luke und Jim waren die einzigen Personen im Nest, die es sich leisten konnten, mir gegenüber so zu sein. Irgendwen brauchte man doch, der einen am Boden hielt. Schnell tippte sie eine Nachricht übers Handy, dann steckte sie es weg.

»Er ist gut«, sagte sie, während wir in die Küche gingen.

Ich brauchte Zucker. Viel Zucker. Eine Schwäche, die mir irgendwann noch zum Verhängnis wurde. Spätestens wenn ich alt und rund war.

Schnell griff ich mir einen von Lias selbstgemachten Donuts und biss herzhaft hinein. Gott, diese Dinger kamen direkt vom Teufel.

»Er ist nicht gut, er hat nur Glück«, sprach ich mit vollem Mund zu Lia und lehnte mich an die Arbeitsplatte. Die Küche im Nest wurde so gut wie nie von irgendwem betreten außer von jenen, die im Nest fest wohnten. Dazu gehörten Jim, Lia, Luke, Seth, Chuck und ich. Mein engster Kreis war immer um mich herum. Während Jim immer irgendwas in der Bar zu tun hatte und im Erdgeschoss ein Zimmer bezogen hatte, war Luke im Keller verschanzt und Lia hatte drei Zimmer unter meinem Appartement. Daneben lag mein Arbeitszimmer. Seth und Chuck teilten sich ein Zimmer neben der Trainingshalle im Keller. Es gab noch die Überwachungszentrale, die in Lukes Reich lag und zwei Zimmer für meine Männer, die ich niemals ohne eine Flasche Desinfektionsmittel betreten würde. Jim hielt jedoch alles so weit in Ordnung, dass wir keine Ratten im Haus hatten.

Wenn man auf der Straße lebte, konnte man nicht zimperlich sein, weshalb mich die Umstellung mit einer Horde fickender, saufender und koksender Männer zusammen zu sein, weniger gestört hatte als Lia, die immer volltätowiertes Personal und all den Scheiß gehabt hatte.

»Das ist kein Glück, das ist Können. Er taucht auf, hinterlässt ein Chaos und verschwindet danach«, fasste Lia Dorians Verhalten zusammen. Wachsam schauten wir uns an, dachten dasselbe.

»Da stinkt was zum Himmel«, stellten wir gleichzeitig fest.

Sie schaute ernst. »Was auch immer hier vorgeht, Bane ist alles, aber kein stinknormaler Politiker, der dich mit einem billigen Trick dazu bringen will, ihm zu helfen. Da bin ich mir sicher.«

Überrascht sah ich sie an. Sie wusste nicht, womit Dorian mir gedroht hatte.

»Woher zum Teufel …?«, fragte ich und sie winkte genervt ab.

»Bitte, ich kenne dich besser als du selbst. Du würdest ihm niemals einfach so helfen. Er hat was gegen dich in der Hand. Ich will nicht wissen, was es ist, denn es wird seinen Grund haben, warum du es mir nicht bereits gesagt hast. Aber beleidige nicht meine Intelligenz.«

Für einen Moment wurde mir warm um mein schwarzes Herz. Es gab wenige Dinge, die ich ihr verschwieg, meine Vergangenheit war Teil davon.

»Danke«, sagte ich nur.

»Ach, kümmern wir uns erstmal darum, den Dreck an Dorians Stecken zu finden«, sagte Lia leicht daher und zwinkerte.

»Du hast recht. Luke muss tiefer graben. Er muss alles rausfinden was es übere ihn zu wissen gibt.«

Mein Telefon klingelte.

»Ja?«

»Boss? Ich bin grad in der Absteige von Jace und Trip. Haben die ganze Wohnung auseinandergenommen. Außer ein bisschen Stoff ist aber nichts zu finden. Die Schränke sind durchwühlt worden. Kann sein, dass Jace Lunte gerochen und alles verschwinden lassen hat«, fasste Leo zusammen.

Verdammt.

»Okay, alles klar, packt alles ein, was auf uns hinweisen könnte, und kommt zurück.« Mit diesen Worten legte ich auf.

»Keine Spur?«, fragte Lia, während sie sich einen Kaffee einschenkte.

»Nein. Jace war wohl so schlau, alle Beweise verschwinden zu lassen. Da ist was im Busch, Lia, und es entzieht sich meiner Kenntnis. Das gefällt mir nicht«, gestand ich und schaute dabei aus dem Fenster.

»Wir werden schon rausfinden was da läuft, das haben wir immer. Danach werden wir alles niederbrennen und es kehrt wieder Ruhe ein. War klar, dass irgendwer wieder auf der Bildfläche auftaucht, es war ruhig in letzter Zeit. Zu ruhig. Wir sind gemütlich geworden Asra. Es lief zu gut.« Obwohl sie nichts beschönigte, trafen mich ihre Worte. Denn sie hatte Recht. Wer in einer Stadt wie Chicago rastete, der rostete und war bald schon tot. Ich hatte den Hauch von Normalität einfach geliebt. Doch, dass irgendwer in meiner Stadt mich bestahl, ominöse Morde geschahen und keine Spur des Drahtziehers zu sehen war, war ein ganz schlechtes Zeichen.

»Los, lass uns schauen, ob ich irgendwem die Drecksarbeit für die nächsten Wochen aufdrücken kann«, grinste ich sadistisch und Lia schmunzelte daraufhin.

Wie es schien, hatte meine Drohung funktioniert. Die Köpfe der Bezirke waren alle da, inklusive Trips Nachfolger. Als ich die Geschäfte der Chicagoer Slums übernommen hatte, hatte ich sie in acht gleichgroße Bezirke aufgeteilt. Diese fielen in den Zuständigkeitsbereich von acht meiner besten Männer.

Abgestimmt auf deren Fähigkeiten kümmerten sie sich darum, dass Drogen ihren Besitzer wechselten, Schutzsteuern einkassiert wurden und keiner wahllos in der Gegend herumschlich, um sein eigenes krummes

Ding zu machen.

Lia machte gerne Witze darüber, dass ich ein Staatssystem eingeführt hatte. Ich empfand es als quatsch. 16 Augen sahen mehr als zwei. Meine Männer waren meine Augen und Ohren in dieser Stadt. Ein Verrat wie Trips kam hier selten vor. Man konnte die Kriminalität nicht aus Chicago verbannen, man konnte sie jedoch lenken und genau das tat ich. Ich lenkte sie so, dass sie effektiv aber mehr oder minder fair war.

»Okay, hört zu. Ich will, dass ihr jeden uns zur Verfügung stehenden Informanten auf spitze Ohren stellt. Irgendetwas geht hier vor. Trips Verrat, das verschwundene Koks, die abgeschlachteten Lämmer im Stadtrat.« Während ich sprach, wanderte ich vor meinen Männern auf und ab.

»Wenn ich es nicht besser wüsste, dann würde ich denken, wir sind blind und taub geworden. Ich will, dass ihr mir genau das Gegenteil beweist. Findet das verdammte Koks, findet den verfickten Mörder, findet alles was ihr nur finden könnte. Wenn auch nur einer eine scheiß Line zieht, die er nicht von uns hat, dann will ich das wissen. Habt ihr mich verstanden?«, blaffte ich meine Männer an.

»Alles klar, Boss«, gaben sie von sich.

»Keine Partys bis dahin. Ich will nur die nötigsten Leute im Nest. Alle anderen sollen gefälligst ihre Arbeit machen. Die Bar hat dicht, bis der Mist geregelt wurde. Gut, bewegt euch. Ihr könnt gehen. Derek, du bleibst.«

Wie die Armee, die sie auch waren, stampften meine Männer davon, nur Derek blieb. Er war ein Bild von einem Mann, groß, muskulös, tätowiert von Kopf bis Fuß. Woher ich das wusste? Wir hatten ein paar Mal miteinander gefickt. Es war gut gewesen, sogar sehr gut. Derek war im Laufe der Jahre einer der wenigen gewesen, der seine Stellung verstanden hatte. Keine Gefühle, keine Beziehung. Sex und das war es. Ein Arrangement, mit dem wir beide gut leben konnten. Ich hatte ihm Bezirk drei zugewiesen. Er kümmerte sich um den Hafen. Ergo, alles was im Hafen eintraf oder losschipperte, ging unter seinen wachen Augen vor.

»Boss«, begrüßte er mich, schaute dabei aber keineswegs beängstigt, oder als sei ich sein Boss. Eigentlich verbrannte er mich geradezu mit seinen Blicken, zog mich aus. Für einen kurzen Moment kam mir der Gedanke, mir den Frust von der Seele zu ficken, doch leider löste das keines meiner Probleme.

»Darum geht es nicht, Hengst«, gab ich zu verstehen und das Feuer in seinen Augen wurde kleiner, blieb aber.

»Was gibt's?«

»Als ich Jace, dem degenerierten Bruder von Trip, den Gar ausgemacht habe, hatte er in seinen letzten Atemzügen etwas von einem Seecontainer gefaselt. Weißt du zufällig, was er gemeint haben könnte?«

»Schwer zu sagen. Ich hab immer ein Auge auf das, was raus- und reinkommt. Mir ist nichts aufgefallen. Jeder Seecontainer wird penibel durchsucht bevor er geschlossen wird, ebenso werden sie ständig bewacht. Auch die Ware, die ankommt wird geprüft. Es gab keinerlei ungewöhnliche Vorfälle und du weißt, ich bin gut in dem, was ich tue. Ich hätte davon etwas mitbekommen.«

Frustriert über Dereks Worte knurrte ich: »Bist du dir sicher?«

»Ganz sicher. Wenn etwas mit einem Container war, dann nicht auf der schwarzen Seite des Hafens.« Als Derek das sagte, fiel der Groschen. Mit weit aufgerissenen Augen schaute ich an.

»Fuck, ja!«, rief ich aus.

»Danke, Derek, das ist genial«, gab ich zu und haute ihm kameradschaftlich auf die Schulter.

»Du weißt, ich helfe wo ich kann«, sagte er zweideutig und grinste dabei dreckig.

»Vergiss es Hengst, ich hab zu arbeiten.«

Mit diesen Worten ließ ich ihn stehen. Derek war ein heißer Mann ganz nach meinem Geschmack, allerdings war's das auch schon. Es war nicht so, als hätte sich je etwas in seiner Nähe geregt, was nicht mit dem Wunsch nach einem guten Fick zusammenhing. Keine Funken, kein rasendes Herz, keine alles umgreifende Leidenschaft. Nicht so wie bei ...

Ich verbot mir selbst, diesen Gedanken zu Ende zu denken.

Vergiss ihn. Vergiss diesen scheiß Kuss endlich!

Wie viel Dunkelheit und wie viel Feuer braucht es, um alles zu zerstören?

ELF

DORIAN

Ich stand am Fenster und Chicago lag in einem Lichtermeer aus Lust und Laster dar. Ich liebte sie. Die Stadt der Sünde. Bald gehörte sie mir und mit ihr, ihre Königin. Asra auf meine Seite zu ziehen, war erst der Anfang. Es wurde Zeit zu Schritt zwei überzugehen.

Ich musste zugeben, dass mich der Kuss mit der Königin der Sünden ziemlich aus der Bahn geworfen hatte. Eigentlich war es nicht beabsichtigt gewesen, ihr so nahezukommen. Als sie vor mir gestanden hatte, mir erzählt hatte, dass sie wirklich glaubte, ihre eigenen Männer würden sie, wenn sie es könnten, töten, war sie mir einsam vorgekommen. Einsamkeit, ein Gefühl, das auch mich seit Maries tot quälte. Bei diesem Gedanken war mir eine Sicherung durchgebrannt. Dass zwischen uns eine Anziehungskraft herrschte, die einer Naturgewalt nahekam, trug seinen Teil dazu bei.

Wenn ich nur an ihren Körper dachte, an das

Gefühl ihrer Haut, an die Stärke und Unbändigkeit ihrer Wut, regte sich mein Schwanz. Obwohl wir so unterschiedliche Leben führten, waren wir doch vom gleichen Schlag. Asras Kampf an die Spitze war getrieben von dem Wunsch frei zu sein, meiner jedoch, lebte von dem Wunsch nach Rache.

Ich sah das Spiegelbild meines Gesichts im Fenster. Konnte den tobenden Sturm in mir kaum verbergen.

Das Spiel hatte begonnen. Meine Königin kam zum Einsatz.

»Mr. Bane, hier sind die Unterlagen, die Sie angefordert hatten«, hörte ich die Sekretärin, deren Namen ich immer wieder vergaß, sagen.

In der Spiegelung meines Panoramafensters sah ich, wie sie dastand. Lange, schlanke Beine, figurbetonter Bleistiftrock, züchtig geschlossene Bluse, streng zurückgekämmter Zopf, rote Lippen. Sie wollte mir gefallen, hübsch und fein herausgeputzt. Genau das war das Problem. Was die verblendeten Fanclub-Weibchen nicht verstanden, war: Je mehr sie mir gefallen wollten, desto weniger Interesse empfand ich für sie. Sie waren zu leichte Beute. Entweder sie jagten nach dem Prestige oder dem Geld.

Ich gehörte nicht zu den Männern, die sich aus diesem Grund keinen ordentlichen Fick suchten. Ich fickte. Dabei interessierte sich mein Schwanz einen Scheiß dafür, ob es sich dabei um meine Angestellte oder die zukünftige Kronprinzessin handelte. Mit einem Lächeln auf den Lippen dachte ich zurück an meine Zeit in Spanien. Doch ich würde mich hüten, einer dieser bedeutungslosen Frauen einen Platz an meiner Seite zu geben. Wenn sie wüssten, wer ich war, würden sie schreiend vor mir davonlaufen. Jede Einzelne. Jede, außer Asra.

Meine Gedanken wanderten zu den fast schon unschuldigen Berührungen zwischen ihr und mir. Sofort begann ein Kribbeln in meiner Leistengegend und ich rückte die Anzughose zurecht, um meinem besten Stück etwas Freiraum zu verschaffen. Ich würde sie ficken, ich musste. Es war so wichtig wie der nächste Atemzug. Bevor ich mich in Fantasien verlor, mich darin verlor, wie ich Asras scharfe Zunge zähmte, indem ich ihr meinen Schwanz zwischen diese göttlichen Lippen schob, ermahnte ich mich zur Konzentration.

Erst die Arbeit, dann das Vergnügen.

Ich zwang meine Gedanken wieder zum Geschäftlichen und drehte mich zu dem blutjungen Ding um. Sie stand immer noch stocksteif da.

Mit all meiner gottgegebenen Arroganz setzte ich mich auf meinen Stuhl. Die Frachtschiffberichte lagen schon ausgebreitet auf meinem Schreibtisch. Daneben befand sich die neueste Umfragestatistik zur anstehenden Wahl zum Bürgermeister.

»Wie sieht es aus?«, fragte ich, meine Stimme klar und geschäftig.

»Die konservativen Wähler sprechen sich grundsätzlich gegen Sie aus. Sie passen ihrer reaktionären Meinung nach nicht an die Spitze Chicagos. Größtenteils liegt es an Ihrem Alter, mit 34 Jahren sind Sie noch ein Grünling für die alteingesessenen Wähler.

Dann steht noch im Raum, dass Sie Veränderungen anstreben. Etwas, womit Sie das Herz der Konservativen nicht erobern werden. Abiglins hat sie schon allein durch sein Alter und seinen Erfahrungsschatz in trockenen Tüchern. Hinzukommt, dass er sich vehement gegen fundamentale Veränderungen ausspricht und einige hochrangige Senatoren im Rücken hat. Gut dagegen sieht es bei den progressiven Wählern aus. Sie können eine Veränderung in Chicagos Politik kaum erwarten. Prozentual steht es momentan 46 Prozent zu … 49 Prozent für Abiglins. Leider nimmt die Wahlbeteiligung in Chicago konstant ab, vor allem die jüngeren Wähl …«

»Ja, ich weiß das«, unterbrach ich sie harsch.

Drei Prozentpunkte. Verdammt.

Vergessen war der Fick.

Nach außen hin sichtete ich mit unbewegter Miene die Unterlagen, innerlich brodelte ich. Diese verdammten Spießer, nur weil ich ihnen nicht in die verstaubten Ärsche kriechen wollte, gingen sie jetzt auf die Barrikaden. Verdammt. Bis zur Wahl waren es nur noch wenige Wochen. Dann würde sich das Fenster für eine sehr lange Zeit wieder schließen.

Alles wäre auf Eis gelegt, meine Rache, meine Ziele, meine Vendetta. Mein einziger Trumpf wäre noch Asra. Doch selbst sie war keine Garantie.

Und wieder blitzte Maries Gesicht vor meinem inneren Auge auf. Ihr Lächeln. Nein. Ich würde so schnell nicht kleinbeigeben. Ich würde sie alle zu Fall bringen. Wenn ich mit dieser Stadt fertig war, würde kein Stein mehr auf dem anderen stehen.

Dabei kam mir eine brillante Idee. Mit einem roten Stift umkreiste ich einen grauen Balken und reichte ihr die Statistik zurück. Ihre perfekt gezupfte Augenbraue hob sich überrascht.

»Das sind die Wähler, die nicht wählen gehen. Soziale Unterschicht, Straßenbanden, Plattenbau, Gesetzlose, Führungslose«, wollte mich das junge Ding aufklären, als würde ich dreckige Straßen nur von schlechten Dokumentationen kennen. Wie sie sich irrte, wie sie sich *alle* irrten. Mit einem siegesgewissen Lächeln lehnte ich mich zurück.

»Du bist falsch informiert«, begann ich und spießte sie mit meinem kalten Blick auf, »sie sind nicht führungslos.«

Deine Mauern werden nicht standhalten.
Für mich bestehen sie aus dünnem Papier.

ZWÖLF

ASRA

Als ich am Samstag nach einer langen Besprechung mit meinen Männern in mein Appartement ging, wartete ein weißer Briefumschlag wohldrapiert auf meinem Bett.

Argwöhnisch und mächtig angepisst starrte ich ihn an, als sei er ein bissiger Hund. Wie auch immer Dorian es schon wieder geschafft hatte, langsam konnte ich mich nicht mal mehr darüber aufregen. Dieser Kerl war wie Nebel und Rauch, er kam und er ging, als sei er ein fucking Gespenst.

Nur sein Pech, dass ich mich vor Geistern nicht fürchtete. Es wurde wohl Zeit für einen Exorzisten. Gereizt griff ich nach dem Umschlag und holte eine einfache Karte heraus.

Wir sehen uns im Pier. D.

Keine Uhrzeit. Dorian schien auf diese Spielchen zu stehen.

»Du verdammter Scheißkerl, schon mal was von Telefonen gehört?«, brummte ich.

Unsicher, was ich jetzt tun sollte, pfefferte ich die Karte zurück aufs Bett. Müde vom Tag rieb ich mir über die Augen. Dann straffte ich den Rücken, schnappte mir meine Lederjacke und den Motorradhelm und machte mich auf den Weg dorthin. Hatte ich gestern noch gehofft, Dorian würde mir eine Schonfrist gönnen, so war ich mir nun sicher, dass ich diese nicht erhalten würde.

»Das Pier« war eine alte Kneipe direkt am Hafen. Gerne konnte man es als neutrales Gebiet bezeichnen. Weder erhob hier irgendwer eine Waffe noch eine Dienstmarke. Es war nicht schwer zu erraten, dass Dorian diesen Treffpunkt sehr bewusst wegen dieses ungeschriebenen Gesetzes gewählt hatte. Woher er das alles wusste, erschloss sich mir jedoch nicht. Als ich die stickige Bar betrat, saß er bereits an einem Tisch in der Ecke. Für einen Moment ließ ich seine Gestalt auf mich wirken. Er trug heute ein schlichtes schwarzes Shirt, das seine Muskeln in Szene setzte. Darüber trug er eine Lederjacke. Am liebsten wäre mir, er wäre hässlich, aber nein. Dorian Bane in Schwarz und Leder sah einfach verboten gut aus. Sein Haar war, wie das letzte Mal, ein wenig durcheinander, als wäre er sich unbewusst ein paar Mal hindurch gefahren. Ansonsten war seine Gestalt eine Fassade der Distanz. Er wirkte abweisend, ohne ein Wort zu sprechen oder gar den Blick zu heben. Ein einsamer Wolf inmitten der Wölfe.

Zwei Gläser Whisky standen vor ihm. Ohne ihn zu begrüßen, setzte ich mich ihm gegenüber. Gemächlich hob er den Blick.

»Asra, wie schön, du bist meiner Einladung nachgekommen.« Seine Stimme jagte mir einen Schauer über den Rücken. Sie war rau und fühlte sich wie eine Liebkosung auf meiner Haut an.

»Hatte nichts Besseres vor«, erwiderte ich sarkastisch.

Dorian schmunzelte und schob mir das zweite Whiskyglas herüber. Misstrauisch beäugte ich die klare Flüssigkeit. Er bemerkte das natürlich sofort.

»Wenn ich dich vergiften wollen würde, dann bestimmt nicht hier.«

Achselzuckend nahm ich das Getränk und versuchte, seinen spöttischen Unterton zu überhören. Der Whisky war Balsam für meine geschundene Seele, als er mir die Kehle hinab rann. Es sollte mich wirklich mehr verwundern, dass Dorian meinen Lieblingswhisky ausgewählt hatte, tat es aber nicht.

»Also gut, was willst du?«, fragte ich, als ich das in einem Zug geleerte Glas abstellte. Meine Stimme war rauer durch den Whisky. Er fixierte mich mit seinen dunklen Augen. Sie bohrten sich direkt in mein Innerstes. Dieser Mann konnte allein mit seinem Blick meinen Herzschlag beschleunigen. Ich versuchte, mir das Kribbeln in meinem Unterleib und das Rasen meines Herzens nicht ansehen zu lassen. Was war es nur, dass er solch eine Macht über mich hatte? Als ich krampfhaft versuchte, mir keine Reaktion auf seinen durchdringenden Blick entlocken zu lassen, breitete sich ein wölfisches Grinsen auf seinem Gesicht aus. Er wusste es, wusste, was er mit seinem Blick bewirkte.

Er kramte ein Blatt Papier aus seiner Jacke und legte es vor uns auf den Tisch. Ich schaute nicht darauf.

»Ich habe hier eine Liste mit potentiellen Opfern«, begann er und schaute mich dabei genau an. »Vielleicht findest du das nächste Angriffsziel heraus. Ebenso sind da die Daten von Clearwater, Glich und dem neusten Opfer Eric Bread drauf. Finde etwas, das uns weiterhilft.«

Dorian schien sich seiner Sache mächtig sicher zu sein. Ihm und auch mir war klar, dass er mich wie einen Höllenhund an die Kette gelegt hatte.

»Kein Problem, ich lass meine Leute das checken. War's das?«, fragte ich barsch. Normalerweise erledigte ich nicht irgendwelchen Scheißkram für andere Leute. Doch solange Luke nichts herausgefunden hatte, waren mir die Hände gebunden.

»Vorerst ja.« Ich nahm die Liste, die er über den Tisch geschoben hatte. Ein gutes Dutzend Namen standen darauf. Mehr oder minder hochrangige Politiker, aber auch Banker, Unternehmer und der Chef einer sozialen Einrichtung.

»Standen die alle mit den drei Opfern in Kontakt?«

»Wie ich sehe, bist du voll im Bilde und jeder dieser Namen sagt dir etwas.«

Ich verdrehte die Augen, fixierte ihn jedoch gleich darauf wieder. »Du vergisst, mit wem du sprichst. Das hier ist meine Stadt, wer hier Rang und Namen hat, ist für mich kein Geheimnis. Sieh die Sache als erledigt an«, bestätigte ich und erhob mich.

Gerade wollte ich zur Tür, als seine Stimme, kalt wie Eis, mich zurückhielt.

»Ich war noch nicht fertig. Setz dich.«

Wieder jagte ein Schauer meine Wirbelsäule hinab. Ein Teil von mir wollte sich sofort, wie befohlen, hinsetzen, doch die Kämpferin in mir drehte sich gemächlich herum, schaute ihn abschätzig an und ließ sich dann ganz gemütlich wieder sinken.

Ein weiteres Starrduell zwischen uns begann. Eine Spannung, wie vor einem Sturm, baute sich zwischen uns auf.

»Ich habe heute Abend eine Einladung von Sergio Bellini. Er feiert den Geburtstag seiner Frau. Ich erwarte, dass du mich begleitest.«

Ich hörte seine Worte klar und deutlich, doch nur langsam sickerte die Bedeutung dieser in meinen Verstand. Sergio Bellini handelte mit Spirituosen. Eigentlich führte er ziemlich genau ein Multi-Milliarden-Dollar-Unternehmen. Dabei befand sich Sergio jedoch häufig auf der dunklen Seite des Gesetzes. Ein charismatischer Italiener, der mehr Dreck am Stecken hatte, als so mancher Kleinkrimineller. Ich kannte ihn persönlich aber nur, weil ich selbst Geschäfte mit ihm machte. Er war einer der dicken Fische in unserer Kundenkartei, kaufte oder schob hier und da Waffen. Das dürfte Dorian jedoch nicht wissen. Er würde niemals gegen Sergio vorgehen, er stand viel zu sehr in der Öffentlichkeit. Deshalb lag es nahe, dass ich ihn zum Schutz begleiten sollte, denn auch Sergio würde es nicht wagen, Dorian anzurühren, während er unter meinem Schutz stand. Dafür war ihm unsere Vereinbarung zu heilig.

»Ich bin kein verdammter Bodyguard«, blaffte ich.

Wieder erschien dieses diabolische Lächeln. »Ich will nicht, dass du mich als Bodyguard begleitest Asra, sondern als meine Partnerin.«

Für einen Moment wurde die Welt um mich herum still. Mein Mund lief Gefahr, vor lauter Fassungslosigkeit weit offen zu stehen.

»Ich? Partnerin? Mit dir?!«, stotterte ich völlig überrumpelt. War das sein Ernst? Sah ich so aus, als würde ich ein schickes Anhängsel an seinem Arm abgeben? Geschweige denn, dass ganz Chicago denken würde, dass ich Dorian in mein Bett gelassen hatte. Zwar munkelte man nur über mich, doch jene die mich kannten, würden denken, Dorian und ich seien ein Paar. Das konnte doch nur ein Scherz sein. Das Funkeln in seinem Blick und seine überhebliche Miene sagten mir, dass er bei Weitem nicht scherzte.

Ein liebloses Kichern drang aus meiner Kehle. »Niemals«, brachte ich hervor und schaute ihn an, als hätte er nicht mehr alle Latten am Zaun.

»Das war keine Bitte, sondern ein Befehl.« Seine Stimme war schneidend. Sein Blick ohne jegliche Gnade. Ich schluckte schwer. Mein letzter öffentlicher Auftritt, und das in einem Kleid, lag etliche Jahre zurück. Damals war ich ein Kind gewesen. Verdammt, ich besaß nicht mal ein Kleid.

»Und wie stellst du dir das vor? Ich putze mich wie ein dressierter Kläffer heraus und bleibe den ganzen Abend bei Fuß? Die meisten kennen nicht mal mein

Gesicht, doch die, die es kennen, würden wissen, dass du im Dreck spielst. Was passiert hier? Was ist der Sinn dahinter?« Meine Stimme klang verzweifelter, als mir lieb war, doch der Gedanke, mich in einer Gesellschaft voller Prunk und Glamour zu bewegen, löste Erinnerungen in mir aus, die mir den Magen verdrehten und einen Knoten daraus formten. Angst und Panik versuchten Oberhand zu gewinnen und nur mit größter Mühe versuchte ich, diese niederzukämpfen. Ich war nicht geschaffen für dieses Leben, nicht mehr. Das musste Dorian einsehen.

Dieser aber blieb wie gewohnt kühl. Ich suchte in seinen Augen nach etwas wie Verständnis, doch nichts davon war in Sicht.

Dafür beugte er sich etwas über den Tisch, musterte mich mit seinem Blick und dabei hatte ich das Gefühl, dass er jeden meiner Gedanken lesen konnte.

»Beruhig dich.« Seine Stimme war warm aber befehlend, als spräche er mit einem durchgedrehten Ochsen. Dieser Funken Menschlichkeit überraschte mich so sehr, dass die anbahnende Panikattacke sich langsam auflöste.

Ich hatte solche Attacken nicht mehr oft, die Letzte war über ein Jahrzehnt her. Meine Schwäche so entblößt zu wissen, war schwer für mich. Ich versuchte, mich zu fassen, alte Bilder voller Gewalt und Schmerz zurückzudrängen.

»Du wirst das hinkriegen. Du wirst mich auf diese Party begleiten, stolz, wunderschön und unbezwingbar. Du wirst dort die Schönste sein und das meistern wie ein Profi.«

Dorian schien sich meiner Fähigkeiten sicher. Er hatte eigentlich genau das Richtige gesagt. War mitfühlend und, dass er meine Angst so genau erfasste, zeugte von seiner unglaublichen Beobachtungsgabe. War er vielleicht doch nicht so grausam? Fast schon empfand ich seine Worte als tröstend, bis er ergänzte: »Und du wirst mich nicht enttäuschen, weil du weißt, was davon abhängt.«

Mit diesen Worten erhob er sich. Ich starrte immer noch überrumpelt vor mich hin.

»Ich hole dich um 19:00 Uhr ab.«

Mit diesen Worten ließ er mich sitzen und ging davon. Gedanken wirbelten in meinem Kopf. Erinnerungen kämpften mit Ängsten, Wut kämpfte mit dem Gefühl, etwas verloren zu haben. Dorian Bane hatte soeben das Spiel für eröffnet erklärt und sein erster Zug war gnadenlos.

DREIZEHN

ASRA

Als ich mein Appartement betrat, stellte ich mich gleich unter die Dusche. Ich hatte mich im Trainingsraum noch ein paar Stunden verausgabt, weshalb mir nicht mehr viel Zeit blieb, bis Dorian hier sein würde. Als ich aus der Dusche trat und ins Schlafzimmer tapste, überlegte ich schon, ob man auch in Jeans und Shirt zu dieser dämlichen Fete gehen konnte. Mit einem Blick auf das Bett jedoch, erledigten sich meine Überlegungen. Das große Geschenk, das darauf lag, war kaum zu übersehen. Der Anblick verspottete mich förmlich. Genervt riss ich die rote Schleife auf und pfefferte den Deckel des schicken weißen Kartons beiseite. Zum Vorschein kam ein Kleid. Laut Etikett eines von Chanel. Schwarz wie die Nacht, mit eingearbeiteten Kristallen.

Als ich das Kleid heraushob, funkelten diese wie Sterne und mir war klar, dass ein BH wohl nicht dazu passen dürfte. Schnell streifte ich mir einen schwarzen

Slip über und schlüpfte zaghaft in das Kleid. Als ich vor den Spiegel trat, stockte mir der Atem. Ich erkannte die Frau darin kaum wieder. Diese trug ein bodenlanges Kleid mit langen Ärmeln, das vorne hochgeschlossen war. Wie ein Nachthimmel funkelte es und gab der Gestalt im Spiegel einen mystischen Hauch. Luftiger Stoff und ein hoher Schlitz an der Seite verliehen dem Kleid eine Erhabenheit. Doch das Highlight war wohl der Ausschnitt am Rücken. Dieser erstreckte sich bis zum Ansatz meines Steißbeines. Und glich somit den nicht vorhandenen Ausschnitt am Dekolleté aus. Ich sah aus wie die jüngere Version meiner Mum.

Dieser Gedanke zerriss mich förmlich und eine tiefe Traurigkeit legte sich über mich. Heute war ein Tag der Erinnerungen, sie überkamen mich ständig und unvorbereitet. Es war merkwürdig. Mein Leben verbrachte ich zwischen Blut, Gewalt, Dreck und Tod. Doch so etwas Simples wie ein Kleid, ein Abend in feiner Gesellschaft, befreite meine weggesperrten Dämonen, als seien die über Jahre aufgebauten Gitterstäbe aus Zuckerwatte.

Du schaffst das, du hast so viel Schlimmeres überstanden.

Schnell wandte ich mich von meinem Spiegelbild ab, um dem dressierten Äffchen, das Dorian aus mir gemacht hatte, noch den letzten Schliff zu geben.

Um 18:55 Uhr stand ich fertig in meinem Apartement und überlegte, ob ich vor der Tür warten sollte. Die Angst, dass mich einer meiner Männer in diesem Aufzug vor der Tür warten sah, hielt mich jedoch davon ab. In weiser Voraussicht hatte ich die wenigen, die noch im Nest waren, auf Patrouille geschickt.

Das Gute an meinen Männern war, dass sie selten Fragen stellten.

Nervös strich ich mir eine Strähne hinters Ohr. Ich hatte meine Haare zu einem lockeren Knoten gebunden. Mein Gesicht wurde von einzelnen Strähnen umrandet, die mir jetzt schon auf die Nerven gingen. Ebenso wie die schweren Diamant-Ohrringe und die hohen Schuhe, beides ebenfalls Geschenke, die sich im Karton befunden hatten. Dressiertes Äffchen.

Als ich zur Tür ging und mein Spiegelbild noch einmal sah, musste ich mir eingestehen, so sehr ich es hasste mich so zu sehen, dass Dorian Geschmack besaß. Ich sah aus wie eine Königin der Nacht. Subtil sexy, mystisch und elegant. Eine perfekte Kombination. Na ja, wenn man darüber hinwegsah, dass ich tatsächlich bewaffnet war.

Irgendwann hielt ich das Warten nicht mehr aus und machte mich auf den Weg nach unten. Chuck und Seth, die ich zu meinem Schutz immer Wache halten ließ, keuchten gleichzeitig auf.

»Ich will kein Wort hören. Macht den Rest des Abends frei. Ich brauch euch hier nicht«, knurrte ich frustriert.

Beide verstummten sofort. Von all meinen Männern waren sie wohl die verschwiegensten und nur aus diesem Grund waren sie, nach ihrem mehrmaligen Versagen, noch nicht tot. Ohne sie eines Blickes zu würdigen, ging ich nach unten.

Jim war gerade dabei, die Bar auf Vordermann zu

bringen, als ich den großen Raum betrat. Mein Barkeeper sah auf und seine Augen weiteten sich.

»Dass ich das noch erleben darf.« Seine Worte versteckten seine Verwunderung kaum. Dann pfiff er auch noch durch die Zähne.

»Chef, du siehst verdammt anders aus.«

Jims Worte waren genau das, was ich erwartet hatte. Ich war nicht schön, nicht hübsch, nicht sexy, ich war anders. Genau genommen war ich eine völlig andere Person, mit oder ohne Kleid. Diese Ironie des Schicksals ließ mich schmunzeln und Jims verwirrter Blick wandelte sich in etwas anderes. Er hatte einen Ausdruck, den ich nicht zuordnen konnte. War es Anerkennung? Oder etwas Verwunderung? Als ich ihn schon danach fragen wollte, ging die Eingangstür auf und Dorian erschien in der Tür. Bei seinem Anblick verfehlte mein Herz ein paar Schläge. Jetzt trug er wieder einen Anzug, einen so schwarz, wie mein Kleid. Wir würden wie die Dunkelheit selbst zusammen wirken. Ich mochte das. Schwarz war meine Farbe, wenn es denn eine Farbe wäre. Da stritten sich bekanntlich die Gemüter.

Dorian sah zum Anbeißen aus. Der Anzug schmiegte sich an ihn, betonte seine Muskeln, seine Haltung und verlieh ihm eine Aura der Autorität, wobei er diese wohl auch mit Jogginghose und löchrigem T-Shirt besaß. Sein Haar war ausnahmsweise mal nicht verstrubbelt, sondern akkurat frisiert, ohne ihm einen schmierigen Touch zu verleihen. Zusammengefasst, er war heißer als die Hölle. Sofort kribbelten meine Lippen wieder von diesem sagenhaften Kuss.

Obwohl er schon ein paar Tage her war, fühlte ich seine Wärme immer noch.

Erst als mein Blick seinen traf, bemerkte ich den Ausdruck in seinem Gesicht. Er starrte mich ebenso fasziniert an, wie ich ihn. Sein Blick verschlang mich schier und ich sah, wie er sich verdunkelte. Eine Gänsehaut breitete sich auf meinen Armen aus und in meinem Unterleib ziepte es verräterisch.

Eine elektrisierende Spannung baute sich zwischen uns auf. Automatisch machte ich einen Schritt auf ihn zu und er kam mir entgegen. Wie zwei Magnete, die aufeinander reagierten. Alles um mich herum rückte in den Hintergrund. Die Bar, Jim, ja selbst meine Angst und Panik vor der bevorstehenden Party. Alles, was in diesem Augenblick zählte, war Dorian, der seine Hand ausstreckte und mit dieser meine Wange berührte.

»Du bist wunderschön.« Seine Stimme war weich, einladend und berauschte meine Sinne. Er hatte diese drei kleinen Worte mit so einer Inbrunst ausgesprochen, dass ich mich tatsächlich schön fühlte. Schön und, wie er es so treffend im Pier formuliert hatte, unbesiegbar.

Eigentlich wollte ich etwas Schnippisches erwidern, doch nur ein gemurmeltes »Danke« kam mir über die Lippen. Was war nur los mit mir? Warum freute ich mich insgeheim über seine Worte? Warum waren meine Knie weich? Verlor ich mit Ablegen von Boots und Leder alles, was mich ausmachte?

»Bringen wir es hinter uns«, sagte ich, um diese Gedanken loszuwerden und in der Hoffnung, mein merkwürdiges Verhalten kaschieren zu können. Als ein lautes Geräusch mich daran erinnerte, dass wir nicht allein waren, zuckte ich ertappt zusammen. Dorian jedoch blickte mit kalten Augen hinter mich. War seine Miene zuvor fasziniert und entspannt gewesen, so wich diese einer grausamen Maske der Zerstörung. Ich musste nicht nach hinten schauen, um zu wissen, dass er Jim gerade musterte, als ob er sich ausmalte, ihn zu häuten.

VIERZEHN

ASRA

Ein weiterer Knall ertönte. Ich sah Jim an, der mit mehr Schwung als nötig die Stühle der Bar auf die Tische hievte. Die Aggressivität, mit der er das tat, ließ keinen Zweifel daran, dass er Dorian gerne auch eine Runde umhergeschubst hätte. Vorzugsweise mit einem Arschtritt vor die Tür.

»Lass uns gehen.« Mit diesen Worten legte Dorian meine Hand auf seinen Arm. Ein schneller Blick zurück in die Bar verriet mir, dass Jim uns grimmig hinterherstierte.

Draußen vor der alten Villa wartete eine Limousine auf uns. Schwarz und bis auf Hochglanz poliert. Dorian half mir beim Einsteigen, vor allem, da die Schleppe meines Kleides sonst auf dem Boden gelandet wäre. Er war ein vollendeter Gentleman, wenn man der leichten Wölbung seines Jacketts keine Beachtung schenkte, denn er war definitiv bewaffnet. Meinen geschulten Augen entgingen solche Details nicht.

Während der Fahrt zu Sergios Anwesen schwiegen wir zuerst. Es war diese Art von angenehmem Schweigen.

Ein einvernehmliches miteinander. Dass seine beeindruckende Aura die ganze Limousine erfüllte, war fast schon Nebensache.

»Was ist passiert, als du vor ihm geflüchtet bist?« Die Frage kam so unerwartet, dass ich erstmal nicht wusste, was ich darauf erwidern sollte.

»Weißt du das nicht längst?«

»Doch, ich würde es nur gern von dir hören.« Ich schaute Dorian an, er schaute zurück.

»Nachdem ich vor 15 Jahren Louisiana verlassen habe, habe ich einige Jahre auf Chicagos Straßen verbracht. Irgendwann lernte ich jemanden kennen. Er brachte mir ein paar Dinge bei.«

Er musterte mich. »Er unterrichtete dich?«

»Ja. Er brachte mir all das bei, was ich in der Schule gelernt hätte«, begann ich.

Er sah überrascht aus.

»Und er brachte mir bei wie ich töten musste.«

»Warum?«

Ich zog die Mundwinkel hoch, als ich seinen Gesichtsausdruck sah. Ich wusste, was er dachte, er dachte, Cayden wäre schuld an dem, was ich war.

»Weil er sah, dass ein normales Leben für mich nicht mehr in Frage kommen würde. Ich war schon viel zu lange der Dunkelheit ausgesetzt. Die Zeit in Baton Rouge und die Jahre auf der Straße haben Narben hinterlassen. Hätte man mich auf den rechten Weg zurückgedrängt, dann wäre ich daran zugrunde gegangen. Für mich gab es keinen Weg zurück.«

Ich wusste nicht, warum ich so offen über meine Vergangenheit sprach. Vielleicht weil Dorian der Erste seit Cayden war, der sie kannte. Obwohl ich die meiste Zeit in meinem Leben alles dafür tat, sie zu vergessen, tat es gut, diesen Versuch für wenige Augenblicke beiseitezulegen.

So war das mit der Vergangenheit. Egal wie sehr man sich wünschte, dass sie nicht existierte, sie war immer da. Immer Teil der Gegenwart.

Dorian schien seine Antwort gefunden zu haben, denn er schwieg.

Chicagos Lichter flogen an der Fensterscheibe vorbei. Die Sonne ging gerade unter, Clubbesitzer fuhren ihre Reklametafeln hoch und das arbeitende Volk machte sich schnell auf nach Hause, um sich dem Abendessen zu widmen. Wie fast jedes Mal, wenn ich den Menschen dabei zusah, wie sie die Straßen nach Hause eilten, verlor ich mich in der Vorstellung, eine von ihnen zu sein.

»Wie ist das so?«, fragte ich in die Stille hinein.

»Wie ist was?«

»Nach Hause zu kommen, wo eine warme Mahlzeit auf einen wartet. Wo die größte Sorge ist, dass morgen in der Früh der Wecker klingelt?« Meiner Stimme hing eine unüberhörbare Melancholie an.

»Ich denke, ein Leben nur im Licht ist so viel schlimmer als ein Leben im Schatten.«

Überrascht schaute ich zu Dorian, doch er sah nur

gedankenverloren auf die Menschen, die uns so nah waren und doch so fern.

»Wie meinst du das?«

»Das Licht blendet dich. Egal ,wie hell es auch ist, es wird dich übersehen lassen, was wirklich wichtig ist. Der Schatten verschlingt dich, doch er lehrt dich auch, zu sehen, was sich darin verbirgt. Ein Leben in Unwissenheit, mit geschlossenen Augen durchs Leben zu gehen, ist nicht beneidenswert, es ist feige. Die größten Helden haben immer in die tiefste Dunkelheit geblickt und das machte sie schlussendlich unsterblich.«

Seine Worte brannten sich in meine Haut.

Es war faszinierend. Er sprach von meinem Leben, als sei es seins. Er sprach von der Dunkelheit, als würde sie durch seine Venen fließen. Obwohl er selbst die meiste Zeit seines Lebens im Licht stand, schien es in ihm auch eine dunkle Ecke zu geben. Das fühlte ich. Dunkelheit erkannte Dunkelheit. Und seine düstersten Seiten berührten die meinen auf eine Art, wie ich es noch nie zuvor erlebt hatte. Eines war sicher: Dieser facettenreiche Mann, verspielt, düster, charmant, dominant, oberflächlich und tiefgründig, war wie ein Ozean voller Rätsel. Ich war gewillt, jedes Einzelne davon zu knacken.

Neugier ist der Katze Tod.

Als mir gerade eine passende Erwiderung auf seine Worte einfiel, durchquerte die Limousine die Tore von Sergios Anwesen. Meistens schlich ich mich zur Hintertür hinein. Das Anwesen hatte nach meiner letzten Erinnerung wie ein versteinertes Museum gewirkt. Der festlich geschmückte Eingang samt rotem

Teppich und lodernden Fackeln ließ es jedoch fast magisch wirken. Ein gut gekleidetes Paar nach dem anderen verließ die vorfahrenden Limousinen.

Panik brodelte in meinem Bauch, alte Erinnerungen wollten an die Oberfläche. Ich atmete ein. Dann wieder aus. Ließ die aufkommende Angst gehen.

Du kannst das, er ist nicht hier. Du bist frei.

Als wir an der Reihe waren, öffnete einer von Sergios Handlangern die Tür und reichte mir seine Hand. So würdevoll, wie ich konnte, stieg ich aus. Dorian folgte mir. Als er in voller Pracht neben mir stand, vergaß ich erneut das Atmen. Natürlich bemerkte ich die zahlreichen Blicke, die wir ernteten. Ein paar Blitzlichter aus Hecken und Büschen zeugten von den Paparazzi, die auf der Suche nach einer neuen Story waren. Ich war mir sicher, mein Gesicht würde jedes Klatschblatt in Chicago zieren.

Auf den Veranstaltungen, auf die ich geladen wurde, waren niemals Paparazzi auch nur in der Nähe. Sergio schien zu billigen, dass sie vom Grundstückszaun aus Bilder machten. Ansonsten wäre keiner dieser Aasgeier auch nur in die Nähe von Sergios Anwesen gekommen. Dass ich erkannt werden würde, war meine geringste Sorge. Zwar kannte jeder in Chicagos Untergrund mein Aussehen, doch für den normalen Teil dieser Stadt war ich nur eine von vielen Frauen am Arm von Dorian Bane. Verdammt, ich besaß ja nicht einmal einen Nachnamen, erst Recht keine Ausweispapiere.

»Ich hielt dich für scheuer, was Kameras betrifft«, merkte Dorian an, während er mit mir eingehakt auf die

Villa von Sergio zuging. Unbeeindruckt zuckte ich mit den Schultern.

»Zwischen all den hübsch verpackten Frauen an deiner Seite, falle ich nicht auf. Viel schlimmer wäre es, wenn ich mich verstecken würde. Das riechen die doch wie Bluthunde«, flüsterte ich ihm zu, setzte dabei ein Lächeln auf.

»Du irrst dich, zwischen all den Frauen an meiner Seite, stichst du heraus wie eine Königin zwischen Bauern«, antwortete er mir. Dabei kam er der empfindlichen Stelle unterhalb meines Ohres gefährlich nahe. Ich wusste nicht, ob es an seinem Kompliment lag, oder an seiner Nähe, doch eine Gänsehaut breitete sich rasant aus. Mein Puls legte einen Gang zu. Ich erwiderte nichts, unfähig auch nur einen zusammenhängenden Satz von mir zu geben.

Reiß dich verdammt noch mal zusammen, Asra!

Wenn Sergio Bellini etwas konnte, dann war es, eine Party zu geben. Leise Klavierklänge, wunderschöne Kronleuchter, die alles in ein warmes Licht tauchten. Beruhigendes Gemurmel. Visitenkarten wurden getauscht, Champagner wurde getrunken, Verbindungen wurden geknüpft, Skandalmaterial wurde gesät. Alles, was Rang und Namen in Chicago hatte, war geladen. Und zwischen all dem Glamour und der Dekadenz lungerten sie wie machthungrige Tiere herum.

Man sagte mir so einiges nach, dass ich keine Seele

hätte, war noch eine der harmlosesten Gerüchte. Was die Leute nur nie verstanden, die hinter gemurmelten Flüchen über mich tratschten, war, dass ich mein Wesen wenigstens nicht versteckte. Jeder einzelne Gast auf Sergios Party war ebenso seelenlos wie ich, nur kaschierten sie es hinter Wahlversprechen, hinter geheuchelten Spendenaktionen und Scheinfirmen in Panama. Während ich die Leute mit einem Glas Mimosa in der Hand beobachtete, sah ich den wahren Abgrund meiner Stadt. Versteckt hinter freundlichem Lächeln, geheuchelter Anerkennung und unwahren Komplimenten.

»Wie amüsierst du dich?«, fragte Dorian, als er wieder zu mir kam. Im Verlauf der letzten Stunden hatte er mehr Hände geschüttelt, als ich hatte zählen können. Eine wahre Menschentraube hatte sich direkt nach unserem Erscheinen um ihn gebildet. Mir kam es fast so vor, als würde jeder im Raum nur darauf warten, mit ihm ins Gespräch zu kommen.

Er war in einem Raum voll mächtiger Menschen immer der Mittelpunkt. Obwohl er noch nicht mal die Wahl zum Bürgermeister gewonnen hatte, war klar, dass der Sieg ihm sicher war.

Er achtete stets darauf authentisch zu sein, teilte geschickte Worte mit hörwilligen Menschen aus. Er setzte die Maske des Charmeurs bei den Damen und die, des vertrauenserweckenden Nachbarn von nebenan bei seinen Geschäftspartnern auf. Hohle Phrasen wurden ausgetauscht und nach gut zehn Minuten hatte ich meinen Hintern an den Rand der steigenden Party verfrachtet.

Ich hatte erwartet, dass alte Ängste sich ihren Weg meine Kehle hinaufschleichen würden, doch meine alten Dämonen blieben still und leise in ihren Käfigen.

»Drei der Gäste sind bewaffnet. Die Dame in dem roten Satinkleid hat es gerade mit einem Kellner auf der Damentoilette getrieben und ich könnte schwören, dass der fünfzigjährige Sack dort hinten eine Line Koks gezogen hat. Ich bin ein bisschen enttäuscht von der High Society Chicagos. Dachte hier wäre mehr los«, fasste ich meine Beobachtungen des Abends zusammen. Dorian grinste und nahm mir die Champagnerflöte ab. Ich hatte versucht, sie nicht allzu angewidert zu trinken. Das Zeug schmeckte widerlich.

»Du hast eine tolle Auffassungsgabe. Doch du hast eine bewaffnete Person übersehen«, gab er spielerisch preis. Kurz darauf drückte er einem Kellner meinen Drink in die Hand.

»Oh, ich habe uns nicht mitgezählt«, antwortete ich. Mein wölfisches Grinsen musste mir übers ganze Gesicht gehen. Natürlich war ich nicht unbewaffnet unterwegs.

Dorian beugte sich zu mir vor, verdeckte uns damit vor neugierigen Blicken.

»Wenn ich dir später dieses Kleid vom Leib reiße, Prinzessin, dann werde ich nach jeder deiner Waffen Ausschau halten.« Seine Worte waren die pure Versuchung. Ohne mich auch nur zu berühren, löste er dieses ganz bestimmte Dorian-Kribbeln in mir aus. Dieser Mann war Sex auf zwei Beinen. Trotzdem versuchte ich, ihn auf Distanz zu halten.

»Bevor du auch nur eine Hand an mich und dieses

Kleid legst, wirst du die erste Waffe schon zu spüren bekommen«, flüsterte ich ihm ebenso verführerisch ins Ohr.

Sein leises Lachen raste mir das Rückgrat hinab. Konnte diesen Mann auch nur irgendwas aus der Fassung bringen?

Er entfernte sich etwas von mir, seine nächsten Worte jedoch holten mich in die Realität zurück. »Darf ich bitten?«

»Ich tanze nicht.« Mit ausdrucksloser Miene starrte ich auf seine ausgestreckte Hand.

»Oh, ich bin mir sicher, dass du das tust.« Auch wenn seine Stimme freundlich und einladend klang, seine Augen waren schneidend kalt.

»Heute spielen wir nach meinen Regeln, Prinzessin. Wenn du wieder in deinen heißen aufgeschlitzten Hosen und deinen hinreißenden Boots steckst, darfst du gerne wieder Entscheidungen treffen. Bis dahin spielst du, wie sagtest du noch gleich? Mein dressiertes Äffchen.« Er griff mit seiner Hand nach meiner. Funken stoben zwischen uns auf.

Ich seufzte ergeben, hatte ich doch schon den halben Abend seine Marionette gespielt. Sich jetzt aufzulehnen, hatte keinen nennenswerten Sinn mehr.

Hand in Hand ließ ich mich auf die kleine Tanzfläche ziehen. Die Klaviermusik ließ nur ein sanftes Wiegen zu, doch das schien Dorian nur in die Karten zu spielen. Er zog mich in einer koketten Umdrehung in seine Arme und begann einen ruhigen Tanz. Meine ersten Schritte waren stockend, war es doch schon Ewigkeiten her, dass ich getanzt hatte. Damals war ich noch einige Köpfe kleiner und mein Herz so schwer wie Stein. Heute war es schwarz, verkohlt wie verbranntes Holz.

In seinen Armen jedoch begann es wieder zu glühen. Was mir mehr Angst machte, als es das Kleid und diese lächerliche Party je gekonnt hätten.

Ich spürte seine Hand, als sei kein Stück Stoff zwischen uns. Sie brannte sich in die Stelle, wo sie meine Hüfte berührte. Die andere hielt noch immer meine fest umklammert. Gemeinsam ruhten sie auf seiner Brust. Im Walzerschritt wiegten wir uns umher. Die Nähe von Dorian löste ein Kribbeln in jeder Nervenzelle meines Körpers aus. Obwohl wir uns durch den Walzer sowieso schon nahe waren, zog seine Hand an meiner Hüfte mich noch näher an ihn.

»Du bist die schönste Frau in diesem Raum, Asra. Die schönste und die mächtigste.«

Seine geflüsterten Worte in mein Ohr gaben meiner verkümmerten Libido den Rest. Diese schien überhaupt nichts gegen einen Fick mit ihm zu haben. Einzig mein Kopf, der Probleme hatte diesen absurden Abend überhaupt zu verarbeiten, schien mich davon abzuhalten, diesem unglaublich charismatischen Mann in die Arme zu springen.

»Ich bin nicht einer deiner Geschäftspartner. Deinen Honig brauchst du mir nicht ums Maul schmieren. Ich weiß wer ich bin, wie mächtig und …« Ich stockte, da er mit seiner Nasenspitze an meinem Hals entlangfuhr. » … wie schön ich bin. Ich wäre nicht hier wenn ich es nicht wüsste«, beendete ich mit einem leichten Zittern meiner Stimme meinen Satz.

»Ist dir bewusst, dass wir zusammen die Welt regieren könnten?« Seine raue Stimme jagte Lava durch meine Venen. Wie konnte eine Stimme nur so sexy sein?

»Ich will nicht die Welt. Mir reicht mein kleines Königreich. Und Männer wie du würden niemals eine ebenbürtige Partnerin an ihrer Seite wollen. Frauen sind in deiner Welt nur hübscher Schmuck, den du dir um den Arm legst«, flüsterte ich die Wahrheit. Dann schaute ich ihm in diese faszinierenden Augen. Ertrank in ihrer Tiefe, zeigte ihm, dass ich durchaus jedes Wort ernst meinte.

»Du würdest mich einsperren, mich dressieren, mich versuchen, nach deinen Wünschen zu formen. Am Ende wäre nichts mehr von mir übrig. Nichts, wofür es sich zu leben lohnen würde.« Jedes Wort brannte wie Säure auf meiner Zunge. Altbekannte Narben klafften auf und die Dämonen, die ich so tief in meinem Innersten an die Kette gelegt hatte, scharrten aufgewühlt mit den Hufen.

Dorian musste sie sehen, denn anstatt weiter sein Süßholzgeraspel zu verteilen, schaute er mich nur an. Sein Gesicht eine Maske der Faszination. »Ist es das, was dich antreibt, Queen of Sins? Fliehst du aus einem Käfig, um frei deine Schwingen auszubreiten?«

Wir hatten uns während unserer bedeutungsschwangeren Unterhaltung immer weniger im Takt der Klavierklänge gewogen. Nun standen wir beide wie Statuen auf der Tanzfläche. Während Paare sich glücklich zur Musik bewegten, schien es, als würden Dorian und ich uns das erste Mal *richtig* ansehen. Sehen, was wir vor der Welt verbargen.

Ich musste leicht grinsen. Es war kein echtes Grinsen, eher eines, das zu traurig für diese Art der Bezeichnung war.

»Ich floh aus einem Käfig, den man für mich gebaut hat, um in einem zu leben, den ich für mich selbst baute.« Mit diesen Worten ließ ich ihn auf der Tanzfläche zurück und eilte zur Damentoilette. Der edel eingerichtete Raum war zu meinem Glück leer. Als ich die fast schon sirenenähnliche Gestalt im Spiegel erblickte, fühlte ich mich nicht mehr schön. Ich war keine feminine Königin der Nacht. Ich war ein kleines Anziehpüppchen, das eine Maske aus Lüge und Chanel trug. Müde schauten meine traurigen Augen mich an. Ich drängte alte Erinnerungen mit größter Not zurück.

Dieser Abend hier war ein Blick auf ein anderes Leben. Ein Leben das ich hätte führen können. Nie war ich dankbarer für jede Einzelne meiner Narben. Denn sie hielten mich davon ab, in dieser Welt von Schein und Trug zu vergessen, wo mein Platz war.

Die Welt der Reichen und Schönen war so viel ärmer und hässlicher als die dreckigste Stelle Chicagos.

Der Drang zur Flucht überkam mich, schnell wusch ich mir meine Hände und ließ kaltes Wasser über meine Handgelenke fließen. Das gab mir das Gefühl, der Enge des Kleides und der Maske, die ich trug, zu entfliehen. Dann schaute ich der Frau im Spiegel entschlossen entgegen.

»Schluss mit dem Theater«. Mit diesen Worten

verließ ich die Damentoilette und trat auf den spärlich beleuchteten Flur. Nach rechts und zurück auf die Party war das letzte, was ich wollte. Zum Glück war ich oft genug hier gewesen, um zu wissen, wo ich hinmusste.

Gerade als ich an Sergios Büro vorbeikam, öffnete sich diese Tür und jemand riss an meinem Arm. Mit einer schnellen Bewegung griff ich nach dem Angreifer, verdrehte ihm das Handgelenk, verpasste ihm mit einem Tritt eine Stolperfalle und während er stürzte und mich mit sich riss, zog ich das kleine Messer, das ich vorsichtshalber an meinem Oberschenkel befestigt hatte. Ehe mein Angreifer auch nur eine Bewegung machen konnte, saß ich mit gezücktem Messer auf ihm und ließ die Klinge nahe seiner Halsschlagader aufkommen. Ein wenig Blut quoll aus dem kleinen Schnitt, der mehr ein Kratzer war. Er reichte jedoch, um Sergio deutlich zu machen, dass er bei nur einer einzigen unkontrollierten Bewegung tot war.

Mit erstauntem Blick, aber auch mit einem Lächeln auf den Lippen, lag einer der korruptesten Geschäftsmänner des Landes auf dem Boden.

»Oh mia Bella, wenn ich als einfacher Mann sterben muss, dann doch durch deine hinreißende Hand.«

»Du solltest mich nicht einfach so überraschen Sergio. Die meisten, die so unbesonnen nach mir gegriffen haben, sehen die Radieschen von unten, Capito?«

Ergeben ließ er meinen umklammerten Arm los und hob entschuldigend beide Hände empor. »Es mir mit der Queen of Sins von Chicago zu verscherzen ist das Letzte, was ich will.«

Knurrend erhob ich mich. Sergio tat es mir gleich. Der kleine Schnitt an seinem Hals hatte sein Hemd ruiniert, doch das schien den abgehärteten Geschäftsmann nicht zu stören.

»Ich hatte dich heute nicht erwartet, mia Bella. Wie komme ich zu dieser Ehre? Cayden erzählte mir nicht, dass du vorhattest zu kommen.«

»Cayden weiß nichts davon. Ich begleite einen … Freund.«

»Die Queen of Sins und der aufstrebende Bürgermeister von Chicago sind also befreundet? Was für eine ungewöhnliche Verbindung«, sinnierte er.

Obwohl er sich den ganzen Abend noch nicht einmal bei seinen Gästen hatte blicken lassen, schien er voll im Bilde darüber zu sein, wie ich mich in seine Party geschmuggelt hatte. Mir war bewusst, dass er mich bei Cayden verraten würde.

»Ich bin eine tolle Freundin, würdest du es nicht jedes Mal darauf anlegen, dass ich dich aufschlitze, wüsstest du das.«

Ich schielte auf ihn, einem Partner, der mir schon haufenweise Geld eingebracht hatte. Er war etwa genauso groß wie ich selbst, was für einen Mann in seiner Machtposition schon etwas lustig war, doch er glich dies mit seiner autoritären Ausstrahlung wieder aus. In einem grauen Anzug mit lässigem Sportjackett sah er aus, als könne er kein Wässerchen trüben. Sein dunkles Haar wurde an den Schläfen schon grau, der Zahn der Zeit nagte an ihm.

Sergio begann zu grinsen und enthüllte damit tiefe Lachfalten. Ich erwiderte dieses Grinsen leicht.

»Mia Bella, du bist so herrlich erfrischend. Komm, setz dich. Lass uns einen Drink nehmen.«

Obwohl er keiner meiner Feinde war, wusste ich es doch besser, als seine einladende Bitte abzuschlagen. Italiener wie er nahmen eine abgelehnte Einladung nicht auf die leichte Schulter.

»Natürlich, Sergio, gern.«

Er ging zu einer Glaskaraffe und schenkte uns beiden einen Whisky ein. Ich war froh, einen weiteren Champagner hätte ich nicht meine Kehle runterbringen können.

»Wie laufen die Geschäfte mia Bella, wir haben schon lange nicht mehr miteinander gesprochen.«

»Alles entwickelt sich wie es soll. Momentan kann ich mich in Punkto Geschäfte nicht beschweren. Einer aus Bezirk 8 ist aus der Reihe getanzt. Es hat mich nicht gerade viel detektivisches Geschick gekostet seinen dreckigen Betrug aufzudecken.« Sergio und ich setzten uns, während wir sprachen, auf eine Couch, die in der Ecke seines Arbeitszimmers stand.

»Ich hoffe, du hast ihn zu den Fischen geschickt.«

»Salute«, prostete ich ihm zu und nippte dann an meinem Drink.

»Und wie geht's dir Sergio? Was machen die Kinder?« Die erste Regel, um nicht hinter schwedischen Gardinen zu landen war, niemals offen zuzugeben irgendwen getötet zu haben. Sergio wusste das, neigte anerkennend den Kopf.

»Mia Bella, ich sage dir, Kinder sind ein Segen

und Fluch zugleich. Emilio erwärmt sich gerade für unseren Familienbetrieb, doch er ist so unbeherrscht und heißblütig. Du weißt, wie schnell das in unserem Metier tödlich enden kann. Es ist schwer ihn im Zaum zu halten. Ihm fehlt Raffinatezza. Doch ich habe noch die Hoffnung, dass er mit seinen Aufgaben wächst.«

Verständnisvoll nickte ich ihm zu. Wenn man in unserer Welt unbedarfte Entscheidungen aus dem Bauch heraus traf, endeten sie meistens zum eigenen Nachteil. Es war wichtig, einen kühlen Kopf zu bewahren. Emotionen waren etwas, das wir uns nicht leisten konnten.

»Ich bin mir sicher…«

Mit einem lauten Knarzen öffnete sich die Tür von Sergios Büro. Im gleichen Moment zog dieser eine Waffe und zielte auf den Eindringling. Mich sollte nicht wundern, dass Bane im Türrahmen stand. Auch dieses Mal ging nicht einmal ein Zucken von ihm aus. Er schien sich in keiner Weise von Sergio bedroht zu fühlen.

»Ah mio Amico, come stai? Komm herein, setz dich.« Während Sergio euphorisch die Waffe wieder wegpackte, betrat Bane das Arbeitszimmer und schloss die Tür. Wie ich vermutet hatte, waren die beiden sich schon mehr als bekannt. Es wunderte mich, wie Dorian sich so lange Zeit unter meinem Radar hatte bewegen können.

»Sergio, sto bene e tu?«, fragte Dorian charmant, wie er war. Dabei ließ er sich auf den neben der Couch stehenden Sessel nieder.

»Habe ich deine wunderschöne Partnerin zu lange in Beschlag genommen?«, fragte Sergio entschuldigend.

»Wenn man so eine Königin begleitet, muss man auf sie Acht geben.« Während Bane sprach, breitete sich bei seinem lodernden Blick ein Feuer in mir aus. Ich verfiel diesem Feuer in seinen Augen, sah ich doch das Gleiche jeden Tag im Spiegel. Obwohl er lässig und entspannt wirkte, war seine Dominanz zweifelsfrei erkennbar.

»Da hast du recht. Es hat mich, wie sagt man nur? Verwundert? Euch zusammen zu sehen. Wie entstand diese Verbindung?«

Ich wollte schon antworten, als Dorian mich mit einem scharfen Blick zum Schweigen brachte. Zum Teufel, dieser Mann konnte nur anhand seines Blickes Befehle erteilen.

»Wir lernten uns erst vor wenigen Tagen kennen. Ich bin auf der Suche nach ein paar Antworten und dachte, ich könnte diese bei Asra finden. Sie erklärte sich bereit mir zu helfen.« Dorians Worte kühlten die locker leichte Stimmung um einige Grad herunter. Sergios Blick wurde ernst.

»Du bist wegen des toten Richters, dem Gerichtsmediziner und dieser Staatsanwältin hier. Warum interessiert dich das Dorian? Angst, der nächste sein zu können?« Innerlich spannte ich mich an, erfreut darüber, dass Sergio die richtigen Fragen stellte. Wie ein Schwamm sog ich jedes einzelne Wort dieser Unterhaltung in mich auf, in der Hoffnung, es gegen Dorian verwenden zu können.

»Ich zweifle nicht eine Sekunde daran, dass ich

längst tot wäre, hätten die Attentäter ein Interesse an meinem Tod. Nein, doch wie dir sicherlich bekannt sein dürfte Sergio, steht die Wahl zum Bürgermeister an. Abiglins ist ein harter Gegner. Ein bisschen im Dreck zu wühlen, und eventuell diese Mörder zur Strecke zu bringen, würde mir selbst dienlich sein. Auf mehrere Weise.«

Bei jedem Wort breitete sich Gänsehaut auf meinen Armen aus. Dorian verfolgte offenkundig weitaus größere Ziele, als nur ein paar Attentäter zur Strecke zu bringen. Er wollte diesen Erfolg nutzen, um an die Macht zu kommen. Bei dem Gedanken, diesen Mann an der Spitze Chicagos zu sehen, stellten sich bei mir die Nackenhaare auf. Er würde mir Konkurrenz machen, da war ich mir sicher.

»Mio Amico, ich bin mir sicher, du witterst deinen Erfolg. Doch lass dir gesagt sein, sowohl die Staatsanwältin als auch der Richter und das dritte Opfer schmoren für ihre Sünden in der Hölle.«

»Wie meinst du das?«, fragte ich Sergio direkt. Biss mir danach jedoch auf die Zunge. Ich wollte eigentlich, dass Dorian meine Anwesenheit vergaß, damit seine Zunge locker blieb.

Sergio nahm meine Hand. Führte sie zu sich und drückte einen sanften Kuss auf meinen Handrücken.

»Mia Bella, wir sind alle besudelt von Tod und Grausamkeit. Doch es gibt in der tiefsten Hölle noch eine Ecke, an die selbst wir nicht so einfach herankommen. Sie ist ganz speziell für die seelenlosesten grausamsten Ausgeburten der Hölle. Die keinen Halt vor den Schwachen machen, ihre gierigen Finger nach ihnen ausstrecken und unschuldigen Kindern das Herz herausreißen und sich über sie hermachen. An diesem Ort sitzen sie, diese drei Stronzi.«

Wie betäubt lauschte ich den Worten von Sergio und entzog ihm meine Hand. Wie er schon betonte, wir waren alle keine Heiligen. Doch wir vergriffen uns weder an Kindern noch an Schwächeren. Schutz, dafür hatte ich jahrelang in den Slums von Chicago gekämpft. Ich wollte Schutz für jene verlorenen Seelen, die sich selbst nicht schützen konnten.

»Missbrauch, Vergewaltigung, Menschenhandel«, zählte ich die schlimmsten Vergehen auf. Kalt nickte Sergio.

»Ihr Tod war mehr Geschenk als Verbrechen«, sagte dieser.

»Ein Tod ist ein Verbrechen, egal aus welchem Grund«, brummte Dorian und ich schaute überrascht zu ihm. Sein Gesicht war eine Maske. An seiner angespannten Haltung jedoch bemerkte ich, dass er selbst kein Wort davon glaubte.

»Im Auge der Öffentlichkeit sind diese drei Menschen unschuldig gestorben. Es ist mir egal aus welchem Grund. Chicago will einen Schuldigen. Und ich werde ihnen einen liefern. Danach schicke ich ihm vielleicht ein paar nette Dankesblumen für die Beseitigung dieses Abschaums.« Mit diesen Worten erinnerte er mich daran, wer er war. Bei seiner ruhigen Stimme verknotete sich mir der Magen.

Es gab Menschen, die drohten, es gab Menschen, die töteten, doch Dorian Bane nutzte jede Gelegenheit, um seinem Ziel näher zu kommen. Ich hatte zwischen all seinen Masken vergessen, wer er in Wahrheit war: Ein eiskalter Mann, dem ich nicht vertrauen durfte. Ich bin mit dem Glauben an Selbstjustiz aufgewachsen, war es doch das Einzige, das mich am Leben erhielt. Ich tötete, was es nicht wert war zu leben. Er dagegen schien diese fundamentale Einstellung nicht zu teilen. Oder aber er hatte etwas vor, das sich noch immer meiner Kenntnis entzog.

Die Nachricht über die Vergehen der Getöteten schien ihn nicht sonderlich überrascht zu haben.

Er wusste davon. Obwohl Bane mich mit der Suche der Mörder beauftragt hatte, hatte er mir nicht alles über die Opfer erzählt.

Als mir diese Erkenntnis kam, lief es mir eiskalt den Rücken herunter. Er schien ein Spiel zu spielen. Dass er mir Dinge verschwieg, die so elementar wichtig waren, kränkte mich, gab mir das Gefühl, nicht respektiert zu werden. Wut kochte in mir, brodelte meinen Magen hinauf.

Es gab einen gewaltigen Unterschied zwischen Menschen, die nichts zu verlieren hatten und damit alles gaben und Menschen wie Dorian Bane, die alles haben wollten und nicht gedachten irgendetwas zu verlieren. Nach jahrelanger Erfahrung waren es die Zweiteren, die einem das Genick brachen.

Obwohl ich Bane nach seiner Geheimniskrämerei nicht in meinen momentanen Ermittlungsstand einweihen wollte, fragte ich Sergio.

»Was weißt du noch über die drei Opfer? Kennst du eine Verbindung zwischen ihnen? Hast du irgendwas, das uns weiterhelfen könnte?«

Sergio schaute mich an und zuckte die Schultern. »Ich weiß nur, dass diese drei in ganz üble Dinge verwickelt waren. Man konnte ihnen nie etwas nachweisen und alles, was ich weiß, sind keine handfesten Beweise. Um zu finden was du suchst, mia Bella, musst du ganz tief graben und das an einer Stelle, an der dein Königreich aufhört.«

Obwohl Sergio in Rätseln sprach, ganz sicher, nur weil Bane dabei war, fragte ich nicht nach. Wenn ich eines gelernt hatte, dann, dass nicht jede Information für alle Ohren bestimmt war. Sergio hatte mir damit klar und deutlich zu verstehen gegeben, dass auch er Bane keinen Zentimeter vertraute. Das war alles, was ich wissen musste.

»Danke, du warst uns eine große Hilfe«, gab ich nach, merkte mir aber auch, ihn nochmals aufzusuchen, wenn wir freisprechen konnten.

Wir verabschiedeten uns von ihm und ich versprach ihm, ihn ganz bald zu besuchen. Als er mich fest drückte, was er sonst nie tat, flüsterte er mir etwas ins Ohr: »Il diavolo di solito arriva in abiti da angelo.«

Der Teufel kommt meist im Engelsgewand.

Mir war klar, dass er nicht von den Mördern sprach.

Ich bin das Chaos.
Ertrinke in mir.

FÜNFZEHN

ASRA

Als wir das Haus von Sergio Bellini verließen, schwieg ich. Ich war immer noch wütend, dass mir Dorian nichts von den Machenschaften der Opfer erzählt hatte. Das alles weckte mein Misstrauen. Er spielte ein Spiel mit mir, schob mich auf dem Spielfeld hin und her, wie es ihm beliebte. Er machte mich zu seiner ganz persönlichen Schachfigur und das war etwas, das ich nicht duldete. Als wir vor dem Nest hielten, stürmte ich fast schon aus dem Wagen.

»Also, danke für den Abend, er war genauso grauenhaft wie ich ihn mir vorgestellt hatte«, zischte ich über die Schulter und erstarrte. Entgegen meiner Erwartung folgte er mir. Er schlug die Tür der Limousine zu und schon brauste sie davon.

»Wenn du glaubst, du kannst dich hier aufführen wie ein bockiges Kind, Prinzessin, dann hast du dich getäuscht.

Ich sehe deine Wut, sie macht dich wunderschön, aber sie hilft dir gegen mich nicht weiter.« Er sprach, ohne auch nur einmal die Stimme zu heben.

»Dein Arsch gehört mir, nicht andersherum.« Ganz ruhig, gefasst und mit diesem gnadenlosen Blick, hielt er mich an Ort und Stelle.

»Du hättest mir erzählen sollen, wo die Opfer ihre Finger im Spiel hatten, Dorian. Du kamst zu *mir. Du* wolltest meine Hilfe. Also lege mir verdammt nochmal keine Steine in den Weg.« Während ich sprach, ging ich Schritt für Schritt auf ihn zu.

Er griff mit einer harschen Bewegung in mein Haar. Ich verbat es mir, zusammenzuzucken. Eigentlich hatte ich erwartet, dass er mich packen würde, doch nein, er zog ein paar Spangen aus meinem Haar und warf sie in den Dreck. Der Knoten meiner Haare löste sich daraufhin. Zufrieden mit seinem Werk schaute er mich wieder an.

»Was tust du?«, fragte ich ihn bissig.

»Ich mag deine Haare offen. Trage sie jetzt immer so. Es ist spät, ich bin müde, lass uns reigehen.«

»Du spinnst wohl«, blaffte ich ihn an, erdolchte ihn mit meinen Blicken. Obwohl meine Augen Funken sprühen mussten, wich ich automatisch auf die Veranda des Nestes zurück. Die Lichter waren überall gelöscht. Wie es aussah, hatte Jim sich seinen freien Abend zu Nutze gemacht. Chuck und Seth hatte ich auch noch nicht informiert, dass sie zurückkommen sollten.

Verdammt.

Dorian schaute mich unbeeindruckt an, seine

Augen ein Meer aus Geheimnissen. Teufel, diese Augen.

»Verschwinde, du kommst ganz bestimmt nicht mit rein«, sagte ich und verschränkte die Arme.

Er grinste nur.

Ich starrte ihn wütend an.

Als ich schon dachte, er würde nachgeben, machte er einen Schritt auf mich zu.

Ich wusste nicht, woran es lag. Vielleicht an seinen ganzen Geheimnissen, vielleicht an diesem skurrilen Abend, vielleicht aber auch an dem Kleid, das mich so schwach fühlen ließ, doch ich ging einen Schritt weiter Richtung Haus, ohne den Blick von ihm abzuwenden.

»Verschwinde.« Obwohl meine Stimme stark klang, fühlte ich mich nicht so. Er verzog keine Miene, setzte einen Schritt nach dem anderen. Trieb mich in den Schatten der Veranda, immer darauf bedacht, uns nicht auf den Überwachungskameras auftauchen zu lassen. Dieser Mistkerl wusste genau, in welchem Radius sie aufnahmen. Ich müsste nur zwei Schritte nach rechts tun, und schon würden meine Männer angerannt kommen. Zumindest die zwei, die Dienst hatten. Und trotzdem ließ ich mich von Dorian treiben, weg von der Überwachungskamera.

Mach, dass du hier wegkommst.

Brüllte mich mein Verstand an, doch ehe ich auch nur einen Finger rühren konnte, fühlte ich schon das morsche Holz in meinem Rücken. Es kratzte über meine nackte Haut.

Er hatte mich eingekeilt. Im Rücken mein Nest und direkt vor mir Dorian, der mich mit unergründlichen

Augen anschaute. Der Nachthimmel war durch einen fast vollen Mond erhellt, und obwohl es schon recht kühl war, fror ich nicht.

Ohne auch nur einmal zu blinzeln, hob er die Hand und legte sie an meine Wange.

»Ich kann seit Tagen an nichts anderes mehr denken, als diese Lippen noch einmal zu küssen. Was tust du mit mir, Königin der Sünden? Willst du meine Liste nur noch weiter mit ihnen füllen?«, brummte er, seinen Blick auf meine Lippen fixiert. »Deine Augen, in ihnen steht der gleiche Hunger wie in meinen. Hör auf dich dagegen zu sträuben, Asra.«

Seine Hand wanderte von meiner Wange über meinen Hals und fand meinen Nacken. Fest packte er diesen, zog mich vom Holz in meinem Rücken weg, näher an sich.

Mein Magen flatterte, und meine Haut fühlte sich an, als würde sie verbrennen. Obwohl ich wusste, dass ich nur mein Messer ziehen musste, oder ihm einen Tritt verpassen sollte, tat ich nichts dergleichen. Wie ein Reh im Scheinwerferlicht starrte ich ihn an. Den Mann, der mir erst vor wenigen Minuten bewiesen hatte, dass man ihm nicht trauen konnte. Den Täuscher, der meinen einzigen Schwachpunkt kannte, den Verräter, der mich, ohne zu zögern aus dem Spiel nehmen würde, sollte ich ihm nicht mehr dienlich sein. Ich wusste das, ich wusste all das, und trotzdem konnte ich nur an das Feuer zwischen uns denken, an den Funkenregen, den der letzte Kuss ausgelöst hatte.

Er war wie Dynamit und ich war wie Zunder. Wir würden explodieren, unweigerlich und alles in unserem

Umfeld in Flammen aufgehen lassen. Wie sollte ich diesem Gefühl widerstehen?

Er schaute mir in die Augen, spürte meinen Kampf. Es war, als hätte er einen direkten Draht zu meinem Kopf. Als er etwas sah, das ihm zu gefallen schien, knurrte er tief und schon lagen seine Lippen auf meinen.

Da waren sie, die Funken. Automatisch vergrub ich meine Finger im Hemd an seiner Brust, streckte mich ihm entgegen, ließ mich von seinen Muskeln, seiner Präsenz, seiner Wärme einhüllen.

Ein wohliger Seufzer entwich mir.

Er löste sich von meinen Lippen und versenkte seine Zähne in meinem Hals.

Ich stöhnte.

Fahrig strichen seine Hände über meine Taille, packten meinen Arsch und hoben mich hoch.

Zum Teufel, der Schlitz meines Kleides war gut durchdachte gewesen, denn dadurch war es ein Leichtes, meine Beine um seine Hüfte zu schlingen. Das kratzige Holz trug zu meinem Feuerwerk an Empfindungen nur bei.

Seine Härte traf genau den richtigen Punkt zwischen meinen Beinen. Wieder entfuhr mir ein Stöhnen. Er klemmte mich zwischen Hauswand und sich ein, so dass er eine Hand von meinem Arsch lösen konnte und sie auf Wanderschaft schickte. Eine Hand fand meine Brust, drückte, knetete sie.

»Gott«, flüsterte ich, warf den Kopf in den Nacken und genoss die Küsse, seine Hand an meiner Brust, wie sie durch mein Kleid hindurch meinen Nippel liebkoste.

Jede Berührung, jedes Knabbern und Zupacken berauschten mich. Wie ein hilfloses Klammeräffchen hielt ich mich an ihm fest, versuchte, nicht von der Wucht unserer Leidenschaft davon gerissen zu werden.

Dorian stieß mit seiner Hüfte gegen mich und ein köstliches Zucken jagte durch meinen Körper. Mein kaum vorhandenes Spitzenhöschen musste schon völlig durchnässt sein.

»Bring mich nach oben«, knurrte er in mein Ohr, während er noch einmal seine Hüften vorstieß.

»Verdammt«, keuchte ich, kaum Herrin meiner Sinne.

»Los Prinzessin, bitte mich nach oben, bitte mich darum, dir dein freches Mundwerk herauszuficken.«

Das Vibrieren seiner Stimme bescherte mir eine Gänsehaut.

»Oh, bitte«, wimmerte ich, kam seinen Stößen entgegen, versuchte noch mehr von ihm zu fühlen.

Wie von Sinnen war ich ein Leuchtfeuer der Ekstase. Nicht sicher, ob es ein anderer Mann je geschafft hatte, mich mit so wenigen Berührungen an den Rand eines Orgasmus zu befördern.

Ich wollte das, ich wollte mir diesen einen Fick mit ihm gönnen und ihn dann endlich vergessen. Als ich mich gerade dazu entschieden hatte, meinem Gefühl nachzugeben, erschienen helle Lichtkegel in der Ferne.

Es kam jemand mit einem Auto auf das Nest zugefahren. Dieser Gedanke holte mich zurück in die Realität.

»Stop, da kommt jemand«, flüsterte ich.

»Fuck«, knurrte er und packte mich unterm Arsch.

Erschrocken über die plötzliche Bewegung, quiekte ich auf.

Als wöge ich nicht mehr als eine Feder, verfrachtete er uns um die Hausecke. Gerade wollte ich ihn bitten, mich herunter zu lassen, da versenkte er seine Zähne tief in meinem Fleisch.

»Fuck«, zischte ich, seine Worte wiederholend.

Wieder presste er mich an die Hauswand, nun mit mir im Schatten der Seitenwand verborgen.

»Du solltest still sein Prinzessin, sonst hören sie uns«, knurrte er mir ins Ohr. Dann stellte er mich auf meine wackligen Beine. Zitternd an die Wand angelehnt, versuchte ich meine Hormone unter Kontrolle zu bringen. In der Ferne hörte ich die Autos über den Schotterweg brettern. Das waren definitiv ein paar meiner Männer.

Dorian nutzte die Ablenkung, um sich vor mich zu knien und seine Hände durch den langen Schlitz meines Kleides zu schieben. Mit einem Ruck zerriss er mein Höschen.

»Was machst du da?«, flüsterte ich.

Anstatt etwas zu sagen, schaute er kniend vor mir zu mir herauf. Seine Augen ein loderndes Feuer. Er grinste nur dreckig, packte mein Bein auf seine Schulter und vergrub sein Gesicht unter dem Rock zwischen meinen Beinen.

Ein kehliges Stöhnen entrang sich mir, als seine geschickte Zunge meine Mitte fand. Als er das hörte, biss er mir, alles andere als sanft, in den Oberschenkel.

Ich verkniff mir einen derben Fluch. Vor allem, da sich seine Zunge gleich wieder meiner Klitoris widmete. Er nahm das kleine Nervenbündel zwischen die Zähne und stimulierte es auf eine Art, die mich die Zehenspitzen krümmen ließ.

Nur das Geräusch von Stiefeln, das Grölen von Betrunkenen, ließ mich den Mund halten.

Gott, das überlebe ich nicht.

Bevor mir aus Versehen doch ein Laut entweichen würde, nahm ich meine Hand und presste sie auf meinen Mund.

Genau in diesem Moment verteilte Dorian zarte Bisse, leckte, neckte meine Nerven.

Glut sammelte sich in meinem Bauch und ein Kribbeln breitete sich auf meinem gesamten Körper aus. Ein Feuerwerk der Gefühle raste durch mich hindurch. Wenige Sekunden später kam ich keuchend unter seiner Zunge.

Mit sanften Berührungen hob er mich auf den Wellen des Orgasmus. Das Schlagen von Türen und die eintretenden Stille zwischen uns holte mich schlussendlich aus meiner Wolke.

Ein leises Prusten kam über meine Lippen.

Scheiß Endorphine.

Er ließ mein Bein los und schob meinen Rock wieder züchtig über meine Beine.

Mit beiden Händen strich er über meine Seiten und kam so direkt vor mir zum Stehen.

Seine Augen funkelten heißblütig. Dieser Mann schaute so verführerisch wie der Leibhaftige selbst aus.

Ich öffnete und schloss ein paar Mal meine Hände,

in der Hoffnung das Kribbeln der Nachwehen dieses phänomenalen Orgasmus loszuwerden. Mein Brustkorb hob und senkte sich noch immer viel zu hektisch.

Während ich wohl völlig derangiert aussah, war er immer noch die Perfektion in Person. Einzig sein durchgewühltes Haar verriet, was er gerade getan hatte.

»Da... Danke, schätze ich«, brachte ich hervor und wir begannen gemeinsam zu grinsen. Fuck, was für ein blöder Satz.

Dorian beugte sich vor und küsste mich innig. Knabberte leicht an meinen Lippen. Automatisch schloss ich die Augen, genoss diese sanfte Zärtlichkeit. Verlor mich in ihr.

Langsam löste er sich von mir.

»Wir sehen uns wieder, Prinzessin.« Mit diesen Worten drehte er sich um, doch ehe er gehen konnte, hielt ich ihn mit meinen Worten zurück.

»Warum?«, fragte ich. Ein Wort, mit dem ich tausend Fragen stellte. Und um wenigstens eine Antwort bat. Warum tat er all dies, was hatte er davon? Warum hatte er mich aufgesucht, mich erpresst, mich verführt, mich zum Nachdenken, zum Lachen, zum Stöhnen gebracht? Warum verschwieg er mir so viel, warum ...?

Warum konnte es nicht anders sein?

Er blieb steif mit dem Rücken zu mir stehen, blickte in die Nacht und schwieg.

Als ich schon einen Schritt auf ihn zugehen wollte, begann er zu sprechen.

»Warum stellst du eine Frage, deren Antwort du nicht hören willst? Ich bin hier, weil du mir helfen wirst, alles zu bekommen, was ich will. Ich habe dir diese Dinge verschwiegen, weil ich keinen Nutzen darin sehe, dich aufzuklären. Auf dem Spielfeld des Lebens bist du die Königin, du dienst, um mich zu schützen. Mehr nicht.«

SECHZEHN

ASRA

»Das nützt mir alles einen Scheißdreck!«, fluchte ich und schmiss die Papiere von Lukes Recherchen vom Schreibtisch.

Mein Computer-Geek zuckte zusammen. Die Wut in mir kannte nun mal auch vor den Computernerds keinen Halt. »Das war alles was ich finden konnte, Asra.«

Er versuchte, mich zu beschwichtigen, doch ihm war ja auch nicht bewusst, dass das Damoklesschwert in Form von Dorian Bane über mir hing. Es war eine Woche her, seit wir bei Sergio gewesen waren. Eine Woche und seither schwieg er wie ein Grab. Was er zu mir gesagt hatte, bevor er zu Fuß in der Nacht verschwunden war, hatte sich in mich hineingefressen. Ich versuchte seither diesen kümmerlichen Rest von Sympathie, den ich für ihn empfand, abzutöten. Doch es gelang mir nur mäßig. Er spukte seither in meinem Kopf, immer wieder. Nachts wachte ich nicht mehr aufgrund von Albträumen auf, nein, ich wachte schweißgebadet auf, weil ich von Sex mit Dorian träumte. Das alles zusammen kratzte an meinem Stolz. Waren es doch weit weniger schöne Gedanken, die sich mir am Tag aufzwangen. Zum Beispiel, dass er sich wahrscheinlich seinen Fick bei einer anderen holte.

Fuck, was ist nur aus dir geworden Asra!

Ich hatte Luke aufgetragen, so viel wie möglich über Dorian herauszufinden, doch alles, was er mir liefern konnte, waren offiziell zugängliche Informationen. Ergo, einfach diese Sorte von erfundenem Müll, den Politiker eben verzapften, um kleinen Stepford-Familien ein Gefühl von Sicherheit zu vermitteln. Kinder hatte er nach seinen Angaben zwar keine, doch eine aufgelöste Verlobung mit Sarah Kirlson, Tochter von Senator Kirlson. Ansonsten war er sauber. Der eisige Stich, den mir diese Information über seine Ex-Verlobte verpasste, trieb mich schier in den Wahnsinn. Warum störte mich dieser Gedanke nur so? Er wirkte auf mich nicht besonders heiratsfreudig, aber wer wusste schon, was für Masken Dorian noch auf Lager hatte. Er hatte definitiv von Sex mit mir gesprochen, nein, er hatte vom Ficken geredet. Hatte mich im Schatten des Nests zum Kommen gebracht. Danach hatte er mich wie einen unartigen Hund an meinen Platz verwiesen.

»Wie kann das sein? Wie kann es sein, dass dieser verdammte Mistkerl in mein Appartement einbricht, mit Sergio Bellini bekannt ist, aber noch nicht mal einen verfickten Strafzettel hat?«, fluchte ich erneut.

Luke schaute mich entschuldigend an. »Es ist

einfach nichts da Asra, und wenn ich sage, nichts, dann meine ich nichts. Vor drei Jahren ist er einfach in der Politik-Szene aufgetaucht. Davor gab es noch nicht mal ein Foto. Sein Vater war selbst Politiker, doch Senior Banes hielt sein Kind immer vor der Öffentlichkeit versteckt. Es gab nicht ein einziges Bild von Dorian. Sein Vater ließ eine Menge für die Privatsphäre seines Sohnes springen. Vor Banes offiziellem ersten Auftritt wusste absolut niemand, dass er vorhatte, in die Fußstapfen seines seit vier Jahren toten Vaters zu treten. Alle Infos, zu ihm, seinem Studium, seinem Leben vor der Politik, alles wurde mehr oder weniger von ihm selbst veröffentlicht. Wie du so treffend formuliert hast, er hat noch nicht mal einen Strafzettel.«

Mit jedem Wort, das Luke von sich gab, ballte sich mein Magen zu einem größeren Knoten. Dorian Bane hielt sich bedeckter als der verdammte Präsident.

»Ich erwarte …« Als ich dazu ansetzte, Luke weitere Anweisung zu geben, ging die Tür auf und mein persönlicher Albtraum spazierte zur Tür herein. Ich hatte die Waffe schneller gezogen, als ich geblinzelt hatte. Nun zeigte der Lauf auf das Objekt meines Frustes. Luke ließ sich, mit den Papieren, die er gerade aufheben wollte, auf den Boden fallen und wimmerte im gleichen Moment auf. Er war Waffen einfach nicht gewohnt. Im Gegensatz zu vielen anderen meiner Männer, war seine Weste blütenweiß, na ja, bis auf den großen Hackerangriff vor ein paar Jahren, der einigen reichen Menschen einen Haufen Kohle gekostet hatte. Für fünf Jahre war er eingesessen und seit er frei war, arbeitete er für mich.

»Wie zum Teufel kommst du hier rein?«, fragte ich in kaltem, neutralen Ton. Der Kerl war ein verdammtes Schreckgespenst, tauchte immer an Orten auf, zu denen er eigentlich keinen Zugang haben sollte, und das, als wäre es das Normalste auf der Welt!

Dorian grinste mich an. »Auch dir einen wunderschönen guten Morgen, Prinzessin«, antwortete er beißend und griff nach Luke, um ihm aufzuhelfen.

Als dieser verstand, dass Dorian nicht gekommen war, um ihm das Hirn wegzupusten, ließ er sich widerstrebend helfen. Dabei griff sich Dorian, der keinen Funken Anstand zu besitzen schien, eines der auf dem Boden liegenden Papiere und überflog es.

»Interessant, ich dachte eigentlich, du wärst besser.« Mit diesen Worten ließ er das Blatt wieder auf den Boden fallen. Luke zuckte zurück, als hätte Dorian ihn geschlagen und mein Finger am Abzug juckte.

»Was willst du Bane?«, blaffte ich ihn an, bedeutete Luke gleichzeitig, dass er gehen durfte.

Mit durchgedrücktem Rücken ging er aus meinem Büro. Wenn ich mir sicher war, dass er etwas finden würde, dann spätestens jetzt. Wenn Luke etwas nicht abkonnte, dann war es Kritik. Er würde jeden Stein dieser Welt durchleuchten, um Bane seine Worte bereuen zu lassen. Zufrieden ließ ich die Waffe sinken und schaute Dorian an. Er sah in dem schlichten schwarzen Shirt und der Lederjacke umwerfend aus. Ich stand auf Lederjacken, doch Bane setzte allem die Krone auf. Er sah aus, wie einem Bad-Boy-Film entsprungen. Mit seinem Anzug war er schon zum Anbeißen, doch mit diesem Outfit war er göttlich.

»Fertig mit dem Blick-Fick?«, fragte er beiläufig.

Unbeeindruckt schaute ich ihn an. »Nein.«

Dann schaute ich nochmals betont gelassen über seine muskulöse Gestalt.

Auf meine Erwiderung musste er grinsen, was ihn gleich einige Jahre jünger machte. Dann bewegte er sich endlich – *hatte ich gerade* endlich *gedacht?* – von der Tür weg und nahm auf einem Sessel vor meinem Schreibtisch Platz.

»Wir machen heute einen kleinen Ausflug, Prinzessin«, verkündete er ohne weitere Erklärungen. Ich hob genervt eine Augenbraue.

»Nenn mich nicht Prinzessin oder ich mach aus dir eine«, warnte ich ihn.

Als er nichts erwiderte, starrte ich ihn herausfordernd an. Dorians Gesicht war zu einer ausdruckslosen Maske geworden. Sein kalter Blick schnitt sprichwörtlich in meine Haut und löste das beängstigende Bedürfnis aus, mich zu entschuldigen. Was war es, dass dieser Mann mir so unter die Haut ging? Es war, als würden zwei Persönlichkeiten in meinem Inneren um die Macht kämpfen. Die eine würde Dorian am liebsten im nächsten See ertränken, die andere wollte sich in seiner Aufmerksamkeit suhlen, immer gierig nach einem weiteren lobenden Wort von ihm. Und ganz, ganz, ganz tief in mir, gab es auch noch eine Asra, die gerne einfach nur flüchten würde.

»Ich nenne dich, wie ich das für richtig halte. Sei froh, dass es Prinzessin ist, mir würden weitaus schmutzigere Namen für dich einfallen. Leg es nicht darauf an.«

Sein grollender Ton ließ mich zusammenzucken und ich schaute ihn an. Da war er, dieser kalte Blick, dieses Eis. Das Monster, das mich mit einem Blick vor Sergio verstummen ließ. Es hatte sich so harmlos gegeben, dass ich vergessen hatte, mit wem ich es zu tun hatte. Dorian Bane war genauso harmlos wie ich. Nämlich gar nicht.

Ich presste meine Lippen zu einem harten Strich zusammen, verkniff mir jeglichen weiteren Kommentar angesichts seiner plötzlichen Aura. Der Raum wurde kleiner, er schien jedoch einfach mehr davon einzunehmen. Dahin war diese Unbeschwertheit, die er an den Tag gelegt hatte. Fast könnte man meinen, ein völlig anderer Mensch würde vor mir stehen.

»Pack dein Zeug«, knurrte er und ging zur Tür.

Es ärgerte mich, wie schnell ich reagiert hatte und ihm folgen wollte. *Wie ein gut trainierter Hund* schoss es mir erneut durch den Kopf. Immer wieder tröstete ich mich mit dem Gedanken, dass meine Rache kommen würde. Bald.

Gemeinsam verließen wir mein Büro im Herzen der Dognall-Villa. Als wir gerade durch die Tür traten, fiel mir auf, dass Chuck und Seth völlig ungerührt davor standen. Sie waren weder K.O, noch betäubt noch verletzt. Ihre Waffen steckten völlig harmlos in ihren Schulterholstern. Als wir außer Hörweiter der beiden waren, brach ich das angespannte Schweigen zwischen uns.

»Wie bist du jetzt eigentlich schon wieder an den beiden vorbeigekommen?« Ich musste nicht erklären, wen ich meinte, Dorian verstand sofort.

»Ich habe gesagt, dass ich einen Termin mit dir habe.«

Wir wussten beide, dass er log. Sowohl Chuck als auch Seth wussten ganz genau über meine Termine Bescheid. Sie hätten ihn niemals einfach so vorbeigelassen. Wahrscheinlich spekulierten die beiden darauf, mich loszuwerden. Am liebsten hätte ich Dorian genau das gefragt, doch seine ganze Haltung verriet, er würde kein Wort über seinen Deal mit den beiden verlieren. Gedanklich machte ich mir eine Notiz Chuck und auch Seth abzumurksen, sobald sich eine geeignete Situation ergab. Wenn ich etwas nicht brauchen konnte, dann waren es unzuverlässige Idioten, die mein ohnehin gefährliches Leben auf die leichte Schulter nahmen.

»Keine Sorge, die beiden sind dir gegenüber loyal bis ins Mark. Ich konnte sie lediglich davon überzeugen, dass ich es dir gegenüber auch bin.«

Es war beängstigend, wie Bane meine Gedanken erriet.

Als wir die Crossroad passierten, zwang ich mich, stehen zu bleiben. Anstatt die Slums zu verlassen, führte er mich immer weiter hinein. Die Slums gehörten mir, die Straße, die Menschen, der Dreck, jedoch konnte ich mir es nicht erlauben, mit Dorian Bane hier spazieren zu gehen. Meine Männer waren eine Sache, sie standen immer noch unter meinem Kommando und fühlten einen Ansatz von Loyalität. Doch in den Slums gab es an jeder Ecke Verräter, die nicht mal einen besonderen Grund brauchten, um dir ein Messer in den Rücken zu rammen.

»Was willst du? Du meldest dich eine ganze Woche nicht. Schweigst, lässt mich stehen wie eine verfickte Topfpflanze und jetzt gehst du mit mir spazieren wie mit einem scheiß Hund.« Die Worte waren schneller raus, als ich denken konnte.

Auch er hielt an und musterte mich mit seiner Maske aus Gelassenheit. »Was ist los Prinzessin? Bist du immer noch sauer auf dich, weil du dich nicht von mir fernhalten kannst? Oder ist es einfach der Umstand, dass ich dir nicht mehr aus deinem hübschen Köpfchen gehe? Manchmal muss mein Handeln keinen bestimmten Grund haben. Vertrau mir etwas. Ich hatte gehofft, meine Zunge hätte dich ein bisschen von mir überzeugt. Ich bin vielleicht der Gute in diesem Spiel oder aber, ich will einfach nur mit dir spazieren gehen, wie mit einem Hund.«

Bei seinen Worten stellten sich bei mir die Nackenhaare auf, er log schon wieder und das nicht mal besonders gut. Doch alles, worauf ich mich konzentrieren konnte, war das, was er über seine Zunge gesagt hatte. Scheiß Hormone. Immer wieder wanderten meine Gedanken zur Partynacht zurück. Wütend über mich selbst, schüttelte ich den Kopf und setzte mich wieder mit ihm in Bewegung. »Hör zu, ich …«

Als wir gerade um die Ecke bogen, griff seine Hand nach meinem Arm. Dorians kräftige Finger bohrten sich in mein Fleisch und mit unfassbarer Kraft zog er mich in die Seitengasse, aus der wir gerade treten wollten, zurück.

»Was soll das?«, blaffte ich ihn an, als ich es wenige Sekunden später hörte. *Schüsse.*

Sie schlugen genau an der Stelle ein, an der wir gerade gestanden hatten.

Adrenalin pumpte augenblicklich durch meine Venen. Mein Herzschlag galoppierte, und meine Hände wanderten ganz automatisch zu meiner Smith & Wesson an meinem Rücken. Beim zweiten Schuss bewegte ich mich aus Reflex näher zu Dorian, der kein bisschen beunruhigt, aussah. Fassungslos schaute ich ihn an. Anstatt sich auf die Schüsse und deren Flugbahn zu konzentrieren, pinnte er mich plötzlich an der Wand fest und schaute mich an. Sein Blick war dunkel, verlangend, beschützend.

»Das Wort, das du suchst, ist *Danke*«, grollte er und ich musste angesichts seiner Miene schlucken.

Dorian presste sich der Länge nach an mich, als wollte er mich mit seinem Körper abschirmen. Verdammt hätte er mich nicht zur Seite gezogen, wäre ich jetzt tot. Diese Gedanken verursachten ein Kribbeln in meiner Bauchgegend. Verärgert schüttelte ich den Kopf. Das war nicht der richtige Moment für so etwas, was auch immer das war.

Um mich blickend, drehte ich den Kopf, schaute, ob andere Leute in Gefahr waren. Schüsse am helllichten Tag waren nichts Neues für diesen Bezirk, doch die Einwohner standen seit meiner Herrschaft unter meinem Schutz. Wenn ihr Blut floss, war es fast noch schlimmer als mein eigenes.

Ich war beruhigt, als ich bemerkte, dass die wenigen Passanten der Straße sich in den Häusern verbarrikadiert hatten. Sie schlossen nachts ihre Fenster mit dicken alten Platten, und wie jetzt, zu gefährlichen

Zeiten am Tag. Zum Schutz. Die Crossroad war mit einem Mal wie ausgestorben. Keine Bewegung, kein Geräusch. Ein weiterer Schuss schlug im Dreck, nicht weit von unserem Versteck, ein. Zum Glück zielten die Angreifer anscheinend nur auf uns, doch leider bedeutete es auch: Jemand hatte versucht, mich zu töten, in meinem Revier, in meiner Stadt.

Wut brannte in mir auf. Der Griff um meine Waffe wurde fester. Dorian zog selbst eine hervor. Wofür ein Politiker ständig mit Waffen rumlief, erschloss sich mir nicht, doch Wundern tat es mich ebenfalls nicht, nicht bei ihm.

Er hielt mich immer noch mit seinem Körper gefangen.

»Du bleibst hier, ich kümmere mich darum«, blaffte er und ich verzog belustigt das Gesicht, dann schubste ich ihn von mir.

Das Überraschungsmoment war auf meiner Seite, sonst wäre ich wohl nicht dazu im Stande gewesen ihn auch nur zu bewegen. Dann zielte ich mit dem Lauf meiner Waffe direkt auf seine Stirn, dabei zuckte ich nicht mal mit der Wimper.

»Falscher Film, Cowboy. Das hier ist meine Stadt, spiel den Ritter bei einer Anderen. Ich schlachte die Drachen lieber selbst.«

Ich wartete auf seine Reaktion.

Verärgert knirschte er mit den Zähnen, trat aber kapitulierend zwei Schritte zurück. Das Biest in mir drang wieder an die Oberfläche. Er musste lernen, dass es sich nicht einsperren ließ. Ich entsicherte meine Waffe und brachte mich, den Schutz der Hauswand nutzend, in Position. Aus meinem Stiefel zog ich mein Wurfmesser und warf es knapp einen Meter entfernt auf den Boden. Sofort fielen weitere Schüsse.

Die Einschusslöcher im Boden zeigten mir, was ich wissen musste. Mehrere Schüsse fielen gleichzeitig, aber aus verschiedenen Blickwinkeln. Ich schätzte die Zahl der Schützen auf zwei bis drei. Mit Adleraugen verfolgte ich die Laufbahn der Kugeln, lokalisierte einen der Angreifer und zielte. Er hatte sich schräg gegenüber positioniert. Schwarze Kleidung. Ich sah nicht viel, doch ich sah genug. Ich schoss und traf, soweit ich erkennen konnte, direkt in seine Brust. Hinter mir spürte ich Dorian, wagte es jedoch nicht, meine Feinde aus den Augen zu lassen.

»Hinter der Bank«, brummte er mir mit seiner rauen Stimme ins Ohr.

Verräterische Gänsehaut breitete sich auf meiner Haut aus. Warum verdammt, musste er mir so auf die Pelle rücken?

Ich visierte den Mann hinter der alten Bank an und schoss erneut. Dann sah ich den dritten Schatten über einem Ladengeschäft. Auch ihn nahm ich ins Visier. Wie ein nasser Sandsack ging er zu Boden. Dann richtete ich mich auf. Ein Angriff, und das in meinem Revier glich einer Kriegserklärung. Das war ein ernsthaftes Problem.

Ohne auf Dorian zu achten, trat ich aus dem Schutz der Hauswand. Ein Zischen und ein kurzer Schmerz. Mein Körper erkannte eine Kugel, wenn sie ihn traf. Dorian reagierte wie ein Blitz. Er packte mich. Drehte sich, so dass ich im Schutz seines Körpers stand und schoss gleichzeitig auf den letzten Angreifer. Das Blut in meinen Ohren rauschte. Dorian hatte mich beschützt und dabei seinen Körper als Schutzschild gewählt.

Warum raste mein Herz bei diesem Gedanken, warum fraß sich ein Gefühl durch meine Eingeweide wie Säure? Ein Gefühl von Wärme und Geborgenheit. Etwas, das ich lange Zeit nicht gefühlt hatte. Schnell verdrängte ich diese Gedanken und konzentrierte mich auf meine eigene Unzulänglichkeit. Wie konnte mir so ein stümperhafter Fehler passieren? Das Brennen meiner Schulter würde mich nun eine ganze Weile daran erinnern, dass ich wie eine Idiotin gehandelt hatte. *Checke immer die Lage.* Überlebensregeln Nr. 4 des Ratgebers: *Wie lebe ich länger als zwei Tage als Gangster-Königin.*

Langsam ließ Dorian seine Waffe sinken und drehte sich, ohne einen Schritt zurückzugehen, wieder zu mir um. Wir standen nun quasi Brust an Brust. Mein Magen flatterte. Gott, seit wann war ich nur so ein Weichei?!

»Du kannst mich jetzt los lassen«, blaffte ich den Mann an, wegen dem ich immer noch lebte, denn er hatte mich immer noch am Oberarm gepackt.

Er ließ mich los, machte aber keine Anstalten abzurücken. Ich konnte die Hitze seines Körpers spüren, wagte es aber nicht, selbst einen Schritt zurückzutreten. Mein Körper wollte einfach nicht reagieren.

»Danke, glaube ich«, brachte ich hervor und steckte meine Waffe wieder hinten in den Bund meiner Hose, wo sie von meiner Lederjacke gut versteckt war.

Dorian tat es mir gleich und hob bei meinen Worten belustig die Augenbrauen. »Du glaubst?«, fragte er und dann packte er mich am Nacken.

Ehe ich mich versah, landeten seine Lippen auf meinen. Die Berührung ging durch meinen Körper wie Donner. Obwohl ich in Schockstarre verfiel, verschärften sich meine Sinne. Sein betörender und einzigartiger Geruch drang in meine Nase. Dieser löste einen Schauer der Erregung in mir aus. Seine Nähe, das Adrenalin in meinen Adern, seine unfassbare Hitze, die er ausstrahlte, umhüllte mich. Eigentlich war spätestens jetzt der Zeitpunkt gekommen, an dem ich ihn zum Teufel jagen, hätte sollen. Nach allem, was er mir an den Kopf geworfen hatte. Ich sollte ihn nicht mal mehr einen einzigen Zentimeter in meine Nähe lassen und trotzdem. Anstatt ihn in meiner geübtesten Kampfmanier zu Fall zu bringen, entwich meinen Lippen einfach nur ein sanfter Seufzer. Dieser Mann brachte mich um den Verstand.

Er schien meine Nachgiebigkeit als Einladung zu sehen, denn sein Griff wurde bestimmender, fester, besitzergreifend.

Mein Atem stockte, als seine Lippen sich öffneten und er mit seiner Zunge um Einlass bat. Meine Lippen öffneten sich quasi von allein und ich erwiderte den Kuss mit leidenschaftlicher Inbrunst.

Wie ein verhungertes Tier machte Dorian sich über mich her, seine Hand legte sich auf meinen Rücken, und wanderte Stück für Stück zu meinem Hintern. Die zweite Hand packte mich noch immer am Nacken. Für einen kurzen Moment krallte die Panik ihre hässlichen

Klauen in mein Herz. Ich zuckte automatisch vor ihm zurück, doch seine Hand in meinem Nacken gab mir keine Gelegenheit, auch nur einen Millimeter von ihm abzurücken, stattdessen zwang er mich mit purer Dominanz dazu, seinen Kuss zuzulassen.

Als er mich noch enger an seinen Körper presste und ich ganz deutlich fühlen konnte, dass er hart war, zog sich die Angst zurück und machte einer ungeahnten Lust Platz. Ich ergab mich ihr, schmiegte mich ihm entgegen und gab mich ihm vollständig hin. Als ich meine Arme um seine Mitte schloss, meldete sich kurz meine verwundete Schulter mit einem leichten Brennen, das ich gekonnt ignorierte.

Das Letzte, was ich wollte, war, diesen Moment zu zerstören. Dieser Kuss war wie ein brennender Sturm, ein brennendes Feuer, dessen Macht uns beide in einen Strudel aus Lust und Begierde stieß. Ich wusste bereits, dass ich süchtig danach war. Süchtig nach diesem Stück Empfindungen, die Dorian in mir auslöste.

Mein Puls beschleunigte sich, Gänsehaut breitete sich aus und meine Nippel zogen sich vor Erregung zusammen. Die Reibung meines BHs ließ mich erneut erschauern. Seine Berührung brannte sich in meinen Körper. Mittels eines Kusses erregte er mich schon so sehr, dass ich ein Wimmern ausstieß. Er küsste mich inniger, nahm meine Lippe zwischen seine Zähne und biss sanft zu. Meine Arme wanderten ruhelos über seinen Rücken, suchten nach Halt oder Haut, die sie kratzen konnten. Ich vergaß alles um mich herum, zwischen meinen Beinen sammelte sich die Feuchtigkeit. Verräterischer Körper. Was war es, dass uns diese tiefgreifende Leidenschaft immer erfasste, wenn eigentlich der denkbar schlechteste Zeitpunkt dafür war?

Neckend tanzte Dorians Zunge um meine, forderte mich auf, mich ihm zu unterwerfen, und ich tat es. Gab mich ihm voll hin. Seine natürliche Dominanz vernebelte meine Sinne. Nie hatte ich einen Mann nach so kurzer Zeit so sehr begehrt.

Ich kannte mich, meinen Körper, meine Bedürfnisse. Gehörte einfach nicht zu den Menschen, die sich selbst verleugneten. Das war auch die einzige Möglichkeit, die Straße sowohl körperlich als auch seelisch zu überleben. Man musste sich beschützen und auf sich achten. Helden, Märtyrer, wurden nicht gefeiert, sie starben, ohne, dass einer um sie trauerte oder auch nur mal danke sagte.

Mein Körper wollte ihn, wollte sich fallen lassen, das hatte ich in dem Moment begriffen, als er mich das erste Mal mit diesen kalten Augen angeschaut hatte, die funkelten wie Edelsteine. Berechnend, dunkel. Es war, als wäre er innerlich genauso aus Eis, wie ich. Als wären unsere Seelen aus derselben Dunkelheit gemacht.

Eine einzigartige Ruhe erfasste mich, ich erkannte sie, Akzeptanz. Ich akzeptierte die widersprüchlichen Gefühle, die er in mir auslöste, und plötzlich wurde es angenehm still in meinem Kopf und ich genoss seine Berührungen in vollen Zügen.

Das war der Moment, in dem er sich von mir löste und drei Schritte zurückmachte. Verwirrt stolperte ich ebenfalls einen Schritt zurück.

Mit allem hatte ich gerechnet, aber nicht damit,

dass er mich einfach abschüttelte. Da draußen lagen vier Leichen. Auf uns war geschossen worden. Und anstatt dem nachzugehen, ließ ich mich in Dorians Berührungen fallen. Ich spürte, wie mir die Röte in die Wangen kroch, Scham und Wut kämpften miteinander. Letztere jedoch brodelte bei seinen nächsten Worten heißer als die Hölle.

»Das war nett Prinzessin, aber ich denke, wir sollten uns um unser kleines und vor allem totes Problem kümmern.«

Seine Tonlage war kalt wie Eis. Nicht die leiseste Note der Erregung schwang in seinen Worten mit. Seine Mimik war eine perfekte Maske der Gleichgültigkeit mit einer großen Spur Arroganz.

Während meine Wangen mit hoher Wahrscheinlichkeit tiefrot waren, sah er aus wie aus Stein gemeißelt. Als hätten wir eben noch irgendwelche Vertragsdetails besprochen, anstatt eine nicht ganz jugendfreie Variante eines Kusses zu teilen.

Hat er gerade nett gesagt? Nett? Bin ich seine verfickte Großmutter oder was?

Ein Stich der Enttäuschung brachte mich letzten Endes zur Vernunft.

Meine Wut schützte mich in allen Lebenslagen, vor allem, was mich berühren wollte. War es vielleicht möglich, dass Dorians Arroganz die gleiche Wirkung für ihn hatte? War sie sein Panzer?

Er war wie Dynamit, heiß aber überaus gefährlich. Ich sollte froh sein, dass es nicht wieder zu mehr gekommen war. Mein Instinkt riet mir, meine Beine in die Hand zu nehmen und so weit wegzulaufen, wie mich meine Beine tragen würden. Gefühle brannten in meinen Eingeweiden wie Lava. Frust, Selbsthass, Verlangen, Scham. Empfindungen, die in mir keineswegs vorhanden sein sollten. Ich war die fucking Queen of Sins, Königin der verdammten Unterwelt und nicht ein armes Mäuschen aus einem Schnulzenroman.

»Lass uns sehen, wer unser kleines Begrüßungskomitee war.« Diese Worte zischend, drehte ich mich weg und lief voraus.

Mit zusammengebissenen Zähnen versuchte ich das Chaos in meinem Kopf auszublenden. Es gelang mir nur beschränkt, aber genug, um mich auf die Besucher zu konzentrieren.

Der Schütze hinter der Bank war uns am nächsten. Als ich ihn mir genauer ansah, knurrte ich frustriert.

Schwarze Kleidung, maskiert. Ich griff an seine Sturmmaske.

»Weiß, ca. Mitte vierzig«, begann ich, tastete seine Jacke und Hosentaschen ab.

»Leer. Nicht mal ein Handy. Die Kleidung ist nichtssagend, die Waffe ist eine SIG Sauer P226, eine Waffe, mit der man recht präzise Schüsse abgeben kann ohne ein Scharfschützengewehr herumtragen zu müssen. Der Typ war ein Profi. Die Seriennummer ist abgeschliffen worden.« Als Dorian nicht antwortete, drehte ich mich zu ihm um.

»Du blutest an der Schulter.« Seine Stimme war ein tiefes Grollen.

»Nein, das ist Erdbeermarmelade«, konterte ich genervt.

Mit gerunzelter Stirn musterte er mich.

»Ich werde schon nicht daran sterben und es hat auch schon aufgehört zu bluten.«

»Wir sollten das verarzten«, beharrte Bane darauf.

Daraufhin verdrehte ich die Augen. Männer. Bei ein bisschen Blut rasteten sie schon vollkommen aus. »Hör zu Tiger, du hast mich doch halbnackt gesehen oder? Dann wirst du sicher auch gesehen haben, *was* ich alles überlebt habe. Lass uns hier die Drecksarbeit machen und du darfst mir danach viele kleine bunte Pflaster auf den Kratzer kleben.«

Abwartend schaute ich zu ihm auf, konnte das Kopfkino in seinem Blick auch blind deuten. Er stellte sich gerade alles vor, aber nicht wie er meine Wunde versorgte. Er stand da und starrte mich an, als sei ich sein Frühstück.

»Dorian«, holte ich ihn aus seiner Trance und wandte mich wieder unserem Freund zu. Insgeheim freute ich mich ja, einmal einen anderen Gesichtsausdruck als seine kalte Arroganz auf seinem Gesicht zu sehen. Der Beweis dafür, dass dieser Kuss ihn ebenso berührt hatte. Warum er mich dann immer wieder von sich stieß, verstand ich nur nicht.

»Ich denke, wir haben es hier mit alter Schule zu tun. Check mal seine Arme.«

Ich tat, was Bane sagte, und fand tatsächlich ein kleines Tattoo. Ein zweischneidiges Schwert. Das Symbol der Söldner. Mit dem gewissen Kleingeld erfüllten diese Mistkerle jeden Auftrag.

Ich schaute Dorian an und wir tauschten einen verstehenden Blick. Und da fiel es mir auf. Er schien die Bruderschaft der Söldner wohl ebenso zu kennen wie ich, was nur ein weiteres Puzzle-Teil im Rätsel um ihn war.

Ich merkte mir dieses Detail und fasste das Ergebnis unserer Beweisaufnahme zusammen. Endstation. Wir konnten noch so viel forschen, die Bruderschaft der Söldner waren ein absolut verschwiegener Haufen von Killern.

Die Typen waren wie Geister. Selbst wenn wir wüssten, wer der Tote war, samt Personalausweis und Sozialversicherungsnummer, war es so gut wie unmöglich auch nur einen Brotkrumen in Richtung des Auftraggebers zu finden. Das Einzige, das uns also dieses Tattoo verriet, war, dass ihr Auftraggeber bereit war, eine horrende Summe für meinen Kopf auszugeben.

»Ich verstehe das nicht. Das ergibt keinen Sinn. Warum sollte mich irgendwer so plötzlich und ohne ersichtlichen Grund angreifen.« Ich sprach mehr zu mir als zu Dorian. Während ich mich erhob, machte ich mir nicht die Mühe, die anderen drei Söldner abzusuchen.

»Wer sagt, dass sie hinter dir her waren?«, gab er mir zu denken.

»Was glaubst du denn? Das hier ist mein Revier, jeder Untergrundgangster weiß das.«

»Und? Ich suche die Mörder von Glich, Clearwater und Bread. Ebenso bin ich kurz davor, diese verdammte Stadt einzunehmen. Hier in, wie du so schön sagst, deinem Revier bin ich so gut wie schutzlos. Liegt es nicht näher, dass der Auftraggeber der vergangenen

Morde dahintersteckt? Wenn er die Bruderschaft engagiert hat, dann ist mir auch klar, warum ich nicht an ihn herankomme.«

Mit gerunzelter Stirn schaute ich Dorian an. War das möglich? Ich kam nicht mal auf die Idee, dass nicht ich der Grund des Attentats war. Es war für mich völlig neu, dass nicht nur ich eine Zielscheibe auf dem Rücken trug.

»Wer auch immer ihr Ziel war, jede der abgefeuerten Kugeln hätte auch mich treffen können ...«, begann ich und schaute auf meine verletzte Schulter. Na ja, das zählte wohl nicht als getroffen, oder?

Ich zuckte die Schultern und schaute Dorian mit einem teuflischen Grinsen an. » ... und das nehme ich sehr persönlich«, setzte ich hinterher und lief an ihm vorbei.

Dann sah ich es, der Schütze, der sich schräg gegenüber positioniert hatte, bewegte sich noch.

»Hey, der Kerl lebt«, sagte ich und lief auf den Mann in Schwarz zu. Wie es aussah, hatte er eine Kugel in der Schulter und eine im Bein. Sein verwunderter Arm hing schlaff an seiner Seite. Die Schulter sah herabgesenkt aus. Er hatte sie wohl ausgekugelt, als er gefallen war. Das Arschloch versuchte noch zu seiner hinter ihm liegende Waffe zu kriechen, doch ich ging um ihn herum und kickte diese weg. Dann ging ich zu ihm, riss ihm die Maske vom Kopf. Zum Vorschein kam ein kahlrasierter Schädel.

»Oh was haben wir denn da, ein Geschenk«, spottete ich und lächelte auf den Typen herab. Wie es schien, hatte ich keine lebensnotwendigen Organe verletzt, doch sein Bein blutete beunruhigend stark. Mir war, klar, ich musste mich beeilen.

»Kurva«, spuckte er aus.

Ich grinste ihn wölfisch an. »Oh, ich geb dir gleich Hure.«

Mit diesen Worten stellte ich meinen Fuß auf seine Beinwunde. Der Kerl schrie vor Schmerzen. Trat mit seinem anderen Bein umständlich nach mir. Dabei tat ich ihm einen Gefallen. Durch den Druck meines Fußes verringerte ich den Austritt seines Blutes.

»Asra.« Bane blieb ein paar Meter von uns entfernt stehen, verschränkte die Arme und schaute mich an.

»Was? Lass mich ein bisschen spielen«, sagte ich mit Blick auf den Söldner. Ich beugte mich nach unten und bohrte ihm meinen Finger in die Brustwunde. Wieder brüllte er auf, versuchte wegzukriechen, doch mit dem Fuß stand ich immer noch auf seinem Bein.

»Ach komm, hör auf zu heulen«, blaffte ich ihn an und hielt ihn mit dem Fuß an Ort und Stelle. Er versuchte, mit seinem Arm nach mir zu greifen, doch er kam nicht so weit an mich heran. Er musste höllische Schmerzen haben.

»Pfoten weg, Arschloch«, sagte ich.

Dorian schaute sich das Schauspiel an.

Na dann machen wir mal Ernst.

»Wer schickt dich?«, fragte ich, nachdem der Typ endlich aufgehört hat zu schreien.

»Dir sage ich gar nichts«, zischte er mit hörbar bosnischem Akzent.

Ich griff an meinen Stiefel und zog ein Messer hervor.

»Wir können das auf die liebe Tour machen oder aber ich zieh dir bei lebendigem Leibe die Haut von den Knochen«, sang ich belustigt.

Eines musste man dem Kerl lassen, er hatte Eier. Er verzog beim Anblick der Klinge keine Miene.

Ich seufzte ergeben.

»Gut, dann auf die harte Tour.« Ich ließ sein Bein frei, ging um ihn herum. Er versuchte wieder, mit seinem gesunden Arm nach mir zu greifen. Ich packte mir diesen und jagte ihm das Messer in den Unterarm. Der Kerl brüllte wie am Spieß.

»Hey, meine Ohren«, blaffte ich ihn an und zog mein Messer wieder heraus. Die Wunde war nicht tief und ich hatte extra darauf geachtet, dass ich ihm nur eine Fleischwunde zufügte.

»Also wer hat dich geschickt?« Mit diesen Worten hielt ich dem Arschloch mein Messer an die Kehle. Schweiß stand ihm auf der Stirn. Ob von den Schmerzen oder seiner Angst, machte für mich keinen Unterschied.

»Ich wiederhole mich nicht gerne. Los oder deine Eier sind als nächstes dran.«

»Davo me je poslao.« *Der Teufel hat mich geschickt.*

Knurrte er, packte meine Hand und schnitt sich selbst die Kehle durch. Der Bastard hatte sich mit so einer Kraft die Kehle durchgeschnitten, dass das Blut in Sturzbächen aus der Wunde floss. Seine Augen waren schmerzverzerrt zusammengekniffen.

»Was zum ...«, fluchte ich und sprang auf.

Blut quoll immer weiter aus dem Hals des Söldners, lief in seine Luftröhre, füllte seine Lungen.

Er röchelte, als sei er am Ertrinken. Eine riesige Sauerei, doch immerhin hatte er es vermieden, die stark durchbluteten Halsarterien zu treffen. War auch so schon genug Blut, ein Regen daraus, wäre lästig gewesen. Die Lache am Boden breitete sich immer weiter aus. Für einen Moment weiteten sich noch einmal seine Pupillen. Dann bewegte sich der Unbekannte nicht mehr.

»Scheiße, was haben die bloß mit dem Selbstmord?«, meckerte ich und kickte dem Toten in die Seite.

»Mhm, die Bruderschaft halt. Die wissen, dass es die Folter nicht wert ist.«

Dorian schaute mich unbeeindruckt an. Eigentlich hatte ich erwartet, dass er wenigstens etwas Grün im Gesicht wurde. Doch nichts. Chicagos Musterpolitiker verzog keine Miene, während ich jemanden aufschlitzte. Dorian Bane war immer für eine Überraschung gut.

»Woher kennst du sie?«, fragte ich beiläufig.

»Man hat im Laufe einer Karriere in der Politik mit so einigen Leuten zu tun«, wich er meiner Frage aus.

Na klar.

Ich wischte mein Messer an der Kleidung des Toten ab und informierte das Aufräumkommando per SMS. Dann wollte ich zurück ins Nest. Dorian hielt mich auf.

»Was hast du vor?«, fragte er knurrend und stellte sich mir in den Weg.

»Ich gehe jagen.« Meine Stimme war scharf wie eine Klinge.

Noch immer ratterte mein Kopf, doch für mich gab es jetzt nur ein Ziel.

»Irgendwer steckt hinter diesem Anschlag. Ich werde den Jäger zur Beute machen.«

»Nicht jetzt. Komm. Wir müssen deine Schulter verarzten und vor allem müssen wir hier weg, bevor die Kavallerie kommt«, bestimmte er und zog mich einfach mit sich.

Ich entriss ihm meinen Arm. »Das ist nur eine Fleischwunde, kaum der Rede wert. Ich habe besseres zu tun, als mit dir Doktorspiele zu spielen.«

Er spannte sich bei meinen Worten an und kam bedrohlich auf mich zu. Ich widerstand dem Drang zurückzuweichen. Nur wenige Millimeter trennten uns. Ich musste meinen Kopf heben, um weiterhin Blickkontakt halten zu können, was mir automatisch das Gefühl der Macht entriss. Doch ich würde nicht nachgeben, ich hatte einfach keine Zeit für so einen Kindergarten.

Als er sprach, waren seine Worte pures Eis, ruhig, aber tödlich.

»Du bist verwundet. Auch wenn es nur ein Kratzer ist, muss der verarztet werden. Du kannst die Unbesiegbare spielen, aber ich lasse nicht zu, dass du hier blutend in der Gegend herumläufst. Haben wir uns verstanden?«

Bei jedem seiner Worte zuckte ich zusammen. Was zum Teufel hatte er an sich, dass ich meine Autorität untergraben ließ? Ich sammelte all meine Kraftreserven für die nächsten vier Worte.

»Und was, wenn nicht?«

Er bewegte sich schnell, viel schneller, als ich es jemals geahnt hätte. Eine Hand wanderte in die Tasche seiner Jacke, mit der anderen packte er mich. Mit Kraft stürzte er mich auf den Boden und riss meine Hände auf dem Rücken zusammen. Er fixierte mich mit dem Knie, ich strampelte und versuchte, ihn abzuschütteln. Zwecklos. Währenddessen nahm er mir meine Waffe ab, ich spürte genau, wie das vertraute Gefühl ihres Gewichts mich verließ. Dann spürte ich kaltes Eisen an meinen Handgelenken. Das Klicken von Handschellen war mir mehr vertraut, als mir lieb war.

Dorian schwang mich wie eine Stoffpuppe über seine Schulter. Als ich einen Laut des Protestes ausstieß, knallte er mir mit seiner Hand auf den Arsch. Das Geräusch war laut in der leeren Gasse. Der Schmerz brannte wie Feuer auf meiner Haut.

»Du verdammter Mistkerl! Hast du mir grad ernsthaft auf den Arsch geschlagen? Dafür weide ich dich aus und das, bei vollem Bewusstsein!« Ich versuchte, meine Stimme kalt zu halten, doch mit dem Kopf nach unten, einem brennenden Hintern und immer noch Adrenalin in den Adern, klang meine Stimme ungläubig und verzweifelt. Ich hasste es.

»Wenn du dich weiter benimmst, als seist du ein verzogenes Gör, wird ein Klaps auf deinen Hintern dein kleinstes Problem sein. Es wird Zeit, dass ich dir die Regeln unseres Deals nochmal erläutere.« Er knurrte jedes einzelne Wort.

Als wir die Crossroad, die immer noch menschenleer war, hinter uns ließen, kapitulierte ich. Die Angst, jemand könnte uns so sehen, ich gefesselt, auf den

Schultern eines Typs, machtlos wie ein kleines Kind, hielt mich davon ab zu brüllen. Ich konnte nicht zulassen, dass mich jemand so sah. Mit meinem Ruf stand und fiel alles. Die Leute sollten vor Ehrfurcht erstarren und sich nicht kaputtlachen. Das könnte sofort den Eindruck erwecken, ich sei sanft geworden, was mich wiederum schwach wirken ließ und meinen Tod bedeutete.

»Okay, ich werde mit dir gehen, aber lass. Mich. Runter!«, blaffte ich verzweifelt.

Sofort ließ er mich nach unten. Das Blut, das in meinen Kopf gewandert war, rauschte in meinen Ohren und kurz fühlte ich mich schwindlig. Dorian schien das nicht zu interessieren. Er ließ mich stehen und lief einfach weiter.

»Hey, was ist mit den Handschellen?«, murrte ich.

»Die bleiben, wo sie sind. Komm jetzt.«

Er wandte mir den Rücken zu. Dass ich trotz Handschellen fliehen könnte, kam ihm nicht in den Sinn. Als ich mit dem Gedanken spielte, diese Chance zu nutzen, drang seine Stimme zu mir durch.

»Wenn du abhaust, werde ich dich finden, dich fesseln und danach ficken, bis du nicht mehr weißt, wie man eine verdammte Knarre entsichert.«

Seine Worte lösten ein köstliches Gefühl zwischen meinen Beinen aus. Ich unterdrückte ein widerwilliges Knurren. Dass ich tatsächlich darüber nachdachte, ihn genau zu dieser Handlung zu provozieren, behielt ich mal lieber für mich. Meinem gesunden Menschenverstand hatte ich ja bereits abgeschworen. Immer mehr geriet in Vergessenheit, dass ich ihm nur folgte, weil er meinen größten Schwachpunkt kannte. Meinen Bruder. Meinen überaus normalen, nicht kriminellen, aufstrebenden Bruder. Dieser Gedanke riss mich aus dem Nebel, den Dorian in meinem Kopf verursacht hatte.

»Keine Sorge, das ist das Letzte, was ich will.«

Ich wusste nicht, worauf ich die Aussage bezog. Dass ich nicht wegrennen würde oder, dass er mich ficken würde.

Wie er so gern betonte. Hart.

Du trägst deine Narben wie Abzeichen auf deiner Haut, meine Kämpferin.

SIEBZEHN

ASRA

Er führte mich in das Industriegebiet.

Die Sonne stand jetzt höher, die Hitze in Chicago war zum Glück erträglich, selbst bei strahlendem Sonnenschein, der so oft vorkam wie ein Regenbogen in der Wüste.

»Wohin bringst du mich?«, fragte ich ihn, während ich ihm folgte wie seine elendige Gefangene. Er murrte nur.

Na, danke für die Antwort.

Wir waren gefühlt 15 Minuten seit der Schießerei unterwegs. Das Industrieviertel lag vor uns. Besonders zur Tageszeit war hier nicht viel los. Nur wenige waren auf den Straßen unterwegs. Ich ignorierte sie, in der Hoffnung, dass sie mich und meine Handschellen ignorierten.

Handschellen, pah, wo waren wir hier? Erotik-Kurs für Anfänger?

An einem der vielen Backsteinklötze blieb Dorian endlich stehen. »Da sind wir.«

Fragend schaute ich das Gebäude an. Es sah aus wie jedes andere Gebäude in dieser Straße. Wir waren nicht weit von der alten Dognall-Villa entfernt, knapp eine halbe Stunde Fußweg. Wir nannten das Gebiet Industriegebiet, na ja, das war ein bisschen hochgepokert. Es handelte sich um ein altes Firmengelände von einem, einst sehr beliebten, Limonadenhersteller. Nachdem die Firma bankrott ging, wurde das Gelände an uns verkauft. Allerdings waren es mehr zwielichtige Gangs oder Motorradclubs, die sich hier herumdrückten. Ich musste es wissen, wir kontrollierten dieses Gebiet und mit wir, meinte ich mich. Ein paar der großen Gebäude dienten uns für unsere Scheinfirmen, mit denen wir Geld hin und her schoben. Irgendwie musste das Leben auf der Straße ja finanziert werden.

Alles, was wir nicht brauchten, vermieteten wir an Andere. An all jene, die nicht herumquatschten, dass dieses Gebiet, offiziell besiedelt von einem Dutzend Firmen, einfach so gut wie leer stand.

Eine böse Vorahnung beschlich mich, als ich mir das Gebäude näher anschaute. Die Fenster waren verspiegelt, alt, schmutzig und die Fassade hatte mehrere Risse. Ungefähr hier musste Sniper damals Dorian aus den Augen verloren haben.

Eine massiv aussehende Metalltür, die an manchen Ecken schon zu rosten begann, war der einzige Weg hinein.

Er stellte sich davor.

Neugierig blickte ich über seine Schulter, doch ehe

ich wirklich was mitbekam, gab die Stahltür ein Knacken von sich und öffnete sich einen Spalt breit.

»Okay, James Bond, sag mir, haben das meine wertvollen Steuergelder bezahlt?«, fragte ich bitter, denn es kristallisierte sich etwas aus dieser Szene, das nicht gut enden konnte.

Dorian blickte mich über die Schulter hinweg an. »Als hättest du auch nur einen Cent Steuern in deinem Leben bezahlt, Prinzessin.«

Dass er mich mit Prinzessin ansprach, passte mir zwar nicht, war aber ein eindeutiges Indiz dafür, dass seine Laune sich gebessert hatte. Vielleicht wurde ich ja bald diese verdammten Handschellen los? Der Streifschuss an meiner Schulter brannte immer noch. Ihn schien das aber nicht zu kümmern, dabei wollte er mich wenige Minuten zuvor noch so dringend verarzten. Der Typ war wankelmütiger als eine Frau in den Wechseljahren. Ohne mich eines Blickes zu würdigen, ging er hinein, ich zögerte.

Wie es schien, hatte Bane sich wie eine Ratte in mein Gebiet geschlichen, oder aber, er brach gerade irgendwo ein. Ich wusste, für eine der beiden Vermutungen würde ich ihn töten. Kleiner Tipp, es war nicht Letzteres.

Wenn er sich hier eingenistet hatte, eine Hightech-Tür sich durch ihn öffnete, dann gab es nur einen Grund. Orte wie diese waren im Normalfall entweder eine Folterkammer oder ein Safehouse. Ich war auf beides nicht scharf. Das eine stank nach Tod, das andere nach Bullen. Leider erinnerte mich das Klimpern der Handschellen daran, dass ich keine andere

Wahl hatte. Die Demütigung brannte noch immer wie Säure in meinem Magen. Zischend bewegte ich mich in das Innere und verlor für kurze Zeit die Orientierung. Meine Augen brauchten eine Weile, um sich an die Dunkelheit zu gewöhnen. Die einzige Lichtquelle im Inneren des Ganges war eine Glühbirne, die vor einer weiteren, weniger massiv aussehenden Tür hing. Waren nicht von außen Fenster zu sehen gewesen?

Dorian griff nach der Tür, öffnete sie und ließ mir den Vortritt. Als ich realisierte, was sich vor mir befand, biss ich die Zähne zusammen. In mir brodelte es, doch nach Außen gab ich mich ruhig.

Wir standen inmitten einer alten Lagerhalle, doch hatte der Besitzer aus dieser ein recht ansehnliches Appartement gemacht. Die Halle umfasste gute 200 m^2. Im unteren Bereich war der Boden mit schwarzen Granitplatten ausgelegt. Darauf standen mehrere Harleys, schwarz, glänzend, wunderschön. Auch ein schwarzer Impala parkte daneben. Merkwürdigerweise war mein erster Gedanke, wie die Fahrzeuge hier rein und raus kamen, ein Garagentor hatte ich bisher nicht entdeckt.

Zu meiner Linken war eine Werkbank aufgestellt, worauf mehrere Autoteile und Equipment verstreut lagen. Ich entdeckte sogar die eine oder andere Zimmerpflanze. Alles in diesem Raum schrie nach Mann, aber auch nach Geld und Stil. Ohne auf Dorian zu achten, lief ich weiter in den Raum. Die Decken waren gefühlt zehn Meter hoch. Anstatt jedoch auf Beton zu schauen, sah ich Licht, denn die Decke bestand aus Gittern, deren Schlitze von der Sonne durchflutet wurden. Ein metallenes Obergeschoss, das durch eine Wendeltreppe nach oben führte. Ich fühlte mich wie in einem schlechten Film.

Als mich Finger am Handgelenk berührten, fuhr ich erschrocken herum. Dorian stand mit leicht erhobenen Händen vor mir, von seinem Finger baumelte ein kleiner Schlüssel.

»Ich wollte dir nur die Handschellen abnehmen, kein Grund zu knurren.« Seine Worte klangen belustigter, als es mir lieb war.

Dorian Bane fürchtete sich kein Stück vor mir und das nagte an meinem Selbstbewusstsein. Widerwillig drehte ich mich um. Bevor er sich jedoch an den Handschellen zu schaffen machte, strich er mir mit einem Finger die Wirbelsäule hinab.

Selbst durch die Lederjacke breitete sich Gänsehaut auf meinen Armen aus und ein Zucken meines Unterleibes schrie mir die grausame Realität entgegen. Er erregte mich auf eine Art, die mir bisher so völlig unbekannt war und das machte mir mehr Angst, als jede Waffe es könnte. Meine Wut über sein Eindringen in mein Revier, meine Fassungslosigkeit über seine Anziehung auf mich, mein Frust über die Bedrohung meines Bruders, alles kochte in mir hoch. Nur mit Mühen konnte ich es verhindern, Dorian die Kehle durchzuschneiden, gefesselt oder nicht.

Mit geübten Griffen schloss er die Handschellen auf, sofort seufzte ich erleichtert. Die Dinger waren mehr als unangenehm zu tragen. Während ich die Druckstellen massierte, die das Metall hinterlassen hatte, ging ich auf die Wendeltreppe nach oben zu.

»Hier geblieben«, sagte er und ich drehte mich zu ihm um.

»Zieh die Jacke aus.«

Ich wollte schon etwas Taffes erwidern, doch er hob nur aussagekräftig eine Augenbraue.

»Du verdammter ...«, begann ich zu Fluchen und schlüpfte aus meiner Lederjacke.

Er lief an mir vorbei und kramte aus einer Schublade der Werkbank einen Erste-Hilfe-Koffer.

Obwohl ich mich genervt gab, gab es einen kleinen verkümmerten Teil in mir, der seine Fürsorge schätzte. Es war lange her, dass sich ein Anderer um meine Wunden geschert hatte.

»Wem gehört all das hier?«, fragte ich während er mit Desinfektionsspray und Mullbinden zurückkam.

»Mir.« Mehr sagte er nicht. Im Allgemeinen war er extrem schweigsam. Ich wusste nicht, woran es lag.

»Du reparierst Autos und Bikes?«

»Sieht so aus.«

Wieder ein neues Puzzleteil rund um Dorian Bane.

»Wer hat dir das beigebracht?«

»Mein Dad.«

»War dein Dad nicht in der Politik tätig?«

»Ja.« Mehr nicht, keine Erklärung, kein Plaudern aus dem Nähkästchen. Umso intensiver kümmerte er sich um meine Verletzung.

Interessiert schaute ich ihn an.

Er desinfizierte die Wunde, was etwas brannte.

»Das muss nicht genäht werden, aber ne Narbe wird zurückbleiben.« Dorian schaute die Wunde genau an, achtete darauf, ob sich Dreck darin befand.

»Es ist nicht meine erste Narbe, was soll's also«, erwiderte ich. Seine Hände waren so sanft. Ein merkwürdiges Gefühl.

»Woher hast du sie?«

»Die Narben?«

»Ja.«

Ich lehnte meinen Kopf etwas nach hinten, schaute zur Decke und überlegte, wie viel ich preisgeben konnte.

Wenn ich redete, würde er es vielleicht auch tun.

Ich zeigte also auf eine meiner Narben unterhalb der frischen Wunde.

»Die hier hab ich mir mit 15 Jahren zugezogen. Ich hatte einen Passanten im Stadtzentrum beklaut. Er hatte mich erwischt und wollte mich der Polizei übergeben. Ich riss mich los und eilte durch die Gassen. Dann stand ich vor einem Zaun, davor war eine Mülltonne. Ich kletterte hinauf und verletzte mich an dem Zaun.«

Ich zog mein Shirt etwas nach unten und entblößte die zackige Narbe auf meiner Brust.

»Die hier hab ich mir zugezogen, als ich 16 Jahre alt war. Ich schlief damals in einem Karton. Ein betrunkenes Arschloch fand mich und wollte mich vergewaltigen. Ich hab mich gewehrt. Er zerdepperte eine Flasche und stach mir damit in die Brust. Er war der erste Kerl, den ich getötet habe.«

Dorians Blick wurde finster, doch er unterbrach mich nicht.

Ich zeigte auf meine linke Schulter.

»Diese hier habe ich von meinem ersten Job. Ich wurde angeschossen, glatter Durchschuss, da war ich knapp 20 Jahre alt gewesen.«

»Hättest du dir dieses Leben ausgesucht?«, fragte er mich rundheraus.

Ich legte den Kopf schief, sah aber in die Ferne, dachte über seine Worte nach.

»Es bringt nichts darüber nachzudenken, was wäre, wenn die Dinge anders lägen. Sie tun es nicht. In meiner Zeit auf der Straße habe ich nie an ein anderes Leben gedacht, denn das hätte mir die Kraft geraubt im Hier und Jetzt zu kämpfen. Wir können nur verändern was in unserer Macht steht. Alles andere müssen wir nur überleben.«

Dorian legte behutsam meine Hand wieder in meinen Schoß. Dann wickelte er die Mullbinde um die Wunde.

Ich starrte ihn dabei an. Diesen Mann, der so völlig undurchschaubar war.

»Was ist mit deiner Verlobten?« Ich wusste nicht, warum diese Frage aus mir herausplatzte. Vielleicht, weil ich unbedingt hören wollte, dass sie in Dorians Leben keine Rolle mehr spielte.

»Da hat wohl jemand Nachforschungen angestellt.« Er grinste mich an.

Ich mochte ihn so. Locker, leicht. Es war ein ungewohnter Anblick.

»Bitte, als hättest du das nicht erwartet.«

»Stimmt, mir war das klar.«

»Es scheint, als würdest du jeden meiner Züge voraussehen. Wie bei einem Schachspiel«, flüsterte ich und sprach das aus, was mir schon die ganze Zeit auf der Seele brannte.

Sein Blick bohrte sich in meinen. »Das ganze Leben ist wie eine gute Partie Schach. Man muss die Menschen in seiner Umgebung einzusetzen wissen. Sarah war eine dieser Figuren. Als sie ihren Zweck erfüllte, hab ich sie nicht mehr gebraucht.«

Ich schwieg.

Nachdem er meinen Verband befestigt hatte, schaut er auf. »Was?«

»Warum bin ich hier, Dorian?«

Bin ich auch nur eine dieser Figuren?

»Weil ich es so will.«

Er beantwortete damit die zweite Frage, ohne sie gehört zu haben. Aus reinem Selbstschutz wandte ich den Blick ab, stand auf und ging auf die Wendeltreppe zu, die zum oberen Stockwerk führte. Als ich oben ankam, kam ich nicht umhin, Dorians Geschmack zu bewundern.

Die Mittagssonne strahlte durch deckenhohe Fenster, die aus altmodischen Fensterkacheln bestanden. Das ganze obere Stockwerk war lichtdurchflutet, die Einrichtung lud zum Verweilen ein. Eine große abgewetzte Ledercouch, vor der ein massiver Holztisch stand, war vor einer Backsteinmauer platziert worden. Die Wand wurde von einem riesigen Flatscreen eingenommen. Weiter hinten, in einer der geräumigen Ecken des Stockwerkes, stand ein gigantisches Bett. Gefühlt vier Personen hatten darin Platz.

Graue unscheinbare Bettwäsche, die unordentlich und zerknautscht aussah, doch wirklich spektakulär war die Aussicht. Man konnte nämlich direkt über die Dächer von Chicago blicken.

Ehrfürchtig ging ich auf die breiten Fenster zu und starte auf meine wunderschöne Stadt. Erst als ich Dorians Schritte vernahm, wurde ich in die Gegenwart katapultiert, an das erinnert, was ich fühlen sollte.

»Ich brauche keinen Beschützer.« Ich wusste nicht, woher diese Worte kamen. Vor allem aber wusste ich nicht, wem ich versuchte, diese Tatsache vor Augen zu führen.

Ihm oder mir selbst.

»Jeder braucht jemanden. Wir Menschen sind nicht dafür geboren, allein zu sein.«

Sein Unterton war warm, etwas, womit ich nicht umgehen konnte. Wut, Arroganz, Provokation. Mit allem konnte ich besser umgehen als mit dieser Stimme voll von Sanftmut.

Ich spannte automatisch meine Muskeln an.

»Ich schon«, presste ich stur hervor.

»Das glaube ich nicht, denn weißt du, was ich glaube, Prinzessin? Du versteckst das kleine Mädchen, das von Daddy abgehauen ist, hinter diesem Panzer. Du lässt nicht mal deine eigenen Leute an dich heran.«

Ich weigerte mich, mich zu ihm umzudrehen. Wut kämpfte sich meinen Magen hinauf.

»Was weißt du schon von meinem Leben?«, blaffte ich ihn an. Was auch immer Dorian mit diesem Ausflug auch bewirken wollte, er war gnadenlos gescheitert.

»Ich weiß genug davon um dir ein Stück meines

Lebens zu zeigen.« Mit diesen Worten breitete Dorian seine Hände aus und umschloss die ganze Halle.

»Das war es, was du mir zeigen wolltest? Wie du dich wie ein Wiesel in mein Revier geschlichen hast? Was sollte das bezwecken?«

Er ließ die Hände sinken.

»Es sollte dir zeigen, dass ich dir vertraue. Und, dass du mir ebenso vertrauen kannst. Alles was ich brauche, Asra, ist deine Hilfe.«

So harmlos wie seine Worte auch waren, durch sein Eindringen in mein Revier hatte er eine Grenze überschritten, die bisher keiner überlebt hatte, mit seinem Gequatsche hatte er meinen, sowieso schon dünnen Geduldsfaden durchschnitten.

Und trotzdem war da ein kleines flüchtiges Gefühl von Respekt. Dorian Bane hatte sich direkt vor meiner Nase breitgemacht und ich hatte nichts davon bemerkt. Das war eine Leistung, die eigentlich zu würdigen war. Wäre er einer meiner Männer, hätte ich ihm dafür Anerkennung gezollt, bevor ich ihn getötet hätte. Bane und ich waren keine Komplizen, wir waren nicht mal aus demselben Holz. Ich war eine Gesetzeslose, eine Killerin, ich regierte das Grauen dieser Stadt. Er dagegen war ein verdammter Politiker, der mich durch seine Schießkünste, seine Dominanz und seine Listigkeit fast vergessen hatte lassen, dass er mein Feind war.

Er und ich, das konnte niemals funktionieren. Wir waren Laster und Moral. Niemals vereinbar, weil wir auf zwei völlig verschiedenen Seiten dieser Welt standen. Dieser Gedanke kühlte das Feuer in mir ab und ließ meine Worte kalt und distanziert klingen.

Ich wollte nicht über seine Worte nachdenken. Ich wollte wütend sein. Wut war gut. Zweifel dagegen, Zweifel töteten einen.

»Du kannst dich hier einquartieren, du kannst Lederjacke tragen, Bikes fahren, du kannst mit Waffen herumspielen als seien sie dir in die Wiege gelegt worden …«, langsam drehte ich mich zu ihm um.

Er stand mit einer Maske aus Stein vor mir, doch mein Blick musste schneiden wie eine frisch geschliffene Klinge.

» … aber du wirst niemals ein Teil der Slums sein, niemals Teil der Unterschicht. Damit wirst du auch nie verstehen, wie ich fühle. Weshalb ich handle, wie ich handle.«

Wie die Mörderin, die ich war, ging ich auf ihn zu, stark, unbezwingbar, tödlich.

Kurz vor ihm blieb ich stehen, schaute ihm in die kalten, ausdruckslosen Augen.

»Ich kenne Menschen wie dich. Sie glauben zu verstehen, wer wir sind, *was* wir sind. Ihr sitzt in euren Türmen aus Glas, futtert Frenchtoast zum Frühstück und trinkt Whisky zum Brunch. Ihr denkt ihr suhlt euch ein wenig im Dreck und schon fressen wir euch aus der Hand. Doch du irrst, Dorian Bane. Ich bin die Königin der Sünden. Die tiefsten Abgründe des Menschen. Jede einzelne wirst du hier finden. Du magst am längeren Hebel sitzen, doch vergiss nicht: Du bist in *meinem* Revier und ich könnte dich, ohne mit der verfickten Wimper zu zucken, umlegen. In. Genau. Zwei. Sekunden.«

Meine Worte wurden mit jeder Silbe schneidender, tödlicher. Ich hatte genug davon, mir von ihm auf der Nase herumtanzen zu lassen. Ich würde ihn töten, allein dafür, dass er es wagte, sich in meinem Bezirk breitzumachen als seien wir hier das Hiltonhotel. Dass er an Wunden kratze, in deren Nähe er absolut nichts zu suchen hatte, war nur die Kirsche auf dem Scheißhaufen dieser Geschichte.

Unbeeindruckt schaute er mich an.

Wenn ich gedacht hatte, ihn endlich in die Schranken weisen zu können, dann hatte ich geirrt. Obwohl wir uns fast Nase an Nase gegenüberstanden, beugte er sich noch näher zu mir. Das Grün seiner Augen leuchtete, Feuer und Kälte loderten in ihnen und etwas, das ich beim besten Willen nur als Begehren identifizieren konnte. Seine Stimme war aus Stahl, als er auf meine Ansprache mit drei Worten antwortete.

»Versuch. Es. Doch.«

Die Bestie in mir setzte in diesem Moment zum Sprung an. In meiner geübtesten Kampfmanier attackierte ich ihn. Ich versuchte, sein Bein zu stürzen, damit ich ihm mit einem gezielten Schlag meines Knies den Kiefer brechen konnte. Doch Dorian hatte schonmal bewiesen, dass er schnell war. Zu schnell. Ehe ich auch nur die Chance hatte, ihn mit Schwung zu Boden zu ringen, packte er meinen Arm und wehrte mein Bein mit seinem ab. Als ich versuchte, mit dem Ellenbogen einen gezielten Schlag in sein überheblich grinsendes Gesicht zu setzen, hebelte er mich aus und warf mich mehr oder weniger über seine Schulter hinweg.

Drei Meter von ihm entfernt kam ich schneller auf die Beine, als ich gefallen war. Er taxierte mich, ich taxierte ihn, in meinem Rücken war die Wendeltreppe. Einen kurzen Moment zog ich in Erwägung zu fliehen. Automatischer Selbsterhaltungstrieb. Dorian schien meinen Gedanken erraten zu haben.

»Komm, Prinzessin. Lauf. Versuch mir zu entkommen. Es gibt nichts Schärferes als eine ordentliche Jagd.«

Seine Stimme war spielerisch, doch sie stand im krassen Kontrast zu seinen wachen, berechnenden Augen. Ich zog meine Mundwinkel nach oben, mein spöttisches Grinsen musste teuflisch aussehen.

»Man wird nicht Königin der Chicagoer Unterwelt, in dem man wegrennt.«

Mit diesen Worten zog ich mein Messer aus meinem rechten Stiefel. Es war klein, aber effektiv. Ich nutzte es im Normalfall nur, wenn ich keine Wahl hatte, denn es erforderte entweder einen absolut präzisen Wurf oder aber eine nahe Distanz, eine sehr nahe Distanz. Ich war eine Frau, egal wie sehr ich trainierte, ich konnte die körperliche Kraft eines Mannes nicht einfach toppen. Deshalb vermied ich es, männlichen Gegnern mit meinem Messer nahezukommen.

In der Not frisst der Teufel Brot.

Werfen würde nichts bringen, Dorian war zu schnell. Er würde dem Messer ausweichen und ich wäre dann komplett unbewaffnet.

Während ich mich in Angriffshaltung hielt, stand er völlig entspannt vor mir. Es war eine offensichtliche Beleidigung. Er nahm mich nicht als ernsthaften Gegner wahr. Das gab mir das Gefühl ihm unterlegen zu sein.

Er legte leicht den Kopf schief, als er begann zu sprechen. »Was stört dich mehr Prinzessin? Dass ich mich, ohne dass du es gemerkt hast, in einem deiner Reviere breitgemacht habe, oder, dass du mich nicht einfach töten kannst oder sollte ich eher sagen willst? Vielleicht ist es aber auch nur der Umstand, dass ich der erste seit vielen Jahren bin, der dein kleines Geheimnis kennt.«

Jedes seiner Worte traf und ich spürte den schmerzhaften Kern der Wahrheit darin. Seit ich ihm begegnet war, war mein Panzer rissig, meine Macht schien geschrumpft und egal, wie sehr ich drohte, wie sehr ich kämpfte, aus einem mir nicht bekannten Grund, wollte ich ihn nicht als einen Feind ansehen. Als einen Gegner ja, doch wäre mein Hass so tief, wie ich es mir wünschte, dann wäre er tot, ob er von meinem Bruder wusste oder nicht. Also was geschah hier, was stellte dieser Mann, der von einem Tag in den anderen in mein Leben gepurzelt war, mit mir an? All meine Kraft, mein Selbstvertrauen, all meine unkontrollierbare Wut, sie wirkten wie kleine Windböen im Vergleich zu seiner Aura, die die Größenordnung eines herannahenden Sturmes hatte.

»Bane, ich sage es ein letztes Mal. Verschwinde und schaue nie mehr zurück. Du hast dein Spielchen gewonnen, ich werde dafür sorgen, dass die Mörder zur

Strecke gebracht werden, aber dafür verschwindest du. Jetzt. Sofort.«

Alles in mir sträubte sich, dieses Angebot auszusprechen, doch Dorian musste aus meinem Leben verschwinden. Wenn er endlich bekam, was er wollte, würde er vielleicht nie wieder zurückkehren.

Dieser eine schmerzhafte Stich in meine Brust, ich ignorierte ihn.

Während ich ihn taxierte, rieb ich mit meiner freien Hand über die Stelle. Versuchte, den Schmerz fortzuwischen.

»Woher soll ich wissen, dass du es ernst meinst, Prinzessin?« Seine Worte waren hart, provozierend.

Ich gab meine Angriffshaltung auf, signalisierte meine Bereitschaft zu verhandeln. »Ich lüge nicht. Mein Wort ist noch etwas wert. Nimm es an und wir beide ersparen uns einen holprigen, anstrengenden Weg, nach dem einer von uns tot im Straßengraben liegt.«

Regel Nr. 3 der Straße: *Kannst du nicht gewinnen, dann beginne zu verhandeln. Verhandlungen waren besser als der Tod.*

Ich starrte Bane an, er stand noch immer völlig lässig da, als würden wir ein nettes Gespräch unter Nachbarn führen. War er lebensmüde? Auf Drogen? Woran lag es, dass er sich so gar nicht vor mir fürchtete?

»Und was, wenn ich nicht will?«, fragte er lauernd und kam Schritt für Schritt auf mich zu.

»Was nicht willst?« Misstrauisch schaute ich ihn an. Seine kalte Miene verriet nichts.

»Das Angebot. Was, wenn ich den leichten Weg

nicht will? Was, wenn ich ...«, begann er, während er die wenigen Schritte Distanz zwischen uns überbrückte. » ... den holprigen, anstrengenden, vielleicht tödlichen Weg bevorzuge?« Seine Stimme wurde tiefer, rau. Eine Gänsehaut breitete sich auf meiner Haut aus. Er war mir so nahe, viel zu nahe.

Ich hätte ihn angreifen können, jetzt und hier, das Spiel zwischen uns beenden. Ich würde gewinnen, wäre frei. Leider war meine Hand mit dem Messer wie eingefroren, wollte sich nicht bewegen.

»Dann wärst du ein Idiot.« Meine Worte waren mehr ein Wispern. Immer noch schaute ich in diese smaragdgrünen Augen, die sich verdunkelten und die Farbe von grünem Moos annahmen.

Dorians Hitze durchdrang meine Kleidung, sein herber Geruch nach Leder umhüllte mich. Mein Puls raste, dieses Mal jedoch nicht vor Wut.

»Wie sagt man so schön, nichts wertvolles im Leben, bekommt man, ohne darum zu kämpfen.« Mit diesen Worten packte er mich und legte seine Lippen auf meine. Ein Strudel der Emotionen riss mich mit und ich konnte nicht widerstehen. Ich ließ das Messer fallen, legte meine Hände auf seine Brust. Der Hass, das Adrenalin, die Angst. Alles mischte sich zu einem leidenschaftlichen Cocktail, der meine Sinne berauschte.

Dieser Mann war in wenigen Tagen zu meiner größten Schwäche geworden. Ein Laster. Man wusste, es würde einen zerstören und doch konnte man nicht die Finger davonlassen.

Gierig trafen unsere Münder aufeinander, wilder,

leidenschaftlicher als jemals zuvor. Ich krallte mich in seine Schultern, drängte mich ihm entgegen. Er seinerseits umschloss mich mit seinen starken Armen, presste mich an sich und hielt mich wie in einem Käfig, ohne meine Verletzung auch nur zu berühren. Fahrig schob er uns in Richtung des Bettes, riss sich seine Lederjacke vom Leib, während ich meine Schuhe von den Füßen kickte. Dorian schubste mich auf das Bett. Ich richtete mich mit den Ellenbogen auf, wollte mir ansehen, was mich erwartete. Das kurze Ziepen meines verwundeten Arms fachte das Begehren in meinen Adern nur an.

Dorian griff nach seinem T-Shirt und zog es sich über den Kopf.

Als er ohne Shirt vor mir stand, lief mir das Wasser im Mund zusammen. Ebenso war ich überrascht. Ihn nur anzusehen raubte mir den Atem. Sein Körper war gestählt mit Muskeln. Seine breite Brust ging über zu einem trainierten Bauch. Sein Oberkörper hatte tatsächlich eine riesige Tätowierung. Angefangen bei seiner Brust, die von einer Frau verziert wurde, aus deren Unterleib sechs riesige Hunde herausragten, die fies ihr Maul aufgerissen hatten. Sie fletschten die Zähne und schnappten nach einer Spinne, die sich außer ihrer Reichweite hoch oben auf seiner Schulter befand.

Ich erkannte die Figur, es war Skylla, ein Meeresungeheuer aus der griechischen Mythologie. Weitere schwarze, komplizierte Muster schlängelten sich um das Szenario bis zum Ansatz seines Brustbeines, aber kein bisschen darüber hinaus. Die Tinte reichte nicht weiter. Keiner, der Dorian angezogen kannte, würde vermuten, dass ein wahres Kunstwerk sich unter seinen Hemden und Shirts versteckte.

Die perfekte Tarnung.

Wieder setzte sich ein Puzzle-Teil um Dorian Bane an seinen Platz. Als er sich in Bewegung setzte und auf mich zukam, schluckte ich schwer, aber schwieg. Sein Oberkörper hatte mich nämlich nicht aus dem Zustand brennender Lust befreit, nein, er hatte mich angeheizt. Er war wie ein unlösbares Rätsel und ich wollte alles versuchen, um es zu lösen.

Dafür würde ich über Leichen gehen.

Von deinen Lippen tropft Gift.
Ich will es trinken bis es mein Herz erreicht.

ACHTZEHN

DORIAN

DA LAG SIE.

Die Königin der Chicagoer Unterwelt und sie schaute mich mit hungrigen Augen an. Sie war wunderschön.

Asras Augen loderten, genauso wie sie es taten, wenn sie tötete. Das war wie Benzin in meinen Venen. Obwohl alles am Schnürchen lief, ich sie genau dort hatte, wo ich sie haben wollte, war da etwas, mit dem ich nicht gerechnet hatte. Die Anziehungskraft dieser unbeugsamen Frau haute mich um, fraß sich in meine Knochen und schon jetzt machte ich mir Sorgen, wie langweilig der Tag war, wenn keine wütende messerschwingende Kriegerin darin umherhüpfte. Wem machte ich hier etwas vor? Es war schier unmöglich. Eine Variable in meinem fast perfekten Plan, die ich völlig außer Acht gelassen hatte. Ich wusste das alles und doch wollte etwas in mir sich in diese Frau graben, sie besitzen, ihr ihre unbezwingbaren Flügel nehmen.

Obwohl sie der Meinung war, sie hätte kein Herz, würde ich das ihre brechen. Ich wusste es. Wenn der Tag meiner Vendetta kam, würde ich diese Frau in die Tiefen der Hölle ziehen, aus der keiner von uns beiden wieder hervorkommen würde. Das hier, das war mein letztes Spiel, und der Preis erschien mir beim Anblick dieser stolzen, unzähmbaren Frau, fast zu hoch.

NEUNZEHN

ASRA

Als Dorian mich schweigend anschaute, schnürte sich meine Kehle zu. In seinem Blick flackerte eine Dunkelheit, eine, die mir nicht unbekannt war. Meine Pussy meldete sich mit einem alles verzehrenden Pochen und ich riss mir meine Hose vom Leib.

Sofort, als die Hose fiel, war Dorian über mir. Sein massiger Körper gab mir das Gefühl, klein und zierlich zu sein. Ein Gefühl, das ich schon lange nicht mehr hatte. Er packte meine Hände und hielt sie über meinem Kopf zusammen, dann küsste er mich mit feuriger Leidenschaft. Erst versuchte ich, meine Hände zu befreien, doch als er mir zur Strafe in die Lippe biss, keuchte ich nur erregt auf. Wie von allein rieb mein Körper sich an seinem, drängte sich gegen ihn, wollte einfach mehr. Mehr Kontakt, mehr Berührung, mehr von seinem Duft, der meine Sinne vernebelte.

Vergessen waren wir, unser Status, unsere Feindschaft und die hunderttausend anderen Probleme in unserem Leben. Jetzt, in diesem Moment, als die Welt verschwamm, gab es nur noch ihn und mich.

Ruppig packte er meine Oberschenkel, grub seine Finger tief hinein, während seine Zunge meinen Mund eroberte. Meiner freien Hände bewusst, wanderten sie wie von selbst über seinen gestählten Körper, krallten sich in seinen Seiten fest. Noch immer trug ich meine Unterwäsche, doch diese schütze mich nicht vor der rauen Beschaffenheit seiner Jeans, die sich göttlich auf meiner sensiblen Haut anfühlte. Ein Keuchen kam mir über die Lippen und als würden unsere Körper eine Sprache sprechen, die nur sie verstanden, drang ein tiefes Knurren aus Dorians Brust, ehe er mit schnellen Bewegungen meinen BH öffnete. Währenddessen suchte sein Mund hungrig meinen Hals. Als er die empfindliche Stelle unterhalb meines Ohres fand und daran knabberte, entwich meinen Lippen ein Stöhnen. Wie von Sinnen verlor ich mich in seinen Berührungen.

Seine Hände suchten den Bund meines Slips und mit einer harschen Bewegung riss er das Stück Stoff in zwei. Seine Finger wanderten über meinen Venushügel, streiften meine pulsierende Klit. Ein Keuchen huschte über meine Lippen, gefolgt von einem tiefen und erlösenden Seufzen, als er die sensible Stelle sanft massierte. Alles in mir schrie nach Erlösung, meine Füße kribbelten schon. Nie zuvor wusste ein Mann es so gekonnt auf meinem Körper zu spielen und meine Saiten zum Klingen zu bringen. Alles, was noch zählte, war, dass er mich berührte.

Ich war feucht, nein, richtig nass, eine körperliche

Reaktion die Dorian dazu bewog in meine Brustwarze zu beißen. Hilflos klammerte ich mich an die Decke, streckte meinen Rücken durch, um noch mehr von der süßen Qual zu bekommen, die nur er mir schenken konnte. Dorian war genau der richtige Ausgleich von zärtlich und grob und mein Herz raste in der Brust vor Verlangen. Ich wimmerte auf, als er den ersten Finger in mir versenkte.

»Bitte …« Ich erkannte meine eigene Stimme kaum. Sie klang tief und rau vor Verlangen.

»Was, Prinzessin? Du musst mir schon sagen, was du willst.«

»M-Mehr, ich brauche mehr«, wimmerte ich.

Ich hatte noch nicht mal zu Ende gesprochen, als er einen weiteren Finger in mir vergrub. Küssend bahnte er sich einen Weg von meinen Brüsten nach unten.

»Ist das mehr, Prinzessin?«, fragte er knurrend.

Ich seufzte zustimmend, kippte mein Becken, um seinen geschickten Fingern näher zu kommen. Als er seinen Mund auf meine Mitte legte, glaubte ich, die Welt würde aus ihren Angeln gehoben.

Ein Laut drang durch meinen Nebel der Lust und ich begriff, dass ich kurz vor dem Höhepunkt stand.

»Dorian, bitte, ich komme gleich.« Während ich sprach, grub ich meine Finger in sein Haar, damit er bloß weiter machte. Meine Zehen krümmten sich.

»Komm für mich, Prinzessin.« Diese Worte und der sanfte Biss in meine Klit stießen mich über die Klippe. Ein markerschütternder Orgasmus brach in Wellen über mir herein. Ich grub meine Zähne in die Lippen um den Schrei, der meine Kehle hinauf wanderte, zu unterdrücken, weshalb der Laut eines gequälten Tieres durch das Schlafzimmer hallte.

Nur am Rande bemerkte ich, wie Dorian sich seiner Hose und Boxershorts entledigte. Als er über mir war, ritt ich noch auf den Nachwehen meines Orgasmus. Dann spürte ich seine starken Hände an meiner Hüfte. Grob warf er mich auf den Bauch, zog mich auf alle viere und ehe ich auch nur etwas sagen konnte, rammte er seinen Schwanz tief in mich.

Diesmal konnte ich den Schrei nicht unterdrücken und irgendetwas sagte mir, dass Dorian genau das bezwecken wollte. Ich spürte ihn in mir, heiß, pulsierend, schwer, perfekt. Er gab mir keine Zeit, mich an seine enorme Größe zu gewöhnen. Das kurze Aufflackern des Schmerzes verwandelte sich jedoch bei seinem nächsten Stoß in pure Ekstase und ich wimmerte.

Eine Hand grub er in meine Seite, die andere packte meinen Nacken. Gnadenlos pumpte er sich in mich und mir blieb nichts anderes übrig, als mich ihm entgegenzustrecken, seine Stöße so gut es ging zu erwidern. Ich spürte schon die Vorboten des nächsten Höhepunkts.

»Bitte, Dorian ... härter«, wimmerte ich, verloren in dem wundervollen Gefühl des Ausgeliefertseins.

Ein tiefes Grollen schnitt durch den Raum.

»Alles, was meine Königin will.« Mit diesen Worten legte er noch einen Zahn zu und donnerte in mich. Es dauerte keine zehn Stöße und alles in mir zog sich zusammen. Der Orgasmus brach heraus wie ein

Feuerwerk und ich hörte sein Keuchen, als mein Innerstes sich rhythmisch zusammenzog.

Ein Seufzer der Erlösung kam über meine Lippen. Ich spürte, wie er nach einem weiteren Stoß tief in mir zu zucken begann. Ich brach zusammen. Er legte sich auf mir zurecht, dabei stützte er sich mit den Ellenbogen in der Matratze ab, wofür ich dankbar war. Schweiß rann unsere Körper hinab und das tiefe Gefühl der Zufriedenheit macht sich in mir breit. Noch immer fühlte ich den Empfindungen meines Körpers nach, als Dorian sich von mir löste. Kurz darauf war er wieder da und platzierte mich auf seiner starken Brust. Für einen kurzen Moment gönnte ich mir dieses Stückchen Frieden und schloss meine Augen.

Als ich aus meinem Schlaf erwachte, war die Sonne längst untergegangen. Suchend tastete ich um mich, bis mir klar wurde, dass das Bett leer war. Kein Ton klang durch die Lagerhalle. Dorian war verschwunden.

Du gewährst keine Gnade, vor allem nicht mir.

ZWANZIG

DORIAN

WIE PARALYSIERT SCHAUTE ICH AUF MEINE HAND. Noch immer konnte ich ihre zarte Haut fühlen und ihr Duft wollte nicht aus meinem System. Ich hatte sie gehabt und es war alles so völlig anders als erwartet.

Nachdenklich schaute ich aus meinem Büro über diese verfluchte Stadt. Einmal mehr hatte das Schicksal sich gewendet. Eigentlich wollte ich den Sex dazu benutzen, Asra unter Kontrolle zu bringen, hatte dabei jedoch nicht mit meinem eigenen unbändigen Hunger gerechnet. Ich war fasziniert von ihrer Stärke, von ihrem Mut und von ihrem Willen zu überleben. Seit sie mich in meinem Unterschlupf angegriffen hatte, ich ihren Körper an meinem gefühlt hatte, waren sämtliche Sicherungen bei mir durchgebrannt.

Wie eine Sirene hatte sie mich in ihren Bann gezogen, so dass ich nur noch meine Zähne tief in ihr Fleisch bohren wollte, damit ich sie nach Lust und Laune durchficken konnte. Mein Schwanz pulsierte bei dem Gedanken. Seit ich das Bett verlassen hatte, mich davon gemacht hatte, weil mich die Intensität ihrer Anziehungskraft aufgewühlt hatte, stand mein Schwanz stramm. Alles in mir schrie danach, zurück in diese verdammte Lagerhalle zu gehen und mich in dieser unbändigen Kriegerin zu vergraben. Ich rief mein Innerstes zur Ruhe, klammerte mich an den letzten Rest der Selbstbeherrschung, den mir diese Hexe noch gelassen hatte. Bald würde die Zeit kommen, zu nehmen was mir gehörte, doch bis dahin, musste ich mich in Geduld üben. Ein Grinsen schlich auf mein Gesicht und in der Reflexion des Fensters schaute mich der Teufel höchstpersönlich an.

Bald.

EINUNDZWANZIG

ASRA

War ich sehr nachtragend? Eigentlich nicht. Trotzdem erfüllte mich eine tiefe Befriedigung, als meine Männer in Scharen sämtliche Gegenstände aus der verfluchten Lagerhalle trugen. Dorian war verschwunden geblieben und ich rächte mich dafür an seinem Rückzugsort. Sämtliche Gegenstände spendete ich meinen Männern, gab ihnen die Erlaubnis, alles mitzunehmen, was sie gebrauchen konnten. Am Ende des Tages war Dorians kleiner Unterschlupf leer, doch irgendetwas sagte mir, dass dies nicht mehr als ein Achselzucken auslösen würde. Natürlich hatte ich gehofft, irgendwelche privaten Dinge über ihn zu finden oder zu erfahren, doch schien Dorian nicht sonderlich oft zu Gast in der Lagerhalle zu sein. Einzig die Werkstatt und das Bett ließen darauf schließen, dass er überhaupt hin und wieder hier war. Noch immer war er ein Rätsel für mich. Als mein Handy klingelte, wurde ich aus meinen Gedanken gerissen.

»Ja?«, fragte ich barsch ins Telefon.

»Ich hab ein paar Beziehungen spielen lassen«, begann Lia und die eiserne Faust um mein Herz ließ endlich etwas nach.

»Bitte sag mir, dass wir ihn an den Eiern haben«, brachte ich zähneknirschend hervor.

Nicht einmal eine halbe Stunde, nachdem ich ohne Dorian im Bett aufgewacht war, beauftragte ich Luke damit, den Mieter der Lagerhalle zu durchleuchten. Es war natürlich sofort klar, dass Dorian nicht seinen Namen verwendet hatte, das wäre selbst dem dümmsten unserer Angestellten nicht entgangen. Tatsächlich war die Lagerhalle von einem Mann namens Trevor McKenzink gemietet worden. Luke und Lia waren schon einige Stunden mit Nachforschungen beschäftigt und ich betete, dass sie wenigstens etwas gefunden hatten.

»Naja, an den Eiern haben wir ihn nicht, aber ich habe definitiv eine Spur.«

»Was für eine? Lass dir nicht den ganzen Scheiß aus der Nase ziehen«, blaffte ich erneut.

»Trevor McKenzink ist ein alter Säufer der außerhalb der Stadt ein schäbiges Appartement mietet. Tatsächlich scheint er nicht gewillt, uns Auskunft über Dorian geben zu wollen. Er behauptet felsenfest, dass er keine Ahnung habe, wer Dorian sei oder um was für eine Lagerhalle es sich handelt.«

Frustriert ließ ich die Luft aus meinen Lungen weichen.

»Jedoch habe ich die umliegenden Nachbarn von McKenzink befragt. Er scheint wohl in letzter Zeit zu etwas Geld gekommen zu sein. Wir haben ein paar Gefallen eingelöst und konnten Geldzahlungen von insgesamt 4.000 Dollar zu einem Konto in der Schweiz zurückverfolgen.«

»Die Schweiz? Wie sollen wir an den Besitzer dieses verdammten Schweizer Bankkontos kommen?«, fragte ich wütend, einfach, weil es wie immer das verdammte Spiel der Reichen war. Sie schoben Geld einmal quer um die Welt, damit ja keiner auf die Idee kam, ihnen was anzuhängen.

»Tun wir nicht, jedoch hat Luke einen alten Kumpel, der sich zufälligerweise auf Sicherheitssysteme spezialisiert hat. Rate mal, wo sich dieser gerade befindet?«

Mein Herz machte einen Satz und ich konnte das Zucken meiner Mundwinkel nicht mehr unterdrücken.

»Wie schnell kann er uns die Daten bringen und was wird es uns kosten?« Auch wenn ich recht euphorisch war und wohl jeden Preis akzeptieren würde, war ich dennoch geprägt von der Straße. Nichts im Leben bekam man umsonst.

Lia seufzte schwer. »Der kleine Bastard ist leider ein wirkliches Schlitzohr. Er will das absolute Rund-um-Sorglospaket. Schutz für ihn und seine Familie, lebenslänglich und einen satten Scheck über 100.000 Dollar.«

Autsch. Ich schielte auf die leere Lagerhalle. Auf all die Rätsel, die mir Dorian Bane aufgab.

»Wir akzeptieren«, gab ich Lia das Okay.

Sie sagte nichts, doch an dem kurzen Zögern, bevor sie auflegte, war klar abzulesen, dass sie mich für völlig verrückt hielt. Ich setzte einen weiteren Punkt auf meine schier endlos lange To-Do-Liste: Dorian Bane 100.000 Dollar abknöpfen.

Mit diesem befriedigenden Gedanken machte ich mich auf den Weg ins Nest. Die Lagerhalle ließ ich unverschlossen zurück. Als kleines Abschiedsgeschenk hatte ich ihm ein paar nette Worte auf die Tür gezeichnet.

Schachmatt stand in blutroten Buchstaben auf der verrosteten Tür. Na gut, vielleicht war mein Ego nach seinem überstürzten Aufbruch angekratzt.

»Nach Jessica Glich, John Clearwater und Eric Bread wurde am Nachmittag die Leiche von Richard Trevoni, zweiter Senator Chicagos, mit zwei Schusswunden in der Brust an seinem Schreibtisch gefunden. Richard Trevoni war nach Angaben seiner Angestellten zu Mittag nicht aus seinem Büro gekommen. Sie habe sich jedoch nichts dabei gedacht, weil dies wohl öfter vorkam. Als gegen späten Mittag immer noch keine Spur ihres Vorgesetzten zu sehen war, betrat sie das Büro und fand die Leiche von Trevoni.« Die Nachrichtensprecherin setzte einen traurigen Blick auf. Dabei war es kein Geheimnis, dass Richard Trevoni ein absolutes Arschloch war. Langsam entwickelte ich Respekt für den Drahtzieher der Morde. Er schien sich die richtigen Leute ausgesucht zu haben. Wie ein Geist aufzutauchen, zu töten und wieder zu verschwinden, zeugte davon, dass der Killer ein Profi war. Das passte definitiv zur Bruderschaft. Trotzdem war ich gefrustet, dass ich keine, absolut *keine* Spur, zu den vier toten Schützen von der Crossroad bekommen hatte. Ich hatte meine besten Spürhunde losgelassen, ganz Chicago hielt die Ohren offen.

Die exzessive Suche nach Spuren hielt mich sogar fast davon ab, gedanklich an die sinnlichen Stunden mit Dorian zurückzudenken. Noch immer konnte ich seine rauen Finger auf meiner Haut spüren, seinen göttlichen Mund.

»Reiß dich zusammen verdammt«, blaffte ich mich selbst an.

Die Papiere auf meinem Schreibtisch waren ein einziges Chaos. Mein Kopf war einfach nicht da, wo er sein sollte. Ich setzte dazu an, das Stück Papier zum dritten Mal zu lesen. Doch genauso gut hätte dort was auf Arabisch stehen können. Die Buchstaben und Zahlen wollten einfach keinen Sinn ergeben und das lag einzig daran, dass meine Gedanken immer wieder zu *ihm* wanderten. Frustriert stand ich auf, verließ die Enge meines Büros. Es war früher Abend und kühl draußen. Der Sommer neigte sich dem Ende zu.

»Asra.« Lia begrüßte mich lächelnd, als sie mich entdeckte.

Sie saß mit einem Cappuccino auf der Terrasse und schaute sich den Sonnenuntergang an.

»Hey«, begrüßte ich sie und setzte mich auf einen Stuhl. Lia war eine der wenigen hier im Nest, die sich überhaupt für so etwas wie einen Sonnenuntergang Zeit nahm. Sie tat das oft, ganz besonders, wenn es so schön still im Nest war wie heute.

»Du siehst müde aus«, sagte sie mit einem einfühlsamen Gesichtsausdruck.

Stumm schaute ich in den Himmel.

»Das bin ich. Ich bin so unglaublich müde«, murmelte ich, während ich dem Ende des Tages entgegensah.

Lia schob ihre Tasse Kaffee in meine Richtung.

Dankend nippte ich an dem Gebräu. Viel zu süß, aber besser als nichts.

»Du warst die letzten Tage ganz schön aufgewühlt.«

»Ich war sauer. Dorian Bane ist wie Wasser, er rinnt mir andauernd durch die Finger«, gab ich murrend zu.

Lia schmunzelte wissend.

»Er ist gut.«

»Ich bin besser.«

»Natürlich.« Als sie grinsend wegschaute, verkniff ich mir ein Lachen.

»Ich weiß nicht, was es ist, er bringt mich so unglaublich auf die Palme. Aber anstatt, dass ich ihn in die Hölle schicke, zieht er mich an, wie das Licht die Motte. Ich bin die blöde Motte«, gab ich zu.

Lia nickte. »Ich weiß nicht, wann du das letzte Mal so warst.«

»Wie bin ich denn?«, fragte ich provozierend.

»Gefühlsgeladen.«

»Wir haben gefickt, du verwechselst da was.«

Stur schüttelte Lia den Kopf. »Nein, das ist es nicht. Ich sehe dich. Seit Dorian auf der Bildfläche aufgetaucht ist, rennst du umher wie ein kopfloses

Huhn. Asra, seit Jahren bin ich an deiner Seite, dich bringt nichts aus der Ruhe. Wenn du eine Bedrohung siehst, dann eliminierst du sie. Wenn etwas aus dem Ruder läuft, findest du mit kalter Berechnung einen Weg, das Problem zu lösen. In dir gibt es diese Dunkelheit, jeder kann sie sehen, jeder fürchtet sie. Fürchtet dich. Und keiner kam je wirklich an diese Dunkelheit heran, doch Dorian, er scheint sie zu berühren, er dringt in Ecken vor, in die sich bisher keiner verirrt hat. Ich denke, das ist es, was dich *wirklich* beschäftigt.«

Lia war so unfassbar intuitiv, selten war mir jemand mit so einer Beobachtungsgabe untergekommen, das machte sie zu einem wertvollen Mitglied hier im Nest. Wenn es Probleme gab, die sich nicht mit einer ordentlichen Tracht Prügel lösen ließen, dann suchte man Rat bei ihr.

»Ich bin nicht du. Ich suche das nicht.«

Mit wachen Augen beobachtete ich Lias Gesicht. Obwohl sie kein einfaches Leben gehabt hatte, hatte sie nie aufgehört, an die große Liebe zu glauben. Als Tochter eines Bikers, der ihr Waffen statt Puppen zum achten Geburtstag geschenkt hatte, waren ihr Glaube und die Hoffnung nie gewichen. Sie war in einem Käfig aufgewachsen, doch hatte nie aufgehört, vom Fliegen zu träumen. Das bewunderte ich, war ich doch genau daran gescheitert. In mir gab es keine Hoffnung, keine Träume, na ja bis auf die schlimmen, die mich in der Nacht heimsuchten.

»Zu fühlen, das kann ich mir nicht erlauben. Nicht mal einen Funken an Sympathie.«

Mitfühlend nahm sie meine Hand. »Es gibt Dinge, die sind unausweichlich.«

Als sie das gleiche Wort wie Dorian nutzte, würgte ich das beklemmende Gefühl herunter.

»Nichts ist in Stein gemeißelt, wir bestimmen das Spiel«, sagte ich und erhob mich.

Ich fühlte Lias Blick in meinem Rücken, als ich wieder ins Nest ging.

ZWEIUNDZWANZIG

ASRA

Da mich noch immer die Unruhe quälte, machte ich einen Abstecher in den Keller. Da war Lukes Reich.

Um seiner Hacker-Leidenschaft nachkommen zu können, hatte ich ihm eine wahre Kommandozentrale einrichten lassen. Ein kostspieliges Geschenk, das er uns mit seinen Fähigkeiten schon mehr als nur einmal zurückgezahlt hatte.

Luke saß vor vier Monitoren und hackte wie ein Irrer auf die Tastatur ein. Überall waren blinkende Felder, die mich an einen alten Sci-Fi-Film erinnerten.

»Wie siehts aus. Haben wir was Neues?«

»Mhm«, grummelte er nur und tippte wieder.

»Hey, Nerdster, ich rede mit dir!« Während ich das sagte, holte ich aus und gab ihm einen spielerischen Klaps auf den Hinterkopf.

»Hey, au!«, empörte er sich.

»Oh, hey Boss, hab dich gar nicht reinkommen hören.«

»Sieht ganz so aus. Also, ich hoffe doch, dass du gute Nachrichten für mich hast.«

»Oh ja, und wie.« Mit diesen Worten rief er auf einem der Monitore Videos auf.

»Die Morde oder Dorian? Was willst du als erstes?«

»Gib mir ein Update zu Dorian.«

»Also, mein Kumpel Rick hat die Konten zurückverfolgen lassen. Sie laufen alle auf den Namen Blackwell.«

»Blackwell?«

»Ja. Rick konnte nicht mehr herausfinden.«

»Und du?«

Luke zögerte. »Es ist ein Allerweltsname. Die Durchsuchung sämtlicher Datenbanken der USA wird Zeit in Anspruch nehmen.«

»Gut, dann nimm dir diese Zeit.«

»Alles klar, Chef.«

»Wie siehts mit den Opfern aus?«

»Ich hab mich in das Überwachungssystem von Richter Clearwater gehackt. Was ich da gefunden habe, wird dich mächtig interessieren.«

»Spann mich nicht auf die Folter «, grummelte ich und starrte auf das Standbild des Videos.

»Zwar sind die Kameras ohne Tonaufnahme, jedoch habe ich etwas interessantes beobachten können.« Mit diesen Worten ließ Luke das Video anlaufen.

Zu sehen war eine Außenterrasse und ein Teil der Glastür, die ins Haus von Clearwater führte. Er stand dahinter und telefonierte. Die Qualität war leider zu schlecht, als dass man ihm etwas von den Lippen hätte lesen können. Er sprach hektisch ins Telefon, gestikulierte schwungvoll und hielt ein Stück Papier in der Hand. Einige Minuten vergingen und Clearwater tigerte im Haus hin und her. Dann drehte er sich plötzlich weg und verschwand einige Sekunden aus dem Bild. Danach kam er, immer noch telefonierend mit demselben Papierstück wedelnd, wieder zurück und öffnete die Balkontür. Bevor er weitersprach, schloss er die Tür und warf einen prüfenden Blick ins Haus. Während er sprach, lief er über die Terrasse, schien sich jedoch zu bemühen, seine Mimik und Körpersprache locker zu halten. Er fühlte sich beobachtet. Als er einige Schritte weg vom Haus ging, verschwand er wieder von der Bildfläche.

»Luke, wie soll uns das bitte helfen?«, fragte ich knurrend, doch Luke hob nur eine Hand und deutete wieder auf den Bildschirm. Ich starrte auf die Monitore und da war Clearwater wieder, immer noch telefonierend und gestikulierend, aber ohne das Stück Papier.

»Fuck Luke, du bist der Beste! Ich könnte dich knutschen!«, rief ich aus.

»Ich wusste, dass dich das brennend interessieren würde. Ich habe die anderen Kameras gecheckt und mir den Grundriss des Grundstücks besorgt. Zwischen dieser und der nächstgelegenen Kamera müsste ein toter Winkel von etwa drei Metern sein. Was oder wer auch immer dort steht oder stand, es dürfte für uns interessant sein.«

»Oh ja, auf jeden Fall. Wir schauen uns das Grundstück an. Ich denke nicht, dass da jemand stand. Eher wird dort ein Versteck oder sowas sein, sonst hätte er sich nicht die Mühe gemacht, diesen toten Winkel zu erschaffen.« Endlich schien Fortuna mal auf unserer Seite zu sein.

»Das muss ich …«, begann ich und schluckte den Rest des Satzes wieder herunter. Natürlich. Kaum hatte ich Informationen, wollte ich Dorian davon erzählen. Wann war ich so ein Weichei geworden?

Luke war charmant genug, um meinen Patzer zu ignorieren.

»Soll ich dir die Nummer von Arroganto besorgen?«, fragte er.

»Arroganto? Du nennst ihn Arroganto?«, fragte ich belustigt.

»Na, wenn der Schuh passt.« Luke zuckte unbeeindruckt mit den Schultern. Wenn man einen Computervirus auf einen Menschen übertragen könnte, wäre Dorian wohl an erster Stelle von Lukes Vendetta-Aktion.

Mein Handy piepste. Als ich den Absender sah, gefror mir das leichte Lächeln, das sich bei Lukes Worten gebildet hatte, auf den Lippen.

Morgen, 19:00 Uhr. C. L.

Vorüber war meine gute Laune. Dorian musste warten.

Als ich mich am nächsten Tag meinen alltäglichen Aufgaben widmete, schien die Welt wieder in geordneten Bahnen zu verlaufen.

Keiner meiner Jungs tanzte seit Trips Tod aus der Reihe, sein Nachfolger arbeitete gut und so widmete ich mich unserem Import-/Exportgeschäft. Wir hatten vor geraumer Zeit mit einer Bande aus New Orleans einen Deal am Laufen. Sie versorgten uns ausreichend mit Koks, und wir schickten ihnen im Gegenzug Waffen. Diese bekamen wir von dem größten Waffenhersteller im ganzen Land. Cayden Lancaster war wohl ebenso gefürchtet wie respektiert. Man nannte ihn hinter vorgehaltener Hand den Mann ohne Seele. Eine passende Bezeichnung, wenn man bedachte, dass Cayden seine Waren stets an den Höchstbietenden verkaufte.

Das unterschied ihn von Sergio. War Sergio nebenberuflich Waffenschmuggler, war Cayden der König des Handels. Während Sergio noch von der alten traditionellen Schule war, war Cayden dagegen seelenlos. Er hatte kaum Prinzipien, seine Loyalität galt seinem Geschäft. Dabei war es ihm völlig schnuppe, ob es sich hierbei um Amerikaner oder Iraker handelte. Bei Lancaster gaben sich hochrangige Verteidigungsminister und krimineller Abschaum die Türklinke in die Hand. Und egal wie ein Krieg auch ausging, er profitierte davon. Ich hatte ihn seit meiner Amtszeit nur wenige Male gesehen, wir hielten uns seither bedeckt.

Er war ein attraktiver Mann mit unzähligen Narben, die seine rechte Gesichtshälfte zerstörten. Man munkelte, Lancaster habe sie sich bei einer schief gelaufenen Verhandlung zugezogen. Die Narben verliehen dem »Mann ohne Seele« einen schaurigen Touch, nahmen ihm aber nicht seine Attraktivität.

Cayden war nur etwas älter als ich und trotzdem war er wie ein Ziehvater für mich. Er war grausam, aber fair gewesen. Unnachgiebig und streng. Er hatte mir alles beigebracht, was ich zum Überleben brauchte. Ganz besonders jedoch, hatte er mich zur besten gottverdammten Killerin in Chicago ausgebildet. Dieser Mann schickte mir eine persönliche Einladung in seine Festung. Wenn Cayden Lancaster einlud, sagte man nicht nein.

Es war kurz nach 19:00 Uhr, als ich vor dem Tor zu seinem Anwesen stand. Ich musste nicht klingeln, es öffnete sich von allein. Ich hatte mich von meinen Männern ein paar Blocks weiter absetzen lassen, denn ich wusste, Cayden legte viel Wert auf seine Privatsphäre. In Boots, Lederjacke und ganz in Schwarz, betrat ich sein Anwesen. Eine alte Villa im klischeehaften viktorianischen Stil. Hell erleuchtet, der Rasen millimetergenau getrimmt.

Ein älterer Herr im Anzug öffnete mir die Tür.

»Sie müssen Alfred sein, der Butler«, witzelte ich charmant und fletschte zur Begrüßung die Zähne. Der grauhaarige Mann schmunzelte und zwirbelte dabei seinen Schnurrbart.

»Ich höre lieber auf den Namen Stan, Miss.« Mir entging nicht, dass Stan es mir offenließ, ihm meinen Namen zu nennen. Ich lächelte nur einvernehmlich.

Er akzeptierte.

»Bitte folgen Sie mir. Mr. Lancaster erwartet Sie bereits.«

Ich folgte dem tadellos ausgebildeten Butler, gespannt darauf, was Cayden von mir wollte. Als ich Stan genauer musterte, sah ich, dass sich sein Jackett unter seinem Arm wölbte. Eine Waffe, natürlich. Ich war diesen Anblick gewöhnt, trug ich selbst immer mindestens eine bei mir. Messer und Wurfsterne nicht mitgezählt.

Stan brachte mich in einen Salon, der an ganz andere Zeiten erinnerte. An Zeiten, in denen Stil noch mit Bescheidenheit und Eleganz einherging, nicht mit Protz und Gold.

Cayden saß bereits auf einem der zwei gegenüberstehenden Sofas. Locker, als gehöre ihm die Welt, hatte er sein Tablet in der Hand und las.

Als ich nähertrat, hob er den Blick.

»Asra, es ist schön, dich zu sehen.«

Mit einer Geschmeidigkeit, wie es nur ein Raubtier konnte, erhob er sich und gab mir zur Begrüßung einen sanften Kuss auf die Wange.

Der Mann ohne Seele, war schon eine sehr lange Zeit Teil meines Lebens, lange vor meiner Herrschaft über den Untergrund Chicagos.

»Es freut mich auch Cayden. Welchem Grund verdanke ich diese Ehre?«, fragte ich, während ich mich auf das andere Sofa setzte.

Er ging zur Bar und schenkte mir ein Glas Whisky ohne Eis ein, während er belustigt grinste. »Wie immer kommst du gleich auf den Punkt. Darf ein alter Mann sich nicht nach seinem Sprössling sehnen?«

Als er zurückkehrte, reichte er mir meinen Drink und ließ sich mir gegenüber nieder.

Cayden hatte mich mit knapp 17 Jahren auf der Straße aufgegabelt. Ich wollte ihm sein Handy klauen. Er hatte mich schneller erwischt, als ich fliehen konnte. Anstatt mich aber an die Polizei auszuliefern, hatte er mir ein Angebot unterbreitet.

Hast du es nicht satt, immer zu verlieren?

Und wie ich es sattgehabt hatte. Nach drei Jahren auf der Straße war ich es leid, immer einer derjenigen zu sein, die verloren. Nicht nur einmal hatte man mich verprügelt, mir meine Beute gestohlen, mich der Polizei übergeben oder mich versucht zu vergewaltigen. Das Leben auf der Straße war für ein junges Mädchen grausamer als der Tod. Und doch hatte ich nie auch nur daran gedacht, diesen einfacheren Weg zu nehmen.

»Ich bin kein Freund von Smalltalk, das weißt du doch. Außerdem bist du gerade mal acht Jahre älter als ich.«

Er warf mir ein teuflisches Lächeln zu. Es erreichte nicht seine Augen, das tat es nie. Der einzige Grund, warum ich nicht vor Ehrfurcht erstarrte war, dass es mich nicht gäbe ohne ihn.

»Momentan hört man, dass du hohen Besuch empfängst. Dorian Bane, wenn ich mich nicht täusche.« Seine Stimme war völlig emotionslos. Als würden wir über das Wetter reden, belanglos, aber nötig. Ich hatte über die Jahre gelernt, auch aus dieser emotionslosen Stimme die verschiedenen Nuancen seiner Laune herauszuhören.

Er war besorgt.

Ich seufzte.

»Ich sag es ja, diese ganzen Trottel sind auch nicht besser als alte Tratschtanten. Ja, Dorian Bane hat sich mir charmanterweise aufgehalst«, gab ich zu.

Cayden fixierte mich mit seinen fast schwarzen Augen. Nie zuvor und nie wieder danach ist mir ein Mensch mit so abgrundtief dunklen Augen begegnet. Ich hatte sie zwar nie bei Tageslicht gesehen, doch ich war mir sicher, dass sie selbst dann noch so schwarz waren, wie seine Seele.

»Macht er Ärger?«, fragte er mich, ohne auch nur zu blinzeln.

»Nein«, antwortete ich, ohne mit der Wimper zu zucken.

Mit den Jahren war Cayden eine Art Mentor für mich geworden. Der einzige Mann, den ich fast schon als Freund bezeichnen würde. Ich wusste, dass er mir indirekt anbot, Dorian Bane für mich zu erledigen, doch ich kümmerte mich selbst um meine Probleme, Freundschaft hin oder her.

»Gut. Da wir das geklärt haben, kommen wir zu meinem eigentlichen Anliegen. Ich hörte, dass sich ein kleiner Tumult nahe der Stadtgrenze bildet. Es scheint, dass ziemlich viel Geld den Besitzer wechselt.«

Wütend knirschte ich mit den Zähnen. Cayden beanspruchte Chicago nicht für sich, er dachte in ganz anderen Dimensionen. Für ihn war eine Stadt wie Chicago bedeutungslos. Als ich noch klein und schwach war, war er es, der mir die Augen dafür öffnete, wonach ich mich sehnte. Nach Schutz, nach Stärke, nach einer Waffe. Nachdem er mich gelehrt hatte, was ich brauchte, um die zu sein, die ich heute war, überließ er es mir meinen Weg zu gehen. Heute machte jeder von uns sein eigenes Ding, doch wie ein guter Freund das tat, hielt er Augen und Ohren offen für alles, was meine Stadt betraf.

»Hat das was mit den Mordfällen in der Oberschicht zu tun?«

»Das kann ich dir nicht sagen. Es gab mehrere Aufträge, die die Bruderschaft anscheinend angenommen hat. Aber wie es scheint, gibt es noch eine dritte Partei, die im Dreck spielt.«

Bei seinen Worten ballte ich die Fäuste.

»Ich hatte schon das Vergnügen mit der Bruderschaft. Ein nicht ganz so nettes Begrüßungskomitee. Sergio hat auch schon Andeutungen gemacht. Weißt du, was er gemeint haben könnte? Eine neue Gang?«

Ja, Gangs wuchsen wie Unkraut aus jedem verseuchten Boden, doch entweder sie zerschlugen sich gegenseitig oder wir führten einen Rundumschlag aus. Bisher war unser Einmischen nur in seltenen Fällen von Nöten.

Die letzte Gang, die wir den Erdboden gleichgemacht hatten, waren ein paar Möchtegern Gangster aus Rockford. Wir tränkten unsere Straßen mit ihrem Blut und schickten eine Handvoll mit eingezogenem Schwanz nach Hause, um zu verkünden, dass sie sich doch besser ein anderes Gebiet suchen sollten.

»Die Bruderschaft hat dich angegriffen?«, fragte Cayden verärgert.

»Ja, vier. Sie haben an der Crossroad auf uns geschossen. Wir haben sie erledigt, und sie definitiv als

Söldner der Bruderschaft identifiziert. Ich habe einen noch versucht zum Reden zu bringen. Er hat sich blöderweise mit meinem Messer selbst die Kehle aufgeschlitzt. Das Aufräumkommando der Polizei tat es als Kollateralschaden ab. Wie das so ist, die vier Toten haben es nicht mal in die Medien geschafft.«

Er hörte mir aufmerksam zu.

»Hier stimmt etwas nicht«, gab er zu denken.

»Ich weiß. Aber ich werde herausfinden, was das Ganze hier soll.«

»Na, dann tob dich aus.«

»Mach dir keinen Kopf, Cayden. Ich kümmere mich darum«, bestätigte ich.

Er nickte, während er nach seinem Tablet griff. Für ihn war das Gespräch beendet. Ich erhob mich und wandte mich zur Tür.

»Asra«, sprach er erneut. Automatisch verkrampfte sich mein Rücken.

»Ja?« Nur jahrelanges Training verhinderte, dass auch nur der Hauch von Nervosität in meiner Stimme lag.

»So wie ich das sehe, solltest du ein Auge auf Louisiana haben.«

Ich blickte über meine Schulter zurück zu ihm. Bemüht darum, mir nicht anmerken zu lassen, wie sehr mich diese Information verunsicherte.

»Bist du dir sicher?«

»Die Söldner arbeiten für jemanden. Jemanden mit vielen Verbindungen und noch viel mehr Geld.«

Ich musste nicht fragen, woher er wusste, dass Louisiana darin verwickelt war. Eigentlich hatte ich erwartet, dass er nie wieder auch nur in die Nähe meiner Stadt kam. Wie es schien, wurde es Zeit, sich seiner Vergangenheit zu stellen.

»Chicago gehört mir. Wenn er meint, hier im Dreck spielen zu müssen, dann soll er kommen. Was er finden wird, ist die Hölle auf Erden.« Mit diesen Worten verließ ich Cayden Lancasters Haus. Der Mann ohne Seele hatte sich eine begabte Schülerin gesucht und aus ihr eine verdammte Königin gemacht.

In dieser Nacht besuchten mich die Geister der Vergangenheit, schlichen sich in meine Träume, zerfetzten meinen Panzer. Und als ich wenige Stunden später erwachte, war meine Lunge heiser von meinen nächtlichen Schreien und ich fühlte mich, wie eine schlecht geklebte, einst zerbrochene Vase. Ich nahm mein Handy zur Hand und tippte die Worte schneller ein, als mein Kopf mitkam:

Habe neue Informationen. A.

DREIUNDZWANZIG

ASRA

Skeptisch schaute ich das riesige Gebäude vor mir an. Verglich nochmals die Hausnummer mit jener, die mir Bane am frühen Morgen geschickt hatte.

Wie erwartet hauste er in einer absolut angesehenen Gegend. Die Reichen und Schönen stolzierten hier die Wege entlang als seien wir in New York. Ich fühlte mich total fehl am Platz. Meistens mied ich alle Straßen, die regelmäßig gereinigt wurden, denn ich hatte ständig das Gefühl, aufzufallen wie ein bunter Hund.

Da ich wusste, wohin die Reise gehen würde, hatte ich mich für eine schwarze Leggins, schwarze Turnschuhe und einen schwarzen Kapuzenpullover entschieden. Es sollte nicht modisch sein, sondern mich in der Dunkelheit verstecken. Die Sonne war vor etwa einer Stunde untergegangen. Kaum einer der partywütigen Menschen beachtete mich. Man sollte meinen, man müsse in einer der kriminellsten Städte Amerikas auch in gut betuchten Gegenden aufpassen. Doch so waren sie, die Bewohner Chicagos. Sie blendeten alle Gefahr aus, weil sie sich in Sicherheit wiegten, die ihnen keiner geben konnte.

In meinem Viertel wechselte man die Straßenseite, wenn jemand im Schatten stand, hier wurde man nicht mal angeschaut. Es war grotesk.

Unsicher, was ich tun sollte, schielte ich wieder zu dem beeindruckenden Gebäude. Es war ein riesiger Appartementkomplex, einer, der umzäunt war und von einem eigenen Sicherheitsmann bewacht. Ich zog mein Handy.

Bin da. A.

Komm hoch.

Dorians zwei Worte klangen wie ein Befehl. Am liebsten hätte ich ihm ein Scheißhaufen-Emoji geschickt, riss mich aber gerade noch zusammen. Ich straffte den Rücken, trat aus dem Schatten hervor und ging auf die Lobby zu, in der ein Wachmann mit einem halben Dutzend Monitore vor sich saß.

»Hallo Miss«, begrüßte er mich freundlich, schielte aber prüfend über meine dunklen Klamotten.

»Dorian Bane. Er erwartet mich«, sagte ich ohne die Spur einer Begrüßung.

»Einen Moment, ich werde Mr. Bane informieren«, bat der Sicherheitsmann, als mein Handy wieder klingelte.

6. Stock, Appartement C.

Schulterzuckend marschierte ich an dem Pult des Wachmanns vorbei, hin zu den Aufzügen.

»Äh ... Miss einen Moment, Sie dürfen nicht einfach ...«, stotterte der ältere Herr, der dringend ein paar Pfund abnehmen musste. Ich schob meine Kapuze vom Kopf und schaute ihn einfach nur an.

Als er mir in die Augen blickte, zuckte seine rechte Hand zu seinem Gürtel, an dem ein Schlagstock hing.

Provokant hielt ich den Kopf schief.

Man sah ihm an, dass ich ihm nicht geheuer war. Ich wusste nicht, was er in meinen Augen sah. Vielleicht meine schwarze Seele, vielleicht jedes einzelne Leben, das ich ausgelöscht hatte.

Der Wachmann machte zwei vorsichtige Schritte zurück zum Pult. Kluger Mann.

Das Klingeln des Aufzuges ließ mich drei Schritte in die Kabine machen. Ich drückte den Knopf für das sechste Stockwerk. Den übereifrigen Gesetzeshüter ließ ich dabei nicht aus den Augen.

Er griff zum Hörer und schien endlich jemanden erreicht zu haben, denn nur wenige Augenblicke später schaute er erleichtert zu mir. Die Spur Angst in seinem Blick blieb jedoch. Schließlich waren es die Aufzugtüren, die unsere Blicke trennten.

Appartement 6 C. Bane.

Das aus Messing gegossene Türschild schien mich zu verspotten. Alles an diesem Gebäude war protzig. Während in unserem Viertel kaum leserliche Namensschilder aus Papier an den Türen hingen, brauchte jeder hier sein eigenes Messingschild.

Ehe ich anklopfen konnte, öffnete Dorian mir die Tür. Sein Anblick verschlug mir den Atem. Obwohl wir gefickt hatten, traf es mich wie eine Abrissbirne ihn oberkörperfrei zu sehen. Er trug nichts weiter als eine tiefsitzende Jogginghose. Wassertropfen perlten ihm von der Brust. Er musste wohl gerade erst aus der Dusche gekommen sein.

Zum Teufel, wie konnte ein Mensch nur so fucking attraktiv sein.

Plötzlich wurde mir in meinem Hoodie heiß.

»Komm rein«, sagte er und ließ mich in sein Domizil.

Mein Blick suchte ganz automatisch die ganze Wohnung ab. War das alte Lagerhaus wohnlich und gemütlich eingerichtet gewesen, schien dieses Appartement das genaue Gegenteil. Die Wände waren kahl und in stumpfem weiß gestrichen. Ich war mir sicher, man könnte ohne große Bedenken vom Boden essen, so sauber war es. Als ich das geräumige Wohnzimmer betrat, suchte ich nach irgendwelchen Anhaltspunkten, nach Andenken, Bildern, Pflanzen. Nach irgendwas das Dorian Bane menschlich erscheinen ließ, doch Fehlanzeige.

»Wo ist die bombastische Aussicht auf die Skyline von Chicago?«, spottete ich, warf einen Blick zurück zum Hausherrn. Dieser starrte mich an.

»Ich kann mich über die Aussicht nicht beklagen«, konterte er und warf mir ein dreckiges Grinsen zu.

»Glaub nicht, dass du auch nur je wieder in die Nähe meines Körpers kommst«, informierte ich ihn.

»Und dein kleines Liebesnest habe ich von meinen

Männern leerräumen lassen. Sie haben sich wirklich über die hübschen neuen Spielsachen gefreut.«

Mein Lächeln musste diabolisch sein, doch Dorian schien nicht beeindruckt.

»Prinzessin, was sind schon materielle Dinge. Ich treibe es mit dir auch auf dem kahlen Fußboden«, gab er zurück und kam auf mich zu.

»Dass du die Lagerhalle hast räumen lassen, war keine Überraschung. Deine hinterlassene Nachricht dagegen, sagen wir so, ich war angenehm überrascht.« Während er das sagte, kam er wie ein Panther auf mich zu geschlichen. Ruhig, kontrolliert und gemächlich, als sei er der König des Dschungels. Zeit, ihn in seine Schranken zu weisen. Ich beging einen Fehler wie ihn nicht zweimal. Dieses Mal saß mein Panzer bombenfest. Ficken? Kein Problem. Aber niemals wieder würde ich ihn einen Blick hinter meine Maske werfen lassen. Dass er mich zurückgelassen hatte wie ein unliebsames Anhängsel, hatte mich darin bestärkt dieses Arschloch so schnell wie möglich loszuwerden. Am besten erreichte ich dies, wenn ich ihm den Drahtzieher der Attentäter brachte.

Mit einem Rückgrat aus Stahl starrte ich ihn an.

»Wenn du auch nur einen verdammten Finger an mich legst, breche ich dir den Kiefer«, drohte ich mit meiner bitterbösesten Stimme.

Dorian schien belustigt. Wie ein Forschungsobjekt studierte er mich, was mein Herz zum Rasen und mein Blut zum Kochen brachte. Kurz vor mir blieb er stehen, und ich musste wieder mal hochsehen.

»Du denkst über mich nach«, stellte er fest, ohne

auch nur den Hauch von Belustigung in der Stimme. Ich fühlte mich vor seinen wachen Augen entblößt. Vielleicht auch ein bisschen ertappt.

»Alles, worüber ich nachdenke ist, wie ich dich loswerden kann«, stellte ich sofort klar.

»Mhm ... Nein. Ich denke, ich spuke in deinem königlichen Köpfchen herum, Prinzessin.«

»Träum weiter.«

Er legte den Kopf schief, provokant, heiß, verführerisch. Dann begann er, an mir vorbei zu laufen. Gerade als ich dachte, ich hätte unseren kleinen Schlagabtausch gewonnen, spürte ich seine Lippen an meinem Ohr.

»Die Königin der Sünden, die Anführerin der Chicagoer Unterwelt, die, deren Blut so kalt sein soll, dass selbst die Hölle sie wieder ausspuckt, denkt an mich.«

Dorian bewegte sich hinter mir, doch ich weigerte mich, mich zu ihm umzudrehen. Vielleicht um ihm keine Angriffsfläche zu bieten, vielleicht auch nur, um meine Gefühle zu verbergen, die wie Flammen unter der Oberfläche meiner Haut wüteten.

Seine Stimme war plötzlich auf der anderen Seite meines Ohres, als er weitersprach.

»Ich will weiterhin dieser Grund sein, Asra. Ich will der Grund dafür sein, dass du wütend wirst, dass du schreist, dass du tobst, dass du nachdenklich wirst, dass du in der Nacht aufwachst und dein hübsches Köpfchen rattert. Ich will für jede Gefühlsregung in deinem sonst so kalten Blut verantwortlich sein, denn das bedeutet, dass ich dich habe wo ich dich haben will.

Du kannst mich nicht einfach aus deinem Leben schmeißen, wenn ich in deinem Kopf bin.«

Bei jedem einzelnen Wort zog sich mein Magen zusammen. So oberflächlich Bane sich manchmal gab, so tief grub er seine Zähne in meine schwarze Seele, wenn er sich dazu herabließ einem alles, um die Ohren zu knallen, das er wahrnahm.

Ich schwieg, hauptsächlich, weil ich nicht wusste, was ich sagen sollte.

Als er das nächste Mal sprach, war seine Stimme weiter entfernt.

»Was ist los Prinzessin, gekränkt weil jemand einen Blick hinter deinen Panzer geworfen hat?«, provozierte er mich.

Doch dieser Trick funktionierte nicht zweimal.

»Nein. Wir haben Arbeit. Also zieh dir etwas an, vorzugsweise etwas, das du bei Einbrüchen trägst, mit sowas hast du doch Erfahrung.«

Während ich mich umdrehte, versteckte ich jede Emotion tief unter einer Maske der Gleichgültigkeit.

Dorian musterte mich.

Mir war bewusst, dass ich diesen Mann unter allen Umständen von mir fernhalten musste. Körperlich als auch seelisch. Er würde mich zerfetzen, und dann, wenn ich am Boden lag, würde er einfach weiterziehen. So waren Männer wie er. Sie richteten ein Chaos an und verschwanden dann in der Nacht.

Nach schier endlosen Sekunden drehte er sich um und verschwand hinter einer Tür, die verdächtig nach dem Badezimmer aussah. Erleichtert, dass er nicht weiterbohrte, entspannte ich meine Muskeln.

Den kleinen traurigen verkümmerten Rest meiner Weiblichkeit in mir, der jetzt weinend am Boden lag und: *Ich will aber* brüllte, versuchte ich zu ignorieren.

Schnell schickte ich Luke meinen Standort per Handy. Er wusste, dass, sobald Dorian weg war, Lia und Jim diese verdammte Wohnung auseinandernehmen sollten. Normalerweise machten das meine Männer, doch ich traute keinem genug und Chuck und Seth waren in so vielem begabt, aber nachdenken gehörte nicht dazu. Eigentlich hätte ich Dorian für den geplanten Einbruch nicht gebraucht, doch nachdem er mir seine Privatadresse geschickt hatte, war es mir nur logisch vorgekommen, das auszunutzen. Noch immer hatte ich keinen Schimmer, wer Dorian Bane überhaupt war, und das, obwohl er mich zu einem phänomenalen Orgasmus gebracht hatte, mehrmals.

Die Nachricht von Luke kam schnell.

Sie sind unterwegs.

Wenige Minuten später stand Dorian in dunkelgrauem Hoodie und schwarzer Jogginghose vor mir. Das war der Beweis, dieser Mann sah auch noch im Kartoffelsack großartig aus.

»Also, wie sieht der Plan aus, Prinzessin?«, fragte Dorian und setzte sich auf die Couch. Ich tat es ihm gleich.

»Luke hat sich in die Überwachungskameras von Clearwater gehackt. Wie es scheint, gibt es ein geheimes Versteck in einem toten Winkel im Garten.«

Ich zog das Blatt aus meiner Hosentasche und

reichte es Dorian. Es war ein Grundriss von Clearwaters Haus.

Dorian nickte anerkennend. »Du willst da einsteigen«, brachte er meinen Plan auf den Punkt.

Ich lächelte kalt. »Natürlich.«

»Gut, hast du eine Ahnung wie wir da rein kommen?«, fragte er. Dorian schien keinerlei Bedenken bei meinem Plan zu haben. Sein Vertrauen in mein Einbruchgeschick imponierte mir und war Balsam für meinen gekränkten Stolz.

»Natürlich.« Mit diesen Worten begann ich, Dorian meinen Plan zu erläutern.

Der Preis für deine Seele, ich fordere ihn ein.

VIERUNDZWANZIG

ASRA

Nicht einmal eine halbe Stunde später schlichen wir um Clearwaters Haus. Es war bereits kurz nach elf, doch die Straßen samt Gehwegen waren hell erleuchtet. Sein Anwesen war in einer der reichsten Gegenden Chicagos. Jeder Garten in der Straße war auf das penibelste getrimmt, umzäunt und überwacht.

Mit einem schnellen Blick über die Schulter packte ich Dorian, der neben mir herging, am Arm und zog ihn mit mir in eine Hecke und zur Seite des Grundstücks. Das gesamte Anwesen war von einem weißen Holzzaun umsäumt.

Schnell tippte ich Luke eine SMS.

Mit einem Schrillen begannen sämtliche Alarmanlagen in der Straße damit Alarm zu schlagen. Lichter wurden angeschaltet, Hunde begannen zu bellen. Auch Clearwaters Haus schlug Alarm. Nach den Recherchen von Luke befanden sich die Witwe und der Sohn von Clearwater auf dem zweiten Familienanwesen in Florida. Somit war die einzige Überwachung durch das Sicherheitsteam hier in Chicago. Luke fror genau in diesem Moment die Überwachungskameras auf dem Grundstück ein.

Zwar hätten wir auf den guten alten Trick mit dem Loop zurückgreifen können, dieser hinterließ jedoch immer Spuren. Ein Fehler in der Kamera und ein Dutzend ausgelöste Alarmanlagen jedoch rückten alles in ein harmloses Licht.

»Komm«, bellte ich Dorian an und kletterte den Gartenzaun rauf. In der Dunkelheit wie eine Katze versteckt, schlich ich mich zu der Stelle, die Luke als toten Winkel errechnet hatte. Dorian folgte mir auf den Fuß.

»Da. Da müsste es sein«, zeigte ich auf die Stelle. Auf den ersten Blick fiel nichts Besonderes auf. Ein Grill stand dort. Ich ging hin und öffnete den Deckel, doch mehr als ein bisschen Ruß war darin nicht zu entdecken.

»Fuck. Bitte sag mir nicht, dass er den scheiß Zettel verbrannt hat«, fluchte ich. Dorian trat näher heran. Ein Blick auf die Uhr verriet mir, dass wir nur noch ca. fünf Minuten hatten, um von hier abzuhauen. Bis dahin würden die Sicherheitsleute einen Reboot des Systems veranlassen.

»Habt ihr gesehen ob der Grill an war?«, fragte Dorian und blickte das scheiß Ding an, als sei es ein Safe.

»Nein, verdammt. Er steht direkt im toten Winkel.«

»Asra, schau dir den Gartenzaun hinter dem Grill an.«

Fragend schaute ich auf den weiß gestrichenen Gartenzaun. Ich sah nichts, was meine Aufmerksamkeit wert gewesen wäre.

»Was soll da sein? Ich sehe nichts«, zischte ich.

»Eben, er ist blütenweiß, wenn hier gegrillt werden würde, wäre doch da irgendeine Art von Ablagerung.« Verwirrt schaute ich mir den Gartenzaun nochmals an. Dorian hatte recht, nicht ein einziger Fleck war zu sehen. Mit einem Mal wurden alle ohrenbetäubenden Alarmanlagen ausgestellt.

»Fuck, wir müssen uns beeilen.«

»Ja, warte«, flüsterte er, ging in die Hocke und tastete am unteren Teil des Grills umher. Mit einem Klicken, das wie ein Schuss in der stillen Nacht klang, zog er eine Schublade auf. Darin lag unter einer Ascheschicht ein Plastikumschlag.

»Bingo.« Dorian zwinkerte mir zu. Seine Hände waren schwarz vom Ruß.

Euphorisch griff ich nach dem Umschlag, doch er hielt ihn außerhalb meiner Reichweite. Gerade wollte ich ihn ankeifen, als mein Handy vibrierte.

Raus jetzt.

Zwei Wörter und doch genug, dass ich Dorian anschubste.

»Lass uns abhauen.«

Mit diesen Worten kletterten wir zurück über den Gartenzaun.

Gerade wollte ich aus dem Gebüsch treten, als Dorian mich packte. Instinktiv wollte ich protestieren, doch ehe ich das konnte, hielt er mir meinen Mund zu.

»Shh«, flüsterte er und wir beide erstarrten halb verdeckt vom Gebüsch. In diesem Moment kamen gerade zwei Polizisten an der Hecke vorbei und unterhielten sich über die ausgelösten Alarmanlagen.

Fuck.

Ich schaute zu Dorian, der die beiden mit ernster Miene anstarrte. Sie konnten uns nicht gesehen haben, allerdings wäre es möglich, uns zu entdecken, wenn sie nach rechts blicken würden. Durch Dorians Nähe in meinem Rücken spürte ich seinen Herzschlag. Gleichmäßig und ruhig schlug es an meinem Rücken.

Eigentlich hatte ich wenig Skrupel jemandem umzulegen. Diese hatte ich über die Jahre verloren, doch ich vermied es tunlichst, Menschen umzubringen, die einfach nur ihren scheiß Job machten. Es das eine Mörder, Kriminelle oder Vergewaltiger zu töten, etwas völlig anderes jedoch, jemanden zu töten, der einfach nur die Brötchen auf der Seite des Gesetzes verdiente. Nein, das war keine Moral oder so. Vielleicht war es ein winzig kleiner anständiger Knochen in meinem Leib. So klein, dass es für mehr nicht reichte.

Die beiden ins Gespräch vertieften Bullen liefen schnell weiter die Straße entlang. Als sie weg waren, entspannten sich meine Glieder. Dorian nahm die Hand von meinem Gesicht. Ich wandte mich zu ihm um,

»Danke, schon wieder«, flüsterte ich.

Er nickte nur. Dann zogen wir uns zeitgleich die

Kapuze über den Kopf und joggten die Straße entlang. Beide in Gedanken und mit hoffentlich neuen Hinweisen in der Tasche. Bevor wir in Dorians Appartement ankamen, schickte ich Lia zur Sicherheit eine Warnung, dass sie, sollten sie noch bei Dorian sein, verschwinden mussten.

Es war schon halb zwei, als wir die Wohnung von Dorian erreichten. Sichtlich K.O. waren wir wohl beide froh darüber. Dorians Hände waren rußbedeckt.

»Du solltest duschen gehen«, sagte ich ihm mit einem Nicken auf seine Hände.

Er verzog spöttisch die Mundwinkel.

»Das solltest du ebenso.«

Als er das sagte, zeigte er auf mein Gesicht. Unsicher tastete ich es ab und schaute auf meine schwarzen Fingerspitzen. Er musste mich, als er mich vor den Polizisten gerettet hatte, eingefärbt haben.

»Verdammt«, murmelte ich und wischte mir mit dem Ärmel meines Hoodies übers Gesicht.

»Du verschmierst es nur, komm, ich zeig dir das Bad.«

Misstrauisch schaute ich auf den Briefumschlag, den Dorian auf den Küchentresen gelegt hatte. Auf keinen Fall würde ich ihn damit allein lassen.

Er schien meine Gedanken erraten zu haben.

»Wir können gern zusammen duschen, wenn dir das lieber ist«, sagte er mit diesem typisch dreckigen

Grinsen, das er immer dann an den Tag legte, wenn ich ihm ins Netz gegangen war.

»Lass ihn uns als erstes anschauen, danach können wir duschen, getrennt«, sagte ich verbissen.

»Auf keinen Fall, das sind Beweismittel, weder du noch ich werden die, so dreckig wie wir sind, anfassen.« Er verschränkte die Arme und sorgte so dafür, dass mir der Blick auf die Dokumente verwehrt blieben.

»Wir wissen doch noch gar nicht, was es ist.«

»Und vor der Dusche werden wir es auch nicht erfahren.«

»Dorian …«,knurrte ich und ging warnend einen Schritt auf ihn zu.

»Schluss mit dem Theater.« Mit diesen Worten packte er mich wie einen Sandsack, warf mich über seine Schultern und verfrachtete mich ins Badezimmer.

Ich schaffte es gerade noch, mein Handy und meine Waffe aufs Sofa zu schmeißen.

»Hey, lass mich runter verdammt. Wie oft willst du diese Höhlenmensch-Nummer noch abziehen?«, beschwerte ich mich strampelnd. Uns war beiden klar, dass es ein Leichtes für mich gewesen wäre, mich zu befreien. Dass ich es nicht tat, war meine Art der Zustimmung.

Es war nur eine Dusche, was war schon dabei?

Als wir das riesige Badezimmer betraten, staunte ich nicht schlecht, denn selbst auf dem Kopf stehend, sah es beeindruckend aus.

»Komm schon, lass mich runter, ich kapituliere«, sagte ich, doch er ignorierte mich.

Ich sah nicht, wohin er ging, dafür hatte ich einen wundervollen Ausblick auf seinen Knackarsch.

Dorian bewegte sich etwas ruppig und schon erklang das Geräusch von prasselndem Wasser.

Bevor ich etwas sagen konnte, stand er mit mir schon samt Klamotten unter der Regendusche.

»Fuck, was soll der Scheiß«, blaffte ich, als meine Klamotten immer mehr durchnässten.

»Wir duschen«, verkündete er und ließ mich endlich runter. Eingekeilt zwischen der Wand in meinem Rücken und dem Berg von Mann vor meiner Brust.

Wie ein nasser Hund starrte ich zu ihm herauf. Blinzelte die Wassertropfen weg.

Die Regendusche hatte eine wohlig warme Temperatur. Mein Hoodie und meine Leggins saugten sich binnen Sekunden mit Wasser voll.

Verdammt.

»Geh raus.« Ich starrte ihn nieder.

»Zieh dich aus«, erwiderte er.

»Vergiss es, ich hab dir gesagt, dass das nicht passieren wird.«

»Zieh dich aus. Jetzt.« Kalt starrte er mich an.

Eine Gänsehaut bildete sich auf meinen Armen und das, obwohl es merklich warm mit dem Hoodie wurde. Das widerliche Gefühl von nassen Klamotten tat sein Übriges.

Knurrend zog ich mir meinen Hoodie über den Kopf und schleuderte ihn ihm entgegen.

Nun trug ich nur noch ein schwarzes Tanktop und meine Leggins. Beides bis auf die letzte Naht nass.

»Bitte, und jetzt raus.«

»Alles«, sagte er nur, verbrannte mich mit seinem Blick.

Meine Nippel stellten sich allein dadurch schon auf. Natürlich bemerkte er meine Reaktion. Was für ein blöder Tag, um auf einen BH zu verzichten.

»Alles«, wiederholte er ungeduldig knurrend.

Das gab mir den Rest. Ich hatte keine Kraft mehr, mich gegen das zu wehren, was da zwischen uns war. Diese Funken, diese teuflische Anziehungskraft. Ich wusste, sie würde mich verbrennen, doch ich freute mich auf diesen Schmerz.

Mit einer schnellen Bewegung zog ich mir meine Turnschuhe aus und kickte sie an den Rand der Dusche, meine Socken folgten, dann meine Leggins und Top. Und schlussendlich mein Slip.

Nackt stand ich vor ihm, er verschlang mich geradezu. Es gab keinen einzigen Tag in meinem Leben, an dem ich mich für das schämen würde, was ich war, denn das war der Tag, an dem man sein eigenes Glück von der Meinung anderer abhängig machte. Obwohl Dorian die Fäden dieses Spiels in der Hand hatte, so war ich es doch, die die Regeln machte. Das wusste ich und das wusste er.

»Jetzt, zieh mich aus«, befahl er. Seine Stimme war tief und kratzig, die Ausbuchtung seiner Jogginghose war ein deutliches Zeichen seiner Erregung.

Ich ging zu ihm, fuhr mit meinen Händen über seinen Hoodie und sein Shirt, griff beides fest. Dann zog ich sie ihm aus. Dass ich auf die Zehenspitzen gehen musste, um den Stoff über seinen Kopf zu ziehen, führte dazu, dass meine nackte Brust über seine rieb. Das Kribbeln, das diese Berührung auslöste, schoss mir direkt zwischen die Beine. Dorian knurrte.

Mit einem lauten Platschen landeten seine Klamotten bei meinen. Immer wieder staunte ich über seinen trainierten Körper. Wann hatte dieser Mann zwischen dem ganzen Politikmist und dem nicht ganz so braven Lebensweg, den er anscheinend pflegte, noch Zeit, ins Fitnessstudio zu gehen?

Allein der Anblick der V-Form seiner Muskeln ließ mich feucht werden.

Fuck, dieser Körper war gemacht, um Lust zu schenken.

»Mach weiter«, riss mich sein Knurren aus meiner Bewunderung.

Ich kniete mich mit einem Bein auf den Boden der Dusche und zog seine Jogginghose in einer fließenden Bewegung hinunter.

Keine Boxershorts. Ich war wohl nicht die Einzige, die sich heute gewisse Freiheiten herausgenommen hatte.

Immer noch kniend bewunderte ich Dorians prallen Schwanz. Er war gnadenlos sexy und maskulin. Unter meinem Blick pulsierten die Adern, seine pralle Eichel war dunkel verfärbt. Lusttropfen hatten sich auf seiner Spitze gebildet und unwillkürlich leckte ich mir über die Lippen.

Dorians Schwanz war genau wie er, groß, beeindruckend, verführerisch und absolut perfekt. Ich wollte ihn kosten, wollte ihm genauso Freude bereiten, wie er sie mir im Schatten der alten Dognall-Villa bereitet hatte.

Mit den Händen fuhr ich seine muskulöse Waden hinauf, ließ ihn meine Nägel dabei etwas spüren.

Über die Knie hin zum Oberschenkel. Ich spürte seine Hand, die sich in meinem Haarschopf vergrub.

Seine Hose war noch immer um seine Beine gelegt wie eine Fußfessel.

Mit bestimmendem Griff knurrte er: »Aufmachen.«

Keck grinste ich ihn an, leckte mir sinnlich die Lippen.

Ein tiefes Grollen kam als Antwort von ihm, sein Schwanz zuckte freudig.

Ohne den Augenkontakt zu verlieren, nahm ich die Spitze seines Schwanzes zwischen meine Lippen, strich spielerisch mit der Zunge über die kleine Einkerbung auf der Spitze. Sein Schwanz schwoll noch weiter an. Sein Griff in meine Haare wurde fester.

Dadurch ermutigt nahm ich seinen Schwanz tief in meinen Mund, spürte dessen Spitze an meiner Kehle. Und begann dann damit Dorian in den Himmel zu blasen.

»Fuck«, keuchte er, schob sich tiefer in meinen Rachen und legte den Kopf in den Nacken.

Während er sich seinen Empfindungen hingab, wanderte meine Hand zu seinen Eiern. Mit Geschick stimulierte ich sie.

Jedes Mal, wenn ich seinen Schwanz aus meinem Mund entließ, schabte ich sanft mit den Zähnen daran entlang, was ihm ein Zischen entlockte. Ein plötzlicher Ruck an meinem Arm zog mich in den Stand.

Binnen Sekunden zog er Schuhe und Hose von den Füßen und drücke mich gegen die kalte Fliesenwand.

Nun standen wir wieder im direkten Strahl des Duschkopfes. Seine Lippen fanden meine, fielen wie ein Verhungernder über mich her. Ich seufzte, als seine großen starken Hände meine über dem Kopf zusammenführten. Mit einer behielt er mich an Ort und Stelle, die andere knetete mit festem Griff meine Brust, zwirbelte abwechselnd meine Nippel. Ein Stöhnen entkam mir, das Dorian gierig trank.

Fuck.

Die geballte Leidenschaft, mit der er über mich herfiel, ließ mich stöhnen. Seine Zunge spielte mit meiner, er fickte förmlich damit meinen Mund.

Als seine Zähne grob an meinem Kinn entlang schrammten, warf ich den Kopf in den Nacken.

So gut.

Ehe ich mich fallen lassen konnte, drehte Dorian mich um und drang mit fiebriger Gier von hinten in mich ein. Meine Pussy umklammerte ihn.

»Gott«, fluchte ich und versuchte, mich irgendwo festzukrallen, rutschte aber an den kalten nassen Fliesen immer wieder ab. Schlussendlich drückte ich mich Dorian immer wieder entgegen.

Er hämmerte in mich wie ein Besessener. Jeder Stoß war härter als der Letzte. Ich versuchte, ihm mit aller Kraft entgegenzukommen. Drückte mich, so gut es ging, von der Wand ab, und streckte ihm meinen Arsch entgegen.

Alles, was zu hören war, war das Klatschen von Haut an Haut, unser Stöhnen und das Rauschen des Wassers.

Ein Feuerball sammelte sich in meiner Magengrube

an, ging über in ein Kribbeln, das ich bis in die letzte Haarspitze spürte.

Er pumpte weiter, unaufhörlich. Bis dieser Feuerball in mir explodierte und ich Dorians Namen stöhnte. In genau diesem Moment erwischte er die empfindliche Stelle unter meinem Ohr, die mich immer wahnsinnig vor Lust machte, und biss hinein. So fest, dass ich nichts anderes konnte, als auf den Wellen meines Höhepunkts zu wimmern.

Noch drei weitere Male versenkte er sich bis zum Anschlag in mir, dann packte er mich an den Hüften und kam tief in mir.

Meine Arme gaben nach und ich ließ mich gegen die Wand fallen, Dorian folgte meiner Bewegung. So standen wir einige Minuten da. Rücken an Brust und atmeten im gleichen Takt. Noch immer sah ich Sterne. Was für ein Orgasmus. Dorian war über mich hergefallen, wie ein wildes Tier und ich liebte jede einzelne Sekunde davon.

Wie konnte ein so verbotener Mann, nur so unglaublich kompatibel mit mir sein.

Mit seiner Nase fuhr er meinen Nacken entlang. Und ich schnurrte wohlig. Als er das hörte, spürte ich, wie sein Schwanz zuckte und wieder an Härte gewann.

Langsam löste er sich von mir und ich drehte mich um. Das Wasser prasselte auf uns nieder, doch das nahmen wir kaum wahr. Wir schauten uns einfach nur an.

Hier standen wir, ohne Klamotten, ohne Panzer, ohne den Hauch einer Ahnung, was das hier war.

Ich wollte etwas sagen, doch kein Wort kam mir

über die Lippen. Alles, was ich konnte, war meine Hand zu heben und seine Wange zu berühren.

Er strich meinen Arm entlang, weiter über die Seite meiner Brust, dabei ließ er mich keine Sekunde aus den Augen. Wie von selbst landeten meine Hände an seiner Hüfte, ruhten auf seinen steinharten Muskeln. Dann beugte er sich herunter, ich kam ihm entgegen. Tief in meinem Inneren wusste ich, dass wir, wenn wir diesen Punkt überschritten, nie mehr zurückkonnten. Obwohl ich Angst empfinden sollte, obwohl ich meine Beine in die Hand nehmen sollte, löste ich mich nicht. Vielleicht war es meine Neugier, vielleicht der Wunsch eines naiven kleinen Mädchens, das all ihre Träume schon zu Grabe getragen hatte, vielleicht war es aber auch einfach *mehr*.

Dorians weiche Lippen trafen auf meine, wie ein Versprechen, so tiefgehend, so schmerzvoll, so schön.

Das hier, das war keine Leidenschaft, kein Feuer, es war keine Reaktion von Stoffen in unserem Blut, keine Anziehung, keine Sünden, es war etwas so Gewaltiges, dass ich es nicht beim Namen nennen konnte. Doch was es auch war, dieser Kuss veränderte alles.

Nachdem wir dann endlich eine richtige Dusche genommen hatten, während Dorian kaum die Hände von mir hatte lassen können, wickelte er mich in ein flauschiges Handtuch.

Eigentlich hatte ich gedacht, die Stimmung zwischen uns wäre angespannter, doch irgendwie wollte sich das Unwohlsein nicht einstellen, das mich nach dem Sex immer daran erinnerte, schnell zu verschwinden.

»Hast du Hunger?«, fragte Dorian, während ich mit einem Kamm versuchte, meine Haare in Ordnung zu bringen.

»Ein bisschen vielleicht«, gab ich zu, schaute ihn dabei prüfend über den Spiegel hinweg an.

Es war ungewohnt, jemanden so lange in meiner Nähe zu haben. Im Endeffekt schmiss ich meine Liebhaber nach dem Sex gleich raus. Dazu kam, dass Dorians Verschwinden mein Ego angekratzt hatte.

»Okay, ich koch uns was.« Mit diesen Worten ging er zur Tür.

Wie in Trance blickte ich seinem nackten Knackarsch hinterher. Eine Wärme breitete sich in den unteren Regionen meines Körpers aus.

Er war von hinten genauso heiß wie von vorn. Als ich auch den letzten Knoten aus meinen Haaren bekommen hatte, folgte ich den Geräuschen in die Küche.

Dorian stand in einer tiefsitzenden Jogginghose oberkörperfrei am Herd. Das war ein Bild für Götter.

Als ich näherkam, schaute er auf und grinste.

»Kann ich mir was zum Anziehen leihen? Meine Sachen sind noch nass.«

Ich hatte nichts zum Wechseln da, aber auch garantiert nicht vor, den Rest der Nacht mit Dorian im Bett zu verbringen. Das war das Problem, denn wenn ich mit ihm zusammen war, vergaß ich Dinge, die eigentlich wichtig waren.

Das machte mich angreifbar. Ich mochte dieses Gefühl nicht.

»Ja. Im Schlafzimmer findest du alles.« Völlig unbeschwert rührte er weiter in der Pfanne. Es roch nach gedünstetem Gemüse und Fisch. Wirklich köstlich. Wie auf Kommando begann mein Magen zu knurren.

»Alles klar«, murmelte ich und eilte zur einzigen Tür, hinter die ich noch keinen Blick geworfen hatte.

Dorians Schlafzimmer.

Natürlich nahm die größte Fläche ein riesiges Bett ein. Hellgraue Laken, penibel hergerichtet. Entweder war Dorian ein Ordnungsfreak oder er hatte ein Dienstmädchen. Alles hier war das krasse Gegenteil zur Lagerhalle. Keiner käme auf die Idee, dass ein und dieselbe Person dort lebte.

Ich öffnete seinen Schrank. Sein Geruch wehte mir in die Nase. Dorians Duft war mir schon so vertraut, dass mein Herz ein bisschen beschleunigte.

Ich versuchte, mir ein dümmliches Grinsen zu verkneifen, und inspizierte den Inhalt seines Kleiderschranks. Darin fand ich mehrere Anzüge aufgehängt. Daneben lagen T-Shirts und Jogginghosen sowie Pullover. Auch seine Lederjacke hing dort. Der Schrank war ein einziger Widerspruch, genauso wie Dorian selbst. Edel hing neben Street. Zwei Welten, ein Mann.

Schnell griff ich mir eine dunkle Jogginghose und ein schwarzes Shirt. Beides war mir natürlich viel zu groß und sah an mir aus wie ein Sack.

Wenige Minuten später betrat ich wieder Dorians Küche. Als er mich bemerkte, legte er das Besteck, das er in der Hand gehabt hatte, weg und kam auf mich zu.

»Was ist?«, fragte ich und schaute an mir herunter. Im gleichen Moment lag seine Hand schon an meinem Gesicht und er drückte seine Lippen auf meine.

Meine Augen schlossen sich ganz automatisch. Wieder war es einer dieser Küsse, die mir bisher so völlig fremd gewesen waren.

»Bitte trage nie wieder etwas anderes«, murmelte er, als er sich von mir löste. Ich fühlte, wie verräterische Röte in meine Wangen schoss.

Verdammt.

Schnell drehte ich mich zum Tresen. Dorian ging wieder zur Küchenzeile. Er hatte den Tresen schon mit Tellern gedeckt und legte nun Besteck daneben.

Erst da fiel es mir auf. Die Papiere von Clearwaters Haus befanden sich fein säuberlich auf dem Tresen. Die schmutzige Folie war entfernt worden. Misstrauisch blickte ich Dorian an, der gerade zwei Teller mit Essen füllte.

»Hast du sie schon durchgesehen?«, fragte ich beiläufig, während ich mich setzte.

»Ja«, war seine schlichte Antwort.

Verärgert zog ich eine Augenbraue hoch.

»Warum hast du nicht gewartet?« Meinen vorwurfsvollen Ton konnte ich nicht verbergen.

Er kam an den Tresen und stellte einen köstlich riechenden Teller und zwei Flaschen Wasser vor mich. Mir lief das Wasser im Mund zusammen.

»Warum sollte ich?«

»Weil …«, setzte ich an.

»Vertraust du mir nicht?«, fragte er und schaute mich dabei aus seinen grünen Augen an. Wie zwei tiefe

Seen beherbergten sie Geheimnisse, hinter deren Lösung ich nicht kam.

»Nein«, gab ich sofort zu.

Er grinste. »Gutes Mädchen.« Dann reichte er mir eine Gabel. »Iss.«

Er ließ sich neben mir auf einen Stuhl sinken und begann sofort mit essen.

Schwer seufzend schob ich die Unterlagen weg und begann selbst damit zu essen. Als ich den ersten Bissen runtergeschluckt hatte, stöhnte ich bewundernd.

»Fuck, das ist echt gut. Wo hast du kochen gelernt?«

»Meine Mum hat es mir beigebracht. Meine Schwester war fünf Jahre jünger als ich. Ich hab immer auf sie aufgepasst, ergo auch für sie gekocht.«

Ich schielte zu ihm. Niemals konnte ich das Bild des fürsorglichen Bruders mit ihm in Einklang bringen. Er war so ganz anders. Und doch war es ein ganz anderes Detail, das mir Bauchschmerzen machte.

»War?«, fragte ich. Vergessen war das köstliche Essen vor mir.

Dorian schaute nicht auf, griff sich einfach eine der Wasserflaschen und trank daraus. Als er absetzte, redete er weiter. »Ja, sie ist tot.«

Die Stille, die daraufhin folgte, sagte mehr als es Worte je könnten.

»Das tut mir leid.«

Und das tat es mir. Wenn jemand wusste, wie es war, einen geliebten Menschen zu verlieren, dann war ich es. Hatte ich doch im Laufe meines Lebens den wichtigsten verloren.

»Danke, ist schon lange her.« Dorian schaute mich an. Seine Augen verrieten, was seine Worte nicht taten. Es tat trotzdem weh, immer noch. Und egal wie viel Zeit verging, es würde immer weh tun.

»Wie ist sie gestorben?«, fragte ich.

»Selbstmord.« Als er dieses eine Wort sagte, brach das etwas in mir auf. War es doch eines dieser Worte, das mich niemals wirklich losließ. Mir verging der Appetit und ich schob den Teller fort. Starrte dabei auf die Marmorplatte vor mir.

»Iss.« Seine Stimme war schneidend. Sofort schaute ich zu ihm auf. Er starrte mich nieder. Seine Augen verschlossen und kühl.

»Ich hab keinen Hunger.«

»Iss.« Er sagte dieses eine Wort mit so einer Befehlsgewalt, dass ich nicht anders konnte, als meinen Teller wieder zu mir zu nehmen und leer zu essen.

FÜNFUNDZWANZIG

ASRA

»Lass uns mal schauen, was der alte Clearwater verstecken wollte«, sagte Dorian, als er gerade die Teller in die Spüle räumte.

Ich griff nach den Dokumenten.

»Das ist eine Liste von Namen«, sagte ich laut und ging sie durch.

»Eva Carpendale, 16 Jahre alt, North Carolina, Alexandra Mirkov, 12 Jahre alt, Virginia, Rita Martinez, 15 Jahre alt, Mexiko, Marie Blackwell, 13 Jahre alt, Florida.«

Unzählige Namen, Alter und Herkunft waren tabellarisch aufgelistet worden. Diese Liste ging vier Seiten lang.

»Was könnte das sein?«, murmelte ich gedankenverloren.

Dorian kam um den Tresen herum und beugte sich über die Liste. »Das sind alles Mädchen aus verschiedenen Regionen. Sehr junge Mädchen.«

Eine Ahnung beschlich mich und ein eisiger Knoten bildete sich in meiner Brust. Ich schaute Dorian an, versuchte, mir eine schönere Idee zurechtzulegen. Ein Blick in seine Augen jedoch, bestätigte mir, dass wir dasselbe dachten.

»Menschenhändler. Clearwater war in den ganz großen Menschenhandel verstrickt.«

Er schwieg. Die Stille zwischen uns war erdrückend.

»All diese Mädchen«, sagte ich, unfähig, die aufsteigenden grausamen Bilder in meinem Kopf zu verdrängen.

Einen so großen Menschenhändlerring zu tarnen, musste unglaublich viel Macht und Männer kosten.

»Clearwater hat das nie im Leben alleine durchgezogen«, sagte ich. Dabei starrte ich die Seiten an, als wären sie direkt aus meinen Albträumen entsprungen. Auf der ersten Seite oben war das Papier merkwürdig geknickt.

»Dorian, hast du einen Bleistift?«

»Klar.« Dorian zog eine Schublade auf und reichte mir den Bleistift.

Vorsichtig malte ich mit dem Bleistift großflächig über die Einkerbungen im Papier.

»Da sagt mir nochmal einer, man lernt nichts in Zeichentrickserien«, sagte ich lächelnd, als ich das Ergebnis bewunderte.

Clearwater hatte auf einem Papier das Wort Pivel geschrieben. Dank des Kulis war ein Abdruck auf dem Papier der Liste zurückgeblieben.

»Sagt dir das was?«, fragte ich Dorian und er runzelte die Stirn.

»Das ist ein Name. Staatsanwältin Jeanette Pivel.«

»Könnte es sein, dass diese Pivel was mit Clearwaters Geschäften am Laufen hat?«

»Kann gut möglich sein. Die beiden waren seit Jahren befreundet.«

»Gut, dann werden wir ihr einen Besuch abstatten.«

»Was ist, wenn sie unschuldig ist?«, fragte er.

»Ich kann auch nett sein.« Lieblich lächelte ich ihn an.

Er verzog keine Miene.

»Hör auf damit, du machst mir Angst.«

Ich prustete. Verdammt.

Scheiß Endorphine.

»Ich werde Luke die Liste durchsehen lassen. Er soll alles über die Mädchen herausfinden«, sagte ich und sprang auf.

»Klingt gut. Ich werde mich mal umhören, was die Staatsanwältin angeht«, gab er zu verstehen.

»Alles klar, ich hol nur mein Zeug, dann bin ich weg.«

Mit diesen Worten ging ich ins Bad, wo ich die Sachen zum Trocknen aufgehängt hatte. Die Klamotten waren noch klamm, meine Schuhe, die neben dem Waschbecken standen, leider immer noch nass. Ich schlüpfte trotzdem hinein. Schnell packte ich alles zusammen. Endlich hatten wir eine waschechte Spur. Ich freute mich über diesen Fortschritt.

Wenn Clearwater wirklich im Menschenhandel verstrickt war, dann würde ich jeden Einzelnen dieser Bastarde aufspüren und persönlich zur Strecke bringen. Im Wohnzimmer packte ich mein Handy und meine Smith & Wesson. Dorian schaute mir dabei zu, wie ich alles zusammenknüllte und unterm Arm trug. Verdammt, ich war ein Kind der Straße, scheiß auf zusammenlegen.

»Ich melde mich, sobald ich Neuigkeiten habe«, sagte ich an der Tür stehend.

Dorian kam auf mich zu. Seine schweigsame Art machte mir im Normalfall nichts aus, doch da ich nicht sicher war, wie es jetzt zwischen uns stand, wollte ich so schnell wie möglich weg.

»Also dann, bis später«, sagte ich und öffnete die Tür.

Dorian bewies wieder mal, dass er schnell war. Sehr schnell. Mit einer einzigen fließenden Bewegung knallte er die Eingangstür zu und hielt sie mit seiner Hand auch zu.

»Sagt man so etwas Tschüss?«, knurrte er mir ins Ohr.

Mir meine Klamotten vor die Brust haltend drehte ich mich um. Dorian musterte mich nur. Er schien mit sich zu ringen.

»Was willst du?«, blaffte ich ihn an, nicht sicher, wie ich sonst hätte reagieren sollen. Das alles war so fremdartig für mich.

»Stures Weib«, grummelte er, neigte sich zu mir herunter und küsste mich.

Ein Herzschlag, zwei Herzschläge.

Immer wenn er mich küsste, schien die Welt nur

aus meinem Herzschlag und dem Rauschen in meinem Kopf zu bestehen.

Obwohl der Kuss mehr als keusch war, verfehlte er seine Wirkung nicht. Meine Lippen kribbelten, als er sich wieder von mir löste.

»Versuch den Menschen heute Nacht keine Angst einzujagen«, sagte er noch, nahm dann seine Hand von der Tür.

»Ich kann nichts versprechen«, antwortete ich diabolisch lächelnd.

Dein Hass, dein Zorn. Sie gehören mir.

SECHSUNDZWANZIG

ASRA

»Ich will deine verdreckten Huren nicht. Ich will das verfickte Koks, das du mir versprochen hast, Weston. Ist die verdammte Lieferung nicht bis Freitag hier, reiße ich dein verschissenes Labor in der Luft auseinander. Hast du mich verstanden?« Während ich mit dem Präsidenten der Red Bikes sprach, betrat Lia mein Büro. Ich gab ihr zu verstehen, dass ich in einer Minute bei ihr sein würde.

»Ich werde ... mein Bestes ... geben«, stammelte Weston wie ein kleines Mädchen. Gott, ich hasste Lügner.

»Das will ich dir raten«, blaffte ich und legte auf.

Lia zog fragend eine Augenbraue nach oben.

»Schick nachher Rio nach New Orleans. Er soll sich ein paar Jungs schnappen und da unten aufräumen. Ich glaube, Weston redet sich ein, nur weil ich eine Vagina habe, dass ich mit verzögerten Lieferzeiten schon zurechtkäme. Ich hasse diese verdammten

Männer, die glauben, sie könnten einer Frau sagen, wo es lang geht.«

Ich hörte, wie Lia schmunzelte. Ehe sie etwas sagen konnte, fuhr ich ihr über den Mund: »Ich meine *außerhalb* des Bettes.«

Als sie immer noch schmunzelte, erwiderte ich es, dann kehrte ich zum Geschäftlichen zurück.

Obwohl Lia und Jim sich in Dorians Wohnung umgesehen hatten, hatten sie keinerlei Spuren gefunden. Dorian hatte kaum persönliche Gegenstände in seiner Wohnung. Kein Arbeitszimmer, keine Dokumente, auch sein Computer und Tablet waren wie leergefegt. Dorian Bane war wie ein Geist. Oder aber, er war mir einen Schritt voraus und hatte gewusst, dass ich meine Leute schicken würde.

Zähneknirschend hatte ich das madige Ergebnis der Durchsuchung akzeptiert. Heute Morgen hatte ich Bane dann Bescheid gegeben, dass wir heute einen Ausflug machen würden.

»Was gibt es?«, fragte ich Lia, während ich die Unterlagen auf meinem Schreibtisch in die Schublade stopfte.

»Das solltest du dir selbst ansehen.« Überrascht hob ich den Blick.

Lia drehte sich einfach um und spazierte aus dem Raum. Ich folgte ihr vors Haus.

Dort, in der Nachmittagssonne stand Jasmin auf der Wiese, umringt von Chuck und Seth. Chuck griff nach ihr, doch das kleine flinke Mädchen wich aus, trat ihm ins Knie und verpasste Seth, der just in dem Moment ihren Arm packte, einen rechten Haken.

Danach rutschte sie zwischen Seths Beinen hindurch, sprang ihm auf den Rücken und brachte ihn mit ihrem Schwung ins Straucheln. Seth landete direkt auf Chuck, der sich gerade aufrappeln wollte. Und beide Männer landeten im Dreck, während Jasmin völlig außer Atem auf sie herabschaute.

Natürlich war mir klar, dass Chuck und Seth nicht ernst machten. Sie spielten ein bisschen mit der Kleinen. Das erkannte man daran, dass sie grinsend auf der Wiese hockten. »Sie ist unglaublich flink und schnell, leider fehlt es ihr an Kraft und na ja ... Technik. Wenn wir sie jedoch ordentlich trainieren, könnte sie unglaublich weit kommen.«

Ich hörte Lias Worte, konnte meinen Blick jedoch nicht von dem Mädchen abwenden. Sie stand voller Stolz aufrecht, hielt jedoch Chuck eine Hand hin. Jasmin war ein Kind der Straße genau wie ich, jedoch schien sie ein Licht in ihrem Herzen zu tragen, das ich mir nicht hatte erhalten können. Ein Gefühl von Melancholie machte sich in mir breit. Hastig wandte ich mich ab, ging zur Tür.

»Du kannst anfangen sie zu trainieren, aber sorg dafür, dass sie zur Schule geht.« Meine Stimme war nicht so emotionslos, wie ich sie gern gehabt hätte. Dass Lia mitfühlend meinen Namen flüsterte, als ich die Tür der Villa schloss, bestätigte mir dies nur. Wie betäubt machte ich mich auf den Weg in den Trainingsraum. Ohne mich umzuziehen ging ich auf den Boxsack zu und prügelte auf ihn ein. Immer wieder, so hart wie ich konnte.

Gefühle bahnten sich einen Weg und ich schrie sie

einfach heraus. Ich wusste nicht, wie lange ich fluchte, doch ich schlug wie eine Irre auf den Sack ein. Schlug etwas, das nicht in meiner Reichweite lag.

»Schlechten Tag gehabt?«, fragte eine Stimme, die mir einfach nicht mehr aus dem Kopf gehen wollte.

»Alles bestens. Was willst du so früh schon hier?«, blaffte ich Dorian an, der an der Wand lehnte. Ich fragte mich nicht mal mehr, wie er hier reingekommen war.

»Ich mag es, wenn du so kratzbürstig bist, dann macht es viel mehr Spaß, dich zu zähmen.« Er kam auf mich zu.

Jasmin heute zu sehen hatte mich aufgewühlt. Außerdem hatte Luke die Mädchen alle samt als vermisst identifiziert. Der Verdacht des Menschenhändlerrings verstärkte sich. Die Liste war lang und die Mädchen waren zum Teil schon über mehrere Jahre verschwunden. Wie es schien, lief dieses scheiß Ding schon mindestens 18 Jahre. 18 Jahre Menschenhandel. Wie vielen Mädchen hatte das die Freiheit gekostet? Wie viele litten noch immer in irgendwelchen Kellern vor sich hin. Missbraucht, vergewaltigt, zerstört. Nicht fähig zu fliehen. Mich quälten Albträume, seit ich von Dorian weg war. Dabei waren es nur läppische zwei Tage.

Die ganze Situation brachte mein inneres Gleichgewicht durcheinander, was bei meinen Dämonen gefährlich war. Immer wieder kündigten sich alte Panikattacken an. Es kostete mich unglaublich viel Kraft sie in Schach zu halten. Nach den letzten Tagen fühlte ich mich seelisch wund.

Es geschah nicht oft, dass ich von früher träumte, meist wenn sich die Ereignisse überschlugen. Der größte Grund dafür stand jetzt vor mir.

»Wir waren für heute Nachmittag verabredet.« Meine Stimme war noch immer außer Atem.

»Ich wollte dich sehen.« Mit diesen Worten nahm er mein Gesicht zwischen seine Hände und küsste mich. Obwohl ich wusste, dass es falsch war, obwohl ich wütend auf Dorian war, dass er einfach nicht aus meinem Kopf verschwinden wollte, konnte ich mich nicht gegen seine Wärme wehren.

Nicht heute, nicht nach dieser Nacht voll Ängste, nicht nach dem Gefühl des Verlorenseins, das die letzten Tage mein ständiger Begleiter war. Meine harte Schale hatte immer noch Risse und wie flüssiges Wachs schlängelte sich Dorian durch diese bis zu meinem Herzen.

Verzweifelt löste ich mich von ihm, drehte mich weg und fuhr mir frustriert durchs Haar.

»Was tust du da?«, flüsterte ich.

Er trat hinter mich, legte seine starken Arme um mich und legte sein Gesicht an meines. »Schadensbegrenzung«, flüsterte er mir ins Ohr und ich konnte nichts gegen das Grinsen tun, das mir diese freche Antwort entlockte.

Wie es schien, war ihm heute nach Spielen zumute.

Schade nur, dass ich ihm die Laune vermiesen musste.

»Hör zu, Luke hat alle Wohnorte der Mädchen gecheckt. Vermehrt verschwanden sie entlang der Küste des Atlantischen Ozeans. Das ist ein riesen Ding.

Wer auch immer hinter all dem steckt, es war nicht Clearwater, oder jedenfalls nicht nur. Das ist einfach zu groß. Die Frage ist, wo sind die Mädchen hin verschwunden? Beziehungsweise, wer hat sie eingesammelt. Die einzige Anlaufstelle, die wir haben, ist diese Staatsanwältin. Und genau der werden wir einen Besuch abstatten.«

Ich versuchte so viel Distanz wie möglich zwischen uns zu bringen. Auch wenn mein innerer Schweinehund sich in die falsche Sicherheit von Dorian fallen lassen wollte, war mir doch klar, dass das ein Fehler wäre.

»Du bist der Boss.« Er verbeugte sich gespielt und wies mit seiner Hand auf die Tür.

»Ich weiß nicht, welche Seite von dir erträglicher ist, deine tödliche oder aber dieses schwachsinnig verspielte Art«, brummte ich, während ich an ihm vorbeistapfte.

Dorian riss mich zurück, vergrub seine Hand in meinen Haaren und knurrte nahe an meinen Lippen: »Vorsicht, Prinzessin. Provozier mich nicht. Du liebst es, dass du nie einschätzen kannst, was dich bei mir erwartet. Nie weißt, ob ich dir Vergnügen oder Schmerz bringe, ob ich Freund oder Feind bin. Ich kenne dich Asra, ich weiß, dass dieser kleine Teil in dir, den du zu verstecken versuchst, nach dem Feuer greifen möchte, das ich in dir auslöse.«

Er drückte mir schnell einen Kuss auf und entließ mich dann aus seiner Umklammerung.

Verwirrt, erregt und gefühlsmäßig entblößt, huschte

ich in die Damenumkleide. Was ich jetzt brauchte, war eiskaltes Wasser.

Als ich wenig später in den Trainingsraum zurückkehrte, unterhielt sich Dorian mit Lia. Sofort klingelten bei mir alle Alarmglocken, besonders als Lias liebliches Lachen durch den Raum hallte.

»Und dann hat sie …«, begann sie gerade einen Satz.

»Wer?«, fragte ich provozierend. Als Lia mich bemerkte, zwinkerte sie mir kokett zu.

»Ich erzähle Dorian gerade von meinem früheren Hund Sady.«

Als ich das hörte, hätte ich ihr am liebsten anerkennend auf die Schulter geklopft. Mir war durchaus bewusst, dass sie nie einen Hund namens Sady gehabt hatte. Was auch immer sie mit dieser falschen Geschichte bezweckte, diente einzig und allein dazu, Dorian auszuhorchen.

»So schön es auch war, mich mit dir zu unterhalten, wie es aussieht, ruft die Arbeit.«

Mit seinem charmanten Lächeln wandte sich Dorian von Lia ab.

»Wollen wir?«, fragte er selbstbewusst.

»Klar«, murmelte ich.

»Ich hab dir die Adresse von Pivel aufs Handy geschickt«, sagte Lia noch, bevor wir sie im Trainingsraum zurückließen.

»Auffälliger ging wohl nicht oder?«, fragte ich naserümpfend mit Blick auf den Audi GT, den Bane vor dem Nest abgestellt hatte.

»Ich hatte mir schon gedacht, dass wir eine kleine

Spritztour machen, warum nicht mit Stil und Klasse?« Wie der formvollendete Gentleman hielt er mir die Beifahrertür auf.

»Träum weiter, ich fahre.« Mit diesen Worten umrundete ich das schnittige schwarze Auto.

Er protestierte nicht, was mich überraschte. Als wir zum Highway fuhren, konnte ich mir meine Frage nicht verkneifen.

»Okay, sag's mir«, presste ich barsch hervor.

»Was soll ich dir sagen?«

»Warum du mich fahren lässt.«

Dorian schien kurz über meine Frage nachzudenken.

»Warum sollte ich nicht? Du weißt, wo wir hinwollen, und besitzt mindestens einen gefälschten Führerschein.«

»Tu nicht so beschissen unwissend. Ich lebe mein Leben zwischen testosterongesteuerten Männern. Wie kommt es, dass du nicht mal mit der Wimper zuckst, wenn ich dein Auto in Beschlag nehme. Kratzt das nicht an deiner Männlichkeit?«, fragte ich provozierend. Dorian war für mich noch immer ein Buch mit sieben Siegeln. In einer Minute dominant und in der nächsten war er so ... so ... soo ... wie eben jetzt.

»Wer seine Männlichkeit von ein bisschen Blech und Metall abhängig macht, sollte sich keine Sorgen darüber machen sie zu verlieren, sondern sich darum kümmern, sie zu finden.« Das waren sie, die Worte, die jede Frau hören wollte. Die Worte, die ihr Sicherheit gaben. Einfach und simpel. Dorian hatte es auf den

Punkt gebracht, doch was fing ich mit diesen Worten an?

»Ich hab dich einfach für einen Kontrollfreak gehalten.«

»Warum? Weil ich dich jede einzelne verdammte Sekunde am Tag über meine Schulter werfen und in mein Bett werfen will, um dir das Hirn herauszuficken?« Interessiert musterte er mein Gesicht.

»Ich ... nein«, stotterte ich. Mist, seit wann gehörte ich zu der Sorte Frau, die stotterte?

»Du solltest doch am besten wissen, wie deutlich der Grat zwischen Unterwerfung und Unterdrückung ist.«

Unwillkürlich schoss mir das Bild meiner Mutter in den Kopf. Wie sie tapfer lächelte, während tieftraurige Augen doch verrieten, was wirklich in ihr vorging. Heute war ein Tag der Sentimentalität, nur so konnte ich erklären, wie die nächsten Worte meine Lippen verlassen konnten.

»Manchmal geht das eine mit dem anderen einher«, flüsterte ich mit starrem Blick auf die Straße. »Und zurück bleibt eine gebrochene Frau«, vollendete ich den Satz.

»Du sprichst von deiner Mutter, sie ist tot, oder?«

Es wunderte mich nicht, dass Dorian über meine Mutter Bescheid wusste. Hatte er Malik gefunden, war es ein Leichtes, näheres über den Tod meiner Mum herauszufinden. Ich starrte auf den fast leeren Highway.

»Ich war dreizehn Jahre alt gewesen, als sie starb«,

gab ich zu, nicht bereit noch weiter Informationen mit ihm zu teilen.

»Ich war achtzehn, als meine Schwester starb«, brummte Dorian und ich warf einen verunsicherten Blick zu ihm. Er starrte aus dem Fenster, die Fäuste in seinem Schoß waren geballt. Dass er mir dieses Detail anvertraute, wärmte eine kleine Stelle in mir, die ich schon fast vergessen hatte. Zwischen all dem Leid, dem Schmerz, dem Blut und dem Tod, in dem ich lebte, vergaß ich hin und wieder, dass es andere auch treffen konnte.

»Mein Vater hat meine Mutter getötet.« Dass ich diese Sätze das letzte Mal laut ausgesprochen hatte, war Jahre her. Ich konnte die Vergangenheit nicht ändern, doch irgendwann, wenn ich meinen Vater zur Rechenschaft gezogen hatte, würde ich die Wahrheit über meine Mutter der Welt offenbaren. Sie sollten sehen, wovor sie so verbissen die Augen verschlossen hatten.

»War das der Grund warum du abgehauen bist?«, fragte Dorian interessiert. Meine Hände umfassten das Lenkrad fester.

»Nein. Was war mit deiner Schwester, warum hat sie sich umgebracht?« Wir befanden uns auf einem schmalen Pfad der Informationen. Fast wie ein Tanz. Ich gab Dorian eine Information, war aber nur im Handel bereit, mehr von mir preiszugeben.

»Das musst du sie fragen. Wir haben es nie herausgefunden.«

Ich versuchte, mir seine Schwester vorzustellen. Wahrscheinlich hatte sie dieselben grünen Augen wie er, dasselbe dunkle Haar. So oder so war ich mir sicher, dass sie wunderschön gewesen sein musste. Was anderes ließen die Bane-Gene gar nicht zu.

Aber dreizehn Jahre war so verflucht jung für einen Selbstmord.

Was brachte ein Mädchen nur dazu?

Als ich vom Highway runterfuhr, landeten wir vor einer alten Ranch. Das Tor war stabil und geschlossen, eine Kamera war auf uns gerichtet.

»Wir sind da«, sprach ich das Offensichtliche aus.

»Sieht ganz schön pompös aus. Ist es das?«, fragte Bane mit einem wachen Blick auf das Tor.

»Ja, das Haus von Staatsanwältin Pivel. Luke hat ihr Handy geknackt. Laut seinen Informationen stand sie vor deren Tod in direktem Kontakt zu Glich und Clearwater. Ich bin mir sicher, dass wir was finden. Wir müssen nur ordentlich graben und überzeugend sein. Die Sicherheitskameras hat Luke heute Morgen lahmgelegt. Sie müssten noch immer nicht funktionieren.« Während ich das sagte, lud ich meine Smith & Wesson durch, prüfte die Patronen und steckte sie in ein Holster, das unter meiner Lederjacke verborgen war. Dann stieg ich aus.

Dorian prüfte ebenfalls seine Waffe.

»Meinst du, sie ist das nächste Ziel ist?«, fragte er, während er durch den Zaun der Ranch schaute.

»Wir suchen die Nadel im Heuhaufen, wir können nur reinfassen und uns piksen lassen«, sagte ich, während ich mich nach einer Möglichkeit umschaute, um über den Zaun zu klettern.

»Was machst du da?«, fragte Dorian nach kurzer Zeit belustigt.

»Wonach sieht es denn aus? Ich suche eine geeignete Stelle um über den Zaun zu klettern.«

Damit begann ich schon meinen Fuß testweise auf einen Baum nahe dem Zaun zu setzen.

»Löst du deine Probleme immer damit, irgendwo rauf zu klettern?« Als er das sagte, war ich schon gut die Hälfte meines Wegs hochgeklettert.

Dorian setzte sich in Bewegung und betätigte einfach die Klingel. Natürlich nicht, ohne seine Waffe wegzustecken.

»Du verdammter ...« Weiter kam ich nicht, als eine Frauenstimme durch den Lautsprecher sprach.

»Ja, wer ist da?«

»Jeanette, wie gehts es dir, spinnen die Sicherheitskameras? Ich bin es, Dorian.«

»Oh, Dorian, was machst du denn hier? Ja, irgendwie haben wir seit heute Morgen Schwierigkeiten mit den Kameras. Komm doch herein.« Und während ich noch halb auf dem Baum hing, öffnete sich das verdammte Tor.

»Treffen wir uns an der Tür, Catwoman, oder steigst du ins Auto?«, fragte mich Bane belustigt. Innerlich versuchte ich, genug Gründe zu finden, ihn nicht auf der Stelle umzulegen. Ich kam genau auf drei.

»Arrogantes Arschloch«, murmelte ich vor mich hin.

Mit hochrotem Kopf kletterte ich den Baum wieder herunter und stieg auf der Beifahrerseite ein. Sollte er seine Beziehungen spielen lassen.

Dorian grinste nur.

Als wir am Haus der Staatsanwältin ankamen,

stand diese schon auf der Veranda. Die Ranch war modernisiert worden, das Haus sah aus wie aus einem Designerkatalog. Es musste bis auf die Grundmauern neu gebaut worden sein. Staatsanwältin Pivel war mit Glich und Clearwater eng befreundet, das hatten die Recherchen von Luke ergeben.

Dorian setzte die Maske des Charmeurs auf, als er ausstieg. Ich ließ ihm den Vortritt, inspizierte die Umgebung. Es gab zahlreiche Möglichkeiten, sich auf die Ranch zu schleichen. Hunderte Möglichkeiten, aus der Ferne heraus Pivel die Lichter auszupusten.

Ich verstand nicht, was Dorian mit Pivel besprach, doch irgendwann zeigte er auf mich. Interessiert schaute sie ins Auto. Als ich ausstieg und zu den beiden kam, spannten sich ihre Gesichtszüge an. Die Staatsanwältin schien von meiner Anwesenheit wenig begeistert. Sie erkannte mich, was dafür sprach, dass auch sie schon im Dreck gespielt hatte.

Ich schätzte Mrs. Pivel auf Ende vierzig. Ihr Haar war zu einem strengen Knoten zurückgebunden und ihr quietschgelbes Etuikleid war nicht von der Stange.

»Asra, das ist Jeanette, wir kennen uns von der Arbeit. Jeanette, das ist Asra, eine gute Freundin von mir.«

Steif nickte Pivel, doch ihre ganze Körperhaltung verriet sie. Automatisch verschränkte sie die Arme. Eine abwehrende Haltung.

Amüsiert legte ich den Kopf schief. »Ich glaube, mich vorzustellen ist unnötig, Dorian. Mein Ruf scheint mir auch hier vorauszueilen.« Meine Stimme war locker und verspielt, was sie beängstigender klingen ließ, als hätte ich gezischt.

Dorian hob gespielt überrascht die Augenbraue.

»Ach ja? Du bist immer für eine Überraschung gut, Jeanette, lass uns doch ins Haus gehen, wir haben einiges zu besprechen.«

Mrs. Pivel schien der Arsch auf Grundeis zu gehen. Stocksteif führte sie uns in ihr Heim. Wie ich es erwartet hatte, war das Haus vollgestellt mit wertvollen Kunstgegenständen, Designermöbeln und Kram, den die Welt nicht brauchte. Kein Staubkorn lag auf dem Fußboden, wir hätten ebenso in einem Katalog stehen können. Ein Haus ohne Seele.

Bane und Mrs. Pivel setzten sich auf die Couch. Ich blieb aus Sicherheitsgründen lieber stehen und schaute mich um.

»Dorian, ich verstehe nicht, was du mit dieser ... dieser Person zu schaffen hast. Was auch immer ihr wollt, ihr werdet es bei mir nicht finden.«

Dorians Gesicht war eine ausdruckslose Maske. Er starrte die in die Jahre gekommene Frau einfach nur an. Mrs. Pivel schien zwar seelenlos aber auch absolut naiv zu sein. Denn sie begann nervös umher zu rutschen. Ihre Augen flogen im Sekundentakt zwischen mir und Dorian hin und her.

»Clearwater. Wir wissen Bescheid.« Mehr brauchte es nicht. Vier simple Worte und Mrs. Pivel brach ihre gespielte Unschuldsmiene.

»Ich wusste nicht genau was sie taten«, jammerte sie. Tränen traten ihr in die Augen. »Du musst mir glauben, Dorian. Ich habe nur hier und da ein paar

Gefallen eingelöst. Ich hatte mit den Containern nichts am Hut. Bitte, bring mich nicht ins Gefängnis.«

Pivel klang wie ein jaulender Köter. Mit ihren Händen gestikulierte sie übertrieben. Man musste kein Genie sein, um zu wissen, dass sie log.

»Glich behauptete, es würde nie etwas herauskommen. Es ging um Unsummen an Geld. Bane. Die Zeiten sind hart.«

Als ich die Worte der Frau vernahm, lief es mir eiskalt den Rücken hinunter. Man musste kein Genie sein, um eins und eins zusammenzuzählen.

»Sie haben Mädchen geschmuggelt. In den Seecontainern? Wie lange schon? Wer steckt da noch mit drin?«, fragte ich sie mit schneidender Stimme. Mrs. Pivel zuckte zusammen, ihr Blick huschte unstet umher.

»Ich ... ich weiß ... ich weiß es nicht«, versuchte sie in ihrem jämmerlichsten Ton. Ich tauschte einen schnellen Blick mit Dorian. Er starrte in die Leere. Seine Augen zornig zusammengezogen, seine Hände zu Fäusten geballt. Ich hatte ihn bisher in vielen Gefühlslagen gesehen, belustigt, dominant, erregt, kontrolliert, aufgebracht, doch jetzt war seine ganze Aura eine Masse aus Wut, Zorn und dem Bedürfnis, etwas umzubringen. Dass ich das erkannte, zeugte davon, dass wir viel zu viel Zeit miteinander verbrachten.

Da Dorian nicht in der Lage war, übernahm ich den unangenehmen Teil mit Pivel. Ich ging auf eine Kommode zu, die eine Sammlung antiker Vasen zur Schau stellte. Eine davon Griff ich mir, und schmetterte sie ganze 3 cm am Kopf von Mrs. Pivel vorbei.

Mit einem ohrenbetäubenden Knall zersplitterte sie an der Wand in tausend Teile. Pivel schrie auf, hob schützend die Hände über den Kopf. Es war Zeit, härtere Geschütze auszufahren. Dorian, der sich wieder gefangen zu haben schien, sah aus wie die Ruhe selbst.

»Ups. Bin ich ungeschickt«, flötete ich, ließ meinen Kopf kreisen und meine Knochen knacken.

»Entschuldige die aufbrausende Art von Asra. Sie ist kein Fan von Lügen.« Dorian schaute unbeeindruckt auf seine Nägel. Er spielte den guten Bullen wirklich hervorragend.

»Ich kann es ebenso nicht leiden mich zu wiederholen. Wie lange geht das schon und wer steckt da mit drinnen.« Mit meiner Stimme hätte man Eis schneiden können. Pivel zeigte sich deutlich kooperativer.

»Ich weiß es nicht genau. Vielleicht ein paar Jahre. Ich weiß nicht, wer da alles mit drin steckt. Es werden keine Namen genannt«, gab sie schließlich zitternd zu.

Mein Mitleid für dieses seelenlose Miststück hielt sich wirklich in Grenzen. Mit kräftigen Schritten ging ich auf sie zu, packte sie am Arm und zog sie auf die Beine. Wie eine Puppe folgte sie mir.

»Ich will Namen. Nennen Sie mir die verfickten Namen«, blaffte ich sie an, starrte ihr in die verwässerten Augen.

»Keine Namen, nur Koordinaten. Das war der Deal.« Mit einer schnellen Bewegung hob ich die Hand und schlug Mrs. Pivel direkt ins Gesicht und schickte sie somit zu Boden. Ich hatte auf der Straße schon einige Scheiße gesehen, doch was wir hier auf der Spur waren, war richtig übel.

Aufgewühlt fasste ich mir ins Haar. Verdammt. *Reiß dich zusammen Asra!*

Dorian kam zu uns und stupste die bewusstlose Frau mit dem Fuß an. »Das war ein bemerkenswerter Schlag, Prinzessin, allerdings haben wir noch nicht alle Informationen, die wir benötigen.«

»Kein Problem, Moment.« Mit diesen Worten ging ich zu einem prächtigen Strauß Lilien, zog sie aus dem Wasser, warf die Blüten auf den Boden und kippte den Inhalt der Vase über Mrs. Pivel aus. Wie ein Fisch auf dem Trockenen schreckte sie hoch und fasste sich dann schmerzverzerrt an die Wange.

Als sie mich über ihr stehen sah, wich sie auf allen vieren vor mir zurück. Wie ein verängstigtes Tier rappelte sie sich auf, mit dem Rücken fest an die Glasfront des Hauses gepresst. Kein Entkommen. Ein Gefühl der Genugtuung erfüllte mich.

»Wer hat euch diese Mädchen verkauft?«, fragte Dorian, sie nicht aus den Augen lassend.

»Ich ... ich kann nicht. Er würde mich umbringen. Dann wäre alles vorbei«, stammelte sie. Wenn ich mir nicht sicher wäre, dass jedes Stück in diesem Haus mit Blutgeld bezahlt wurde, Blut, das arme unschuldige Mädchen bezahlen mussten, hätte ich vielleicht Erbarmen mit der Frau gehabt. Okay nein, ich hätte sie trotzdem getötet. Mrs. Pivel hatte wohl das große Geld gerochen.

Die Opfer ihrer Machenschaften gab es für sie nur auf Papier.

»Wenn sie es uns nicht verraten, töte ich sie. Und das langsam und qualvoll. Wenn ich etwas nicht leiden kann, dann ist es Menschenhandel«, informierte ich sie, starrte sie dabei in Grund und Boden.

»Sie verstehen nicht, damals, als einer der Container versank, da …«, begann Pivel als ein Surren und dann ein lauter Schlag ertönte. Die riesige Glasfront zersprang in tausend Teile. Dorian warf sich auf mich, als weitere Schüsse ertönten. Wir rollten uns gemeinsam über den Boden und suchten hinter dem Sofa Schutz. Wenige Sekunden später kehrte absolute Stille ein. Dorian bewegte sich hinter mir.

»Bleib hier sitzen, kein Wort«, flüsterte er mir ins Ohr. Mit gezogener Waffe schlich er zum Ende der Couch, um zu sehen, wo der Angriff herkam.

»Dorian«, zischte ich und er schaute mich an. Seine grünen Augen waren mir schon so sehr vertraut. Mein Herz raste, Schweiß stand mir auf der Stirn. Obwohl ich nicht verletzt wurde, fiel mir das Atmen schwer. Eine unsichtbare Klaue hatte sich um meinen Brustkorb gelegt. Ich fühlte Angst, Angst um Dorians Leben. Diese Erkenntnis traf mich wie ein Schlag und ich zuckte allein bei diesem Gedanken zusammen. Wann war das geschehen? Wann hatte ich aufgehört, in ihm einen Feind zu sehen? Und was hatte das zu bedeuten.

Als er gerade um die Ecke schauen wollte, hielt ich ihn zurück.

Sofort schaute er mich an, Sorge zeichnete sich auf seinem wunderschönen Gesicht ab.

»Hier«, flüsterte ich und drückte ihm ein Stück der gesprungenen Vase in die Hand. Er verstand sofort.

Mit Schwung warf er das Stück Porzellan vor die Couch. Obwohl keine weiteren Schüsse fielen, hielt ich ihn noch zurück. Ich würde nicht den gleichen Fehler riskieren wie in der Crossroad.

Doppelt hält besser.

Mit den Händen signalisierte ich ihm, dass er unten bleiben sollte. Als er das realisierte, knurrte er ein »Nein«.

Doch da war es schon zu spät, wie der Blitz sprang ich aus der Deckung der Couch und suchte Schutz hinter dem Sessel. Wieder fielen keine Schüsse.

»Ich glaube die Luft ist rein«, sagte ich und stellte mich hin. Schaute auf das Desaster, das die gesprungene Glasfront hinterlassen hatte. Mitten darin lag die Leiche von Jeanette Pivel auf dem Bauch. Ein riesiges Loch klaffte ihr im Hinterkopf.

Als ich Dorian gerade fragen wollte, was wir als Nächsten tun sollten, kam dieser wie eine geballte Macht auf mich zugerast. Mit einer unbändigen Kraft drängte er mich an die Wohnzimmerwand und griff mir bestimmend an den Hals.

»Was zum …«, fluchte ich, doch als mein Blick seine Augen traf, verstummte ich. Wie ein Sturm verdunkelte sich das Edelsteingrün seiner Augen.

»Was. Hast. Du. Dir. Dabei. Gedacht?«, knurrte er mich an. Er sah aus wie ein wildes Tier. Sein Atem ging schwer, und man sah ohne Zweifel die Wirkung des Adrenalins. Eine Ader pulsierte an seinem Hals. Sein Herz musste rasen. Obwohl er so außer sich war, war die Berührung seiner Hand an meiner Kehle weder bedrohlich noch schmerzhaft.

»Ich …«, begann ich, doch er unterbrach mich.

»Ja, *du!* Du hättest sterben können, Asra.«

Als ich seine Worte vernahm, wurde mir warm in der Bauchgegend. Es war das zweite Mal, dass man auf uns geschossen hatte.

In der Crossroad schien Dorian noch lange nicht so aufgewühlt gewesen zu sein, wie jetzt. Wie es schien, litt nicht nur ich unter diesen verdammten Gefühlen, die sich zwischen uns immer weiterbildeten. Er hatte sich ebenso um mich gesorgt, wie ich mich um ihn. Mehr noch, denn ich hatte einfach reagiert, ohne auch nur einen Gedanken daran zu verschwenden, dass er Angst um mich haben könnte.

Meine Empörung und Wut verrauchten augenblicklich. Meine Hände begannen, anstatt ihn wegzudrücken, seinen Arm an meiner Kehle beruhigend zu streicheln.

»Shht. Alles ist gut.« Meine Stimme war sanft und einfühlsam. Eine Regung, derer ich mich nicht mehr fähig gefühlt hatte. Ich ließ meine Hände über seine Schultern fahren, hinab zu seiner Brust, in der sein Herz raste.

»Ich bin hier, es ist alles okay, beruhige dich.«

Unter meinen wandernden Fingern entspannten sich Dorians Muskeln langsam. Der tobende Sturm in seinen Augen legte sich, sein hektischer Atem kam zur Ruhe.

Als er wieder bei Sinnen war, kam er mir näher. Der Griff um meinen Hals lockerte sich. Er legte seine Stirn an meine und schloss die Augen.

»Ich brauche eine Minute«, brummte er.

Meine Hände kamen auf seiner Brust zur Ruhe.

Jeder einzelne Herzschlag verhalf auch mir dabei, das Adrenalin in mir auf ein erträgliches Level zu senken. Wir atmeten die gleiche Luft, fühlten den gleichen Schmerz, spürten etwas, das wir seit Jahren nicht mehr gespürt hatten. Wahre, nackte Angst um einen anderen Menschen. Wenn man um keinen Menschen fürchten musste, war es einfach, alles zu riskieren. Nun standen Dorian und ich vor einem unlösbaren Problem. Denn ich war mir sicher, wusste tief in mir, dass ich mich in einen Mann verliebt hatte, der in einer Welt lebte, in die ich ihm nicht folgen konnte. Mein Platz war in der Chicagoer Unterwelt. Dorians Platz war dagegen an der Spitze Chicagos.

Zwei zerstörte Herzen ergeben niemals ein ganzes.

ACHTUNDZWANZIG

ASRA

Wir hatten keine Spuren von den Schützen auf Pivels Grundstück finden können. Nachdem wir uns beide beruhigt hatten, suchten wir alles ab. Das Haus, das Grundstück. Zum einen nach den Schützen, zum anderen nach Informationen. Doch nichts. Jeanette Pivel war wohl nur ein kleines Licht im Mosaik dieses Verbrechens gewesen.

Eigentlich wollte ich Luke fragen, ob die Kameras, die er lahmgelegt hatte, schon wieder aufgezeichnet hatten, doch mein Handy hatte beim Aufprall auf dem Boden den Geist aufgegeben und Dorian hatte keines bei sich.

Die Durchsuchung des Hauses hatte ganze drei Stunden gedauert. Die meiste Zeit schwiegen Dorian und ich. Wir hingen unseren Gedanken nach. Im Rausch des Adrenalins hatte mein Kopf das Wort *»verliebt«* in den Raum geworfen. Mein Geist war damit beschäftigt dieses zu verarbeiten. Konnte es sein, dass ich mich in der kurzen Zeit, in der Dorian Bane in meinem Leben herumstocherte, in ihn verliebt hatte? Wie krank musste mein Herz sein, sich in jemanden zu verlieben, der mich eigentlich erpresste. Doch erpresste er mich denn? Er hatte meinen Bruder seit unserem ersten Treffen nie wieder auf den Tisch gebracht. Er hatte ihm nie gedroht. Und im Laufe der Zeit geriet der Grund, warum ich Dorian half, in den Hintergrund.

Jetzt stand ich da, völlig verloren in einem Gefühlschaos, dem ich mich nicht stellen wollte.

»Geben wir es auf, hier ist nichts«, sagte ich.

Dorian kam gerade aus dem Arbeitszimmer, während ich die Kommoden im Flur durchsucht hatte. »Ja, scheint so. Lass uns zurückfahren.«

»Aber immerhin wissen wir jetzt, wonach wir suchen müssen. Einer der Mädchencontainer ist gesunken. Wenn wir diesen finden, finden wir vielleicht den Drahtzieher des ganzen. Ich muss ins Nest, mein Handy hat den Geist aufgegeben. Die Sonne geht auch schon fast unter.«

»Dann lass uns gehen.« Mit einem kalten Blick auf Pivel drehten wir uns zur Haustür. Uns beiden war im Endeffekt scheißegal, wer dieses Miststück finden würde. Klar war uns auch, dass, wer auch immer seine Finger im Menschenhandel hatte, ganz bestimmt für den Mord an Pivel verantwortlich war. Zwar hatten wir einige Informationen von ihr bekommen, allen voran, dass die Mädchen in Containern verschleppt wurden, und dass wohl einer irgendwann gesunken war, wahrscheinlich mit seiner Fracht. Im Endeffekt jedoch hatten wir keine heiße Spur mehr.

Mein Herz gefror, als ich einen Blick auf die alte Dognall-Villa warf. Einschusslöcher waren auf der kompletten Fassade verteilt. Fenster und Türen waren verbarrikadiert worden.

»Fuck!«, fluchte ich und sprang aus dem Wagen, ehe Dorian diesen ganz angehalten hatte.

Ich zog instinktiv meine Waffe und ging auf die Haustür zu. Mit einem lauten Schlag klopfte ich zweimal kurz und dreimal in langen Abschnitten gegen die Tür.

»Ich bin es«, rief ich dazu noch.

Ein kratzendes Geräusch ertönte, dann wurde die schwere Platte von der Eingangstür weggeschoben und Jims Kopf erschien.

»Wo zur Hölle warst du verdammt?«, blaffte er mich an. Seine Schläfe hatte einen Streifschuss abgekommen.

»Was zur Hölle ist hier passiert?«, fragte ich und ging an ihm vorbei ins Nest. Auch im Inneren des Hauses waren Einschusslöcher, die mussten durch die Türen und Fenster hindurch eingedrungen sein.

»Wo sind die anderen?«, fragte ich panisch, schaute jeden Zentimeter ab.

»Wir sind alle unten bei Luke. Der Keller erschien uns am sichersten.«

Mit schnellen Schritten eilte ich in den Keller. Als ich die Tür zur Kommandozentrale aufriss, pumpte mein Herz vor Adrenalin. Dann sah ich sie. Lia und Luke. Beide waren wohlbehalten und schauten einen

Film über die Bildschirme von Luke. Irgendein Comedy-Scheiß, denn sie lachten auf.

»Was zum …«, fluchte ich.

Als Luke mich entdeckte, winkte er.

»Oh hey Boss, alles klar?«

Auch Lia schaute zu mir herauf. »Oh Gott, Asra!«, rief sie aus und sprang aus ihrem Sessel. Schneller als ich schauen konnte, legte sie die Arme um mich. Ich erwiderte die Umarmung fest.

»Fuck, was ist passiert?«

Sie ließ mich los und schaute ernst drein.

»Wir wissen es nicht genau, eigentlich haben wir nur wie immer unser Zeug gemacht. Luke saß im Keller, Jim und ich haben die Bar hergerichtet, Chuck und Seth waren wie immer auf ihrem Posten und Leo kam gerade an. Und dann brach die Hölle los. Kugeln schossen durch die Fenster, und donnerten auf die Villa ein. Jim hat mich auf den Boden geworfen, wer weiß was sonst passiert wäre«, erzählte Lia und hielt sich immer noch erschrocken die Hand an die Brust.

»Ich hab Schüsse gehört und wollte grad nachsehen, aber da kam Lia schon hier heruntergestürmt. Jim, Seth, Chuck und Leo sind oben geblieben«, erzählte Luke und rückte seine Brille zurecht.

Jim kam in den Keller, gefolgt von Dorian. Sofort wandte ich mich an meinen Barkeeper.

»Wer war das?«, blaffte ich, meine Hände zu Fäusten geballt.

»Keine Ahnung. Die Jungs und ich haben versucht zurückzuschießen und zwei von den Angreifern verletzt.

Allerdings haben die dann ein Maschinengewehr ausgepackt. Nachdem sie ordentlich rumgeballert haben, sind sie weggefahren. Wären sie zurückgekommen ... Wir hätten keine Chance gehabt, deshalb haben wir die Fenster und Türen verbarrikadiert und gewartet.«

Luke lehnte sich an einen Schreibtisch und verschränkte die Arme.

»Wann ging es los? Und wo zum Teufel sind Chuck, Seth und Leo?« Wütend fuhr ich mir durchs Haar. Fuck. Was sollte diese Scheiße?

»Vor ca. zwei Stunden würde ich sagen. Die Anderen sind den Schützen hinterher. Jim hat das Kommando erteilt«, sagte Lia und druckste ein bisschen herum.

»Vor zwei Stunden?! Warum wurde ich nicht informiert verdammt?«

»Weil dein scheiß Handy nicht an war.« Den vorwurfsvollen Ton von Jim hatte ich verdient.

»Ach ja, Scheiße, verdammte. Es ist kaputt«, gab ich zu und warf einen schnellen Blick zu Dorian. Dieser lehnte an der Wand und hörte uns zu. Schien sich komplett heraushalten zu wollen.

»Und wo warst du den halben Tag?«, fragte Jim.

»Wir haben einen Job erledigt.« Obwohl ich mich nicht verteidigen musste, tat ich es. Mein schlechtes Gewissen war auch so schon groß genug. Ich hätte hier sein sollen, hätte meine Männer formieren und Befehle erteilen sollen. Sie hätten alle tot sein können, Lia, Luke, Jim, Chuck, Seth. Sie waren das, was einer

Familie am nächsten kam. Was wäre passiert, wenn es sie erwischt hätte?

Für einen kurzen Moment schloss ich die Augen, atmete ein und aus, versuchte, mich zu beruhigen, die Angst in meiner Brust zurück in ihren Käfig zu schicken.

Plötzlich spürte ich eine Hand in meinem Rücken.

Dorian stand hinter mir, tat nicht mehr, als mir mit der Hand gegen das Rückgrat zu drücken. Die Botschaft war klar: *Reiß dich zusammen.*

»Okay, zuhören: Luke, ruf die Überwachsungskameras auf. Ich will wissen, wer diese Wichser waren. Lia, du rufst ein paar Jungs zusammen. Sie sollen die komplette Villa mit Panzerglas und Schutzmaßnahmen ausbauen. Und zwar heute noch. Jim, versuch Seth und Chuck zu erreichen, sie sollen sagen, wo sie sind. Ich werde mich umziehen und dann blasen wir diesen Hurensöhnen den Kopf weg.«

Mit diesen Worten drehte ich mich um.

»Asra ...« Lia hielt mich zurück, ihre Stimme leise, aber bestimmend.

»Ja?«

»Was hat das zu bedeuten? Ein Frontalangriff, da stimmt etwas nicht.«

Alle Augen im Raum waren auf mich gerichtet. Wieder ballte ich die Fäuste.

»Wir befinden uns im Krieg«, verkündete ich düster und ließ sie stehen. Dorian folgte mir wie ein zweiter Schatten.

Oben in meinem Appartement brauste ich weiter auf. Als ich damals kugelsichere Fenster einbauen ließ, hätte ich nie gedacht, dass der Rest der Villa ebenso in Gefahr war. Ich war eine Einzelgängerin, das wusste jeder, es gab keinen Grund die Villa insgesamt anzugreifen. Fahrig zog ich mir mein Shirt über den Kopf und schmiss es in die Ecke.

»Asra, beruhige dich.« Dorians Stimme war warm, fast schon mitfühlend. Das machte mich rasend.

»Hör auf, hör auf zu reden. Du hast keine Ahnung, was das hier für mich bedeutet.« Mit einer allumfassenden Bewegung schloss ich das gesamte Nest ein.

»Niemand, niemand hat es bisher gewagt mich so offensichtlich anzugreifen. Warum jetzt? Das Einzige, das sich geändert hat, ist dass du in meinem gottverdammten Leben aufgetaucht bist. Erklär mir das Dorian?«, blaffte ich ihn an, während ich mir meine Hose vom Leib riss. Schnell schlüpfte ich in frische Unterwäsche, Jeans, Shirt und Boots. Die Nacht würde lang werden.

»Du denkst das hängt alles zusammen?«, fragte er mich, während ich an ihm vorbei stürmte.

»Sag du es mir«, zischte ich mit einem schnellen Blick auf ihn. Er schwieg, doch die Antwort war offensichtlich. Ein riesen fettes Ja stand ihm auf der Stirn.

»Es ist eine Sache, mein Leben zu bedrohen. Das ist okay, das kann ich hinnehmen. Doch Luke und Lia, Jim und auch Seth und Chuck. Sie sind das Herz des Nests. Sie erheben nicht einfach irgendwelche Waffen, sie führen keine Jobs aus. Sie schützen, sie töten nicht. Ich werde jeden einzelnen dieser Wichser finden, und sie wünschen lassen, tot zu sein.«

Ich sehe dich.
Deinen unbezwingbaren Mut.
Deinen Durst nach Anarchie.

NEUNUNDZWANZIG

DORIAN

Das war sie. Das hier war die Königin der Sünden. Asras Blick loderte. Man sah ihr an, dass sie jedes einzelne Wort ernst meinte. Sie drehte sich um und griff nach einer Schublade der Kommode und schob sie auf. Darin befanden sich mehrere Waffen, Wurfsterne, Messer.

Sie packte Messer in ihre Stiefel, zog ein Waffenholster über ihre Schulter und packte jeweils zwei Waffen an die Brust. Ein weiteres Messer verschwand zwischen ihren Brüsten. Als Letztes landete die Smith & Wesson in ihrem Hosenbund.

Sie so zu sehen brachte mir einen deftigen Ständer ein. Asra, bis auf die Zähne bewaffnet, war heißer als die Hölle.

Im Großen und Ganzen war ich mir sicher, diese Frau konnte die Welt erobern, wenn sie es nur richtig versuchen würde. Eine Ein-Frau-Armee. Ich wusste nicht, wie ich je auf die Idee gekommen war, ich könnte diese Frau zähmen, denn sie bewies mir gerade das absolute Gegenteil. Entgegen meiner Erwartungen mochte ich das jedoch an ihr.

Unbeugsam, stark, stur.

Jeden Funken Kontrolle, den sie mir im Bett zukommen ließ, war nur Schall und Rauch, wenn sie diese Macht über sich zurückforderte.

Wenn Asra erfuhr, was ich ihr verschwieg, würde all diese geballte Wut die ganze Stadt zum Beben bringen. Und das erste Mal zweifelte ich an allem. Doch es war zu spät, denn ich hatte *ihn* endlich dazu gebracht, aktiv zu werden.

DREISSIG

ASRA

Dorian schaute mich mit unergründlichem Blick an.

»Kommst du?«, fragte ich, während ich auf meine Appartementtür zuging.

Er nickte und ließ mir den Vortritt.

Als ich Türe öffnete, hörte ich Lia schreien: »Asra, draußen, schnell!«

Adrenalin pumpte durch meine Venen und ich stürmte die Treppe runter. Draußen auf dem Rasen saß Chuck, in seinen Armen lag Seth. Beide waren blutüberströmt. Jim stand bei ihnen und nahm Seth aus Chucks Händen.

»Lia, bring sofort einen Medizinkoffer in die Küche, such ein Laken und ruf den Doc. Schnell!«

Lia die den Tränen nahe war, stürmte geradewegs zurück.

Wie erstarrt schaute ich mir die Szene in der Abenddämmerung an.

Die Sonne war gerade am Untergehen. Das Szenario war surreal. Dann meldeten sich endlich wieder meine Glieder. Ich stürmte auf die drei am Boden zu.

»Was ist passiert verdammt?«, brüllte ich, packte Chuck an den Schultern. Stützte ihn, während Jim sich um Seth kümmerte. Dieser hatte mehrere Schnittwunden, eine Kugel in der Schulter, wahrscheinlich eine zweite im Bein, so wie das aussah.

Chuck legte den Arm um mich.

»Bringt Seth rein. Lia, wo ist der Doc?«

»Er müsste gleich hier sein.« Als sie das sagte, hörte ich Motorengeheul. Ein Dutzend meiner Männer kam mit ihren Autos und Motorrädern vorgefahren.

Endlich, die Kavallerie war da.

»Boss«, rief einer, doch es war keine Zeit für Smalltalk.

»Los, helft Lia, Seth verliert Blut. Doc!«, brüllte ich.

»Ja, hier, ich nehm ihn.«

Mit diesen Worten verschwand unser Medinzinwunderdoc mit Seth, der von mehreren meiner Männer auf dem Laken ins Haus getragen wurde.

Fuck, was für ein Bild.

»Chuck, komm, Mann, wir bringen dich rein«, sagte Jim, packte ihn an der anderen Schulter.

Gerade wollte ich mich mit ihm erheben und Chuck ins Haus helfen, da trat Dorian an mich heran.

»Lass mich das machen, deine Männer, sie brauchen dich jetzt.«

Ich nickte, überließ es den beiden, Chuck sicher ins

Haus zu bringen, und drehte mich zu meinen Männern um.

»Riegelt das verdammte Haus ab. Ich will keinen einzigen in der Nähe der Villa sehen, der hier nicht hingehört. Ich will, dass es hier drin sicherer ist als in einem fucking Hochsicherheitsgefängnis, kapiert? Ich will an jedem Fenster, an jeder Tür Patrouillen«, brüllte ich.

»Jawohl, Boss.« Mit diesen Worten schwirrten sie los. Begannen die provisorischen Barrikaden, vor die Fenstern zu schieben. Ich folgte den anderen ins Haus.

Chuck saß in der Bar.

»Wo sind Seth und Jim?«, fragte ich Dorian, der mit Lia Chucks Wunden versorgte. Dieser war völlig apathisch.

»Der Doc operiert Seth gerade in der Küche, Jim hilft ihm«, sagte Lia.

»Chuck, hey, Chuck.« Mit meiner Hand wedelte ich vor seinem Gesicht herum.

Er schaute mich an.

»Was ist passiert?«, fragte ich so sanft, wie ich konnte.

»Sie waren zu viele. Ich hab Seth gesagt, er soll fahren, weil, na ja weil er zu oft zögert beim Schießen. Er sagte mir, dass es idiotisch wäre den Jungs mit Maschinengewehren hinterherzufahren, doch ich wollte nicht hören. Alles was ich wollte war, diesen Wichsern den Kopf wegzublasen, die unser Zuhause angegriffen haben. Leo gab mir recht und so folgten wir ihnen weiter. Dann begann der Kugelhagel. Leo ist,

Leo hat es nich´ gepackt. Bitte sagt mir, dass ihr Seth auf die Kette kriegt.«

Als Chuck das sagte, zog es mir das Herz zusammen. Die beiden waren seit über einem Jahrzehnt Partner. Tag für Tag, Seite an Seite. Jim hätte sie niemals schicken sollen, das war nicht ihr Gebiet gewesen. Leo war tot, Seth so gut wie. Chuck war völlig fertig.

»Chuck, sag mir wer das war.«

»Asra, da ist jemand für dich am Telefon«, sagte Luke, als er in die Bar gestürmt kam.

»Du siehst doch …«, setzte ich an.

»Er sagte, er war das heute.« Als Luke mich unterbrach, gefror mein Blut. Alles im Raum wurde still. Dorian schaute mich an.

»Chuck, geh in mein Appartement hoch, ruh dich aus.« Für einen Tag hatte Chuck wirklich genug mitgemacht. Der sonst so starke Mann hatte tiefe Augenringe und zitterte immer noch vor lauter nachlassendem Adrenalin. Ich war mir sicher, dass er nicht gern in dem Zimmer zur Ruhe kam, das er sich mit Seth teilte. Er nickte und schlurfte davon.

Dann schaute ich das Telefon an, das Luke in der Hand hatte.

Mit aller Macht zwang ich mich, zu reagieren, nahm es ihm ab.

»Wer ist da?«, fragte ich, meine Worte dunkel wie ein drohender Sturm.

»Hab ich dich endlich.« Diese Stimme erkannte ich selbst in meinen schlimmsten Momenten. Sie begleitete mich noch immer in meinen Albträumen.

»Stewarts«, knurrte ich meinen Vater an.

Als Dorian den Namen hörte, zeichnete sich Wut und Verachtung auf dessen Gesicht ab. Ich verstand die Verachtung, immerhin wusste er, dass mein Vater meine Mutter getötet hatte. Doch die Wut, die ich in seinem Blick las, war so tiefgehend, dass ich nicht sagen konnte, woher sie kam.

»Begrüßt man so seinen Vater? Du hast dich lange versteckt, Valerie.«

»Nenn mich nicht so, Valerie ist vor Jahren gestorben«, zischte ich ins Telefon. Lia und Luke. Beide sahen mich verständnislos an.

»Du wirst immer meine Valerie sein. Der Anschlag auf dein kleines Clubhaus war nur der Anfang. Es wird Zeit, dass du aufhörst in Dingen herumzustochern, die dich überhaupt nichts angehen. Du hast was, das mir gehört Valerie, ich will es wiederhaben.«

Mit einem Handzeichen gab ich Luke zu verstehen, dass er den Anruf zurückverfolgen sollte. Er signalisierte mir, dass er das schon längst getan hatte.

»Ich fange doch gerade erst an, Stewarts. Und glaub mir, wenn ich mit dir fertig bin, wirst du dir wünschen, du hättest deinen Schwanz vor dreißig Jahren in deiner Hose gelassen.«

Mit diesen Worten legte ich auf. Ich würde meinem Vater nicht die Genugtuung geben, mir seinen Schwachsinn anzuhören. Er wollte also die Liste. Deswegen der Angriff auf das Clubhaus. Der würde noch sein blaues Wunder erleben.

»Asra, wer war das?«, fragte Lia und riss mich aus meinen Erinnerungen.

Immer noch war ich das Zentrum der Aufmerksamkeit.

»Jemand, der bald tot sein wird.«

»Bullshit. Es reicht. Du musst das nicht alleine regeln. Asra, verdammt! Wir sind es. Sag uns, was hier läuft.« Mich überraschte der harsche Ton, den Lia an den Tag legte, normalerweise respektierte sie meine Entscheidungen. Zweifelnd schaute ich jedem ins Gesicht.

»Das war Geoffrey Stewarts«, sagte ich, unfähig mehr zu erklären.

Verwirrt schaute Luke mich an. »Der Senator von Louisiana?« Luke schien der Name als Einziger was zu sagen.

»Mein Vater«, ließ ich die Bombe platzen.

»Was?«, keuchte Lia und schaute mich an, als wäre mir ein zweiter Kopf gewachsen.

»Du willst mir sagen, Geoffrey Stewarts, Senator von Louisiana, ist dein Vater? Und der hat grade ernsthaft versucht uns alle zu killen?«, fasste Luke unsere Situation zusammen.

Ein liebloses Lächeln kam über meine Lippen. »Sieht wohl so aus.«

»Fuck. Okay, darauf brauch ich nen Drink.«

Lia ging um die Bar herum und goss vier kurze Tequila ein.

»Was machen wir jetzt?«, fragte sie währenddessen.

»Wir werden ihn töten.«

»Und du meinst, es wäre so einfach, einen Senator zu killen?«, fragte Dorian mich, seinen Blick immer wachsam.

»Wir haben keine andere Wahl. Er wird es nicht auf sich beruhen lassen.«

»Was will er jetzt plötzlich hier?«, fragte mich Luke und schob einen Kurzen zwischen seinen Fingern hin und her.

Erschöpft ließ ich mich auf einen Barhocker sinken. »Ich weiß es nicht. Wir haben einige Dinge aus dem Dreck gezogen, vielleicht steckt er mit drinnen«, sagte ich und kippte einen der Tequila herunter.

»Na dann, lass uns diesem Hurensohn die Eier abschneiden«, sagte Lia und kippte ebenfalls einen.

»Amen, Schwester«, verkündete Luke und verzog das Gesicht nach dem Kurzen.

Alle starten Dorian an.

»Machen wir ihn platt«, sagte dieser und prostete uns zu und kippte den Kurzen. Ich schielte zu ihm. Er versuchte, sich so weit wie möglich im Hintergrund zu halten. Seit Dorian in mein Leben getreten war, passierte eine Katastrophe nach der anderen. Etwas sagte mir, dass das kein Zufall war. Ich schwieg jedoch, das war eine Angelegenheit, die der Vorsicht bedurfte.

Lia und Luke johlten zustimmend. Mir wurde warm ums Herz. War ich doch immer davon ausgegangen, der Zweck würde dieses Nest zusammenhalten, so bewiesen mir meine Leute gerade, dass eben dies nicht der Fall war.

Du bist ein blutrünstiges kleines Ding.

EINUNDDREISSIG

DORIAN

Als ich das Nest betrat, war es still. Einzig Lia saß an der Bar und blätterte in einer Zeitschrift.

»Hey, wo ist Asra?«, fragte ich sie.

Sie schaute hoch. Sie wirkte angespannt.

»Sie ist im Bunker«, sagte sie, als sei das Erklärung genug.

»Im Bunker?«

»Ja.«

Ich musterte die junge Frau. Sie wirkte hier im Nest genauso fehl am Platz wie ich. Eigentlich wollte ich Asra nur nach dem aktuellen Ermittlungsstand fragen. Langsam zog sich mein Netz um Stewarts zu. Doch genauso sehr kämpfte ich mit meinem Kopf.

Obwohl ich voller Genugtuung sein sollte, nagte es an mir, Asras Leben zu riskieren. Etwas war in den letzten Wochen geschehen. Dieses Etwas hielt mich davon ab, weiter nach der Königin der Sünden zu suchen, gleichzeitig zog es mich unweigerlich zu ihr.

Verwirrt über meinen Gemütszustand setzte ich mich neben Lia.

»Willst du was trinken?«

»Bier, bitte.«

Sie erhob sich und ging um die Bar herum. Dabei musterte sie mich.

»Ich kenne diesen Blick«, sagte sie, während sie mir ein kaltes Bier hinstellte.

Fragend legte ich den Kopf schief.

Ihre blaugrüne Augen durchbohrten mich förmlich.

»Der Täuscher«, sagte sie rundheraus.

»Ich weiß nicht, wovon du redest, geht's genauer?«

Sie beugte sich auf die Theke, so dass wir auf gleicher Höhe waren. Ihr Gesicht war unbewegt. Sie war eine klassische irische Schönheit und doch regte sich einfach nichts bei mir. Seit Asra in meinen Leben getreten war, war kein Platz mehr für eine andere.

»Hör mir ganz genau zu, Dorian. Asra mag unsere Königin geworden sein, weil sie sich an die Spitze gekämpft hat. Doch sie ist es immer noch, weil sie etwas in uns sieht, das kein anderer sehen will.«

Ich musterte sie, während sie sprach. Sie wirkte wesentlich ernster als sonst.

»Die meisten von uns haben einen Haufen Scheiße hinter sich. Kaum einer hier im Nest hat mehr als ein paar Kröten in der Hand wenn wir vor Asras Tür stehen. Sie weist nie jemanden ab, nicht ein einziges Mal. Egal wie schwer das Verbrechen desjenigen ist. Alles was sie dafür fordert, ist Loyalität.«

»Du sprichst von der Königin der Sünden, als sei sie eine Heilige«, stellte ich fest.

Lia lächelte wölfisch. »Nein, ich mache dir nur klar, dass wir es nicht zulassen, dass jemand unserer Königin schadet.«

Obwohl ich Asras teuflische Aura gewöhnt war, stand ihr Lia in nichts nach. Ich zweifelte nicht eine Sekunde daran, dass sie mir hinterrücks ein Messer ins Herz jagen würde, um Asra zu beschützen.

Mir war nicht klar gewesen, wie sehr die Königin der Sünden geliebt wurde, denn nichts anderes sah ich in den Augen dieser Irin. Sie liebte Asra.

»Alles, was ich von ihr will, ist ihre Hilfe. Mehr nicht.« Ich log nicht, doch ich umschiffte auch die Wahrheit. Ja ich brauchte Asras Hilfe, mit ihr stand und fiel mein ganzer Plan. Obwohl diese unbeugsame Kriegerin mich immer weiter in ihren Bann zog, war ich es Marie schuldig. Es gab für mich kein Zurück mehr. Ich musste weitermachen, koste es, was es wolle.

Immer noch musterte Lia mich. Es kam mir vor, als würde sie in meinem Kopf herumdoktern.

Deswegen erhob ich mich. »Ich muss mit Asra sprechen. Wo ist dieser Bunker?«

Lia lächelte mich kühl an. Sie wusste es, sie wusste, dass mit mir etwas nicht stimmte.

»Der Bunker liegt an der Grundstücksgrenze rechts. Eine alte rostige Klapptüre, du kannst sie nicht verfehlen«, gab sie an und ich erhob mich.

»Ach, Dorian?«, hielt sie mich zurück, als ich gerade zur Tür raus wollte.

Fragend schaute ich sie an.

»Unterschätze Asra nicht.«

Ich schaute Lia an, antwortete jedoch nicht.

Als ich die Klapptür öffnete, drang ein muffiger Geruch heraus.

Fuck, was ist das?

Ich kletterte die Leiter runter und stand in einem dunklen Korridor. Er endete an einer weiteren Tür, neben dieser befand sich ein tropfendes Waschbecken.

Ich hörte Stimmen dahinter. Kurz fragte ich mich, ob das hier eine Falle war. Vielleicht hatte ich Asra zu oft gewarnt. Vielleicht hatte sie meine Andeutungen endlich verstanden.

Endlich? Du Vollidiot!, fluchte ich mich selbst an.

Ich ging zu der rostigen Tür und öffnete sie. Was ich sah, überraschte mich auf vielfache Weise.

Der Raum war nur spärlich beleuchtet. Die Wände waren kahl und gefliest. Ein Typ hing an einem Fleischerhaken aufgehängt. Er trug ein zerrissenes Shirt und blutgetränkte Jeans. Der ganze Raum stank nach Verwesung. Der Typ sah wirklich übel zugerichtet aus, trotzdem erkannte ich ihn von einem der Überwachungsvideos, die Asra sich mit Luke zusammen angeschaut hatten. Definitiv einer, der beim Angriff des Nests ganz vorne stand.

»Hey Arschloch, nicht schlapp machen«, provozierte Asra ihn und verpasste ihm einen Tritt. Der Typ keuchte schmerzverzerrt.

»Weißt du, du hättest dir das alles hier ersparen können. Wenn du mir einfach sagen würdest, wo Stewarts sich aufhält«, sinnierte sie, während sie um den Kerl herumtänzelte. Ein böses Lächeln zierte ihr Gesicht.

Sie sah aus, als sei sie der Hölle entsprungen.

»Komme ich ungelegen?«, fragte ich am Türrahmen lehnend.

Sie drehte sich zu mir um. Sie trug wie immer ein schwarzes Tanktop, Lederjacke, ihre Boots, ihre schwarze Hose. Doch dieses Mal waren ihre Hände blutrot. Man musste kein Genie sein, um zu erkennen, dass es Asra war, die diesen Kerl so zugerichtet hatte.

In der Ecke des Raumes stand ein finster guckender Kerl. Ein volltätowierter Typ mit Bart. Lässig und mit verschränkten Armen starrte er mich an. Sein Blick glitt über mich, als sei ich ein Störenfried. Sofort verfinsterte sich meine Laune.

Mein Instinkt verriet mir, dass der Kerl ein Arschloch war. Vielleicht war es auch der Blick, den er Asra zuwarf. Als sei sie sein Frühstück. Ich konnte mich gerade noch davon abhalten, sie über meine Schulter zu werfen und aus diesem Loch zu tragen.

Dieser Gedanke überraschte mich. Ich versuchte, mich auf Asra zu konzentrieren. Sie hatte etwas Blut im Gesicht. Ich war mir sicher, dass es nicht ihr Eigenes war.

»Kann ich dir helfen?«, fragte sie.

Es nervte mich, wie distanziert sie klang. Als sei ich tatsächlich ein Eindringling.

Verdammt fahr runter!, mahnte ich mich zur Ruhe.

Alles sträubte sich in mir, Asra hier unten mit diesem Kerl zu wissen und ich redete nicht von dem Filet am Spieß.

»Es gibt ein paar Dinge zu besprechen«, deutete ich an. Ich hatte absolut keine Lust, dass das Arschloch mithörte. Der Typ am Haken war allem Anschein eh so gut wie tot.

»Ich hab grad zu tun. Können wir das nicht nachher?«, fragte Asra und drehte sich damit wieder um. Jetzt sah ich, dass sie ein Messer in der Hand hatte.

Tja, hatte ich sie vor wenigen Minuten fast schon heiliggesprochen, zeigte sie nun, warum man sie Königin der Sünden nannte. Manchmal vergaß ich neben all ihrer Schönheit, ihrer Intelligenz und ihrem Stolz, was sie wirklich war. Eine eiskalte Killerin. Diese Frau war doch immer für eine Überraschung gut.

Ich sah, wie Asras Handlanger an der Wand lehnend lächelte. Ihm schien es zu gefallen, dass sie mich quasi rauswarf. Tief in meinem Inneren brodelte es. Ich konnte nicht verhindern, dass ich zu ihr ging und sie an ihrem Zopf packte. Grob riss ich ihren Kopf nach hinten. Sie starrte mich aus kalten Augen kopfüber an.

Ihre Augen waren es, die mich von Anfang an in ihren Bann gezogen hatten. Sie waren so voll von Dunkelheit, dass ich mich darin verlieren konnte. Ich wusste nicht, was geschehen war, doch eine Mauer hatte sich zwischen uns aufgebaut. Was auch immer sich verändert hatte, Asra musste begreifen, dass in ihrem Leben genauso wenig ein anderer Mann Platz hatte, wie in meinem Leben eine andere Frau.

Unbeeindruckt schaute sie mich mit überstrecktem Kopf an. Nicht ein Muskel rührte sich. Eigentlich hatte ich erwartet, dass sie sich wehrte, ihren Ruf wahren wollte, doch das tat sie nicht. Das störte mich nur noch mehr. Der Kerl an der Wand kannte Asra wohl besser, als mir lieb war.

»Spiel nicht mit mir, Prinzessin, wenn du das Echo nicht verträgst«, knurrte ich sie an.

Sie verzog ihre Mundwinkel zu einem Lächeln. »Ich hab noch nicht mal angefangen mit dir zu spielen, Cowboy.«

Prüfend schaute ich zu dem Kerl an der Wand. Missbilligend verfolgte er unser Gespräch. Selbst ein Blinder hätte gesehen, dass er in Asra verschossen war. Rasende Eifersucht überkam mich bei dem Gedanken. Ich zog automatisch fester an ihrem Zopf.

Nah an ihrem Ohr knurrte ich: »Beweg dich, Prinzessin. Sonst trägst du die Konsequenzen.«

Mit diesen Worten biss ich ihr in den Übergang von Hals und Schulter. Das alles tat ich ohne den Kerl an der Wand aus den Augen zu lassen.

Mit geballten Fäusten stand er da. Sein Blick loderte voll Hass. Mir war klar, dass er Asra gefickt hatte. Ich sah es in seinen Augen.

Oh ja, sieh genau hin. Sie gehört mir, triumphierte meine innere Bestie. Asra stöhnte vor Schmerz, aber an ihren sich schließenden Augen erkannte ich, dass sie es genoss. Das kleine Luder hatte es darauf abgesehen, mich zu provozieren.

Ich ließ sie los und schubste sie in Richtung Tür. Sie grinste über das ganze Gesicht.

»Hey Derek, ich überlass dir den Rest.« Mit diesen Worten ging sie nach draußen.

Nochmals blickte ich zu diesem Derek.

Dieser stierte mich an. Ich setzte ein überhebliches Lächeln auf.

»Fass sie nie wieder an, oder es ist das Letzte was du tust«, sagte ich und ließ den Kerl stehen. Derek, was für ein scheiß Name. Das Erste, was ich jetzt tun würde, war, Asra diesen Drecksnamen aus dem System zu ficken.

ZWEIUNDDREISSIG

ASRA

Dorian scheuchte mich, nachdem ich mir die Hände am Waschbecken gereinigt hatte, aus dem Bunker.

Ich trug dabei ein fettes Grinsen im Gesicht. Als ich die Leiter hochkletterte, spürte ich, wie sein Blick sich durch meine Klamotten fraß. Ich musste mich nicht umdrehen, um zu wissen, dass er mir auf den Arsch starrte.

Oben angekommen genoss ich die frische Luft.

Selten musste ich mit jemandem den Bunker aufsuchen. Doch der Typ war einfach zu frech. Er hatte mich wohl unterschätzt oder es hatte ihn keiner aufgeklärt, wer ich war.

Jedenfalls wusste ich jetzt, dass sein Team hinter dem Angriff auf die Staatsanwältin Pivel und das Nest steckte. Somit war klar, dass auch Pivel auf meines Vaters Nacken ging. Ich würde meine Männer auf den

Rest der Bande hetzen und jeden Einzelnen von ihnen töten.

Dorian kam aus dem Bunker herausgeklettert und trug immer noch diesen feindseligen Gesichtsausdruck. Ja ich wollte ihn provozieren, wollte ihn ein wenig aus der Reserve locken.

Schweigend folgte ich ihm ins Haus und in mein Büro. Es lagen ein Haufen Papiere auf meinem Schreibtisch. Nicht wichtig genug, um sie vor ihm zu verstecken.

Als er die Tür hinter mir schloss und den Schlüssel drehte, ahnte ich, dass meine kleine Provokation wohl ein Nachspiel haben würde.

Ich lehnte mich mit dem Hintern an meinen Schreibtisch und verschränkte die Arme.

»Du wolltest mich sprechen?«

»Ich nehme an, du hast den Kerl da unten gefickt?«, fragte er in gespenstischer Ruhe.

Mhm, nicht das, was ich erwartet hab, schoss es mir durch den Kopf.

»Was wäre, wenn es so ist?«, fragte ich provokativ und lächelte diabolisch. Ich brauchte das, ich brauchte etwas, was diesem Mann mit tausend Gesichtern eine echte Reaktion entlockte. Ich brauchte den echten Dorian, um mir sicher zu sein, dass er, wenn es hart auf hart kam, auf der richtigen Seite stand. Mit Dorian dem Täuscher stand und fiel alles.

Völlig ruhig löste er seine Krawatte, rollte sie auf und ging zu einem Stuhl. Dort legte er sie ab. Dann schlüpfte er aus seinem Jackett.

Mir lief das Wasser im Mund zusammen, als ich

ihm dabei zusah. Ich liebte seine raubtierhaften Bewegungen. Seine trügerische Gelassenheit verriet mir, dass ich es mit dem gefährlichen und nicht dem sanften Mann zutun bekäme.

Ich liebte beide Wesenszüge an ihm. Man wusste nie, was einen erwartete.

Als er sein Hemd aufknöpfte, drehte er sich wieder zu mir um. Seine grünen Augen funkelten mich an. Dann kam er auf mich zu.

Es war reiner Instinkt, dass ich mich zurückziehen wollte, doch der Schreibtisch in meinem Rücken verhinderte dies.

Seine Hand packte meinen Hals, ich rührte mich nicht. Ohne den Blickkontakt zu mir zu unterbrechen, griff er an meine Lederjacke und schälte sie mir von der Schulter.

Dann wartete ich ab. Das hier war sein Spiel.

Er griff nach meinem Waffenholster und schnallte es ab. Dann legte er es, samt meiner Smith & Wesson, neben mir auf den Schreibtisch.

Danach ging eine Hand wieder an meine Kehle. Meine Atemzüge wurden automatisch flacher, mein Herz setzte dagegen einen Gang drauf. Als er weitersprach, erwischte er mich völlig unerwartet. »Wenn du deinen Vater tötest, machst du deinen Bruder zum Waisen.« Mit einem Mal war der Hauch der Erregung verschwunden. Instinktiv versuchte ich, Dorian von mir wegzuschubsen, doch wie eine Mauer blieb er vor mir. Sofort ging mein Blick zu meiner Waffe. Er bemerkte das und wischte mit einer schnellen Handbewegung alles von meinem Schreibtisch. Dabei ließ seine andere Hand mich nicht los.

Wut sammelte sich in meinem Bauch. »Was soll das?«, blaffte ich ihn an.

»Ich sorge dafür, dass wir reden.«

»Ich will nicht reden.«

»Und doch ist es nötig«, gab er zurück.

»Was geht dich das alles an?«

»Du gehst mich etwas an und damit auch dein Bruder und dein Vater sowieso.«

Zähneknirschend schaute ich ihn an. Es wäre ein Leichtes ihm seinen Arm auf den Rücken zu drehen, doch ich tat es nicht. Das hier war Dorian. Er wollte reden? Na schön.

»Mein Vater ist ein Menschenhändler, eine Bestie ohne Seele. Die Welt, und damit auch mein Bruder, ist besser ohne ihn dran.«

»Doch was wirst du tun, wenn die letzte Familie, von deren Existenz dein Bruder weiß, im Grab liegt. Wirst du dich ihm stellen?«

»Nein.«

»Warum?«

Ich schaute Dorian an, als hätte er keine Tassen mehr im Schrank.

»Bist du blind? Sieh mich an. Sieh mein Leben an. Meinst du, das hier ist der richtige Ort für meinen Bruder. Oder meinst du, ich will, dass er sein Leben lang mit einer Zielscheibe auf dem Rücken herumläuft? Nein. Es ist besser, dass er niemals erfährt, dass ich noch am Leben bin.« Meine Stimme klang stärker, als ich mich fühlte.

Doria ließ mich los. »Ich denke, du irrst dich. Nichts kann schlimmer sein, als seine eigene Schwester tot zu wissen.« Seine Stimme war rau. Er sprach selten von seiner Schwester.

Es fiel mir wie Schuppen von den Augen. Ja, Dorian war in der gleichen Situation wie mein Bruder. Beide hatten eine Schwester verloren.

Ich seufzte schwer und erhob mich vom Schreibtisch. Gedankenverloren starrte ich aus dem kleinen Fenster. Mein Büro lag genau zwischen Lias Appartement und der Bar. Draußen sah ich nur die Wiese und die Wolkenkratzer von Chicago im Hintergrund.

»Als meine Mutter starb, war mein Vater öfter bei uns als sonst. Normalerweise war er immer auf Geschäftsreise. Das machte uns nichts aus, denn Mum erfüllte beide Plätze in unserem Leben. Dann war sie plötzlich weg und mein Vater wollte sich um uns kümmern.« Ich sprach das letzte Wort voller Verachtung aus.

»Malik war erst acht, als meine Mutter starb. Er war am Boden. Mein Vater sah ihn immer als Stammhalter. Früher dachte ich immer, er sei traditionell und ich eben ein Mädchen. Nach allem, was ich heute weiß, ist das Leben eines jungen Mädchens nichts Wert in den Augen meines Vaters. Während mein Vater nie ein Spiel oder eine Besprechung in der Schule von Malik verpasste, war er kein einziges Mal zu meiner erschienen. Es hat langsam angefangen, meist, wenn Malik nicht in der Nähe war.« Alte Erinnerungsfetzen kämpften sich an die Oberfläche. Das erst mal als mein Vater mir gegenüber ausfallend wurde. Er war immer gleichgültig mir gegenüber gewesen, doch das verwandelte sich in regelrechte Abscheu. Ich atmete tief durch. Dorian musste spüren, wie sehr ich kämpfte, doch er drängte mich nicht. Berührte mich nicht, denn das war es, was ich jetzt nicht brauchen konnte. Ich wollte keinen Trost für Dinge, die niemals durch Trost wettgemacht werden konnten.

»Eines Abends kam mein Vater spät nach Hause. Ich hatte Malik ins Bett gebracht und mich dann in der Küche an meine Hausaufgaben gesetzt. Stewarts kam herein und schaute mich an, als hätte er einen Geist gesehen. *Lydia?* Verwirrt, warum er Mums Namen sagte, hatte ich aufgeschaut. Er hat mich gepackt, am Arm gezogen und mich auf die Küchenplatte gedrückt. Dann nahm er sich eine Schere und schnitt mir meine Haare ab.«

»Was zum Teufel …«, knurrte Dorian. Ich lächelte, denn in etwa dasselbe hatte ich gedacht, als mein Vater eine Strähne nach der anderen abschnitt. Ich hatte sofort angefangen zu weinen, zu flehen, zu fragen was denn sein scheiß Problem war.

»Immer wieder hat er den Namen meiner Mutter gemurmelt. Ich hatte ihn wohl an sie erinnert. Als er fertig war und mein Kopf aussah, als hätte man mir einzelne Strähnen herausgerissen, hörte er endlich auf. Stewarts drohte mir, dass er mich töten und neben meine Mutter legen würde, wenn ich den Mund aufmache. Ganz besonders vor Malik.«

Ab da begann die Horrortour.

»Dieses Arschloch kam mit seiner eigenen Tat nicht klar.«

»Sieht wohl so aus. Meine Mutter war offiziell an Selbstmord gestorben, doch ab da wurde mir bewusst, dass mein Dad irgendwas damit zu tun hatte.«

Ich verschränkte die Arme und lehnte mich mit dem Rücken ans Fenster. Dorian musterte mich. Sein Blick war voll Hass, Hass, den er meinem Vater entgegenbrachte.

»Einen Tag später schickte er mich zum Friseur und erzählte der ganzen Welt, dass ich im Anflug meiner Trauer mein eigenes Spiegelbild nicht ertragen hätte. Alle hielten mich für übergeschnappt, doch ich wagte es nicht den Mund aufzumachen.«

»Und dein Bruder?«, fragte Dorian ernst.

Ich lächelte traurig. »Malik begann meinen Vater zu vergöttern. Er wurde mit Liebe, Geschenken und Aufmerksamkeit förmlich überschüttet.«

Ein Knoten bildete sich in meinem Magen. Ich hatte Malik beschützen wollen, deshalb hatte ich all die Monate an Stewarts Seite ausgehalten. Immer in der Angst, dass auch Malik irgendwann Opfer meines Vaters wurde. Doch dieser Punkt kam nicht.

»Malik wurde behandelt, als sei er Stewarts wertvollster Schatz. In seinem Alter hatte er nicht begriffen, dass ich den Preis dafür zahlte. An meinem vierzehnten Geburtstag schickte mein Vater Malik in ein Sommercamp. Ich wusste es, ich wusste, dass ich unweigerlich leiden würde.«

Ich schloss bewegt die Augen, erinnerte mich, wie Malik freudestrahlend auf den gelben Bus zugelaufen war. Wie gern ich ihm hinterhergeschrien hätte, dass er doch bitte bei mir bleiben sollte.

Mich beschützen sollte.

Und doch hatte ich ihm nur lächelnd zugewunken. Mit der Hand meines Vaters auf meiner Schulter.

»Was hat dieser Hurensohn getan Asra?«, fragte Dorian, sah aus, als würde er die ganze Welt in Schutt und Asche legen wollen.

»Er begann damit in der Nacht, nachdem er von der Arbeit kam, in mein Zimmer zu kommen und mich aus dem Bett zu werfen. Er schlug mich, trat nach mir. Sagte mir, wie erbärmlich ich war. Dass ich ihn verraten hatte. Er schrie mich an, dass ich selbst schuld sei. Dass ich einfach aufhören sollte, ihn mit meinen Augen zu verurteilen. Manchmal nannte er mich beim Namen meiner Mutter. Dann ging er aus dem Zimmer, ließ mich weinend liegen.«

Angst, Schmerz, Panik. All das kroch in mir hervor. Selten hatte ich meine inneren Dämonen von der Kette gelassen, doch jetzt wüteten sie in meinem Innersten. Unter meiner Haut. Rissen alles auf, was sie zwischen ihre Krallen bekamen.

»Ich kroch danach wieder in mein Bett. Das hielt ich acht Tage aus, bis ich begriff, dass ich nicht überleben würde, wenn ich weiter bei Stewarts blieb. Am Morgen des neunten Tages dann, klaute ich ihm ein paar hundert Dollar, kaufte mir ein Busticket und verschwand.« Mein Blick begann zu flackern.

Fuck, nicht jetzt.

Obwohl ich alles versuchte, um mich zu beruhigen, hatte es keinen Sinn. Meine Brust schnürte sich zu. Kalter Schweiß trat mir auf die Stirn, mein Magen drehte sich mir um.

Mein Atem wurde hektischer. Das Gefühl von Beklemmung und Angst nahm mir die Luft. Eine Panikattacke machte sich in mir breit. Unweigerlich begann ich damit Jingle Bells zu summen. Meine Mutter hatte es an Weihnachten immer mit mir gesungen, während wir den Baum schmückten. Als es mit meinem Vater so schlimm wurde, war es dieses Lied, das mich alles hatte ertragen lassen. Es beruhigte mich, erinnerte mich an eine Zeit, für die es sich zu leben gelohnt hatte. Eine Zeit ohne Schmerz, Tod, Angst.

Ich sah Dorian nicht an, als ich mich auf den Boden hockte und meine Beine mit meinen Armen umschloss, den Kopf auf meine Knie bettete und weiter summte.

War es der Schmerz oder die Furcht die deinen Panzer formten?

DREIUNDDREISSIG

DORIAN

Asra sah aus, als sei sie aus Glas, das gleich zerspringen würde. Sie kauerte sich auf den Boden und summte eine Melodie. Ich erkannte sie und mir zerriss es das Herz.

Menschen mit Panikattacken entwickelten ihre ganz eigenen Methoden, mit diesen umzugehen. Manche verfielen in eine Schockstarre, andere in Depression, wieder andere schrien oder traten um sich. Und manche kauerten sich einfach nur zusammen und summten etwas, das ihnen beim Atmen half. Meine Mutter hatte manchmal nach dem Tod meiner Schwester unter solchen Attacken gelitten, bevor sie an ihrer Trauer starb.

Ich kniete mich vor Asra hin, wusste, dass ich sie nicht berühren durfte. Eine Umarmung brachte bei so einem Trauma nichts.

Also hockte ich mich einfach neben sie und begann

damit mitzusummen und mir auszudenken, wie ich es genießen würde Stewarts zu vernichten.

Als Asra mich summen hörte, stoppte sie damit, doch ich machte einfach für sie weiter. Wenige Sekunden später begann sie ebenfalls wieder.

So saßen wir da, die Königin der Sünden und der König der Lügner, nebeneinander ein Weihnachtslied summend, um atmen zu können.

VIERUNDDREISSIG

ASRA

Es hatte zwei Tage und jede Menge Manneskraft bedurft, das Nest wiederherzustellen und zu einer Festung umzubauen. Zwei Tage, in denen Luke alles über die Container suchte, die Pivel erwähnt hatte. Dorian zog in der Zwischenzeit in eines der Zimmer im Nest. Obwohl er so gut wie nie da war, weil ihn die Pflicht als Kandidat auf das Bürgermeisteramt in Beschlag nahm, fiel er in jeder freien Minute über mich her. Ganz besonders wenn Derek in der Nähe war. Ich musste gestehen, dass ich die Eifersucht von Dorian genoss.

Was ich weniger genoss, war, dass er mich in einem meiner schwächsten Momente erlebt hatte. Nicht mal Cayden wusste zu hundert Prozent, wie ich mit meinen Dämonen zurechtkam. Ich hatte die ersten Jahre nach meiner Flucht oft unter diesen Attacken gelitten. Jetzt aber war jahrelang Stille gewesen. Bis Dorian auftauchte und alles wieder losging.

Na ja, man musste wohl zugeben, dass es hauptsächlich daran lag, dass ich mit ihm darüber sprach. Er besaß die Gabe, mich vergessen zu lassen, wer er war. Eigentlich wollte ich ihm nur erklären, dass Malik mit dem Erbe meines Vaters schon zurechtkäme und er mit 24 Jahren auch ohne Stewarts glücklich sein würde. Stattdessen hatte ich ihm meine schlimmsten Erlebnisse vor die Füße gekotzt. Bei dem Gedanken, wie bescheuert das war, wurde mir schlecht. Und doch gab es diese kleine dumme Stimme in mir, die immer wieder dasselbe flüsterte.

Er hat mit dir gesummt. Er hat nicht gelacht, nicht darüber geredet, nicht versucht, dich zu beruhigen. Er hat einfach dagesessen und mit dir zusammen gesummt.

Bei diesem Gedanken machte mein Herz drei Klopfer mehr. Als ich mich wieder beruhigt hatte, hatte Dorian einfach getan, als wäre die ganze Szene nie passiert. Was mich ungemein erleichtert hatte. Es war mir unangenehm gewesen, dass er mich so gesehen hatte. Hätte er nur ein Wort darüber verloren, hätte ich ihn umgebracht, da war ich mir sicher.

Dorian besaß das Einfühlungsvermögen, mich nicht mehr auf meine Kindheit anzusprechen, weder auf meine Ängste noch auf meine Panikattacken. Dafür war er auch viel zu wenig da. Zwar sah er mich meist nur kurz, wenn uns die Funken überkamen, doch ich sah ihn den ganzen Tag.

Überall.

Nächste Woche waren die Wahlen, das hieß, Dorian war andauernd in den Medien zu sehen. In der Öffentlichkeit eröffnete er Krankenhäuser, schüttelte lächelnd Hände und schwang tiefgehende Reden, während wir alles an Informationen zusammentrugen, um Stewarts endlich umzulegen.

Luke war in Hochform. Gemeinsam schmiedeten wir Pläne, die alles zwischen uns und Louisiana zum Beben bringen würden.

Jim koordinierte die Umbauarbeiten an der Dognall-Villa. Lia versorgte uns derweil mit Essen und erinnerte mich und Luke daran, es auch zu uns zu nehmen.

Ich führte unzählige Telefonate, schickte jeden meiner Männer auf die Jagd nach den restlichen Attentätern und ließ ein Exempel an ihnen statuieren. Aus dem Kerl im Bunker war nichts mehr herauszubringen gewesen. Derek hatte sich ganz schön an ihm ausgetobt.

Die anderen Wichser waren schneller weichgekocht gewesen. Doch keiner konnte mir Informationen über Stewarts Aufenthaltsort sagen.

Deswegen wurde einer nach dem anderen aufgespürt und gekillt.

Es gab noch unzählige Fragen, die mir auf der Seele brannten. Was war mit dem versunkenen Container? Wo war Stewards Versteck? Zwar hatte er mehrere Wohnsitze, doch Luke und ich bezweifelten beide, dass in einem von ihnen die Leichen im Keller lagen. Viel zu riskant. Nein. Stewarts musste irgendwo seine dreckigen Geschäfte abwickeln, irgendwo, wo man seine Machenschaften mit ihm nicht in Verbindung brachte. Doch nicht nur das hielt mich nachts wach. Wo waren diese gottverdammten Container, die Mädchen und es fehlte immer noch jede Spur von dem geklauten Koks. All das warf weitere Fragen auf. Wie konnte es sein, dass mehrere Dutzend Mädchen, ohne den Hauch einer FBI-Ermittlung verschwanden? Es musste weitere Leute geben, die Stewarts unterstützten. Ich wollte die Namen, alle. Und es gab nur einen Weg, um an sie heranzukommen.

Ebenso wollte ich den Ring auf frischer Tat ertappen. Wir hatten herausgefunden, wie die ungefähre Handelsroute war, doch wurden die Mädchen nicht nach Chicago gebracht, wir hatten sämtliche legalen und illegalen Lieferungen kontrolliert. Das hieß, der Menschenhändlerring brachte die Mädchen wo anders hin. So war es für uns fast unmöglich, den Ort zu bestimmen.

An der Wand meines Büros befanden sich Dutzende Berichte, Bilder, Statistiken. Und doch kamen wir nicht weiter. Stewarts hatte keinen weiteren Zug getan seit unserem Telefonat. Seth hatte die Operation überlebt, Leos Leiche war geborgen und seiner Familien übergeben worden. Chuck war fast schon wieder der Alte. Alle warteten sie in den Startlöchern auf meinen nächsten Befehl.

Und ganz am Ende meiner ganzen Probleme, war da auch noch Dorian.

Ich hatte das Gefühl, dass sich etwas seit unserem letzten Gespräch zwischen uns verändert hatte. Ich wusste nur nicht, ob diese Veränderung gut oder schlecht war.

Luke kam plötzlich in mein Büro gestürmt.

»Ich hab ihn«, brachte er keuchend hervor und hielt mir ein Blatt Papier vor die Nase. Eilig griff ich danach.

Container im Meer versenkt.

Letzten Dienstag wurde ein nicht identifizierbarer Container nahe der Küste von Louisiana entdeckt. Im Container wurden insgesamt fünfundzwanzig gefesselte stark verweste Leichen gefunden, die Gerichtsmediziner sind noch am Identifizieren, bisher handelt es sich ausschließlich um Frauenleichen. Ebenso befanden sich im Container Käfige. Den Rest muss das Wasser fortgespült haben. Es ist unklar wie lange dieser Container schon im Meer versenkt war. Experten schätzen ca. zwei Monate. Nach genaueren Analysen erhärtete sich der Verdacht auf Menschenhandel. Wer genau für diesen Container die Verantwortung trug, konnte bisher nicht ermittelt werden. Bürgermeister von Baton Rouge, Geoffrey Stewarts aber versprach: Wir werden die verantwortlichen Menschenhändler finden und hoffentlich jedes weitere Opfer wohlbehalten zurückbringen.

Als ich den Namen meines Vaters las, zogen sich mir meine Eingeweide zusammen.

»Moment, das ist über sechzehn Jahre her, Luke.«

»Das ist das Einzige, das ich finden konnte.«

»Was geschah danach, gab es noch weitere Medienberichte?«

»Laut dem Gerichtsmediziner wurden die Frauen misshandelt. Man fand Spuren auf den Knochen. Ob die Frauen ertranken, konnte nicht festgestellt werden.

Es führten anscheinend mehrere Spuren zu einer Gruppe Hafenarbeiter in Chicago. Diese wurden von der Staatsanwaltschaft angeklagt und alle fünf zum Tode verurteilt. Aber das wirklich brisante: Kurz darauf gewann Stewarts die Wahl zum Senator von Louisiana.«

»Aber, Luke, wir haben doch alles durchgekaut. Der Ring agiert nicht über den Lake Michigan. Hier werden die Frauen nicht verkauft.«

Luke schaute mich abwartend an.

Mich beschlich eine fürchterliche Vorahnung, die mir den Magen umdrehte. »Wer war der Gerichtsmediziner, der die Leichen obduziert hat?«

»Jetzt wird's interessant. Es war Eric Bread. Die damalige ermittelnde Staatsanwältin aus Baton Rouge war niemand geringeres als Jeanette Pivel. Die schlussendlich anklagende Staatsanwältin von Chicago war Jessica Glich. Der Richter, der sie zum Tode verurteilt hat, war John Clearwater.

Und rate mal, der zweite Senator von Illinois, war kein geringerer als Richard Trevoni.«

»Fuck«, fluchte ich bei Lukes Feststellungen.

»Glaubst du wir liegen richtig?«, fragte ich ihn.

Er zuckte mit der Schulter.

»So wie ich das sehe, hat man die Hafenarbeiter als Sündenböcke benutzt. Chicago ist im Endeffekt nur der Konferenzraum des Rings. Du könntest mit deiner Vermutung recht haben, oder aber Stewarts tötet seine Kollegen, um sie zum Schweigen zu bringen. Was es auch ist, wenn wir uns nicht beeilen, werden wir als nächstes den Kopf hinhalten müssen, da bin ich mir sicher.«

»Ruf Dorian an, sag ihm, dass es losgeht«, knurrte ich, ging zu meinem Schreibtisch und händigte Luke einen weißen Umschlag aus. Als er mein Büro verließ, starrte ich meine Wand an und hängte den gefundenen Zeitungsartikel mit Bild meines Vaters daran.

»Hab ich dich, du Arschloch«, zischte ich sein Bild an.

Dorian kam umgehend in mein Büro. Immer noch trug er einen Anzug, dieser war vom Tag ziemlich zerknittert. Er sah erschöpft aus.

»Alles okay?«, fragte ich ihn, schaute in seine müden Augen.

»Alles gut, es war ein harter Tag.«

»Tut mir leid, dass ich keine besseren Nachrichten habe, doch die Nacht wird nicht besser. Ich werde nach Louisiana fahren«, verkündete ich und Dorian zog überrascht die Augenbraue hoch.

»Warum?«

»Ich werde meinen alten Herrn besuchen gehen, ich habe da ein paar wirklich interessante Dinge herausgefunden und werde ihm auf den Zahn fühlen.«

»Du willst dich ihm ganz alleine stellen? Bist du wahnsinnig? Das will er doch. Er will, dass du zu ihm zurückkommst, wegen was auch immer.«

Ich schaute Dorian an, der absolut nicht begeistert von meiner Idee schien. In meinem Inneren wägte ich das Pro und Contra ab, versuchte, zu entscheiden, ob ich ihm wirklich so sehr vertrauen konnte.

»Vor sechzehn Jahren starb meine Mutter, das weißt du bestimmt.«

Dorian nickte. »Offizieller Selbstmord. Doch du hast gesagt, dass dein Vater sie umgebracht hat.«

»Ja. Anscheinend hat sie sich das Leben genommen. Ich war damals gerade erst dreizehn Jahre alt. Ich glaube nicht, dass es Selbstmord war, weil sie wusste, dass ihr was passieren wird. Ein paar Tage vor ihrem Tod hatte sie mir etwas gegeben, ich sollte es aufbewahren, aber vor meinem Vater verstecken. Da ich meine Mutter abgöttisch geliebt habe und meinen Vater so gut wie nie zu Gesicht bekam, tat ich, was sie verlangte.«

Dorian schüttelte mit einem Mal die Müdigkeit ab. »Was war es?«

»Ein Speicherstick. Natürlich hab ich ihn nach dem angeblichen Selbstmord meiner Mutter auf einem PC überprüft. Darauf waren aber nur irgendwelche Zahlen und ein Buchstabensalat, den ich nicht entziffern konnte. Das war ein paar Tage nach der Sache mit der Schere. In meiner Eile hab' ich den Stick in meinem Bettpfosten versteckt.«

Dorian musterte mich, man sah, wie es in seinem Kopf ratterte.

»Der Stick, er ist immer noch in meinem Bett versteckt. Luke sagt, das Grundstück in Baton Rouge wird zwar nicht mehr von Stewarts bewohnt, steht aber noch unberührt in seinem Eigentum. Vielleicht, auch wenn die Chance winzig ist, befindet sich mein Bett noch dort.«

Er schaute mich an, als hätte ich ihm eben eröffnet, dass ich den Heiligen Gral gefunden hatte.

»Wir müssen sofort nach Louisiana«, knurrte er, sprang auf und wollte schon zur Tür gehen.

»Dorian, warte. Ich gehe allein«, sagte ich lahm.

»Mein Vater darf, bis ich im Haus war, nicht wissen, dass ich mich in Baton Rouge herumtreibe. Je weniger Leute, desto weniger Aufmerksamkeit. Vor allem du, als Allerweltsgesicht, würdest die Aufmerksamkeit auf dich ziehen. Ich kann das nicht riskieren. Du bleibst hier.«

Meine Stimme klang endgültig. Mir war bewusst, dass eher die Hölle zufrieren würde, als dass Dorian Bane sich meiner Anweisung beugte. Ich zählte sogar fest darauf.

Seine Miene verfinsterte sich. Binnen Sekunden starrte er mich nieder, eine Aura der Autorität und Macht.

»Hör zu Prinzessin, wenn ich sage, dass ich dich begleite, dann ist das so. Bekomm das endlich in deinen Schädel. Es gibt kein Du und Ich mehr. *Wir* werden nach Louisiana fahren, diesen scheiß Stick holen und deinem Vater das Genick brechen. Hast. Du. Mich. Verstanden?«, knurrte er, kam mit jedem Wort auf mich zu, sah auf mich herab mit diesem Blick aus Stahl. Ich schluckte, selten hatte ich ihn so barsch erlebt, sein Blick glomm vor Eifer.

»Ich will nicht, dass dir irgendwas passiert. Ich weiß, du bist eine starke Frau die sich selbst schützen kann, doch Stewarts hat anscheinend keine Skrupel davor, dich und alle anderen zu gefährden. Und er hat die Macht dazu es aussehen zu lassen, als seist du die Böse gewesen. Du bist die klügste Frau, die ich kenne, sei klug genug Hilfe anzunehmen, wenn ich sie dir geben kann.« Dorians Augen waren sanft, ehrlich und der Hauch Sorge darin klebte fast die aufgerissenen Wunden in meinem Inneren wieder zu. Irgendwie hatte es dieser Mann geschafft, sich in meinem schwarzen Herzen breitzumachen. Mit Hammer und Meißel hatte er sich einen Weg durch meine inneren Barrieren gekämpft. Jetzt stand ich vor ihm, verletzlicher als ich es das letzte Jahrzehnt war. Man nannte mich grausam, doch wer mich als grausam empfand, war noch nie in den falschen Menschen verliebt.

»Okay«, kapitulierte ich und zuckte ergeben die Schulter.

Sein Blick wurde weich, er griff an meine Wange und schon lagen seine Lippen auf meinen.

Es war wieder einer dieser Küsse, die mein Innerstes verknoteten, die mir das Gefühl gaben, ein Zuhause zu haben. Jemanden, dem es wichtig war, dass ich existierte. Tief in meinem Inneren sagte ein verletztes Stimmlein, dass ich aufhören musste, mich in Dorian zu verlieren, sonst würde ich nicht mehr lebend aus Louisiana herauskommen.

FÜNFUNDDREISSIG

ASRA

Die Reise nach Baton Rouge war schneller vorbereitet, als mir lieb war. Wir würden mit dem Auto von Lia fahren. Dorian würde sich in Shirt, Lederjacke, Basecap und verwaschener Jeans so gut wie möglich tarnen und in weniger als dreizehn Stunden würden wir die Stadt meiner Kindheit betreten.

Schon allein der Gedanke, in der Nähe von meinem Vater zu sein, verursachte mir Bauchschmerzen. Er war der Dämon, dem ich mich nie stellen konnte. In all den Jahren hatte ich es nie geschafft, mich mit diesem alten Ballast auseinanderzusetzen. Nun trug ich die Quittung dafür.

»Lia, ich brauche deine Schlüssel, um das Gepäck ... Was zum Teufel?«, fragte ich ruppig, als ich Luke und Lia in der Küche sah.

Lia dekorierte grad eine Ladung Cupcakes. Die sahen doch echt aus wie das Krümelmonster aus der Sesamstraße. Luke half dabei und steckte winzige

Kekse in die Muffins mit Kulleraugen. Jim saß am Esstisch und schaute den beiden zu.

»Oh, hey Boss. Lia hat euch Proviant gepackt.«

Verwirrt schaute ich dabei zu, wie Lia vor mir zwei Tupperdosen und ein paar Flaschen Wasser drapierte.

»Also ihr beiden, ihr seid unmöglich«, stöhnte ich.

Dafür, dass Lia keine schöne Kindheit hatte und Luke im Gefängnis gesessen hatte, waren beide eher unbeschwert und völlig immun gegen die Finsternis, mit der wir uns alle jeden Tag umgaben.

»Hört zu, ich weiß nicht, wie lange wir weg sein werden. Solange ich weg bin, seid ihr und Jim die einzigen, die hier im Nest die Stellung halten können. Ich habe die Hoffnung, dass ihr alle drei zusammen eine halbwegs akzeptable Vertretung für mich bildet. Solltet ihr Fragen haben, ruft mich verdammt nochmal an, aber baut keinen Mist. Ich habe Cayden gebeten, hier her zu kommen und euch unter die Arme zu greifen. Er wird euch Rückendeckung geben. Ihr verlasst nicht, und ich wiederhole, *nicht* das Nest. Keiner von euch ist für diese Scheiße ausgebildet. Cayden regelt das Geschäftliche schon. Er wird in ein paar Stunden hier sein. Hört auf ihn. Er weiß was zu tun ist, sollte Stewarts nochmals einen Angriff durchführen.«

Streng schaute ich die Drei an, die ich immer mehr als meine Familie ansah. Ich hatte das Gefühl, dass sich die Basis unserer Beziehung zueinander vollkommen verändert hatte. War ich früher kalt und distanziert zu ihnen gewesen, war es mir nicht möglich, jetzt diese gewisse Distanz aufzubauen.

Dafür war zu viel geschehen, dafür hatten sie mir zu viel ihrer Loyalität geschenkt.

»Alles klar, Boss«, sagten alle drei wie aus der Pistole geschossen.

Ich seufzte schwer. Wie schafften sie es nur, die Straße nicht an sich heranzulassen.

»Okay, alles klar. Dann, danke für das Essen schätze ich«, brummte ich, krallte mir Lias Autoschlüssel und die Dosen und verfrachtete alles in den Truck.

Dorian kam gerade mit seinen Sachen aus dem Haus.

»Alles klar, wir können los.«

»Was hast du deinem Wahlkampagnen-Team gesagt?«

»Dass ich krank bin«, sagte er und zuckte die Schulter.

»Echt nicht zu glauben, wie in der Schule«, brummte ich und stieg in den Truck.

Dreizehn Stunden, so lange würden Dorian und ich in einem winzigen Kasten aus Stahl und Metall verbringen. Das Wetter schien auch nicht auf unserer Seite. Es regnete in Strömen, als wir Chicago verließen.

»Was glaubst du? Ist der Stick noch dort?«, fragte Dorian mich plötzlich.

»Ich weiß es nicht, es wäre ein großer Zufall.«

»Was ist, wenn er nicht mehr dort ist?«

»Dann müssen wir uns was anderes einfallen lassen. Ich werde meinen Vater zur Strecke bringen. Wenn er tatsächlich hinter dem Menschenhändlerring steckt, hat er den Tod verdient.«

»Warum hast du dich nie gerächt?« Dorian stellte die Frage so beiläufig, dass ich grinsen musste.

»Weil ich damit beschäftigt war, die Königin der Sünden zu werden.«

»Hör auf damit.« Seine Stimme blieb ernst, neutral.

»Du machst das immer. Du versteckst dich hinter beißendem Sarkasmus«, setzte er noch hinterher.

»Das ist der einzige Weg, über allem zu stehen, was versucht dich in die Knie zu zwingen«, sagte ich, schaute dabei aus dem Fenster. Versuchte nicht, seinem Blick zu begegnen.

Schweigen breitete sich zwischen uns aus. Ich wusste nicht warum, doch die Wahrheit wollte mir nicht über die Lippen gehen.

Ich hatte Angst vor Stewarts. Immer noch und nach all den Jahren hatte ich einfach riesig schiss vor ihm.

»In Chicago ist es immer so verdammt nass. Manchmal vermisse ich die Sonne Floridas.«

Mit einem Ruck schaute ich zu Dorian, er schien sich jedoch auf die Straße zu konzentrieren. Da war es, er riskierte alles, in dem er mir von sich erzählte. Von dem echten Dorian. Ich wusste nicht, was das alles für ihn bedeutete. Ein dummes naives Stimmchen in mir flüsterte, dass ich ihm vielleicht doch etwas bedeutete.

»Wo kommt du her?«, fragte ich.

»Fort Myers. Da bin ich jedenfalls aufgewachsen. Nach dem Tod meiner Schwester sind wir weggezogen.« Dorian schien um einen neutralen Ton bemüht.

»Gehst du manchmal zurück?«, fragte ich, dachte darüber nach, wie schön es wäre, das Grab meiner

Mutter besuchen zu können, ohne Angst zu haben, dass mich mein Vater fand.

Dorians Hände legten sich eine Spur fester um das Lenkrad.

»Nein, ich war in all den Jahren kein einziges Mal wieder dort. Diese Stadt ist voller Erinnerungen. Sie ist überall.«

»Wie war ihr Name?«, fragte ich. Es war das erste Gespräch, dass Dorian und ich ohne Hintergedanken führten.

»Marie.«

»Ein schönere Name.«

Dorian schwieg. Doch dieses Schweigen sagte mehr als tausend Worte. Es war schon schwer genug, meine Mutter zu verlieren, wie es war, einen Geschwisterteil zu verlieren, das wollte ich mir nicht vorstellen. Zwar hatte ich Malik Jahre nicht gesehen, doch ich wusste immer, was er tat, wie es ihm ging. Ich wachte über ihn, auch wenn er es nicht wahrnahm. Was Stewarts ihm erzählt hatte, als ich ging, wusste ich dagegen nicht. Glaubte mein Bruder, ich hätte ihn im Stich gelassen? Glaubte er, ich sei tot? Vielleicht. Vielleicht erinnerte er sich auch einfach nicht mehr an mich.

»Sie war eine Nervensäge. Hat sich immer in mein Zimmer geschlichen, sich mit den Nachbarjungs geprügelt. Sie war durch und durch eine Abenteurerin. Und jedes Mal, wenn sie das Haus verließ, kam sie mit irgendeinem Streuner zurück.« Als Dorian das erzählte, hörte ich das Schmunzeln in seiner Stimme.

Bewegt schloss ich die Augen, sah ein kleines

Mädchen, das die Welt erobern wollte. Manchmal war die Welt nur leider einfach ungerecht.

»All das Leid, das einem widerfährt, führt irgendwo hin. Es sorgt dafür, dass wir zum richtigen Zeitpunkt am richtigen Ort sind. Meine Mum hatte das immer gesagt«, erzählte ich. Die Autobahn zog als grauer Streifen an uns vorbei.

Je mehr wir uns von Chicago entfernten, desto schwächer fühlte ich mich. Diese Stadt war mein Blut, mein Antrieb, mein Feuer. Mein Zuhause.

»Es gibt nicht genug Orte für so viel Leid auf dieser Welt. Sag mir, wie hast du es geschafft, all die Jahre auf der Straße? Wie kommt es, dass sie dich nicht kaputt gemacht hat?« Dorian schien wirklich interessiert zu sein.

»Ich bin kaputt. Unwiederbringlich. Immer. Doch das Leben ist was es ist, ein Leben. Was hätte ich machen sollen? Aufgeben? Wenn man nicht für sich selbst kämpft, wer denn dann?«

Er schien über meine Worte nachzudenken.

»Die Selbsterhaltung ist der stärkste Trieb eines Menschen.«

»Ich kenne etwas Besseres«, widersprach Dorian.

»Ja, was?«

»Der Durst nach Rache.«

SECHSUNDDREISSIG

DORIAN

Asra war irgendwann eingeschlafen und ich war froh drum. Je weiter wir Chicago zurückließen, desto schmerzhafter zog es in meinen Eingeweiden. Wusste ich doch, dass wir vielleicht nie wieder zurückkehren würden.

Asras und mein Schicksal waren miteinander verwoben, nur, dass ich bisher nicht viel auf meines gegeben hatte. Ich würde für all das in der Hölle schmoren, ohne die Frau, die diese erträglicher machen würde.

Vielleicht war es der Gedanke, von Asra gehasst zu werden, der meine Zunge lockerte. Der mich über Marie sprechen ließ. Vielleicht war es auch nur die letzte Beichte zweier zu Tode verurteilter Menschen.

Asras und mein Blut würden fließen. Würde Louisianas Straßen tränken. Ich wusste, ich würde diese Frau in die tiefste Hölle ziehen, wo keiner von uns beiden wieder herauskäme.

All deine Geheimnisse gehören mir.

SIEBENUNDDREISSIG

ASRA

Es war spät in der Nacht, als wir Baton Rouge erreichten. Die Stadt, in der ich vierzehn Jahre meines Lebens verbracht hatte, weckte alte Erinnerungen. Längst verdrängte Erinnerungen. Ich fühlte mich aufgekratzt, hatte das Bedürfnis, jemandem die Kehle aufzuschneiden. Luke hatte mir die Adresse herausgesucht, ich hätte ansonsten nie zum alten Farmhaus finden können.

Mein Vater hatte es von seinen Eltern geerbt. Ich war darin geboren worden. Es hatte eine Zeit gegeben, in der mein Leben tatsächlich schön gewesen war. Mein Vater war schon damals selten zuhause gewesen, doch meine Mutter war unglaublich liebevoll gewesen. Sie hatte, trotz der steilen Karriere meines Vaters, das Farmhaus nicht verlassen wollen. Sie hatte immer gesagt, es würde uns erden. Uns daran erinnern, woher wir kamen.

Das einst so prächtige Anwesen war im Dunkeln weit weniger schön als in meinen Erinnerungen.

»Alles klar?«, fragte Dorian, als wir die Auffahrt hochfuhren. Überall wucherte Unkraut, die Fassade war rissig und verwittert. Es sah aus wie ein Geisterhaus. Hier war lange Zeit niemand mehr gewesen.

»Klar«, sagte ich und stieg aus.

Die Luft in Baton Rouge war viel frischer als in Chicago, das Wetter dagegen sehr viel wärmer.

Dorian stieg ebenfalls aus. Schaute auf das Haus. Ich straffte meine Schultern, knackte das Schloss mit einem Dietrich und ging hinein.

Als ich das Haus meiner Kindheit betrat, verfolgten mich Erinnerungen, die ich längst vergessen geglaubt hatte. Es war dieselbe Tür, an der ich mir meinen ersten Zahn mit einem Faden gezogen hatte, nur damit schnell die Zahnfee kam. Das Sonnengelb des Flures war zu einem verrotteten blassen Schatten der einstigen Farbe geworden. Auf den alten Möbeln lag eine dicke Staubschicht. Hier war seit Jahren keiner gewesen. Das Haus war einst so voller Leben, Liebe, Kinderlachen. Das war zu einer Zeit gewesen, in der meine Mutter noch gelebt hatte. Und für einen winzigen Moment schloss ich die Augen und stellte mir vor, wie es hier gewesen war. Sonnendurchflutet, warm, herzlich. Geräusche meiner Mutter, die aus der Küche drangen, Malik wie er mit seiner Rakete durch die Flure eilte. Das Haus, das nach Keksen roch.

Ich atmete den schweren staubigen Geruch ein, der mich zurück in die Realität holte. Wie ein Schlachtfeld nach dem Krieg war das Haus in Dunkelheit gehüllt.

Umso mehr fühlte ich mich von meinen Erinnerungen verhöhnt. Diese Momente, die mich in den dunkelsten Stunden warmgehalten hatten, sie waren fort, für immer.

Ein Schritt nach dem anderen setzend, lief ich durch das abgewrackte Haus. Es kam mir so winzig vor, im Vergleich zu meinen Erinnerungen.

Das hier war mein Zuhause. Und doch fühlte ich nur Schmerz. Tränen brannten mir in den Augen. Unvergossene Tränen für eine Welt, die es nie wirklich gegeben hatte. Das hier war ein anderes Leben, eines, das mir zu leben, immer verwehrt geblieben war.

Als ich an der Treppe zum Obergeschoss ankam, sah ich traurig das einst prächtige Holz an. Meine Mutter hatte dieses Haus geliebt, und ebenso behütet wie uns. Jetzt war ihr so geliebtes Haus eine Ruine, in meiner Seele sah es nicht anders aus.

Sanft strich ich über das Treppengeländer und stieg die ersten Treppen hinauf. An den Wänden hingen immer noch Bilder. Verblichene Andenken. Wie paralysiert ging ich näher heran und nahm eines von der Wand. Darin ein Bild von Mum, mir und Malik im Garten. Wir spielten.

Mein Herz, es brannte, als sei es angeschossen worden.

Mit dem Bilderrahmen an mich gedrückt stieg ich die Treppen weiter hinauf, prägte mir die Bilder ein, auf denen selbst mein Vater ein völlig anderer gewesen war. Nichts auf diesen Bildern ließ etwas von dem Monster durchblicken, das er in Wahrheit war.

Im Obergeschoss angekommen lag der Flur kalt

und leer vor mir. Es kostete mich Unmengen an Kraft, auf mein Zimmer zuzugehen. Wie alte Geister sah ich das einstige Kind, das ich war, durch den Flur rennen und dann stand ich davor.

Mein Kinderzimmer. Obwohl die Tür geschlossen war, wusste ich doch, wie es ausgesehen hatte. Meine schönsten und schlimmsten Erinnerungen waren immerhin darin geboren worden. Als ich ein Knarzen vernahm, wusste ich, dass auch Dorian mir gefolgt war, über mich wachte.

Mit zittrigen Fingern griff ich nach dem Türknauf, das Foto wie ein Schutzschild an meine Brust gedrückt.

Ich war hier nicht Asra, Königin der Sünden. Nein, jetzt in diesem Moment war ich Valerie Stewarts, die totgeglaubte Tochter eines Psychopathen.

Als die Tür mit einem Knarzen aufsprang und ich mein Kinderzimmer sah, brannten meine Augen. Es war noch alles da. Jedes Kuscheltier, jede Puppe. Jedes Pferdeposter. Und auch das Bett.

Unkontrolliert kullerten immer mehr Tropfen von meiner Wange. Ich brachte keinen Ton heraus, obwohl ich innerlich schrie.

Mit schweren Schritten ging ich durch das Zimmer bis zu meinem Bett. Der rosa Baldachin hing noch tapfer. Das Zimmer war so winzig, in meiner Erinnerung jedoch, in den aller schlimmsten, war es mir wie ein Meer aus Qualen und Schmerz vorgekommen.

All die Erinnerungen kämpften sich wie eine Dampfwalze meine Kehle hinauf.

Sieh dich an. Du bist genauso eine Schlampe wie deine Hure von Mutter, ich seh es in deinen Augen.

Kalte Hände, die nach mir griffen, bestimmend und grausam.

Hast du geglaubt, du könntest mir entkommen Lydia. Du wirst niemals frei sein. Niemals.

Ich spürte das bitterböse Lachen.

Schau mich nicht so an, hör auf mich anzusehen, Lydia.

Meine flehenden Worte, ich kannte jedes einzelne, hatte ich sie doch immer wieder geschrien, immer wieder geflüstert. *Ich heiße nicht Lydia, Daddy, hör auf, ich bin nicht Mama. Mama ist tot.*

Ich spürte die Schläge, die Stewarts mir verpasst hatte, als seien sie erst wenige Stunden alt. Meine Schreie, mein Flehen. Ich hatte nur gewollt, dass es endete, dass er aufhörte.

Ein schmerzerfülltes Keuchen entkam meinen Lippen und blind vor Tränen riss ich den Baldachin ab.

»Fick dich. Fick dich verdammt nochmal«, flüsterte ich mit heißen Tränen und einer Stimme, die mehr wie die eines gequälten Tieres klang. Fluchte einen Mann an, der es nicht hören konnte.

»Du verdammtes Arschloch«, zischte ich gefangen im Schmerz.

Starke Hände umschlossen mich von hinten. Dorians warmer Körper, er gab mir Halt, holte mich zurück, erinnerte mich daran, dass dieser Mann mir nicht mehr wehtun konnte. Ich ließ mich in die Umarmung fallen.

»Fick dich«, flüsterte ich mit erstickter Stimme. Ließ den Bilderrahmen aus meinen Händen gleiten.

»Er wird dafür bezahlen.« Dorians tiefe Stimme knurrte mir dieses Versprechen ins Ohr.

Ich riss mich los, ging zum Bettpfosten und schraubte die Kugel ab. Darin war ein kleiner Hohlraum. Er war leer. Ich griff mit meiner Hand hinein, verdeckte den Pfosten mit meinem Körper vor Dorian und zog den USB-Stick heraus, der alles verändern würde. Dieses unbedeutende Stück Plastik, das ich ihmvor die Nase hielt, würde mir die Rache verschaffen, nach der ich mich so sehnte.

Dorian wollte danach greifen, doch ich schloss meine Hand. Ihn schien es jedoch nicht zu kümmern, denn anstatt mich nach dem Stick zu fragen, kam er zu mir, umarmte mich. Es fühlte sich gut an. Eigentlich sollte er mich nicht so verletzt sehen. Fünfzehn Jahre unterdrückte Ängste und ein altes Haus brachten alles zum Einsturz. Immer noch brannten Tränen in meinen Augen. Ich hatte Jahre lang keine mehr vergossen.

Sanft drehte Dorian mich weg vom Bett und ich vergrub mein tränennasses Gesicht an seiner Brust. Ließ mir einen Moment der Schwäche, auf den darauffolgenden Krieg.

Mit wohlig warmen Händen fuhr er mir beruhigend über den Rücken und legte sein Kinn auf meinem Kopf ab, gab mir genau das, was ich brauchte. Er ließ mich nicht los, bis das Brennen in meinen Augen aufhörte.

So würdevoll wie möglich wischte ich mir mit den Händen übers Gesicht.

»Lass uns gehen.« Meine Stimme war noch immer brüchig.

Dorian nickte. »Wir kriegen ihn, Prinzessin.«

Ein Grinsen schlich sich bei Dorians Worten auf mein Gesicht. Gemeinsam, Hand in Hand, verließen wir den kümmerlichen Rest meiner Vergangenheit.

Draußen war ein sternenklarer Himmel. Die frische Nachtluft verjagte auch die letzten düsteren Gedanken. Am Auto angekommen ging Dorian an den Kofferraum und holte zwei große Benzinkanister heraus. Ein Gefühl der Wärme überkam mich. Das war es, seine Art der Zuneigung. Sie war zerstörerisch, sie war verheerend, und sie gehörte für diesen Moment mir.

Ich griff mir einen Kanister. Es dauerte nicht mal fünfzehn Minuten und das Haus meiner Kindheit, mit allem, was sich noch darin befunden hatte, brannte lichterloh. Eine Message an meinen Vater. Ein Versprechen, dass ich ihn finden würde.

Die Jagd war eröffnet.

Dorian suchte uns ein Motel nahe des Highways. Nicht gerade das Hilton, doch ich kannte Schlimmeres.

»Warte hier, ich kläre alles«, sagte er und ließ mich dann im Truck sitzen.

Wir hatten mein in Flammen stehendes Elternhaus zurückgelassen. Danach hatten wir mit meinem Laptop die Koordinaten und den darauf befindlichen Routenplan an Luke geschickt. Nicht, dass er diese nicht schon hätte. Der Plan sah vor, die Nacht im Motel zu verbringen und danach Stewarts einen kleinen Besuch abzustatten.

Immer noch fühlte ich mich innerlich aufgerissen, aber auch ein Stück weit leichter. Ich hatte mich Jahre lang gefragt, wie es sein würde, wieder in Baton Rouge zu sein. Dass ich nun hier war, war der Abschluss, den ich nie bekommen hatte. Meine Angst vor diesem Ort war in den Jahren mit mir gewachsen. Bis er mir vorkam wie die Hölle.

Nun aber lag eine unscheinbare Straße vor mir, mit noch unscheinbareren Menschen. Keine Fegefeuer, keine Dämonen. Als Dorian im Motel verschwand, schrieb ich Luke eine SMS.

Es geht los.

Mit schnellen Bewegungen tippte ich die SMS. Es war kurz nach zwei Uhr in der Früh. Das Bedürfnis nach einer heißen Dusche und einer ordentlichen Mütze Schlaf brannte in mir.

Dorian kam gerade wieder zum Truck, als ich auf Senden drückte.

»Komm, Schlafenszeit.« Mit diesen Worten packte er unsere Reisetaschen und zusammen gingen wir auf das schäbige Motel zu. Die Zimmer sahen auch nicht besser aus als die Fassade.

»Welcome to the 80's«, murmelte ich mit Blick auf die grauenhafte Tapete. Ich legte den USB-Stick gut sichtbar auf den kleinen Beistelltisch.

Dorian schmiss unsere Taschen in die Ecke. Und warf sich aufs Bett. Ein Streifen seines gebräunten, durchtrainierten Bauches entblößte sich als er die Hände hinter dem Kopf verschränkte.

»Geh Duschen, ich geh nach dir«, sagte er und schloss die Augen.

Langsam hatte ich genug von seiner Herumkommandiererei. Es wurde Zeit, ihn in seine Schranken zu weisen. Ein diabolisches Grinsen schlich sich auf mein Gesicht.

Ich ging zu unseren Taschen, öffnete eine und suchte nach dem kalten Metall. Wusste ich es doch, er hatte seine Handschellen mitgenommen.

Immer noch die Augen geschlossen atmete Dorian ruhig. Ahnungslos.

Wie der Blitz griff ich nach seinem Arm und legte ihn in eine Schelle. Dorian öffnete träge die Augen. Doch da war es schon geschehen und auch sein anderer Arm war gefesselt. Unbeeindruckt schaute er mich an.

»Was wird das, Prinzessin?«

Ich grinste ihn an. Nahm meinen Gürtel aus den Schlaufen meiner Hose, schlang ihn um die Verbindungskette der Handschellen und der Strebe des Kopfteiles und fixierte damit Dorian am Bett. Er hatte sich nicht gewehrt, was nur von seinem übergroßen Ego zeugte.

»Es wird Zeit, dass ich dich wieder auf den Boden der Tatsachen hole, Bane«, schnurrte ich ihm ins Ohr, als ich mich rittlings auf ihn setzte. Sofort spürte ich die Ausbuchtung in seiner Jeans. Dorians Blick glühte. Er verschlang mich mit seinen Augen.

»Komm her«, knurrte er, hob den Kopf in meine Richtung.

Ich ließ meine Hand über seinen starken Bizeps gleiten, ehe ich meine Nägel in ihn jagte. Fest.

Er knurrte.

»Du machst dieses Mal nicht die Regeln, das ist jetzt mein Spiel.«

ACHTUNDDREISSIG

DORIAN

Sie saß über mir wie die Königin, die sie war. Stark, unbezähmbar, wunderschön mit ihren Narben. Ich hatte nur eine Ahnung, was Stewarts mit ihr als Kind gemacht hatte, doch es hatte sie nicht gebrochen. Es hatte sie nur stärker gemacht. Diese Frau, die Gnade und Zerstörungswut in einem Wesen unterbrachte, raubte mir mit ihrer Art den Atem. Die Welt hatte es nicht gut mit ihr gemeint, doch davon hatte sie sich nie abhalten lassen, sich zu nehmen, was sie wollte.

Asra lächelte mich teuflisch an. Fuhr mit ihrer Hand weiter über meine Brust. Jede Berührung war wie Feuer und mein Blut war das Benzin.

»Was stelle ich jetzt mit dir an?«, sinnierte sie mit ihrer tiefen Stimme. Jede ihrer Berührungen schoss direkt in meinen Schwanz. Ich wollte mich in ihr vergraben und die einzige Löwin unter all den Kätzchen bändigen. Wollte genießen, was ich verlieren würde.

»Spiel nicht mit mir, Prinzessin. Mach mich los und ich ficke uns beiden das Hirn raus.«

Asra legte den Kopf schief, ihr langes Haar bewegte sich über meiner Haut, als sie sich vorbeugte. Ihre braunen Augen durchbohrten mich mit ihren Blicken. Immer wenn sie mich so ansah, war mir klar, wie sie es an die Spitze Chicagos geschafft hatte.

Mit einem Blick aus Stahl sagte sie: »Nein.«

Dann küsste sie mich. Ihre weichen Lippen strichen über meine, brachten mich um den Verstand.

Sie packte mein T-Shirt und zog daran. Ganz automatisch bewegte ich mich so, dass sie es über meinen Kopf ziehen konnte. Zerknüllt lag es um meine Hände. Ich schloss meine Faust darum, weil ich das, was ich wirklich wollte, nicht greifen konnte. Sie schaute mich mit Genugtuung an. Mit den Fingern fuhr sie über meine Brust, meinen Bauch bis hin zu meinem Hosenbund.

Fuck.

Mein Schwanz zuckte, genoss das Gewicht ihrer Hüften, wollte sich durch die Schichten aus Kleidung bohren und sich in Asras göttlicher Pussy versenken.

»Mhm, ich liebe es, dich unter mir zu wissen«, säuselte sie, während sie sich vorbeugte und Küsse über meine Brust verteilte.

Dann spürte ich ihre Zähne, wie sie sie in meine Haut jagte.

»Fuck.« Meine Stimme war rau und heiser vor Lust. Ich stemmte die Hüften nach oben. Signalisierte ihr, wie bereit ich für sie war. Schnurrend rieb sie mit ihrer Mitte über meinen Schwanz. Diesen Anblick, wie sie sich an mir rieb, ich würde ihn mit in die Hölle nehmen.

Mit einer koketten Bewegung zog sie sich ihr Shirt über den Kopf. Nur im schwarzen Spitzen-BH und Hose saß sie auf mir, starrte mich feurig an. Ob es dieser Frau bewusst war, wie unglaublich sie aussah?

Ihre Brüste hatten die perfekte Größe, prall, aber nicht zu groß. Wie zwei saftige Hügel lagen sie vor mir. Mir lief das Wasser im Mund zusammen. Ich wollte sie brandmarken, mich auf diesem Körper verewigen.

Sie räkelte sich vor mir, berührte sich mit ihren Händen, fuhr über ihren Bauch, die Brüste. Sie legte den Kopf in den Nacken. Zog eine höllisch heiße Show für mich ab.

Dann endlich rutschte sie vom Bett, schaute auf mich herab. Diese Frau, sie würde mein Untergang sein.

Schau dich um, deine Welt gehört mir, meine Königin.

NEUNUNDDREISSIG

ASRA

Dorians Blick war hungrig.

Meiner war wahrscheinlich nicht besser. Wie er so vor mir lag, halb nackt, meiner Gnade ausgeliefert. Ich wusste nicht, ob es das letzte Mal war, dass wir das hier teilten. Dass wir die Funken auskosteten, die nur wir produzieren konnten.

Ich wollte nicht an morgen denken, nicht an das, was uns erwartete. Alles, was ich wollte, war, diesen Mann, mit all seinen Ecken und Kanten zu genießen. Mit einem Augenzwinkern wandte ich ihm den Rücken zu, öffnete meine Hose und zog sie lasziv meine Beine herunter.

Als er wieder ungeduldig knurrte, ich seinen heißen Blick auf meiner Haut spürte, erfüllte mich das Gefühl von Macht. Dieser Mann, der so viele Gesichter trug, war mir verfallen.

Mit Haut und Haar.

Ich beugte mich herunter, präsentierte ihm meinen

Arsch, während ich meine Stiefel, Socken und Hose loswurde. In BH und Slip drehte ich mich wieder zu ihm. Sein Blick ließ mich keine Sekunde aus den Augen. Als ich mich auf das Bett kniete, stoben die Funken zwischen uns.

Mit einem Lächeln ließ ich meine Hände von seinen Waden bis zu den Schenkeln wandern. Sein Schwanz beulte die alte Jeans aus. Ich fuhr kokett über seinen Innenschenkel, direkt bis zu seinem besten Stück.

»Asra«, knurrte er warnend. Doch ich ließ mich davon nicht beeindrucken. Mit den Fingerspitzen berührte ich die Beule. Dann jedoch zog ich daran vorbei hin zu seinem Knopf.

»Mach schneller, Frau«, blaffte er mich ungeduldig an. Als Antwort versenkte ich, anstatt seine Hose zu öffnen, die Nägel in seinen Bauchmuskeln.

»Fuck!«, fluchte er.

»Halt den Mund oder ich such mir was, mit dem ich dich zum Schweigen bringe«, warnte ich mit einem kühlen Blick auf ihn.

Er verschloss seine Lippen, wusste er doch, dass ich ernst machen würden, sollte er sich nicht benehmen.

Ich setzte mich zurück auf die Fersen und begann wieder damit, von seinen Waden aus nach oben zu fahren. Dorians Gesicht war kantiger, seine Muskeln zum Zerreißen gespannt. Es machte ihn wahnsinnig, dass ich meine Prozedur von eben, von vorn begann. Eines musste man ihm lassen, er hatte Selbstbeherrschung. Er sagte kein einziges Wort.

Ich öffnete seinen Hosenknopf und zog ihm die

Jeans samt Shorts aus. Eilig hob er die Hüften und erleichterte mir dies. Anstatt ihm die schweren Boots samt Hose von den Füßen zu ziehen, ließ ich sie wie Fesseln an seinen Füßen und um seine Knöchel. Als er das realisierte, knurrte er erneut. Warnend schaute ich ihn an. Es war ein Anblick für Götter. Sein Schwanz stand wie eine eins. Lang, prall und mit pulsierenden Adern durchzogen. Die Spitze war bedeckt von Lusttropfen, die mir den Mund wässrig werden ließen.

Sein Blick bohrte sich in meinem. Ich wusste, was er wollte.

Setz dich auf mich, lass mich dich ficken.

Jedes einzelne Wort stand unausgesprochen im Raum. Meine Pussy zuckte erfreut.

»Weißt du Dorian«, begann ich, während ich mir meinen BH öffnete und ihn von meinen Brüsten zog. »Es macht mich so unglaublich heiß, dich so zu sehen. Mir ausgeliefert«, beendete ich meinen Satz. Fuhr dabei mit meinen Händen über meine Brüste und zwickte mich in die Nippel, die sowieso schon empfindlich waren.

Dorians Blick brannte wie Feuer.

Ich fuhr hinab zu meinem Slip, hakte meine Finger darunter und zog ihn mir von den Beinen.

»Jetzt, in diesem Moment, gehörst du mir. Dienst dazu, mir Lust zu schenken. Weißt du wie berauschend der Gedanke ist?«, fragte ich weiter, während ich nackt, wie ich war, vom Fußende des Bettes über ihn kletterte. Sein Schwanz streifte dabei über meine Brust, weiter hinab über meinen Bauch, bis er und meine Pussy endlich auf einer Höhe waren. Mein Gesicht war über seinem, er biss konzentriert die Zähne zusammen. Kämpfte mit sich. Als ich das sah, küsste ich ihn erneut. Wie ein Verhungernder erwiderte er den Kuss. Fickte meinen Mund mit der Zunge, während er die Hüften anhob. Seinen Schwanz über meine Mitte rieb. Mich dazu ansporne, mich endlich auf ihn niederzulassen.

Ich war tropfnass, meine Pussy pulsierte, wünschte sich etwas, das sie füllte. Deshalb lehnte ich mich zurück und positionierte mich über seiner prallen Härte.

»Los«, knurrte er.

Obwohl ich ihn hätte bestrafen sollen, dafür, dass er sein Schweigen brach, war ich selbst viel zu gierig nach ihm.

Mit einer Bewegung spießte ich mich selbst auf. Das köstliche Gefühl der Fülle jagte mir eine Gänsehaut über den Körper.

»Fuck«, kam es uns beiden über die Lippen.

Dann begann ich, mich ohne Sinn und Verstand immer wieder hoch und runter zu bewegen. Dorian kam mir, soweit es seine Fesseln zuließen, entgegen.

In völligem Einklang trieben wir uns gegenseitig an.

Er knurrte, ich keuchte, als meine Bewegungen fahriger, schneller, ruppiger wurden. Das Klatschen von Haut an Haut erfüllte das alte Motelzimmer. Das Bett quietschte im Takt meiner Bewegungen. Meine Hände krallten sich in seine Haut. Ich legte den Kopf in den Nacken, stöhnte, als das mir bekannte Kribbeln einsetzte.

Immer weiter flogen wir auf den Höhepunkt zu. Schweiß rann mir den Rücken herab, Dorians Muskeln schwollen noch weiter an. Mit verbissener Kraft trieb er sich in mich. Bis das kleine Kribbeln zu Abertausenden Ameisen unter meiner Haut wurde und dann zu einem alles verzehrenden Knoten. Dorian kam mir immer heftiger entgegen und mit einem Mal platzte der Knoten und meine Pussy pulsierte rhythmisch um seinen Schwanz, der daraufhin ebenfalls zuckte. Wir kamen fast zeitgleich. Ein phänomenaler Orgasmus wütete in mir. Erschöpft brach ich auf seiner Brust zusammen.

Unser beider Atem war hektisch und rau. Sein Herzschlag raste wie verrückt. Meinem ging es nicht anders. Nach ein paar Minuten, in denen wir einfach so dalagen, bewegte er sich. Das erinnerte mich daran, dass er immer noch gefangen war.

Mit einem diebischen Grinsen setzte ich mich auf.

»Vielleicht lass ich dich noch ein paar Stunden so«, sagte ich.

Er zog eine Augenbraue nach oben.

»Du willst das Echo deiner Aktion lieber nicht erleben, Prinzessin.«

Ich verdrehte nur die Augen.

»Kleiner Sturm im Wasserglas«, murmelte ich, als ich den Gürtel öffnete.

Gerade wollte ich aufstehen, um den Schlüssel zu holen, als Dorian seine Arme über meinen Kopf in den Nacken legte und uns beide übers Bett auf den Boden rollte. Dabei federte er mit seinen gefesselten Händen meinen Sturz geschickt ab.

»Hey«, protestierte ich, als er über mir lag.

Seine Augen fixierten meine. Ohne ein Wort zu verlieren, küsste er mich.

Sanft bewegten seine Lippen sich auf meinen, dann küsste er sich den Weg über meine Wange.

»Ich bin dran«, flüsterte er in mein Ohr.

Träge öffnete ich die Augen, Sonnenschein durchflutete das alte Motelzimmer. Als ich mich bewegte, spürte ich jeden Muskel. Dorian und ich hatten uns noch bis in die Morgenstunden immer wieder auf die Spitze getrieben. Irgendwann waren wir dann beide eingeschlafen. Ich starrte den gebräunten Arm an, der mich umschlang. Wann hatte ich das letzte Mal neben jemandem so lange geschlafen?

Immer noch tanzten die Endorphine in meinem Blut Samba. Ich genoss die Wärme seiner steinharten Brust.

Ein leises Vibrieren ertönte.

Dorian bewegte sich nicht, er schlief noch immer tief und fest.

So sanft wie möglich hob ich seinen Arm von meiner Hüfte und kroch aus dem Bett. Mein Handy lag immer noch in meiner Hosentasche. Eilig zog ich es heraus.

> Er weiß Bescheid. Es gibt aber auch ein Problem.

Zwei Sätze, doch sie reichten aus, dass ich, so leise wie möglich meine Sachen zusammensuchte und meine Tasche packte. Ich schaute auf den Beistelltisch, der Stick war verschwunden. Dann schlich ich zur Tür. Im Motelflur zog ich mich an und wählte im Rauslaufen Lukes Nummer.

»Hey, was ist los?«, fragte ich, als er endlich abnahm. Mit schnellen Schritten ging ich auf den Truck zu.

»Oh heilige Maria, Gott sei Dank!«, rief er aus.

Ich öffnete den Truck und schmiss meine Tasche auf den Rücksitz.

»Luke, komm zur Sache, ich hab bestimmt nicht viel Zeit«, blaffte ich ihn ungeduldig an. Als ich einstieg, nahm ich eine Bewegung auf dem Rücksitz wahr. Ich stieg trotzdem hinein.

»Cayden war hier. Und er hat uns gesagt, dass er neue Information über die Iren hätte. Asra, er hat Lia mitgenommen.« Lukes Stimme klang besorgt.

Ich musste grinsen. Cayden war alles, aber ganz bestimmt keine Gefahr für Lia. Er hatte sicherlich einen deftigen Grund, sie aus dem Nest zu bringen. Ich konnte leider nur nicht so viel preisgeben.

»Wann war das? Keine Sorge, ich kümmere mich darum, wenn ich zurück bin. Es ist alles in Ordnung«, sagte ich mit Blick auf das Motel.

»Bist du dir sicher, dass er Lia nicht umbringt oder so?«

»So sicher, wie es in der Hölle heiß ist. Ist Leo schon da?«, knurrte ich, achtete auf jede Bewegung hinter mir. Gott war der Typ schlampig.

Sofort begriff Luke. »Verdammt. Okay. Hey Asra, pass auf dich auf, wir brauchen dich.«

Als ich die düsteren Worte vernahm, bildete sich ein Loch in meinem Magen. Sie brauchten mich. War ihnen denn nicht klar, dass nach mir einfach ein anderer nachrücken würde? Gerade wollte ich ihm sagen, dass er Quatsch redete, als ich etwas Kaltes an meiner Kehle fühlte. »Ein Wort und du bist tot«, zischte eine gehässige Stimme an meinem Ohr. Obwohl ich vorbereitet war, spannte sich mein Körper an. Eine Klinge lag an meinem Hals.

»Luke, ich muss auflegen, sag Leo, er soll das übernehmen.«

»Alles klar«, sagte Luke angespannt. Er hatte die Nachricht verstanden.

»Bis dann.« Ich legte auf. Mit langsamen Bewegungen legte ich das Handy beiseite, ohne auch nur mehr, als den Arm zu bewegen.

»Valerie Stewarts nehme ich an?«, fragte der Fremde. Im Rückspiegel sah ich einen Mann ganz in Schwarz. Kahler Schädel, tote Augen. Ein Mörder, wie ich einer war.

»Wenn du erst fragen musst, dann machst du deinen scheiß Job nicht richtig«, gab ich kühl von mir. Obwohl das Arschloch, das auf meiner Rückbank saß, mir Angst machen sollte, fühlte ich sie nicht.

»Bring mich zu ihm«, sagte ich und schaute weiterhin auf das Motel. Mir war klar, wer diesen Penner auf mich angesetzt hatte.

»Mit dem größten Vergnügen«, hörte ich das hässliche Ding zischen. Dann traf mich der Griff des

Messers mit unbändiger Wucht an der Schläfe, mein Kopf schnellte zur Seite und alles wurde schwarz.

Das Nächste, das ich wahrnahm, war, wie man mir in den Bauch trat. Der Schmerz explodierte in meinen Eingeweiden und ich riss die Augen auf. Meine Hände waren gefesselt und ich lag auf der Seite. Unter mir kalter, glatter Marmorboden. Ich setzte mich, so gut es ging, auf. Vor mir stand der gleiche Dreckskerl, der mich im Auto überrumpelt hatte, gleich neben ihm stand der Albtraum meines Lebens.

Geoffrey Stewarts war alt geworden. Seine Haare waren zum größten Teil grau. Tiefe Falten hatten sich in sein Gesicht geschlagen. Seine Augen waren kalt wie Eis. Er trug einen Anzug, samt Krawatte. Eine Fassade, die darüber hinwegtäuschen sollte, was für ein seelenloser Bastard er war.

»Valerie, willkommen Zuhause.« Als wären wir eine Familie begrüßte er mich freudestrahlend.

Ich verzog spöttisch das Gesicht. »Hallo Vater.« Meine Stimme war schneidend. Mein Bauch schmerzte, meine Schläfe pochte, doch alles in allem, war ich immerhin noch am Leben.

Na gut, ich war unbewaffnet, ohne Handy und war höchstwahrscheinlich begrabscht worden, während ich K.O. war, aber ich lebte.

Mühsam richtete ich mich in den Stand auf.

Wir standen in einer prächtigen Eingangshalle. Protzig und ohne Stil.

Zwei Fenster, drei Türen und eine Treppe. Ich hoffte inständig, dass wir hier richtig waren.

»Gib dir keine Mühe, du kommst hier nicht raus, das ganze Haus wird bewacht. Keiner weiß, dass du hier bist.

Dein kleiner Freund denkt, dass du abgehauen bist.« Die Stimme meines Vaters zu hören, versetzte mich in eine Zeit, in der ich sie am meisten fürchtete. Angst, dass Dorian tatsächlich glauben würde, dass ich abgehauen war, flackerte kurz auf. Nein. Er würde das nicht glauben. Er war nicht dumm. Ich würde niemals kapitulieren.

»Ich finde einen Weg, und wenn ich frei bin, komme ich nur zum Spaß zurück und schneide dir die verdammte Kehle durch«, blaffte ich ihn zähneknirschend an. Immer schön den Ball am Laufen halten.

Stewarts nickte seinem Handlanger zu. Dieser kam schnellen Schrittes auf mich zu, packte mich an den Haaren und kickte mir die Füße weg. Sofort ging ich in die Knie. Meine Knie knackten, als sie auf dem harten Marmorboden aufschlugen.

Fuck.

Ich verzog schmerzhaft das Gesicht, doch kein Ton kam mir über die Lippen. Diese Genugtuung würde ich Stewarts nicht geben. Kämpferisch schaute ich zu meinem Vater auf.

Dieser blickte kalt auf mich herab.

»Du bist noch genau das Miststück, das du damals schon warst. Genauso wie deine Hure von Mutter. Sie hat mich aufs Kreuz gelegt, weißt du? Hat immer getan, als wäre ihr unsere Familie heilig. Und dann, boom, erfährt sie von meinem kleinen Deal mit Mexiko. Dabei hatte ich alles so schön gedreht. Was war schon der eine versunkene Container? Wir hatten ein Leben in Reichtum und Macht vor uns.«

Mein Vater war ein Idiot. Das bewies er, in dem er so freizügig über seine Verbrechen redete.

»Mum wollte das Richtige tun«, sagte ich in dem Versuch, meinen Vater zum Weiterreden zu bringen. Er kam auf mich zu, griff meine Wange und drückte diese grob zusammen. Wütend funkelte ich ihn an.

»Oh nein, sie wollte mich verraten. Sie wollte, dass wir uns stellen, wir alle. Doch dies hier ist so viel größer als ein unbedeutendes Leben.« Er drückte nochmals zu und ließ dann meine Wange los.

»Weißt du, sie hätte einfach weiterleben können. So tun, als wisse sie von nichts. Wir hätten das sein können, was wir waren, eine glückliche kleine Familie. Aber nein, dieses Miststück musste ja ihre Nase in meine Geschäfte stecken. Meine Konten prüfen, meine Unterlagen durchsuchen. Meinen Computer mit der Transportroute. Sie erfuhr was mit dem Container geschah und rastete vollkommen aus. Ich bot ihr an, es einfach zu vergessen. Weiterhin ihr sorgenloses Leben zu führen. Doch sie wollte nicht. Sie wollte uns alle ans Messer liefern. Ich hatte keine Wahl, ich musste sie zum Schweigen bringen.«

Zorn schwang in meines Vaters Stimme mit. »Und stell dir vor, wie groß meine Überraschung war, als ich kürzlich erfuhr, dass dieses Miststück dir einen USB-Stick untergeschoben hat. Ich war über fünfzehn Jahre ahnungslos. Bist du nicht wütend auf sie? Hätte sie mich nicht verraten Valerie, dann hättest du ebenso ein wundervolles Leben führen können wie dein Bruder. Doch nein, sie musste alles zerstören.«

Wut überkam mich.

»Sie hat unsere Familie nicht zerstört, das warst du. All diese unschuldigen Mädchen, sie waren auch Teil von Familien. Und was tun du und deine dreckigen Freunde? Ihr verkauft, versklavt und tötet sie. Mum wollte euch nur aufhalten«, brüllte ich ihn an.

Mein Vater schaute zu mir, durchbohrte mich mit seinen Blicken.

»Da ist es, dieser Blick. Genau mit diesem Blick hat deine Mutter mich angesehen. Es war der letzte Blick, bevor ich sie tötete. Er ist es, dem du all dein Leid zu verdanken hast.«

»Du hast mich über Monate verprügelt, seelisch gequält. Du hast mich hungern lassen, mich eingesperrt, mir alles genommen. Du hast Mum getötet und es als Selbstmord aussehen lassen. Der Einzige, der für mein Leid verantwortlich ist, bist du«, zischte ich.

Mein Vater lächelte kalt.

»Weil ich es sah, ich sah, dass du genau wie deine Mutter bist. Ich wollte dich retten, dich auf den richtigen Weg führen. Und was den inszenierten Selbstmord angeht, der war gar nicht nötig. Eric Bread half mir dabei. Es kostete mich einen Anruf und der ganzen Welt war klar, dass Lydia Stewarts sich selbst das Hirn weggepustet hatte.«

»Du seelenloser Bastard.« Ich begehrte gegen die Hand, die mich am Boden hielt auf, was mir wieder ein Büschel herausgerissener Haare einbrachte.

»Oh und das von der Königin der Sünden. Wie viele Menschen hast du getötet? Deine Weste ist so schwarz wie meine, Tochter.«

Bei Stewarts Worten lachte ich kalt auf.

»Du täuscht dich. Meine ist um so vieles schwärzer als deine, Vater. So schwarz, dass ich selbst aus der Hölle kriechen würde, um dich Arschloch um die Ecke zu bringen.«

Mein Vater verzog wütend den Mund. Daraufhin kassierte ich eine weitere Ohrfeige, so dass mir die Ohren klingelten. Ich schmeckte Blut im Mund.

»Genauso stur wie deine Mutter.«

»Ich bin nicht wie Mum«, begann ich und lächelte Stewarts diabolisch an. »Sie wollte dich der Polizei übergeben, ich werde dich töten. Da ist ein himmelweiter Unterschied.«

»Was ist nur aus dir geworden? Ich war schon lange neugierig, wer die Königin der Sünden ist, die Chicagos Untergrund regiert. Stell dir vor, wie überrascht ich war, als ich die Fotos zugeschickt bekam. Du bist das Ebenbild deiner Mutter. Doch eines hast du von mir kleine Valerie, du hast es weit gebracht für deine Verhältnisse. Anstatt jedoch die Leiter mit deiner List und Tücke nach oben zu klettern, bist du lieber im Dreck spielen gegangen. Was bringt dir dein Königreich, so ärmlich, klein und schwach. Du hättest so viel mehr aus dir machen können.«

Als mein Vater das sagte, brodelte es in mir. »Mein Königreich ist alles, nur nicht klein und schwach. Meine Macht ist größer, als du ahnst, und sie wird dich in die Knie zwingen.«

Mein Vater lachte gehässig auf. »Nichts kann mich in die Knie zwingen, Valerie. Seit weit mehr als einem Jahrzehnt verschleppe ich Mädchen, verkaufe sie, mache Geld im Überfluss. Keiner kann mir etwas.«

Ich lächelte ihn böse an. »Außer die ganze Welt erfährt die Wahrheit.«

Meines Vaters Lächeln sackte in sich zusammen. Er legte missbilligend den Kopf schief.

»Ja. Clearwater war nachlässig. Die Liste auszudrucken. Doch viel wichtiger ist noch der Stick. In den falschen Händen könnte das alles bedrohlich werden«, bestätigte er. »Wo ist der Stick, Valerie?«

»Mhm, vielleicht liegt er ja schon bei der Presse oder aber ich habe mehrere Kopien an jede verdammte Polizei in Amerika geschickt«, zischte ich.

Das Arschloch hinter mir zerrte meinen Kopf an den Haaren zurück und verpasste mir einen Faustschlag.

Für einen kurzen Moment sah ich Sterne. Ungerührt sah mein Vater dabei zu.

Scheiße, das tat weh.

»Wäre das der Fall, dann hätte ich das mitbekommen. Du hast die Liste mit den verschwundenen Mädchen niemandem gezeigt. Und den Stick hast du dir doch erst gestern angeeignet, oder?«

Stewarts lächelte kaum merklich.

»Du bräuchtest Hilfe, die du nicht hast. Nein, dafür bist du zu stolz. Königin der Sünden, dass ich nicht lache. Ich habe nicht mal drei Stunden gebraucht, um dich hierher zu verfrachten«, tönte er arrogant.

Ich verkniff mir einen bissigen Kommentar.

Das brachte meinen Vater wieder auf Kurs. »Wo ist der USB-Stick? Lass mich nicht böse werden, Valerie, du weißt, wie das endet.«

Mit einem grimmigen Lächeln schaute ich meinen Vater an. »Was ist los, alter Herr? Normalerweise legst du doch viel lieber selbst Hand an«, provozierte ich ihn weiter.

Scheiße, verdammt. Ich weiß nicht, wie lange ich das noch hinbekomme, ohne eine verdammte Kugel in den Kopf zu kriegen.

Der Hund neben mir zog ein Messer, hielt es mir direkt an die Wange, unweit meines Auges. Ich rührte mich nicht, starrte einfach nur weiter auf Stewarts. Wenn das meine letzten Tage gewesen waren, dann würde ich ihm nicht die Genugtuung geben, Angst zu zeigen.

Ich wusste, was Schmerz bedeutete. Es war nicht das erste Mal, dass ich so behandelt wurde. Man hatte mir schon viel Schlimmeres angetan.

»Hör zu, du kleine Hure. Ich will wissen, wo der verdammte Stick ist, wenn nicht, werde ich dich in den tiefsten Keller sperren, wo sich Hank und seine Kollegen die Zeit mit dir vertreiben können, bis du vor lauter Verzweiflung und Schmerz sprichst. Hast du mich verstanden?« Stewarts Stimme war wütend. Meine Provokation hatte wohl ihr Ziel getroffen. Seine Hände waren zu Fäusten geballt, eine Ader pochte an seiner Schläfe.

Blut sickerte in meinem Mund vor sich her. Ich spuckte es meinem Vater als Antwort vor die Füße.

Das Messer kam meinem Auge noch näher, so dass ich keine Bewegung mehr wagte.

Okay, Asra, das war's. Jetzt ist die Scheiße am Dampfen, sagte meine kleine innere Stimme.

Obwohl ich wusste, dass ich hier nicht lebend rauskam, wollte sich keine Angst breitmachen. So lange hatte ich mich vor meinem Vater gefürchtet. So lange hielt ich ihn für die schlimmste Ausgeburt der Hölle. Doch jetzt, wo er vor mir stand, die Haare grau meliert, das Gesicht voll von Furchen, wurde mir klar, dass meine Angst etwas galt, das nicht existierte. Mein Vater war ein Mensch, wie ich. Er konnte mir mein Leben nehmen, doch er war nicht unbesiegbar.

»Letzte Chance, bevor Hank dir dein Auge nimmt. Wo ist der Stick, Valerie?«, donnerte mein Vater.

Ein lautes Klicken klang durch den Raum, gefolgt von einer Stimme. »Meinst du diesen Stick hier?«

Vom oberen Stockwerk kam Dorian herunter. Er hatte eine Waffe, die direkt auf Hank zielte.

»Keinen …«, begann Hank zu sagen, als Dorian ihm schon eine Kugel in den Kopf jagte. Bevor Hank samt dem Messer zu Boden fiel, schnitt dieses noch in meine Wange. Nicht tief, und doch tief genug, dass ich Blut meine Wange hinabrinnen fühlte. Dorian hatte nicht mal mit der Wimper gezuckt. Ich ebenso nicht. Ich starrte ihn bloß an. Ich hatte ihn noch nie so kalt gesehen.

Das wurde aber auch verdammt nochmal Zeit.

Er trug ein schwarzes Shirt, eine schwarze Jeans und sein Haar sah aus, als sei er gerade erst aufgestanden.

Erinnerungen, wie wir uns die ganze Nacht geliebt hatten, schossen mir durch den Kopf. Der liebevolle, verspielt süße Dorian. Nichts war von ihm in diesem hier zu erkennen.

Tief in meinem Inneren wusste ich, das hier, das war der wahre Dorian Bane, mehr oder weniger.

Stewarts wollte schon zur Tür rennen, ganz sicher, um Hilfe zu holen, doch Bane hielt ihn allein mit seiner Stimme auf.

»Das würde ich lassen. Sonst puste ich dir jetzt gleich den Kopf weg.«

Mein Vater schaute zu ihm, verzog keine Miene. Trotzdem spürte ich seine Nervosität. Dorian kam ganz langsam die Treppe hinunter, seine Waffe stets auf Stewarts gerichtet. Dieser hob beruhigend die Hände.

»Wie sind Sie hier unbemerkt hereingekommen? Und was hat sie Ihnen versprochen, damit Sie ihr helfen? Egal was es ist, glauben Sie ihr kein Wort.«

Bei Stewarts Worten verdrehte ich die Augen. *Arschloch.*

Für Dorian war es ein Leichtes irgendwo unbemerkt hineinzukommen. Er war ein wahrer Meister darin.

Ich erhob mich auf die Füße, immer noch gefesselt.

»Asra hat mir überhaupt nichts versprochen. Tatsächlich habe ich sie um Hilfe gebeten. Es hat Jahre gedauert hierher zu kommen. Endlich habe ich Sie da wo ich Sie haben will Stewarts.« Dorians Stimme war eiskalt. Sein Blick seelenlos. Kaum in Einklang zu bringen mit dem leidenschaftlichen, charismatischen Mann, den ich kennengelernt hatte.

»Wieso? Meines Wissens nach, hatte ich nie auch nur Kontakt mit einem Bane«, sagte Stewarts, als er wohl begriff, dass ich nicht der Grund für Dorians Auftauchen war. Ein bitterer Geschmack bildete sich auf meiner Zunge.

»Weil er nicht Dorian Bane ist. Nicht wahr, Zane Blackwell?«, antwortete ich anstatt Dorian.

VIERZIG

DORIAN

Sie hatte es also gemerkt. Mich wunderte es kaum, dass Asra das Rätsel um meine Identität geknackt hatte. Wahrscheinlich wusste sie es die ganze Zeit. Nach allem, was ich über die Königin der Sünden wusste, war sie eine Meisterin ihres Gebiets.

»Was? Erschrocken, dass ich dein makabres Spiel durchschaut habe?«, blaffte sie mich an.

Ich grinste, ohne Stewarts aus den Augen zu lassen. Das Spiel, wie Asra es nannte, war so gut wie vorbei. Wenn ich es schaffte, Stewarts von Asra fernzuhalten, starb sie vielleicht mit mir zusammen. Wir konnten das Grundstück nicht unbemerkt verlassen.

Die Chancen unbemerkt und damit lebend hier raus kommen war in Anbetracht der Wachen, die mit Maschinenpistolen bewaffnet waren, so gut wie unmöglich. So gut ich auch war, ich war kein Hexer.

Alles, was ich hier bei mir hatte, waren zwölf Patronen. Ich würde niemals gegen ein Maschinengewehr bestehen.

Selbst sich im Haus zu verstecken war sinnlos. Würden Stewarts Leute nach ihm suchen und ihn tot auffinden, würden sie jeden Stein im Haus umdrehen. Dass ich es überhaupt hierher geschafft hatte, war ein Wunder.

Als Asra aus dem Bett gekrochen war, war ich sofort wach gewesen. Seit wir aus Chicago weg waren, hatte ich sie nicht eine Sekunde aus den Augen gelassen. Selbst, als ich das Motel gebucht hatte, hatte ich immer einen Blick auf Lias Truck gehabt. Asra wäre niemals unbemerkt entkommen.

Dafür war ich zu vorbereitet gewesen.

Mich hatte interessiert, wohin sie wollte. Also hatte ich mich schlafend gestellt, bis sie aus dem Hotelzimmer geschlichen war. Mit gebührendem Abstand war ich ihr gefolgt, hatte mich versteckt. Irgendwas musste sie während des Telefonates aufgewühlt haben, anders konnte ich mir nicht erklären, dass sie weder mich noch den Hurensohn auf ihrer Rückbank bemerkt hatte. Das war stümperhaft gewesen und das war nicht ihre Art.

Ich hatte nicht geahnt, dass Stewarts uns so schnell finden würde. Ich hatte mir, als Asra in meinen Armen geschlafen hatte, fest vorgenommen ihr die Wahrheit zu sagen. Ihr zu erklären, wer ich wirklich war.

Nach letzter Nacht hatte sich wieder etwas zwischen uns verändert. Ich wusste nicht, ob es an ihrem Zusammenbruch in ihrem alten Haus lag, oder aber dass wir letzte Nacht nicht nur gefickt hatten, nein, wir hatten uns geliebt. Immer wieder.

Als dieser Typ sie bewusstlos geschlagen hatte, wäre ich fast auf ihn losgegangen. Jede Faser meines Körpers hatte die Rache vergessen und Asra aus den Fängen dieses Mistkerls befreien wollen. Zum Glück hatte der Vollidiot zwar ihre Tasche, Waffe und Handy aus dem Fenster geworfen, doch er hatte sich nicht die Mühe gemacht, die Ladefläche des Trucks zu checken.

Der Truck brachte mich unbemerkt hierher, doch wir würden es nicht mal schnell genug zu einem Auto schaffen, bis Stewarts Männer uns erschossen.

Nichts konnte meine selbst erschaffene Lawine von Ereignissen noch stoppen. Es gab kein Zurück. Ich konnte nur hoffen, dass Asra mir verzeihen würde, bevor wir beide starben.

Weder sie noch ich würden dieses Haus lebend verlassen. Ich hatte alles hunderte Male durchdacht und keine Lösung gefunden.

Das Spiel war vorbei und mir blieb einzig meine Rache.

Als mein Blick wieder zu Asra ging, grün und blau im Gesicht, gefesselt und doch keine Angst in den Augen, wusste ich, dass ich mich falsch entschieden hatte.

Meine jahrzehntelang geplante Rache war es nicht wert, diese Frau zu verlieren.

Ich hatte es bei Pivel gefühlt, ich hatte es letzte Nacht, als wir immer wieder übereinander hergefallen waren, gespürt. Selbst im Bunker hatte allein der

Gedanke, dass Asra etwas mit diesem Derek hatte, mich fast umgebracht.

Eine einzige Sekunde, ein einziger Gedanke und plötzlich war mir klar, dass ich mich in sie verliebt hatte. Ich hatte die Frau, in die ich verliebt war, in die Hände meines größten Feindes gegeben.

EINUNDVIERZIG

ASRA

Zeit für den finalen Spielzug, Asra.

Ich sah, wie es hinter Dorians Stirn arbeitete. Er schien alles nochmals durchzuspielen. Sein ganzer Plan. Dass ich wusste, wer er war, brachte ihn durcheinander.

Stewarts jedoch holte ihn wieder zurück ins Hier und Jetzt.

»Wie kann das sein? Ihr Bild ist so oft in den Medien«, donnerte mein Vater. Wer würde denn auch vermuten, dass jemand über Jahre eine falsche Identität auslebte, und das im vollen Rampenlicht?

»Vor sechzehn Jahren verschwand meine Schwester, Marie Blackwell, spurlos. Zwei Monate später tauchte sie auf, zwischen vierundzwanzig weiteren Leichen in einem Container, der im Meer versenkt worden war. Ihre Beine waren gefesselt, ihre Arme auch. Sie hatte keine Chance.« Dorians Stimme war schneidend.

Obwohl ich die Geschichte von Marie schon kannte, fröstelte es mich. Wir waren im gleichen Alter gewesen, wenige Monate lagen zwischen ihrem und meinem Geburtstag.

Marie hatte sich nicht selbst umgebracht. Dorian hatte gelogen. Mir eine Geschichte erzählt, von der er wusste, dass sie mich berühren würde, weil alle Welt glaubte, meine Mutter hätte Selbstmord begangen. Er hatte von Anfang an gewusst, wer ich war, und er hatte über mich an Stewarts herangewollt. Fast alles, was Dorian mir erzählt hatte, war gelogen.

Die Wunden, die seit Lukes Enthüllung über Dorian nach dem Angriff auf das Nest aufgeklafft waren, bluteten immer noch.

»Clearwater, Glich, Bread, Trevoni. Du warst das. Du hast sie umgebracht. Ich dachte Pivel hätte uns verraten«, zählte mein Vater auf, fassungslos sah er Dorian an. Dieser legte den Kopf schief, unbeeindruckt.

»Ihr habt gedacht, ihr könnt einfach so weitermachen. Doch ihr seid unvorsichtig geworden. Es war kinderleicht, die Beweise zusammenzutragen, euer Netz aus Verbrechen ausfindig zu machen. Herauszufinden, wer hinter dem Menschenhändlerring steckt. Über ein Jahrzehnt habt ihr unzählige Mädchen verschleppt, missbraucht, getötet. Die Anderen waren leichte Beute, doch ich kam einfach nicht an den großen Stewarts heran.« Dorian knurrte, schaute meinen Vater hasserfüllt an.

Mein Vater verzog keine Miene. Trotz Dorians Worten schienen, ihn keine Gewissensbisse zu quälen.

Mit herablassendem Ton sagte er: »Und deswegen hast du meine Ausreißertochter ausfindig gemacht.«

Wenn mein Vater etwas konnte, dann dort hineinstechen, wo es weh tat. Ja, Zane Blackwell war nicht zu mir gekommen, um meine Hilfe als Königin der Sünden zu bekommen. Er war zu mir gekommen, weil ich meines Vaters Tochter war.

»Du wusstest die ganze Zeit, wer hinter allem steckt. Du wusstest vom Container, dem Menschenhandel. Du wusstest, wie du die Aufmerksamkeit von meinem Erzeuger bekommst. Aber ich muss sagen, die Tarnung als Dorian Bane war dein absolutes Meisterwerk.« Ich schaute Dorian endlich so an, wie ich es, seit Tagen wollte. Mit der Wut in meinem Bauch. Dorian Bane, der echte, hieß jetzt Clarice und lebte als Frau in Deutschland. Sie hatte alle Brücken hinter sich abgebrochen, einen Mann gefunden und war jetzt Mutter von zwei Kindern. Ihr Vater war ihre letzte Familie. Banes Frau starb kurz nach der Geburt ihres Kindes. Deswegen hatte Bane Senior niemals sein Kind der Öffentlichkeit präsentiert, weil er ein alter eingebildeter Sack war, der sein Image mehr liebte als sein eigen Fleisch und Blut. Was zog die Rabenväter dieser Welt eigentlich immer in die Politik?

»Einfach über Jahre in die Rolle von Dorian Bane zu schlüpfen. Ich bin erstaunt über so viel Schneid«, sprach ich weiter.

Sämtliche offizielle Dokumente von Dorian Bane waren von Zane veröffentlicht worden. Wahrscheinlich Fälschungen. Am einfachsten war es sich in Amerika eine Identität zu verschaffen, indem man sich jemand suchte der im gleichen Jahr geboren, aber schon tot war. Anscheinend ging das auch mit Menschen, die ihre Identität aufgegeben hatten.

»War dieser Showdown hier von Anfang an dein Plan? Stewarts und seine Brut der Hölle gleich mit?«, faselte ich irgendeinen Mist zusammen. Versuchte Zeit zu schinden.

»Nicht nur das, liebe Valerie«, tönte mein Vater und schaute mich an.

»Vor ein paar Wochen erhielt ich einen anonyme Brief. Darin war ein Bild von dir und Dorian vor der Villa von Sergio Bellini. So konnte ich dich finden. Dein Dorian hier, hat dich an mich verraten.«

Bittere Galle stieg mir hoch. Ein Puzzleteil, das ich noch nicht gefunden hatte, war, wie Stewarts von mir erfahren hatte, Bane und er waren wohl kaum Brieffreunde. Es war eine Sache mich anzulügen, eine ganz andere, mich ans Messer zu liefern.

»Ist das wahr?«, fragte ich, schaute Dorian an, gab ihm die Chance, sich zu erklären. Er erwiderte meinen Blick ungerührt.

»Ja.«

Zwei kleine Buchstaben. Sie trafen mich wie ein Projektil mitten ins Herz.

»Fick dich«, sagte ich, starrte ihn dabei an. Der Söldner damals an der Crossroad hatte recht. Dorian Bane war der Teufel.

»Wir klären das später«, sagte er, richtete den Blick wieder auf meinen Vater.

»Es wird Zeit zu bezahlen, Stewarts«, sagte er.

Mein Vater eilte zu mir.

Dorian schoss, doch nicht schnell genug.

Stewarts packte mich und hielt mich vor seine Brust wie ein Schutzschild. Ich versuchte, mich zu wehren, doch als er meine Kehle mit seinem Arm abdrückte, gab ich auf. Mit gefesselten Händen war es mir fast unmöglich, meinen Vater abzuschütteln. Aus seiner Anzugtasche zog er ein Messer und hielt es mir an die Wange.

Dorian schaute uns an.

Mein Vater lächelte gehässig.

»Meinst du ich bin total bescheuert Junge? Ich habe die Fotos gesehen, wie ihr euch angesehen habt. Valerie hat dich um ihren Finger gewickelt, wie es ihre Mutter einst bei mir tat.« Wieder ein hämisches Gelächter. Mein Vater war absolut paranoid. Die Jahre hatten ihn völlig überschnappen lassen.

»Lass sie los«, knurrte Dorian.

»Los, schieß, Junge. Töte mich und meine Tochter. Mein Fleisch und Blut. Hol dir deine Rache. Du hast sie mir doch auch ausgeliefert, mir gesagt, dass sie in diesem schäbigen Motel sein würde«, provozierte mein Vater Dorian. Dieser verzog daraufhin das Gesicht überrascht.

»Lass sie los oder du wirst es bereuen«, fing er sich wieder.

Er zögerte tatsächlich. Er hatte Hank mit nicht mal einem Wimpernzucken umgelegt. Das hier war sein blutiger Rachefeldzug, doch er zögerte. Nach allem, was ich wusste, hätte ich es verstanden, ich hätte verstanden, dass er mich mit meinem Vater erschoss. Ich war sein Ticket zu Stewarts.

Diese Wahrheit tat weh, aber ich nahm es ihm nicht übel. Hätte jemand Malik so getötet, zum Teufel ich würde dasselbe tun. Dorian hatte mich und das Nest in Gefahr gebracht. Er war sogar schuld an all den Morden. Er hatte mich auf seinem Schachbrett umhergeschoben, um den gegnerischen König matt zu setzen, doch jetzt war ich es, die schachmatt ging. Und trotzdem gelang es mir nicht ihn zu hassen.

Mein Vater packte mein Gesicht, legte seines an meines.

»Was ist? Du hast Jahre darauf gewartet, mich zu kriegen. Blackwell oder Bane oder wer auch immer du sein möchtest.«

Mit langsamen Schritten zur Seite schob sich mein Vater mit mir Richtung Haustür. Er wollte Verstärkung rufen. Nur noch ein paar Schritte und er würde uns all seine Handlanger auf den Hals hetzen. Dorian behielt uns mit kalter Berechnung im Blick.

»Was für ein Mann versteckt sich hinter seiner Tochter, Stewarts? Aber ich vergaß, du warst ja schon immer so ein schmieriges Wiesel. Hast andere die Drecksarbeit machen lassen, um dich selbst zu schützen.« Dorians Worte klangen kalt wie Stahl. Mit langsamen Schritten bewegte er sich mit Stewarts mit, zielte dabei unaufhörlich auf uns.

»Was soll ich sagen, nicht jedes Leben ist kostbar. Meine Tochter hätte mein Untergang sein können, jetzt ist sie meine Rettung.«

Ich versuchte, mit Stewarts mitzuhalten, hauptsächlich, damit er mir nicht ins Gesicht schnitt oder bei seinen hektischen Bewegungen die Kehle durchschnitt.

Mein geschundener Körper meldete sich. Knie, Magen, Kopf. Alles tat weh. Meine gefesselten Hände verkrallten sich in seinem Anzug. Ich konnte nichts tun. Egal wie ich es drehte und wendete, ich konnte mich selbst nicht befreien ohne, dass ich mit drauf ging.

Fuck. Wo bleibt ihr verdammt?

Ich schielte nach hinten, als ich merkte, wie Stewarts eine Hand von meinem Körper löste und hinter uns griff.

Er griff an die weiße Eingangstür.

Wieder schaute ich zu Dorian. Der stand immer noch mit erhobener Waffe vor uns, doch er schoss nicht. Warum ließ er sich die Gelegenheit entgehen? Alles worauf er all die Jahre hingearbeitet hatte, lag vor ihm und doch zögerte er.

Fuck, gleich ist es aus.

Dann ertönte ein ohrenbetäubender Krach. Schüsse fielen draußen, Männer schrien sich etwas zu. Stewarts erschrak, lockerte für einen Moment den Griff und schaute zur Eingangstür.

Ich warf im gleichen Moment einen Blick auf Dorian.

Jetzt.

Dann schloss ich die Augen, betete zum Teufel und ließ mich einfach fallen.

In genau diesem Moment schoss Dorian meinem Vater ins Herz. Ich rollte mich zur Seite und schaute zu Stewarts hoch.

Als könne er nicht glauben, was da gerade geschehen war, ließ Geoffrey Stewarts das Messer fallen und griff sich an die blutende Brust. Seine Augen quollen ihm fast aus dem Kopf. Er versuchte noch, etwas zu sagen, doch da fiel er auch schon um.

Stille herrschte, zwar hagelte es draußen noch Schüsse, doch genauso gut könnte ein schlechter Blockbuster nebenherlaufen.

Langsam richtete ich mich unter Schmerzen auf und schaute zu Dorian.

Mein Lügner hatte seine Rache bekommen.

ZWEIUNDVIERZIG

DORIAN

Da lag er, der Mann, der meine Schwester verschleppt und getötet hatte. All die Jahre, all der Schmerz. Ich schaute Stewarts an und fühlte doch nicht die Erleichterung, die ich erwartet hatte. Na gut, vielleicht ein bisschen. Er hatte diesen Tod verdient. Für all die Mädchen, die leiden mussten, es noch heute taten. Für Asra, die wegen Stewarts so gelitten hatte. Für all das Leid, das Stewarts über diese Welt gebracht hatte, hatte er verdient, dass er durch meine Hände starb. Ich hatte Marie gerächt und ich war noch am Leben. Asra war noch am Leben. Es lief alles so ganz anders ab als geplant.

Mein Blick ging zu ihr. Sie kniete und doch sah man ihr an, dass nichts ihr etwas anhaben konnte. Diese stolze Frau strahlte selbst auf den Knien Überlegenheit aus. Asra war eine Kriegerin, meine Kriegerin, die sich in wenigen Wochen zum Mittelpunkt meiner Welt gedreht hatte.

Mit einem lauten Krachen flog die Eingangstür aus den Angeln. Asra rollte sich automatisch weiter davon weg.

Ich packte sie an ihrem Arm, zog sie hinter mich und hob die Waffe. Vielleicht war das Spiel doch noch nicht vorbei.

DREIUNDVIERZIG

ASRA

Staub wirbelte auf, Schutt lag um uns herum und Dorian stand wie ein Schutzschild vor mir. Er hatte nicht gezögert, nicht eine Millisekunde. Obwohl er meinen Tod als Kollateralschaden abgetan hatte, schien mein Leben jetzt umso wichtiger für ihn zu sein. Dieser Gedanke wärmte mein schwarzes Herz.

Der Staub legte sich und mitten in Geoffrey Stewarts Eingangshalle ragte die Schnauze eines Geländewagens hinein, hinterm Steuer saß niemand anderes als Rio, einer meiner Männer. Neben ihm saß Derek, auf der Ladeklappe standen Jim, Sniper und Chuck. Alle mit Maschinenpistolen bewaffnet.

»Das wurde aber auch verdammt nochmal Zeit!«, blaffte ich sie an. Draußen hörte ich noch mehr Autos anfahren.

»Sorry Boss, aber schneller ging echt nicht.«

Jim sprang vom Geländewagen, zog ein Messer, umrundete Stewarts Leiche, die nur knapp einem der

Räder entkommen war, und wollte auf mich zukommen. Eigentlich hatte ich ihm befohlen, das Nest nicht zu verlassen. Allem Anschein hatte er diese Anweisung ignoriert.

Ehe Jim mich erreichen konnte, stellte sich Dorian uns in den Weg. Ich hörte ein Geräusch.

War das ein Knurren?

Ohne Dorian eines Blickes zu würdigen, ging ich um ihn herum. Jim ließ Dorian nicht aus den Augen, während er mir mit schnellen Bewegungen die Fesseln öffnete. Meine Handgelenke waren aufgescheuert.

Scheiß Kabelbinder.

Sofort richtete ich mich auf und massierte meine Handgelenke.

Jim hielt mir eine Glock hin. Ich nahm sie in meine Hand, hielt mich daran fest.

Dorian stand immer noch an derselben Stelle. Beobachtete die Szene, immer noch mit der Waffe in der Hand. Ich erwiderte seinen Blick, meine Hände zu Fäusten geballt. Eine beunruhigende Stille kehrte ein. Meine Leute schauten mich an, warteten ab. Ich wandte mich an den König der Lügner.

»Die Söldner auf der Crossroad. Das warst du«, sagte ich nur.

»Ja.«

»Die Paparazzi in Sergios Haus. Das warst auch du.«

»Ja.«

»Die Schüsse in Pivels Haus. Der Angriff auf das Nest. Hast du das auch angezettelt?«, fragte ich ihn provozierend, dabei kannte ich die Antwort.

»Nein, ich denke, das geht allein auf das Konto deines Vaters.« Er beobachtete mich, ohne mit der Wimper zu zucken.

»Du hast mich als Köder benutzt, um Stewarts zu dir zu locken«, sagte ich, während ich auf ihn zuging. Meine Stimme so kalt, wie sich mein Herz fühlte.

»Ja.«

Er log nicht, es gab keinen Grund. Er hatte, was er gewollt hatte. Mein Vater war tot. Dorian der Täuscher hatte seinen Zweck erfüllt.

Direkt vor ihm blieb ich stehen. Hob meine Waffe und zielte auf seine Stirn. Schaute den Mann an, dem ich mehr anvertraut hatte als irgendwem sonst. Er hatte mich verraten, er hatte mich betrogen und noch viel schlimmer, er hatte meinen Leuten Schaden zugefügt.

»Warum hast du gezögert? Du hattest die Chance Stewarts und mich gleich mitzutöten. Warum hast du gezögert, *Dorian*?«, fragte ich, schaute ihm dabei in seine grünen Augen. Nahm meine Waffe herunter, um ihn genau mustern zu können. Wie hatte ich diese Schatten nur übersehen können? Hatte ich mich, wie alle anderen blenden lassen? Zane Blackwell war selbst einer aus der Unterschicht. Seine Familie lebte am sozialen Brennpunkt von Fort Meyers. Wohnwagensiedlung. Ich hätte das erkennen müssen, stand es ihm doch so deutlich in den Augen.

Er legte den Kopf schief. »Du weißt, warum.«

Wusste ich das? Die Antwort war simpel. Ja, mir war bewusst, warum er nicht geschossen hatte. Aus dem gleichen Grund, warum ich ihn nicht töten lassen hatte, als ich erfuhr, wer er wirklich war.

»Dir ist bewusst, dass auf deine Vergehen der Tod steht, oder?«, fragte ich ihn provozierend.

Er neigte den Kopf. »Ich hatte von der Königin der Sünden nichts anderes erwartet.«

Selbst umringt von meinen Leuten hatte er keine Angst. Man könnte es Mut nennen, doch ich wusste genau, was er fühlte. Er war nicht mutig, er hatte schlichtweg keine Angst vor dem Tod. Vor mir stand ein Mann, der einzig für seine Rache gelebt hatte. Er hatte nie vorgehabt, dieses Spiel lebend zu gewinnen.

Ein Knoten bildete sich in meinem Bauch. Ich hob erneut meine Glock und zielte auf seine Stirn.

Wir starrten uns an. Wie immer ertrank ich in seinen Augen. Sein Verrat brannte tief in meiner kalten Seele. Ich hatte geglaubt, jeden Schmerz zu kennen. Doch dieser hier, dieser hier war so tief und grausam, so kalt, so unbändig, dass er mir erzählte, was ich so sauber verdrängt hatte, nämlich, dass ich doch ein Herz besaß und es mir von Dorian Bane hatte stehlen lassen.

„In einer Welt voll Lügner und Täuscher, bist du meine Wahrheit." Seine Worte waren kein Flehen. Kein Bitten um Gnade. Es war, als wolle er mir diese Tatsache schenken. Damit ich es ertrug, ihn zu töten.

Der ganze Raum schien die Luft anzuhalten. Darauf zu warten, dass ich ihm das gab, was er verdient hatte. Den Tod.

»Du hättest mich mit meinem Vater erschießen können, das hast du nicht gemacht. Dein Leben gegen meines Blackwell«, sprach ich mein Urteil und nahm die Glock runter.

Ohne ihn eines Blickes zu würdigen, drehte ich mich zu meinen Leuten um.

»Sucht das gesamte Haus ab. Ich will jeden einzelnen Hinweis auf die Geschäftspartner von Stewarts. Sowohl aus Amerika als auch aus Mexiko. Informiert Cayden, er wartet auf die Infos«, blaffte ich, als weitere meiner Männer ins Haus kamen. Dann ließ ich sie alle stehen und verließ dieses gottverdammte Gebäude.

Draußen war ein wahres Blutbad angerichtet worden.

Überall lagen tote Männer. Manche auch von unserer Seite. Wie im Krieg lag der Geruch nach Tod und Blut in der Luft. Ich schaute mich um. Wir waren auf einem riesigen Grundstück. Soweit ich sehen konnte, war nur Wald und Felder. Nicht mal einen richtigen Weg gab es. Stewarts war nicht dumm gewesen. Er hatte sich ein sehr sicheres Haus besorgt, irgendwo in der Pampa, wo kein Mensch nach ihm suchen würde.

Als ich eine Bewegung hinter mir vernahm, drehte ich mich nicht um. Ich wusste, dass es Dorian war.

»Wann hast du es herausgefunden?«, fragte er mich. Es war bemerkenswert still. Nur aus dem Haus hörte man, wie meine Leute alles zerlegten. Ich schaute in die Weite der Wildnis.

»Was? Dass du nicht Dorian Bane bist? Dass du mich als Lockvogel nutzt? Oder, dass du geplant hast, uns beide zu opfern für deine lächerliche Rache?«, fragte ich, warf einen Blick über die Schulter.

Dorian musterte mich. Immer wieder dachte ich an

die letzten Wochen zurück. Obwohl er es vielleicht nicht zugeben würde, er hatte mich öfter vor sich selbst gewarnt gehabt. Unterbewusst hatte er gewollt, dass ich begriff. Vielleicht hatte er auch einfach aufgehalten werden wollen.

»Bane Senior hatte nie in seinem Leben einen Schraubschlüssel in der Hand«, sagte ich. Drehte mich zu Zane Blackwell um.

»Und Dorian Bane hatte nie Geschwister. Deine Hände sind rau, viel zu rau für deinen selbstveröffentlichten Lebenslauf, selbst wenn du das Schrauben an Maschinen als Hobby schon Jahre betreibst«, zählte ich auf, ging auf ihn zu. Schaute in die grünen Augen, in die ich mich unweigerlich verliebt hatte.

Dummes Mädchen.

»Du warst an der Crossroad nicht in Panik. Nicht so, wie bei dem Angriff von Pivel. Zuerst dachte ich nur, du seist ein abgehärteter Kerl, doch warum solltest du beim zweiten Angriff plötzlich völlig ausrasten. Schlussendlich hat dich aber eine Sache verraten. Als Stewarts mich anrief, sah ich Erleichterung in deinen Augen. Du warst froh, dass er endlich aktiv wurde. Da war mir klar, dass du hinter ihm speziell her warst. Es brauchte nicht viel, um eins und eins zusammenzuzählen. Um zu wissen, dass du die anderen Arschlöcher gekillt hast, oder auch killen hast lassen. Du besitzt das Geld und die Macht«, fasste ich meine Beobachtungen zusammen.

Er lächelte. »Ich habe die Königin der Sünden wirklich unterschätzt.«

Ich verengte die Augen, versuchte mein verratenes

Herz dorthin zu sperren, wo ich all die anderen Dämonen an den Ketten hielt.

Automatisch brachte ich Distanz zwischen ihn und mich. »Das Konto, mit dem du den Mieter der Lagerhalle bezahlt hast, lief auf den Namen Blackwell. Ich muss zugeben, Luke hätte wahrscheinlich immer noch nach dem richtigen Blackwell gesucht, wenn du mir nicht von Marie erzählt hättest. Das schränkte die möglichen Blackwells ziemlich ein. Durch den Tod deiner Schwester fanden wir schlussendlich alles über dich heraus. Die Liste auf der ihr Name stand, tat ihr übriges.«

»Und trotzdem sind wir hier. Du hast mich nicht getötet.«

Ich erwiderte den Blick, den er mir zuwarf.

»Ja. Wir sind hier«, bestätigte ich. Drehte mich wieder weg von ihm, konnte ihm nicht in die Augen sehen.

»Ich wollte meinen Vater drankriegen. Mir war bewusst, dass Pivel, Glich, Bread, Clearwater und Trevoni nicht die einzigen sein konnten, die ihre Finger im Spiel hatten. Du warst viel zu fokussiert auf deine Rache. Ich jedoch, ich wollte die Wurzel abschneiden und nicht nur einen Ast.«

»Du hast die ganze Zeit, seit Stewarts Anruf, gewusst, wer ich bin.« Seine raue Stimme jagte mir Gänsehaut über den Rücken. Mein Herz klopfte.

Sei still, du dummes Ding.

»Mir war bewusst, dass du plantest, Stewarts zu mir zu locken. Das wäre dämlich gewesen, denn so hätten wir nie sein Geheimversteck gefunden. All sein Wissen wäre mit ihm gestorben. Also musste ich dich nach Louisiana locken.«

Wieder drehte ich mich zu ihm um. Es war diese verdammte Anziehung, die es mir unmöglich machte, mich lange von ihm abzuwenden. Automatisch verschränkte ich die Arme. Meine Rippen taten weh, sie waren sicherlich geprellt.

»Also habe ich die Geschichte mit dem USB-Stick erfunden«, ließ ich die Bombe platzen. Dorians Augenbraue hob sich. Man sah, wie er die Puzzleteile zusammensetzte.

»Es gab nie einen Stick.«

»Nein. Die Daten waren irgendein Quatsch, den Luke zusammengebastelt hat. Die Idee kam mir, als Stewarts sagte, ich hätte etwas, was ihm gehörte. Er sprach von der Liste, doch ich wusste, mit einem ihm unbekannten Beweismittel, etwas, dessen Gefahr er nicht einschätzen konnte, würde er handeln. Ich schmuggelte den Stick ins alte Farmhaus und verwendete einen albernen Taschenspielertrick.« Ich grinste Dorian überheblich an. Ja ich war eine Diebin gewesen, es aussehen zu lassen, als würde ich einen USB-Stick aus meinem Bettpfosten nehmen, war eine meiner leichtesten Übungen.

Ein eigenartiger Glanz trat in seine Augen. Erkenntnis, vielleicht auch ein Hauch Bewunderung. »Du hast Stewarts von dem Stick erzählt, verraten, dass wir im Motel sind.«

Ich grinste noch einen Tick böser. »Derek und die anderen machten sich wenige Stunden nach uns auf den Weg nach Baton Rouge. Wir wussten, wir würden jeden einzelnen verfügbaren Mann brauchen. Die einzige Möglichkeit, um hierher zu gelangen war, mich entführen zu lassen. Luke schickte Stewarts also eine anonyme Nachricht. Mir war bewusst, dass sie mir das Handy, Waffe und alles andere abnehmen würden. Man hätte keine Chance gehabt, mich zu orten«, erklärte ich weiter.

»Ich wusste jedoch, dass du ebenso darauf gewartet hast, dass Stewarts sich mir nähert. Du hättest mich keine Sekunde aus den Augen gelassen, deshalb bist du mir bei der Entführung auch gefolgt. Ich hatte dich schon bemerkt, da war ich noch nicht mal aus dem Motel draußen. Deswegen befanden wir es als sicherer, dir den Peilsender unterzujubeln.«

Automatisch tastete Dorian sich ab. Er zog den USB-Stick aus seiner Tasche.

Anerkennend begann er zu grinsen.

»Ich legte ihn auf den Beistelltisch. Wusste, dass du ihn zu dir nehmen würdest. Uns war allen klar, hätte Stewarts mich sofort mit ihm gefunden, wäre ich ebenso sofort tot gewesen. Du dachtest, das seien Beweismittel, Beweismittel die Stewarts im Endeffekt das Genick brechen würden. Wenn er diese in die Hand bekommen hätte, wäre dein einziges Druckmittel weg. Ich hatte gehofft, dass das nicht in deinem Interesse war.«

Meine Rippen meldeten sich mit einem Pochen, die Schnitte an meiner Wange taten weh. Das Adrenalin ließ langsam nach.

»Du hast das alles geplant. Jeden einzelnen Schritt. Du wolltest, dass ich dir folge, damit deine Leute dich finden konnten. Du hast jeden meiner Züge und auch die von Stewarts vorausgesehen. Hast dir klammheimlich das Spiel angeeignet.« Dorian kam auf mich zu, während er sprach. Obwohl ich zurückweichen wollte, tat ich es nicht. Mein verkümmertes Herz war zu schwach, um zu kämpfen. Es wollte sich weiter an ihm die Finger verbrennen.

»Du hast bewiesen, warum du an Chicagos Spitze stehst. Doch sag mir eins, Königin der Sünden. Du wusstest, ich war bereit, uns beide für meine Rache zu opfern. Wie konntest du alles daraufsetzen, dass ich dich nicht zusammen mit Stewarts erschießen würde?«

Er stand dicht vor mir und ich musste den Kopf heben. Dieser eine Moment erinnerte mich an unsere erste Begegnung. Sie kam mir vor wie eine Ewigkeit her. Ich hatte mich darüber geärgert, dass Dorian so groß war, hatte das Gefühl gehabt, schwächer zu sein.

Dorian hob die Hand an meine Schläfe, ich wusste, ich sah übel aus. Auch ohne Spiegel war mir klar, dass mein Gesicht grün und blau war. Es war so leicht, mich in seinen Blicken zu verlieren, deswegen schaute ich ihn nur an und zuckte mit den Schultern. »Ich habe einfach darauf vertraut, dass du mich nicht töten wirst.«

Elf Wörter. Elf Wörter, die wohl die schlechteste Liebeserklärung in der Geschichte der Geschichten waren, und doch reichte es aus.

»Ich stehe hier vor dir, Asra, Königin der Sünden, als ein Mann, der sich sein Leben erschwindelt hat, als ein Mann, der dich für seine Rache opfern wollte. Als ein Mann, der im Begriff ist alles zu verlieren, seinen Namen, seine Identität, sein Leben, sein Geld, seinen

Status, sein Ziel. Und doch kann ich nur daran denken, dass ich dich nicht verlieren kann.« Dorians Worte richteten vielleicht nicht die Wunden, die sein Verrat geschlagen hatte, doch sie linderten den Schmerz.

»Keiner weiß, wer du wirklich bist. Clarice scheint es jedenfalls nicht zu kümmern, dass jemand ihren alten Namen trägt. Was entscheidet, wer wir sind? Ein Name auf einem Stück Papier oder das Leben, das wir führen? In meinen Augen ist Zane Blackwell nie in Chicago gewesen, in Clarices Augen hat Dorian Bane nie existiert. Und es gibt immerhin noch einige Hurensöhne da draußen, die für ihre Verbrechen büßen müssen. Ein starker Verbündeter an der Spitze Chicagos würde da einiges erleichtern.«

Als Dorian begriff, was ich ihm darbot, zeichnete sich ein undefinierbarer Ausdruck auf seinem Gesicht ab. Ich wusste, dass keiner von uns dieses Ende erwartet hatte. Beide waren wir davon ausgegangen, dass einer von uns beiden sterben würde. Und doch standen wir hier. Im Sonnenuntergang und uns beiden war klar, dass ein neues Spiel begonnen hatte, nur dass wir dieses Mal auf der gleichen Seite standen.

Dicht vor mir sprach er: »Verzeih mir. Verzeih mir all meine Sünden.«

»Nein«, begann ich, lächelte dabei diabolisch. »Schenk mir lieber jede einzelne davon.«

Er beugte sich knurrend zu mir herunter und küsste mich sanft auf die Lippen. Er war darauf bedacht, mir und meinem geschundenen Gesicht nicht wehzutun. Ich griff ihn an seinem Shirt und presste meine Lippen fester auf seine.

»Wenn du mich küsst, küss mich richtig verdammt«, fluchte ich dicht vor seinen Lippen. Als Antwort vergrub Dorian seine Hände in meinen Haaren.

Und da war er, der Moment. Im Sonnenuntergang auf einer grünen Wiese, mitten in der Pampa, zwischen einem Haufen Leichen, mit Prellungen im Gesicht und einem toten Vater im Haus fand die Königin der Sünden ihren König.

EPILOG

»Asra, hol mich verflucht nochmal hier raus!«, brüllte Lia ins Telefon. Ich hielt mein Handy etwas weg vom Ohr. Selten hatte ich sie so sauer erlebt.

»Hör zu, Lia. Ich weiß, das ist alles nicht optimal, aber Cayden hatte gute Gründe, dich aus dem Nest zu bringen.« Versuchte ich meine rechte Hand zu beruhigen.

Wir waren gerade erst in Chicago angekommen, da klingelte mein Handy schon Sturm.

»Dieses arrogante Arschloch hat mich entführt!«, fluchte sie. Ich musste grinsen. Ja, Cayden hatte seine ganz eigene Art, mit Menschen umzugehen.

»Er hat dich in Sicherheit gebracht. Cayden hat dir den Arsch gerettet«, versuchte ich es nochmals.

»Warum? Ich bin nicht in Gefahr! Stewarts ist tot. Und ihr alle seid im Nest. Sag mir, warum der Penner mich in diesem scheiß Zimmer einsperrt«, brüllte sie ins Telefon. Okay, das wurde jetzt unangenehm.

»Lia ...«, begann ich ernst und sofort hörte sie aufmerksam zu. »Die Iren sind auf dem Weg nach Chicago. Das verschwundene Koks von Trip und Jace, sie haben es an die Iren verkauft. Cayden denkt, sie wissen, dass du bei uns bist. Es kann sein, dass sie hierherkommen, um dich zu finden.«

Ein erschrockenes Keuchen kam ihr über die Lippen.

»Nein!«, flüsterte sie den Tränen nahe.

Ich verstand sie. Wir waren davon ausgegangen, dass mit dem Tod von Lias Vater dieses Kapitel geschlossen war. Lia war auch für tot gehalten worden, oder aber für geflüchtet, doch aus irgendeinem Grund waren die Iren auf dem Weg nach Chicago und sie war die einzige Erklärung dafür.

Cayden hatte richtig gehandelt, sie zu verstecken.

»Meinst du, sie wissen was wir getan haben?«, flüsterte sie. Ihre Stimme zitterte. Ich wünschte, ich könnte ihr Besseres mitteilen.

»Ich denke, sie sind auf der Suche nach dir. Ja, wahrscheinlich haben Trip und Jace ihnen verraten, dass du noch lebst.« Stille herrschte am anderen Ende der Leitung. »Asra, was sollen wir tun?«

»Das, was wir immer tun. Wir überleben. Und das machen wir am besten, wenn du erstmal bei Cayden bleibst. Ich weiß nicht, warum er dir das alles nicht erklärt hat, aber halte dich an ihn, bis die Sache vorbei ist.«

»Aber, Asra, er macht mir Angst.«

Bei dem Gedanken, dass Cayden Lia einfach so entführt hat, wenn auch um sie zu schützen, bildete sich ein Knoten in meinem Magen. Es gab nur einen Grund, warum der Mann ohne Seele so etwas tat. Er war fasziniert und das von Lia.

»Die solltest du auch haben. Doch das ändert nichts daran, dass du bei Cayden sicherer bist als hier bei mir. Halte durch, bis wir genaueres wissen. Cayden will sich dem restlichen Menschenhändlerring widmen. Du kannst ihm helfen.«

Ich kannte sie, wenn sie eine Aufgabe hätte, würde sie die Zeit in Caydens Haus besser überstehen.

Sie schwieg einen Moment. »Okay.«

Ich atmete erleichtert bei ihren Worten aus. Ich hatte nicht gelogen, sie war bei ihm vor allem auf dieser Welt sicher, nur nicht vor ihm selbst.

In der Nacht stand ich vor meinem offenen Fenster im Nest. Es war eine der kühleren Nächte, zu kühl für mein Nachthemd. Ich genoss den kalten Lufthauch. Regen kündigte sich an, es lag ein Sturm in der Luft und ich schloss die Augen.

Wir waren wieder in meiner Stadt. Meine Stadt so voll von Schatten und Tod. Ich liebte das. Dieses Leben hier war das, wofür ich mich entschieden hatte. Vielleicht hatte ich mir nicht ausgesucht auf der dunklen Seite des Gesetzes zu landen, doch ich hatte mich dafür entschieden, dortzubleiben.

Ich kämpfte noch mit meinen Dämonen, versuchte sie wieder in ihren Käfig zu sperren. Bewusst entspannte ich einen Muskel nach dem anderen, und begann mein Mantra immer und immer wieder zu wiederholen.

Du bist in Sicherheit, dir kann keiner was tun.

Du bist in Sicherheit, dir kann keiner was tun.

Du bist in Sicherheit.

Als ich ein Klappern im Bad hörte, vergaß ich meine innere Unruhe, denn ich wusste, dass mir der Mann, der sich gerade mühevoll durch mein Badezimmerfenster quetschte, nichts tun würde. Dorian hätte einfach zur Vordertür hereinkommen können, doch wo bliebe da für ihn der Spaß? Ich wusste, er genoss es, dass Chuck und Seth sich am Morgen über sein Auftauchen aufregen würden.

Obwohl ich hörte, wie er mein Schlafzimmer betrat, drehte ich mich nicht zu ihm um. Ein Hauch Erregung fuhr durch mich hindurch, was mir die Kühle der Nacht nur bewusster machte. Fast geräuschlos bewegte sich Dorian auf mich zu, lehnte seine starke Brust an meinen Rücken. Raue Fingerspitzen fuhren über meinen Ellenbogen, über meine Schultern, wo sie mein Haar zur Seite schoben. Ein sanftes Kitzeln fuhr meinen Hals herab.

Seine Nasenspitze neckte meinen Nacken, sofort schlich sich ein wohliges Lächeln auf meine Lippen, das in einem Keuchen endete, als er seine Zähne in meinem Hals vergrub. Gerade fest genug, um die Balance zwischen Schmerz und Lust im Gleichgewicht zu halten. Ganz automatisch hob ich meine Hände, verschränkte sie in seinem Nacken.

Seine fuhren über meine Hüfte, Rippen, Brüste.

Sanft genug, um mir mit den leicht geprellten Rippen nicht wehzutun.

Durch den Stoff meines Negligés zwickte er mir in beide Brustwarzen, danach knetete er meine Brüste. Ein Stöhnen entwich mir. Dieser Mann spielte auf mir, als sei er nur dafür geboren worden. Mit kreisenden Bewegungen rieb ich meinen Arsch an ihm, spürte seinen prallen Schwanz.

Er wollte mich, das war eindeutig.

Als ich mich noch einmal fest an ihm hoch und runter schob, löste er sich von mir, hob mich auf seine Arme und legte mich auf die weiche Matratze. Wie ein verhungernder durchbohrte sein Blick mich und ich kam nicht umhin mich in seinen Augen zu verlieren. Ich schielte auf die Zeitschrift, die auf meinem Nachttisch lag.

Dorian Bane, Chicagos jüngster Bürgermeister.

Gleich darunter:

Ganz Chicago geht wählen, größte Wahlbeteiligung seit über 20 Jahren!

Dorian schaute mich an, als er die Zeitschriften bemerkte. An meinem Hals knabbernd fragte er:

»Ich wusste nicht, dass du ein Zeitungsmensch bist.« Fahrig streichelten seine Hände über meinen Körper, ließen mich seufzen.

»Oh doch, das bin ich. Und soll ich dir noch ein

Geheimnis erzählen? Aufgrund der enormen Wahlbeteiligung aus der Unterschicht nennen sie dich König von Chicago«, zog ich ihn auf.

Dorian grinste mich frech an und beugte sich vor, um mich zu küssen.

»Was wäre ein König ohne seine ihm den Arsch rettende Königin?«

– ENDE –

NACHWORT

Ups ... schon rum ... Du denkst dir jetzt: Moment, ich hab noch einige Fragen. Was passiert mit den Iren? Was wird Cayden mit Lia tun? Und was zum Teufel ist mit den immer noch verschleppten Mädchen?

Im nächsten Band werde ich dir auf all diese Fragen antworten ... vielleicht ...

DANKSAGUNG

Puh ... Okay ...Wo fang ich an? Es gibt unglaublich viele Menschen, denen ich genau in diesem Moment dankbar bin. Ich bin dankbar für Rita, meine Alpha, die mir immer sagt: Schreib! Ich bin dankbar für Eva, die mir ohne zu zögern bei jedem Fehler zur Seite steht. Ich bin dankbar für Alex, die meine bösen Protagonisten noch böser macht. Ich bin dankbar für Sarah, Katie und Jane die mir das Laufen beibringen. Ich bin dankbar für meinen Mann, meine Wundervolle Tochter, die dieses Buch hoffentlich nie lesen wird, meine Kater Beast & Zeus, für all jene, die mir den Rücken stärken, wenn die ganze Welt zu laut und meine Gedanken zu leise werden.

TRIGGERWARNUNG

Dieses Buch behandelt folgende potentiell triggernde Themen.

- Menschenhandel
- Missbrauch von Frauen und Kindern
- Gewalt an Kindern
- Vergewaltigung
- Suizid
- Waffengewalt
- Drogenmissbrauch
- Tod, Mord, Folter
- Trauerbewältigung
- Psychische Erkrankungen, Panikattacken
- Entführung
- Verlust

DU SEHNST DICH NACH EINEM SPIEL UM MACHT UND FREIHEIT ?

BLOODY PLEDGE

Mafia-Romance trifft auf Enemies to Lovers

Du willst die Macht? Dann kämpfe dafür!
Du willst frei sein? Dann überzeuge mich!
Spielen wir ein Spiel.
Spiel um deine Freiheit, auch wenn sie dir schon lange nicht mehr wichtig ist.
Überzeuge mich und gebe dein Bestes, denn es ist mein Haus und da spielen wir nach meinen Regeln.

DU SEHNST DICH NACH EINEM SPIEL UM MACHT UND FREIHEIT ?

Blossom ist an dem Tiefpunkt ihres Lebens angekommen. Ihre Familie hat sie verstoßen und sie ist völlig allein.
Dann begegnet sie ihm, dem King der Diabolo´s. Er ist dunkel und höllisch anziehend, doch als er sie in sein Reich führt, muss sie aufpassen, dass sie sich nicht selbst verliert.

WILLST DU WORTWÖRTLICH DEIN HERZ AN EINEN MANN VERLIEREN?

Die Krankenschwester

Ich will ihn nicht mögen. Dr. Kane bekommt mit seinem charmanten Lächeln jede ins Bett und ich werde mich nicht einreihen. Allerdings finde ich etwas über ihn heraus, das mir gefährlich werden könnte, und mein Pokerface ist nicht gut genug, um es vor ihm zu verbergen.

Er setzt alles ein, um mich zu verführen. Ich muss ihm widerstehen. Denn wenn er mich bekommt, wird er mir das Herz stehlen ...

Und damit meine ich das Organ, das mich am Leben hält. Wortwörtlich.

DU WILLST LERNEN, DOMINIERT ZU WERDEN? DANN FOLGE MIR ZU LEV!

FUCKING HEARTLESS

Bad Doc trifft auf provokante Krankenschwester

Ich bin ein böses Mädchen.

Das weiß ich nicht erst, seitdem ich als Escort arbeite.

Als ich Lev gegenüber stehe, ist es, als würde mich der Abgrund locken.

Seine Spielregeln sind einfach, geradezu lächerlich leicht.

Er versucht mich zu brechen, aber er hat keine Ahnung, wie schwer ich es ihm machen werde.

Er nennt mich July.

Und etwas sagt mir, dass ich diesen Namen noch eine ganze Weile behalten werde.

DU WILLST LERNEN, DOMINIERT ZU WERDEN? DANN FOLGE MIR ZU LEV!

Tamara hätte vielleicht noch ein paar Nächte darüber schlafen sollen, bevor sie in den Privatjet steigt, der sie auf direktem Wege nach Russland in eine einsame Gegend bringt.

Dort gibt es nichts außer ihn.
Lev, der sie unterrichten soll.

Aber schon als sie ihm das erste Mal begegnet, weiß sie, dass er unfair spielen wird. Sie wollte bei ihm lernen, wie sie Männern wie ihm die dunkelsten Wünsche erfüllt.

Doch dann ist er es, der sich ihren Wünschen widmet …

Wird er sie fallen lassen wie alle anderen Frauen vor ihr? Oder bedeutet ihr Aufenthalt bei ihm, dass auch ihr Herz in Gefahr gerät?

DU WILLST SCHWACH UND STARK ZUGLEICH SEIN DÜRFEN?

Als Lia auf Cayden trifft, bleibt die Welt für einen Augenblick stehen. Sie hat viele grausame Männer gesehen, doch er stellt sie alle in den Schatten. Mit Narben, die Schmerz, und Augen, die Zerstörung versprechen. Von ihrer Vergangenheit in die Ecke gedrängt, hat die junge Irin keine Wahl. Sie lässt sich auf ihn ein und ahnt nicht, dass das erst der Anfang ist.

LESEPROBE: DAUGHTER OF DOOM

Tick. Tack. Tick. Tack. Ich starrte die Uhr an der Wand an. Es war eine dieser schweren, mit Goldziffern und verschnörkelten Ornamenten am Gehäuse. Antik, alt, wertvoll. Wie alles in diesem Zimmer. Das Bett war aus Mahagoni, die Laken aus etwas, das sich schwer nach Seide anfühlte.

Die Wände wurden von wunderschönen Kunstwerken geschmückt. Der Flokati war das Flauschigste, auf dem ich je gestanden hatte. Selbst das Badezimmer war einer Königin würdig. Jemand der davon etwas verstand, hätte sicher die helle Freude an diesem Käfig gehabt. Doch nichts konnte über die verschlossene Tür hinwegtäuschen, die mich einsperrte. Wieder ließ ich meinen Blick schweifen.

»Lia, wie zum Teufel bist du nur hier gelandet?«, fragte ich mich selbst in die Stille hinein. Eigentlich müsste ich in diesem Augenblick im Nest sein und Asra den Hintern retten, das glaubte ich jedenfalls. Ich war einfach hier aufgewacht. Draußen tobte ein Unwetter und obwohl es noch etwas hell war, sah man kaum einen Meter weit durch das Fenster.

Ich hatte kein Zeitgefühl, was den Tag betraf, wusste nur, dass ich eigentlich Asras Plan unterstützen sollte. Na ja, Luke und ich. Wir waren ihre Lebensversicherung. Alles war genau geplant gewesen. Und dann war er aufgetaucht. Cayden Lancaster, der *Mann ohne Seele.*

Ich bereitete gerade das Frühstück vor, als eine dunkle Gestalt die Küche betrat. Das Erste das mir auffiel, waren seine Augen. So schwarz, dass kaum die Pupillen zu sehen waren. Bodenlose Löcher, die mir sofort eine Gänsehaut bescherten. Dann sah ich sie, seine Narben. Sie zogen sich über seine rechte Gesichtshälfte. Tiefe, kaum verblasste Male, die ihm einen gnadenlosen Zug gaben. Schwarzes Haar reichte ihm bis zum Kinn. Gebräunte Haut. Breite Schultern, aufrechter Gang. Cayden Lancaster weckte in mir allein durch seine Anwesenheit den Wunsch nach Flucht.

»Rosalia O'Farrel?«

»Man nennt mich Lia«, berichtigte ich ihn.

Obwohl ich den Mann ohne Seele nie vorher gesehen hatte, wusste ich, wer da vor mir stand.

»Sie müssen Cayden sein. Muffin?« Ich neigte dazu, Menschen die ich nicht einschätzen konnte, zu mästen. Eine alte Angewohnheit. Backen beruhigte mich. Erdete mich. Er dagegen, machte mich nervös. Sein Blick kalt, seine Aura fast schon dämonisch, so dass sich mir die Nackenhaare sträubten. Mit langsamen Bewegungen kam er um die Kücheninsel. Ich bemerkte gleich, dass etwas nicht stimmte. Ehe ich jedoch reagieren konnte, packten mich, wie aus dem Nichts, zwei Hände. Ein Blick nach hinten verriet mir, dass Cayden nicht allein gekommen war. Ein großer bulliger und finster blickender Kerl hielt mich fest. Erschrocken schrie ich auf, ehe ich jedoch nach den anderen rufen konnte, legte sich eine kräftige Hand auf meinen Mund. Ich versuchte mir die paar Tricks, die Asra mir im Laufe der Jahre beigebracht hatte, in Erinnerung zu rufen, doch alles war verschwommen und von meiner Panik verdrängt.

»Wir machen einen kleinen Ausflug, Darling.«, Caydens Worte waren völlig ruhig und gelassen.

Ich wehrte mich mit Händen und Füßen, doch dieser Kerl hinter mir hatte eine unbändige Kraft. Verzweifelt versuchte ich, ihn in die Hand zu beißen. Keine Chance.

Gemeinsam schleppten sie mich aus dem Nest. Obwohl sich sowohl Luke als auch ein paar andere *ihnen in den Weg stellten, reichte einzig Asras Anweisung aus, um sie dazu zu bewegen, sie mit mir durchzulassen.*

Cayden hat das Sagen. Hört auf ihn.

»Pah, dass ich nicht lache, was habe ich nun davon?«, fluchte ich wieder in diese Stille. Seit Stunden war ich hier eingeschlossen. Keiner hatte sich blicken lassen. Was auch immer sie mir gespritzt hatten, lag noch bleiern über meinen Gedanken. Ich hatte sämtliche Schränke durchwühlt, doch mehr als einen kleinen Minikühlschrank, in dem Wasser stand, das ich gierig getrunken hatte, war nichts zu finden gewesen. Alle Schränke, selbst die im Bad waren, bis auf eine Zahnbürste und Zahnpasta, leer. Das Betäubungsmittel hatte einen bitteren Geschmack auf meiner Zunge zurückgelassen, weshalb ich froh über die Zahnbürste gewesen war. Trotzdem wären etwas mehr Kosmetika nicht schlecht gewesen. Warum auch immer Cayden mich entführt hatte, geplant war es ganz sicher nicht gewesen.

Seit etwa einer Stunde saß ich auf einer kleinen Nische am Fenster. Zwar waren diese nicht vergittert, doch leider verschlossen. Draußen regnete es in Strömen. Wo auch immer ich war, die vertrauten Türme Chicagos konnte ich nicht sehen.

Selbst wenn ich sie hätte öffnen können, mein Zimmer lag mindestens im dritten Stock. Wieder ärgerte ich mich, dass ich mir von Asra nicht mehr

Überlebenstraining hatte beibringen lassen. Vielleicht hätte ich mir so aus der Bettdecke ein Seil bauen, mit einer Haarspange James Bond like die Fenster öffnen können und mit wenigen Griffen wäre ich frei gewesen.

Cayden hat das Sagen. Hört auf ihn.

Wieder Asras Stimme. Wieder dieser Befehl. Sie vertraute ihm, wusste sie, was er getan hatte? War sie eingeweiht über meine Entführung? Dieser Gedanke drehte mir den Magen um.

Nein, Asra würde dich nicht so unwissend auf heißen Kohlen sitzen lassen. Und das vor allem ohne Handy.

Kurz nachdem Cayden und sein Lackaffe mich aus dem Haus geschleift hatten, hatten sie mir mit einer Betäubungspritze in den Hals gestochen. Innerhalb weniger Sekunden war ich bewusstlos geworden und schlussendlich hier aufgewacht. Ohne Handy, ohne einen anderen Menschen in Sicht, eingesperrt in diesem Prunkkäfig.

Gerade überlegte ich mir einen weiteren Plan, wie ich hier herauskam, als das Türschloss klickte. Sofort ging mein Puls an die Decke, und Adrenalin jagte durch mein Blut. Ganz automatisch suchte ich nach einem Versteck. Als ich jedoch registrierte, dass keiner das Zimmer betrat, verwarf ich die Idee, unter das Bett zu kriechen, wieder.

»Hallo?«, fragte ich in die Stille hinein, doch nichts rührte sich. Mit schnellen Schritten ging ich zur Tür und riss sie auf. Dahinter ein dunkler Flur. Vorsichtig schielte ich von links nach rechts.

Keine Menschenseele war zu sehen. Ohne zu

zögern, rannte ich den Flur entlang, bis ich an einer großen Treppe ankam.

»Bloß keine Panik, Lia. Finde einen Weg hier raus«, beruhigte ich mich selbst.

Ein merkwürdiges Geräusch hallte daraufhin durch die Gänge. Sofort drehte ich mich einmal um mich selbst, konnte den Ursprung des Lachens jedoch nicht ausmachen.

»Hallo? Verdammt, wer ist da?«, meine Stimme zitterte, was mich selbst ärgerte.

»Angst, Rosalia? Dann lauf!«

Eine weitere Aufforderung brauchte ich nicht. Wie eine Kanonenkugel schoss ich die Treppe hinunter. Sie kam mir ewig lang vor.

Milch. Zucker. Butter. Kakao. Mehl.

Immer wieder kam ich ins Straucheln, stolperte über den flauschigen Teppich unter meinen nackten Füßen, lief aber weiter. Keuchend hielt ich Ausschau nach der Eingangstür, legte sogar noch einen Zahn zu, als ich sie entdeckte.

Mit einem Wums landete ich an der Tür und versuchte sie, mit meinem gesamten Gewicht aufzuziehen. Abgeschlossen.

Verdammt.

Hektisch drehte ich mich um. Oben am Treppenabsatz stand eine dunkle Gestalt.

»Falsche Richtung.« Erst als der Schatten einen weiteren Schritt auf mich zukam, erkannte ich ihn.

»Was ist das für ein bescheuertes Spiel, das du hier spielst, Cayden?«

Mein Herz raste in meiner Brust, mein Atem ging

schwer. Dieser Typ jagte mir eine scheiß Angst ein. So wie er mich herablassend anlächelte, wusste er das.

Donner grollte in der Ferne und Blitze erhellten sekundenweise den Eingangsbereich. Wo auch immer wir hier waren, das Haus musste riesig sein. Von meinem Fenster aus hatte ich gedacht, ich befände mich im dritten Stock, doch anscheinend lag das an den meterhohen Decken.

»Ich hab noch gar nicht angefangen zu spielen, Darling.«

Mit lässigen Schritten kam er die Treppe hinunter.

»Bleib mir vom Leib. Und mein Name ist Lia und nicht Darling.«

Er legte überlegend den Kopf schief.

»Hältst du es für klug, mich zu reizen?« Seine Stimme glich dem Grollen des Donners draußen. Mein Herz raste einen Tick schneller. Er stand nur wenige Meter von mir entfernt. Cayden war die Perfektion der Dunkelheit. Trug ein schwarzes Hemd, passend dazu eine Anzugshose samt einem gestutzten Drei-Tage-Bart und einem spöttischen Lächeln auf den Lippen. Es war, als würde er die Dunkelheit in sich aufsaugen, so düster war seine Aura. Die Narben, die seine rechte Gesichtshälfte verunstalteten, zeugten nur davon, was dieser Mann alles überlebt hatte. Das Beängstigendste an ihm war jedoch sein Blick. Schwarze Augen, die keinen Funken Gnade aufwiesen. Einzig das spärliche Licht wurde darin reflektiert. Hätte man mich gefragt, wie ein Dämon aussah, hätte ich ihn genau so beschrieben, wie er vor mir stand.

»Was willst du von mir?«, fragte ich, ohne ihn aus

den Augen zu lassen. Presste mich, so nah es ging, an die Tür. Jeder Meter, der uns beide trennte, war besser als diese Aura von Düsternis zwischen uns.

»Nichts, was du mir freiwillig geben würdest, Rosalia.« Er sagte das mit einer solch selbstsicheren Stimme, dass sie mir das Blut in den Adern gefrieren ließ.

»Du weißt, dass Asra sich in diesem Moment in höchster Gefahr befindet. Sie braucht jeden ihrer Leute und somit auch mich. Indem du mich hierhergeschleppt hast, hast du die ganze Mission gefährdet. Bring mich zurück.« Ich versuchte, seinem Blick standzuhalten. Sein vernarbtes Gesicht jagte mir keine Angst ein, allein seine schwarzen Augen bescherten mir eine Gänsehaut.

Reiß dich zusammen, Lia. Du musst hier raus!

»Asra ist gerade auf dem Rückweg nach Chicago. Stewarts ist tot. Du brauchst dich um meine Ziehtochter nicht zu sorgen.« Während Cayden sprach, drehte er mir den Rücken zu und lief auf eine Tür im Erdgeschoss zu.

»Das Essen wird kalt, beweg dich.«

Cayden hat das Sagen. Hört auf ihn.

Wieder hallten Asras Worte in meinem Kopf umher. Er nannte sie Ziehtochter. Es schien, dass die beiden sich näher standen, als sie mir verraten hatte. Sie vertraute ihm so sehr, dass sie ihm mir nichts, dir nichts das Kommando im Nest anvertraute. Warum erschloss sich mir zwar nicht, doch ich würde auf ihr Urteilsvermögen bauen müssen. Zumindest bis ich einen Weg hier heraus fand. Bei dem tobenden Sturm da draußen, machte eine Flucht keinen Sinn. Ich trug noch immer das luftige Sommerkleid. Wie lange hatte ich geschlafen? Wenn alles vorbei war, mussten es mindestens zwölf Stunden gewesen sein. Dann war da noch das Problem meiner nackten Füße. Man hatte mir meine Schuhe abgenommen. So nach draußen in das Unwetter zugehen, wäre dumm. Ich würde mich nur in unnötige Gefahr begeben.

Na klar Lia, schieb es auf den Sturm. Wir wissen beide, dass du zu feige bist, dich gegen Asras Anweisungen aufzulehnen.

Ätzte eine fiese Stimme in meinem Ohr.

Während ich das breite Kreuz von Cayden musterte, kam ich nicht umhin einzusehen, dass er wahnsinnig attraktiv war. Auf beängstigende, zerstörerische Art und Weise. Durch mein Erbe war ich es gewohnt, von furchteinflößenden Menschen umgeben zu sein, doch Cayden Lancaster übertraf all diese nur mit dem Heben seiner Augenbraue.

Wir betraten einen Speisesaal, mit einem Esstisch, der viel zu groß für diese Bezeichnung war. Es brannten Kerzen darauf. An einem Ende waren zwei Plätze gedeckt. Er setzte sich an das Kopfende und wies mit seiner Hand auf den Stuhl neben sich.

»Ich habe keinen Hunger«, behauptete ich, was eine riesige Lüge war. Ich hatte schon Hunger gehabt, als mein Entführer die Küche im Nest betreten hatte.

»Setz dich, Rosalia.« Drei Worte, und mein Körper reagierte sofort. Ehe ich es wirklich realisierte, saß ich schon neben ihm und schaute auf eine riesige und köstliche Auswahl an Speisen. Brathähnchen, Kartoffeln, Gemüse. Und oh mein Gott, war das etwa Lachs?

Mir lief das Wasser im Mund zusammen, trotzdem wagte ich es nicht, zuzugreifen. Als ich ein Kribbeln bemerkte, hob ich den Kopf und sah, dass Cayden mich beobachtete. Sein Gesicht war unbewegt, doch sein Blick brannte auf meiner Haut. Sofort wurde ich rot bei dem Gedanken, dass er mich beim Anschmachten des Essens erwischt hatte.

»Iss.«

Er schien kein Mann der großen Worte zu sein, das unterstrich aber nur seine Bestimmtheit. Man merkte ihm sofort an, dass er nie die Stimme hob und trotzdem jeder seine Befehle befolgte.

Unsicher schaute ich ihn an.

»Was passiert mit Asra? Weißt du schon was?«

Die Sorge um meine engste Freundin lenkte mich von meinem Hunger ab.

»Tue was ich sage, vielleicht erfährst du dann etwas.«

Als er mir dieses Angebot unterbreitete, griff ich nach den Köstlichkeiten, häufte mir Gemüse und Lachs auf den Teller. Abwartend schaute ich Cayden an.

»Willst du nichts essen?«, fragte ich ihn, weil er keine Anstalten machte, selbst etwas zu nehmen.

»Nein.« Ein kleines Wort. Dieser Mann war mehr als nur einsilbig.

Ich spießte eine Karotte auf und biss herzhaft hinein.

Mhhm.

Sie war in Salbei und Butter geschwenkt. Köstlich. Für einen Moment schloss ich die Augen und genoss das Aroma des Gemüses. Als ich sie wieder aufschlug, bemerkte ich, dass er mich reglos anstarrte.

»Lecker«, murmelte ich verlegen.

Er antwortete nicht, nahm sich jedoch selbst endlich etwas. Wir aßen eine Weile schweigend, bis ich es nicht mehr aushielt.

»Was ist jetzt mit Asra?«

»Sie ist in Sicherheit. Meines Wissens nach, lief alles wie geplant. Sie ist wohlbehalten auf dem Weg nach Chicago, mit Dorian.«

Als er mir endlich sagte, wie der Stand der Dinge war, atmete ich erleichtert auf.

»Gott sei Dank.« Stein um Stein fiel mir vom Herzen. Innerlich war ich wegen der ständigen Sorge um Asra angespannt gewesen.

»Wann kann ich zu ihr?«

»Du kannst nicht zu ihr.«

»Was? Warum?«

»Das wird sie dir erklären.«

Wütend runzelte ich die Stirn. Asra würde mich nie einfach so hier versauern lassen.

»Was ist hier los verdammt nochmal?«, zischte ich und legte die Gabel weg, behielt aber vorsichtshalber das Messer in der Hand. Mir war der Hunger vergangen.

Cayden hob missbilligend die Augenbraue. Sofort war ich versucht, seine Geste provozierend nachzuahmen, ließ es bei seinem strengen Blick jedoch bleiben.

»Iss weiter, Rosalia.«

»Nein. Du bringst mich auf der Stelle zurück ins Nest.«

»Und dann? Was tust du dort?«

»Zuhause sein.«

»Du wirst sterben«, er sagte all das mit absoluter Ruhe. Ungläubig starrte ich ihn an. Das Flackern der Kerzen verlieh ihm eine unnatürlich bedrohliche Aura.

»Das behauptest du. Doch ich sterbe nicht. Wenn du wüsstest, was ich überlebt habe.«

Er musterte mich.

»Deine Sterblichkeit misst sich nicht an dem, was du überlebt hast, sondern an dem, was du überleben musst.«

»Hör auf mit deinen Glückskeksweisheiten. Sag mir, warum ich in Gefahr bin oder bring mich zurück.« Wütend schob ich den Teller weg.

»Sonst was?«

Sofort schielte ich auf das Messer in meiner Hand. Konnte ich ihn damit verletzen? Ich hatte keine Ahnung.

»Das Messer wird dir nicht helfen, Darling. Die Spitze ist viel zu stumpf. Abgesehen davon braucht es einiges an Kraft mit einem Besteckmesser tödlichen Schaden anzurichten.« Während Cayden sprach, aß er seelenruhig weiter. Bei seiner Erklärung sah ich sofort Asra vor mir. Die Worte hätten ebenso gut von ihr kommen können.

»Woher kennst du Asra?«, die Frage kam mir ganz automatisch über die Lippen. Er hatte sie Ziehtochter genannt.

»Ich denke nicht, dass dich das, was angeht.«

»Ich bin ihre rechte Hand.«

»Und doch hat sie dir nichts Genaues von unserer

Vergangenheit erzählt. Was denkst du, ist der Grund dafür?«

Obwohl jedes Wort aus seinem Mund mich verletzte, hatte er recht. Asra hatte mir nie erzählt, woher sie ihn kannte. Zwar wusste ich, dass sie in Kontakt mit ihm stand, als einzige im Nest wohlgemerkt, doch was verband die Königin der Sünden mit dem Mann ohne Seele?

»Du hast sie Ziehtochter genannt.«

»Ja.«

Es war nicht schwer, sich zusammenzureimen, was das bedeutete. Doch warum machte Asra so ein großes Geheimnis darum? So viele Fragen schwirrten in meinem Kopf umher, doch ich war nicht gewillt, ihn um Antworten zu bitten. Alles, was ich wollte, war nach Hause.

»Bring mich zurück. Ich habe genug von diesem Theater.«

Mit diesen Worten stand ich hastig auf und schob den Stuhl an den Tisch. Er blieb ruhig, schaute mich nicht einmal an.

»Wird´s bald?«, blaffte ich deswegen.

Cayden kniff die Augen zusammen, starrte auf das Flackern der Kerzen. Eine beängstigende Aura machte sich um ihn herum breit. Das Zimmer fühlte sich gleich kälter an. Er hatte nur minimal seine Körperhaltung verändert und sofort schrillten in mir die Alarmglocken. Alles in mir wollte die Beine in die Hand nehmen und weglaufen, doch ich zwang mich dazu, so selbstsicher wie möglich aufzutreten.

»Ich meine es ernst. Bring mich zurück.«

Mit einem tiefen Seufzer erhob er sich geschmeidig wie eine Raubkatze.

Der siegesgewisse Teil in mir jubilierte.

Bravo Lia!

Er ging ohne ein Wort an mir vorbei, doch anstatt durch die Tür zum Eingang zu gehen, schloss er beide Flügeltüren und drehte den Schlüssel im Schloss.

Das leise Klicken des Schlosses jagte Adrenalin durch meinen Körper. Sofort sickerte sämtliches Blut in meine Beine. Ich war nur leider nicht imstande mich zu bewegen.

»Was machst du da?«, meine Stimme zitterte. Es gab nichts, was mir im Leben mehr Angst gemacht hatte, als Cayden in diesem beängstigend ruhigen Zustand zu sehen. Ich wagte es nicht, ihn aus den Augen zu lassen. Verfolgte, wie er zur gegenüberliegenden Wand ging und auch dort die Türen verschloss.

Wie in einem schlechten Film konnte ich mich nicht rühren. Alles, was ich tun konnte, war ihn anzustarren wie ein hilfloses Reh.

»Es wird Zeit, dass du die Regeln lernst«, seine Stimme war weich, leise und furchteinflößend zugleich.

»Erstens, strapaziere nie meine Geduld.« Wieder ein klickendes Geräusch als er den Schlüssel aus der Tür zog, in seiner Hosentasche verstaute. Mit dem Rücken zu mir sprach er weiter.

»Zweitens, begegne mir immer mit Respekt.« Cayden drehte sich zu mir um. Starrte mich über den Tisch hinweg an, auf dem die Kerzen vor sich hinflackerten.

»Drittens, provoziere mich nicht.«

Wie ein Raubtier umrundete er langsamen Schrittes den Tisch. Ein Jäger und seine Beute.

Meine Beine waren starr vor Angst. Mein Herz pochte mir bis in den Hals hinauf. Und doch war da etwas an ihm, das mich hypnotisierte. Etwas, das ein Kribbeln in meinem Bauch verursachte.

»Viertens, trage für dein Verhalten die Konsequenzen.« Mit diesen Worten blieb er direkt vor mir stehen. Seine schwarzen Augen durchbohrten mich kalt. Ich wusste, was auch immer mir gleich passieren würde, würde meine ganze Welt auf den Kopf stellen.